# Luca Dellepiane

# Boarspotting

## La città si sta annoiando

Il seguente romanzo racconta scene violente e moralmente inaccettabili.

Sono inoltre presenti sessualità esplicita e linguaggio scurrile.

Non è intenzione dell'autore promuovere molti dei contenuti proposti, e lo stesso se ne dissocia completamente.

# Leitmotiv

Dagli appunti di Luca, romanziere fallito:


Scegliete la vita, teste di cazzo.
Scegliete un lavoro che odiate per pagarvi la macchina per andare al lavoro e per contribuire al surriscaldamento globale.
Scegliete una scuola all'apparenza facile e pentitevene appena vi rendete conto di non esserci portati, giusto per finire a fare il lavoro che odiate di prima.
Scegliete la spesa alla Coop il sabato pomeriggio e scegliete la chiesa la domenica mattina, e ripetete la sequenza ogni settimana per anni.
Scegliete i giochi a premi in televisione e scegliete di fare di Gerry Scotti l'ospite a cena tutte le sere.
Scegliete di mangiare *finger food*, di sedervi da Starbucks per scrivere un post da mostrare a chi credete essere interessato al vostro vivere alla moda, scegliete di mandare in rovina i cinque bar più vicini.
Scegliete la libertà di espressione, sparate cazzate come se non ci fosse un domani, scegliete di non vaccinarvi e spedite al creatore la nonna di quell'infame del vicino, *#Dittaturasanitaria* e *#Siamodentroal1984diOrwell*. Non l'avete letto? Si vede.
Scegliete di sputtanare i soldi in telefoni costosi perché fa figo, tagliate sulle uscite con gli amici e scegliete di non pagare le tasse, trovate scappatoie legali e scuse perché tanto la colpa è dei negri che arrivano sui gommoni.
Scegliete di votare a destra per salvare tradizioni di cui non conoscete l'origine e fatevi belli agli occhi di Dio, che pare aver creato gli omosessuali al solo scopo di odiarli. Scegliete di votare a sinistra ma non ditelo troppo forte, perché i vostri ideali sono pura fantascienza.
Scegliete di fischiare alle donne e di parlare civilmente coi cani, scegliete allora di sbraitare contro la vostra ragazza per un po' di scollatura e ammazzatevi di seghe guardando il culo di una sconosciuta su Instagram.
Scegliete di fare figli perché li fanno pure gli altri, esponeteli come trofei e assicuratevi di scattare abbastanza foto ora che sono piccoli e

carini per poi mollarli davanti a un tablet quando vi toccherà la responsabilità di educarli.

Scegliete le serie televisive, chiudetevi in casa ed eliminate la noia massacrando la vita sociale.

Scegliete un arredamento vistoso, i mobili in pendant con le pareti, un televisore da trecento pollici e il finanziamento a nome di vostra madre, mentre il mutuo si estingue a stenti mensili.

Scegliete Amazon, scegliete la comodità, fate acquisti dal vostro divano e rimpinzatevi fino a disgustare chi avete impietosito per non restare soli - *body positive is the way* -, oppure scegliete di affamarvi per vedere allo specchio la malattia che spacciano per bellezza.

Scegliete i *social*, scegliete la lite. Confrontarsi costa troppe energie, è più semplice scontrarsi a distanza.

Scegliete l'informazione rapida, la banalità, scegliete di non capire niente del mondo che vi circonda e di fare i gradassi con il primo che vi mette in dubbio.

Scegliete una giustizia comunista e di giustificare gli stupri e gli omicidi: s'incolpano le vittime quando si ha qualcosa da nascondere.

E alla fine scegliete di nuovo lo specchio, guardatevi in faccia e ditevi che siete a posto così, senza macchia o peccato, con i *"Non sono razzista, ma..."* e le preghierine per i terremotati, quando scappate dai barboni e sfottete altri poveracci come voi perché hanno fatto la carità a una che è sparita coi soldi.

Scegliete il futuro, scegliete la vita, tirate avanti e state fuori dai guai, ma scegliete di fare la morale ai drogati riempiendovi l'ego come se non foste la stessa tragedia umana in un'altra salsa.


## La scusa


Mancavano tre mesi all'esame di maturità. Il libretto delle giustificazioni di Begbie contava il pericoloso numero di trenta assenze. La pagellina di Luca evidenziava una sola, grave carenza: la messa in pratica degli insegnamenti teorici in impianti chimici industriali.

Luca detestava disegnare su carta millimetrata quei progetti insulsi,
pieni di schemi senza senso e di valvole da piazzare dove l'unica
pressione conosciuta era quella dello stress.
Begbie era il suo compagno di banco da tre anni, si erano conosciuti a
scuola. Amava il modellismo e le moto, dedicava giornate intere a
smontare motori per assemblarli a seconda di come gli girava;
comprendere e disegnare un progetto era un gioco da ragazzi. Ma il
dannato, quell'anno, aveva scoperto le donne, la ragione principale
dietro a tutte le assenze. L'insufficienza di Luca, in parte, si doveva
proprio al banco rimasto vuoto per metà, perché pur bighellonando per
i corridoi e parlando di quisquilie durante le lezioni d'inglese i due si
erano sempre assistiti.
Il voto doveva essere migliorato, Luca non voleva giocarsi il
settantacinque all'esame. Si diedero appuntamento un pomeriggio di
marzo, ore sedici in punto presso la biblioteca civica nel quartiere di
Sampierdarena, tra il trambusto del traffico paralizzato e i tunnel sotto
al ponte ferroviario. All'interno della struttura, i saloni ospitavano una
dozzina di studenti e studentesse immersi negli stessi guai di Luca.
Silenzio, concentrazione, disperazione, spergiuri, preghiere, voglia di
birra, un messaggio al fidanzato, la convinzione di potercela fare. Il
carente non avrebbe voluto macchiarsi la dignità andando a studiare in
biblioteca perché il suo amicone era un sofisticato, ma dovette scendere
a patti con l'inettitudine accettando la proposta di Begbie, che voleva
approfittare dell'occasione per fare due chiacchiere.
Luca sparpagliò fogli e libri sul tavolo più isolato della biblioteca,
assicurò gli occhiali da sole alle orecchie per mantenere l'anonimato e
grattandosi la nuca castana ammise la superiorità in apprendimento del
suo compare. Begbie posò il casco, guardò gli appunti coi pensieri
rivolti al weekend di corse clandestine sul monte Reixa. In cinque
minuti scarsi capì la consegna, visualizzò l'impianto e dettò passo per
passo ogni serbatoio, ogni tubo, ogni valvola e ogni simbolo insensato
che Luca disegnò con mano pesante, sbavando il foglio col pugno
sudato. La sessione di studiò terminò lì, allo scoccare del sesto minuto.
«Mi offriresti una sigaretta?» domandò il motociclista. L'altro
immaginò che intendesse proporre una pausa per scendere in strada,
invece Begbie la Lucky Strike l'accese al tavolo, dopo essersi guardato
attorno appurando che i dipendenti statali fossero altrove, a far tutto
meno che guadagnarsi lo stipendio. Forse a copulare in bagno, perché

quella era diventata la sua fissazione.

Luca lo conosceva, capì che la biblioteca fosse stata scelta come luogo per conversare lontano da orecchie indiscrete. «Okay», cantilenò chiudendo i libri, «cosa hai fatto adesso?»

Avrebbe tranciato via il gaudio che Beg aveva impresso in faccia da ottobre, mese del suo primo rapporto sessuale. Non per invidia, non era tipo da essere geloso di fortune che con la Cisca, sua amante, non gli mancavano: odiava l'idea che una mente contorta come quella di Begbie, genio e sregolatezza allo stesso tempo, fosse religiosamente serena nonostante il rischio di bocciatura. Era il suo partner, lo chiamava "socio" come da tradizione di bravi compagni di merende – espressione per riassumere ubriacature, corruzione di pubblico ufficiale, vandalismo, truffa ai danni di studenti e altre oscenità compiute assieme. Chiaro, evinse, che le donne fossero croce e delizia anche per il cervello più dotato della classe, forse del liceo.

«C'è un problema con la Elena», disse Begbie con superficialità, «ma non un problema nel senso stretto del termine. Sono andato a prenderla a scuola diverse volte questi giorni. Hanno le macchinette del caffè all'ingresso, come da noi.»

Luca si voltò verso la segreteria, vide che del personale della biblioteca non v'era ombra e si accese una Lucky a sua volta. Una ragazza osservò entrambi con sdegno; non li richiamò per via dei loro aspetti poco raccomandabili. «Chissà perché, ma ho una certa sensazione. Te sei uno che parla, chissà con chi avrai colloquiato da quelle macchinette.»

«Con una delle sue compagne di classe, che sarebbe anche la migliore amica.»

«Sì, capisco» si rilassò l'altro, conscio che i libri sarebbero rimasti chiusi per il resto della giornata. L'argomento, in fondo, era intrigante. «Mora, magra ma non troppo, ben fornita davanti e con un faccino che fa invidia alle *dandere*. Ci ho preso?»

«Non conosco i termini tecnici dei fumetti giapponesi. Rossa, formosa, un po' chiatta in fondo, però non fatta a pera» chiosò Begbie, aspirando con piacere grandi boccate di fumo. «Due occhi verdi che sembrano il vetro di una Tennent's, ma è il sorriso che fa la differenza, soc. È il sorriso che fa la differenza.»

«Con questa affermazione mi fai intendere che devi per forza averla fatta sorridere. Se dici che c'è un problema, vuol dire che ci sei andato sotto.»

«Addirittura sotto no, però ci sentiamo praticamente tutto il giorno tutti i giorni. Il problema sta con Elena, che ha il suo perché. Il rischio di fare una figura di merda è bello alto quando tieni due piedi in una scarpa.»

Come se gliene importasse qualcosa. Trenta assenze, la media del tre in matematica e cinquecento euro di ripetizioni da settembre in avanti. Il suo incubo era un altro: restare senza niente da fare tra una fissazione e l'altra. La vagina era il tema del momento, poteva passargli come le numerose passioni a cui si era dedicato nei tre anni che Luca lo aveva appoggiato senza mai riuscire a interpretarlo. Secondo Big G, il professore di letteratura, Begbie era depresso; secondo Luca, presto o tardi, tutti gli uomini avrebbero dovuto fare i conti con l'onnipotenza che Dio ha piazzato tra le gambe della loro maggiore debolezza. Gli altri interessi non c'entravano niente.

«Cosa posso fare per te?» gli chiese celando il timore. «Non vorrai coinvolgermi in situazioni equivocabili come quella volta che mi appioppasti la tizia cane lupo, *I hope*.»

«Peggio, la tizia che aveva lo spazio tra gli occhi di larghezza pari a quello di un'autostrada, lo squalo martello» scherzò Begbie, che ciccò in una pallina di carta. «Non ti voglio coinvolgere in niente, volevo solo raccontarti di questo bel giocatore.»

«*Giocatore*?» si perplesse l'altro.

Begbie annuì. «È un sinonimo che ci siamo inventati io e Neddu. Voi appassionati di calcio immaginate le relazioni sociali come una partita, okay? Chi possono essere i giocatori?»

A Luca bastò contestualizzare la parola per coglierne il nuovo significato. «Una bella gatta da pelare. Tra relazioni sociali e relazioni sessuali il confine è labile.»

«Infatti. Sono alle solite, con due giocatori e un dubbio su dove lanciarmi.»

«Tanto è così oggi, domani arriverà la terza e via con un'altra sega mentale» l'amico gli tagliò le gambe, seppur in modo "affettuoso". «Ti aiuto a scegliere. Se si parla di giocatori, dimmi chi ha più tecnica.»

«C'è della tecnica da entrambe le parti» Begbie si coprì il ghigno e Luca fu in suo pugno per il resto del tempo.

Però dovevano studiare, diamine, o l'indomani una doppia assenza sarebbe costata caro. Mezz'ora a specificare sinonimi e contrari per non risultare volgari all'attenzione della studentessa che continuava a lanciar loro occhiate infastidite, un giro per il quartiere, un primo sorso di Heineken in un bar gremito di sudamericani grassocci, sporchi di lavori di muratura.

"La scusa" pensò Luca: serviva pensare alla scusa sin da quel sorso, perché sentiva che la bevuta conviviale si sarebbe tradotta in una serata micidiale. La sua previsione si rivelò corretta, alle ventuno non erano ancora rincasati e i loro fiati esalavano malto.

"La scusa" pensò Begbie: se avevano già superato i limiti di tolleranza dell'alcolemia, tanto valeva investire le finanze andando a ballare. Studiare... Futuro non ne avrebbero avuto comunque.

Per quel poco che furono capaci di riflettere, scelsero un locale gay molto in voga tra le ragazze genovesi – meno eterosessuali da dover minacciare.

Non ballarono, non ne erano capaci; bevvero ancora, e ancora, trovarono il modo per farsi offrire due o tre colpi da alcuni conoscenti di Luca, che avrebbe voluto essere lucido per ricordare episodi da scrivere nei suoi romanzetti amatoriali.

Se lo scrittore in erba scelse di evitare contatti con l'altro sesso standosene buono ad ammirare l'avvenente cubista, il motociclista si allontanò con una celebrità del locale, tal Nina Canepa. Un metro e settantanove di altezza, vent'anni, quindici centimetri almeno di tacco, labbra da azzannare con audacia e capelli neri come il petrolio che Begbie non volle ripassare quel pomeriggio.

Luca non lo avvisò subito che Nina Canepa fosse in realtà Matteo Canepa, perché oltre alla musica e al sesso amava assistere alle evoluzioni delle grottesche avventure dei suoi amici. Glielo avrebbe detto prima di andarsene, se solo non si fossero persi di vista a notte inoltrata.

Il giorno dopo, Luca aveva la sua scusa e di Begbie non ebbe notizie per un'altra settimana. Si svegliò nel suo letto, senza sapere come ci fosse arrivato; un mal di testa insopportabile, i muscoli estenuati, il bisogno di chiudersi in bagno a cacciare anche l'anima. Stranamente non era rivolto verso il basso, col membro eccitato a sfregare sul materasso. Anzi, la sua virtù era molle, fiacca e pure un po' secca.

Luca scostò lenzuola e mutande per osservare un alone bianco opaco sui tessuti, segno che non si fosse ripulito dopo un rapporto di cui non aveva memoria, magari non protetto.

"Ma con chi?" si chiese. Poi il lampo, il ricordo della cubista. Guardò al comodino, al telefono con tre messaggi da parte di Cisca e al portafogli. Era uscito con cento euro, gliene erano rimasti circa dieci. Calcolando una quarantina spesi tra ingresso e alcolici, i cinquanta potevano essere finiti soltanto in qualcosa che spiegasse perché non avesse un'erezione.

Sua madre e sua zia entrarono in stanza. Lui, moribondo, con gli occhi spiritati puntati al lampadario, dichiarò di non essere andato a scuola per una febbre improvvisa. La zia gli credette, la madre fu certa di altro. «Sì, come no» disse sarcastica richiudendo la porta per non guardare le patetiche condizioni del figlio. «Quando sta così, sicuramente è uscito con qualche mignotta.»

Al serrarsi della maniglia, Luca rimase solo. Fissò il soffitto, prese il pacchetto di Lucky e si accese il buongiorno. «Ci puoi giurare, mamma.»


# Il metodo morale

«Non basta essere bravi.
Bisogna essere i migliori.»

Rasoio di Begbie

Stando alla definizione psicologica, la teoria del processo duale fornirebbe un resoconto su come un pensiero possa sorgere in due maniere distinte o come conseguenza di due processi diversi tra loro - uno inconscio e l'altro cosciente. Applicata al consumo di sostanze, pare suggerire che gli alcolisti siano più propensi a risolvere dilemmi morali personali secondo un approccio utilitarista, finalizzato all'ottenimento del massimo bene possibile. Meglio se comune.

Luca non aveva abbastanza prove per dimostrare che la tesi reggesse, gli piaceva però crederci e se ne servì per sviluppare un proprio metodo di autocontrollo in situazioni complicate.

Lui faceva il fenomeno con testi incomprensibili, Begbie aveva postulato che la risposta al dilemma dell'uovo e della gallina fosse la *protogallina*, creatura a metà tra il pollo e il velociraptor; psicopatici del genere avrebbero potuto aiutarlo, pensò Bunny, l'amico che sedeva nel banco dietro ai due.

Bunny veniva chiamato così perché iniziò lo sviluppo relativamente tardi. Il nome non indicava l'aspetto di un lagomorfo, tutt'altro, dato che nella banda di compagni di classe era quello più bello: occhi blu zaffiro, un taglio di capelli sempre alla moda, viso proporzionato in ogni suo tratto, nel quale si bilanciavano la durezza ereditata dal padre e la grazia materna. Naturale che fosse pure quello a vantare più successo con le ragazze, tuttavia, almeno al tempo, era il solo ufficialmente fidanzato. Come tale, aveva attenzioni soltanto per Gaia. Quel giorno ebbe il suo pensiero a farlo vacillare. Gaia era vergine, lui voleva rendere la sua prima volta indimenticabile. Era teso, si vedeva che ne fosse innamorato a suo modo. Per Begbie, che rabbrividiva alla sola idea di scambiare messaggi con la stessa ragazza tutto il giorno per più di due giorni consecutivi, Bunny poteva andare a farsi fottere, aveva altro a cui badare. Luca era più empatico, allora in un cambio d'ora illustrò la sua teoria presupponendo che, per sciogliere i nervi, il biondiccio amico avrebbe bevuto prima del rapporto. L'aveva già fatto. «Devi pensare al meglio per entrambi, caro» gli disse con "professionalità", e il vicino Neddu si mise gli auricolari per non ascoltare cosa sarebbe uscito dalle bocche depravate del trio. «Per noi bevitori è più facile per via dei danni alla corteccia prefrontale, che controlla il comportamento. Secondo me la strategia migliore è creare il contesto giusto per distendervi entrambi.»
Voleva fare il maestro di una materia che ancora non conosceva. Bunny gli disse: «Eh, fin qua penso che ci arriverebbe chiunque. Cosa faccio? Ho un po' di idee, non so su quale puntare» ed esitò a rispondere all'ennesimo messaggio di Gaia, forse il cinquantesimo in quattro ore di scuola.
«*Fisting!*» ironizzò Begbie, voltatosi per mettere le mani in faccia a Neddu.
«Ricorri al metodo morale» proseguì Luca. «Se capiterà una sera che dormirete da te, fai le cose a regola d'arte. Pomeriggio in moto per la riviera, la porti a mangiare a Camogli o a Santa[1], non a Portofino, che ci

---

1 Santa Margherita Ligure

fai la figura dell'albarino[2] di merda. Nel mentre, *non parlate di sesso,* per carità, sennò arrivate al momento clou che siete nervosi a palla.»
«Non sto capendo dov'è la morale.»
«Nel fatto che le organizzi una bella giornata per renderla felice e nel frattempo ti distrai.»
«Ma come faccio a distrarmi, che c'ho la scena in testa anche quando dormo? Mi ha mandato certe foto...»
Luca alzò l'indice per guadagnare punti in stile. «Ti distrai perché ti passi la giornata e la vedi tranquilla.»
«Chi dice che lo sarà?»
«Lo dico io, *fidati.* Pensano al sesso tanto quanto noi, ma se ne guardano bene dall'ammetterlo. Credimi, questa strategia è efficace, è una tecnica segreta: andate in giro e *puf,* lei si mette a fantasticare su quanto sia meraviglioso il suo uomo e tutto fila liscio.»
«Non sono mica convinto» si avvilì Bunny, mentre Begbie aveva cominciato a tirare i capelli di Neddu facendo ballare il banco a ritmo di spintoni.
«Allora trova il tuo sistema, sei tu quello che ci sta assieme. Niente alcol però, okay? Se ricorri all'alcol  finisce che fai cilecca o caschi dalla moto mentre posteggi.»
«Questa è l'unica cosa morale che hai detto finora» puntualizzò Neddu, scampato alle torture di Begbie.
Il motociclista ebbe però un'illuminazione. «No, un attimo, Luca ha ragione. Con l'alcol poi non gli si alza il freno a mano.»
«E?» fece Bunny.
«E sei rovinato da qua fino a che non becchi quella che ti sposa per compassione. Voglio dire, fondamentalmente queste chiacchierano tra loro, cosa pensi che facciano quando vanno in bagno a botte di due, tre alla volta?»
«Vero, chiacchierano, *spettegolano*», aggiunse Luca, «sparlano dei tuoi cazzi, in tutti i sensi, e ci montano sopra storie che nemmeno corrispondono alla realtà.»
«Ma di cosa state parlando?» non venne ascoltato l'interessato.
«Giusto, e sono parecchio irascibili se la sessione va male» acclarò Begbie.
«La sicurezza socio, la sicurezza prima di tutto» annuì Luca.

---

2 L'albarino, nel gergo genovese, è l'abitante del quartiere di Albaro. Il termine viene usato in senso goliardico ma anche dispregiativo per indicare una persona benestante.

«Assolutamente, niente alcol.»
«Che poi perde di concentrazione e centra il buco sbagliato...»
«Interessante, cazzo.»
«Lì si gioca tutto.»
«Si gioca tutto...»
«Sì sì, si gioca tutto.»
«Soprattutto se lei sta messa ad angolo retto.»
«Come se a biliardo buttassi la stecca in buca.»
«Cosa sto sentendo, oddio!» fu stordito Neddu.
«Chiacchierano, lo sputtanerebbero subito.»
«Ancora la sicurezza, non può sbagliare.»
«No no, infatti.»
«Infatti.»
«Lei è pure piccola, voglio dire, sbagliare mira è questione di millimetri.»
«Avete finito di sparare cazzate?» esordì entrando in classe Big G.
Bunny uscì confuso da quel dialogo. Dovette improvvisare in diverse occasioni senza combinare nulla. Un giorno portò Gaia all'Acquario, lei aveva però altri impegni per la serata; andarono dunque al cinema, lui ricevette solo un fellatio a metà del secondo tempo. Di gonfiare la rete non ne ebbe modo fino a una tragica festa di compleanno alla quale arrivò pimpante, perché lei aveva deciso che quella sera sarebbero andati a dormire nel levante ligure, in un appartamento dove teneva la residenza estiva. Bunny era pressoché sicuro che fosse arrivato il momento, perciò presto l'allegria fu smorzata dalla tensione.
La giornata era comunque trascorsa bene, lei era felice; un bicchiere di vino bianco non avrebbe compromesso la prestazione a letto. Peccato che il sapore fosse invitante, irresistibile, e che Gaia e le sue amiche non reggessero nemmeno il Bacardi.
Scoccò la mezzanotte, Bunny non distingueva più la strada dal marciapiedi e Gaia aveva così tanto amore da dare che lo stampò sulle labbra di una delle ragazze. Il metodo morale di Luca allora fu completamente travisato, dacché bisognava raggiungere il bene massimo per quante più persone possibili: a casa, Bunny tracannò da sé un Chianti per incoraggiarsi, Gaia e l'amica persero l'inibizione e il *menage à trois* fu servito.
Tre giorni di litigi e tentati chiarimenti dopo, Bunny e Gaia si lasciarono. Di ritorno a scuola, lui prese posto a sedere senza gloria né

vanità. Odiò il filosofare di Luca e Begbie, ai quali non raccontò niente.
«Il metodo morale è una stronzata» affermò il primo. «Quando sei
davanti a un problema tuo, la cosa che devi fare è innanzitutto pensare a
come trarre i maggiori vantaggi senza fare casini.»
«Lo segno sul diario come nuovo assioma. A proposito, Elena chiede
una dimostrazione scientifica della protogallina.»
«Hey, tu» il professor Big G puntò Bunny. «Come è andata con la
tipa?»
Cinque minuti tra lo spogliarsi, il venire e il vomitare. Almeno, si
consolò, la stecca cadde nel buco giusto, benché della ragazza
sbagliata.


# Testosterone


Poche bazzecole e nessun valore accomunavano "gli Ignoranti".
Avevano la stessa età, frequentavano la stessa scuola, erano nati nella
stessa città e seguivano attivamente le nefandezze politiche del periodo.
Tutti con lo stesso orientamento sessuale, con una netta differenza:
Luca, Begbie, Bunny e Neddu si sarebbe visto lontano un chilometro se
si fossero atteggiati per conferirsi dei toni improbabili; viceversa non
valeva per Blondie, "l'anima della banda" per via della sua personalità
dirompente, eufemismo per "incontrollabile". Blondie veniva dalla
provincia savonese, aveva imparato ad adattarsi a luoghi dove
capitavano meno cose di quante ne capitassero nella noiosa Genova.
Forse aveva un naso lungo per effetto della selezione naturale, gli era
necessario uno strumento per fiutare la situazione ideale da cui ottenere
il divertimento assoluto. Come sopravvivere altrimenti alla riviera di
ponente, se non con l'abuso del vino che gli valse la nomea di primo
alcolista del gruppo?
Blondie aveva la tendenza a esagerare, cambiava le serate da un
momento all'altro con il suo umorismo crudele, più nero della peluria
del sardo Neddu. Non era consigliabile portarselo in giro quando si
voleva fare i pazzeschi con le nuove conquiste del liceo artistico, Luca
in primis gradiva che l'andazzo non prendesse le pieghe di una tipica
uscita con il savonese. Ma che cavolo, gli amici non si possono mettere

da parte perché il richiamo uterino canta come Scilla e Cariddi, così il quartetto si organizzò per una bevuta, anzi per una nottata in discoteca, perfetta per mostrare alle donzellette di essere bravi ragazzi reggendosi il gioco a vicenda.

Blondie non fu accoppiato con nessuna delle altre due invitate, a gestirsi gli affari badava da sé. Al Frantoio era di casa, frequentava spesso quel locale appartato tra i monti - raggiunto dai compagni con largo ritardo dopo un lungo viaggio nella nebbia invernale. Loro arrivarono e lui aveva già riempito un quarto di serbatoio partendo con due Negroni. La tizia che gli teneva compagnia a fumare era probabilmente una malcapitata di sua conoscenza, quindi Blondie non considerò le due "giocatrici" portategli da Begbie e le lasciò a dialogare tra loro per il resto della nottata.

Entrarono, si accomodarono ai divanetti sul mezzanino e sudarono freddo un po' tutti, perché Blondie aveva ordinato il suo terzo giro assieme allo spumante. La fortuna ammiccò ai quattro rendendo lui piuttosto quieto e sottotono; aveva disputato una partita importante nel pomeriggio, il debito di ossigeno fu saldato solo al quarto Negroni. Blondie cominciò a prendersi la scena un po' alla volta, essendo il più esuberante dei suoi nonché quello che, per sua natura, non aveva la minima punta di esitazione a rivolgersi alle ragazze, indipendentemente dalla scurrilità o dal generoso ricorso alle bestemmie come intercalari. Luca e Bunny di tanto in tanto ridacchiavano nervosi, presagivano che con le studentesse sarebbero andati in bianco; Begbie possedeva spirito d'iniziativa e non si lasciò intimorire, continuò a intortare la sua accompagnatrice finché la voce di Blondie non coprì tutte le altre; Neddu aveva rinunciato persino a presentarsi, sapeva come sarebbe finita col savonese carico come un camion.

Disfatti, gli ignoranti se ne fecero una ragione e ascoltarono l'ultima avventura dell'ubriaco. «Sentite questa: era due giorni fa, alla Sagra del fungo di Rossiglione. C'è la bocciofila piena di anziani e io sto lì con Neddu a giocarmi una pizza. Lui pare Barney dei Flinstones con più pelo, mi manca un tiro per mandarlo a casa in lacrime» sghignazzò tra un sorso e l'altro, e Luca ebbe un *déjà-vu*. «C'ho il sole che mi indica il pallino, mi basta un accosto di classe e Neddu se ne va già al bar con 'sta faccia che manco alle tre pere di Milito al derby c'aveva. Prendo la mira e a un certo punto se ne viene fuori questo vecchio di merda dall'altra parte del campo, con le mani dietro la schiena. Sta zitto, guarda ipnotizzato il pallino, poi si mette a guardare me con il *presumìn*[3] di quello che ti ficca la boccia in culo d'esperienza. Ora, lo sapete che mi urta a bestia essere sfidato, ma anche che non prendo di punto in bianco e smadonno contro gli anziani. Quello continua a guardare e io mi metto a guardare lui, con la boccia in mano come a dirgli "*Hey, éuggio, che 'sta balla fâ mâ*"[4], poi mi accendo la sigaretta, mi faccio una boccata e mi rimetto a giocare senza cagarlo di striscio. Sapete come è finita? Che il vecchio di merda è stato muto, Dio madonna, umiliato. Sospiro malinconico per i tempi andati, piroetta su sé stesso e se ne va a fanculo al circolo. E vabbè, non c'è bisogno di dire che la boccia è finita nel culo di Neddu, perché ho vinto la pizza.» Concluse con un sorriso smorfioso.

Un'altra cosa accomunava gli Ignoranti, cioè l'essere stati traviati da certi film. Veneravano in particolare *Trainspotting*, per questo prima Luca e poi Begbie notarono del citazionismo nella storiella di Blondie. Facendo un parallelismo, il giorno dopo Luca chiese a Neddu la vera versione della storia, mentre curiosavano in fumetteria. Non perché Neddu fosse presente, ma perché, guarda caso, il sardo era tra le persone più rette e schiette che conoscesse: non si faceva problemi a dire a qualcuno che non fosse d'accordo, non fumava, beveva occasionalmente e soprattutto non tentava di fregare il prossimo. Sfogliando decine di fumetti al secondo, Neddu raccontò: «Ho avuto la tua stessa sensazione di *déjà-vu*, e infatti anche per noi le cose sono andate diversamente da come le ha raccontate il pazzo. Allora, vero che siamo andati alla Sagra del fungo e vero che ci siamo sfidati a bocce per una Bonarda, non per la pizza. Ma, indovina un po', Blondie è cotto come un prosciutto dalla sera prima, ma da fare schifo, manco sta in piedi. Le bocce le tira senza senso, allora per pietà neanche mi sforzo di vincere perché almeno il pallino lo vedo, lui no. Ogni volta che lancia spacca il mucchio, ogni volta che lancio io dà un pugno a un albero per lo scazzo. All'ultimo tiro siamo in parità, la Bonarda la vuole a tutti i costi. Il sole lo abbaglia e il tiro gli esce una merda, quindi capisce di aver perso e parte in quarta contro dei vecchi che si stavano facendo i cazzi loro su una panchina. Ti giuro, non ci hanno minimamente cagati, uno aveva pure il giornale, e lui molla vaffanculi e madonne a raffica, con dei bambini che si mettono a piangere per lo spavento».

---

3 Nel dialetto genovese corrisponde a un atteggiamento di presunzione.
4 "Hey, occhio, che questa palla fa male."

«Sarà per le dinamiche che si è messo a fare citazioni. Cristo, stava peggio di quanto lo immaginassi» disse Luca, che spulciava manga *yuri* per darsi l'ispirazione.

«Molto peggio, mi sa che quando me ne sono andato ha continuato a far numeri in qualche parrocchia» rincarò la dose Neddu. «Tanto che siamo in vena di citazioni, Blondie è un amico, che possiamo farci?» Già, che farci? Stare ad ascoltare, aspettare il momento giusto e levare il disturbo, perché se Blondie stava atteggiandosi da duro coi suoi amici - lui che non aveva bisogno di gonfiare le storie -, significava che l'ubriachezza sarebbe degenerata in qualcosa di irrefrenabile di lì a breve.

Il savonese trangugiò mezzo bicchiere del sesto Negroni, batté il vetro sul tavolo e lasciò gli Ignoranti in dolce compagnia delle signorine.

«Vado a divertirmi» disse, e scese dal mezzanino con la Marlboro in bocca per mescolarsi tra la gente che ballava.

Le ragazze pensarono che stesse andando a ballare e vollero aggregarsi, ma Bunny prese per mano la sua suggerendo che fosse meglio alzare i tacchi. Nel rumoroso revival dell'eurodance, infatti, presto udirono le urla di Blondie, che, a camicia sbottonata, attaccava tizi a caso accusandoli di aver offeso sua madre.

«Cosa hai detto su mia madre?!» gridava in faccia a dei perfetti sconosciuti. Ne mise in fuga uno, un secondo lo ignorò capendo che fosse bruciato e un terzo gli diede pane per i suoi denti. Ne conseguì una rissa spettacolare, che sconquassò l'intero locale. «Cosa hai detto su mia madre, rotto in culo?! Ti mangio il cuore, vieni qua! Fanculo, mi sono scopato quella laida di tua sorella! Hai capito, mi fotto tua sorella, sacco di merda!»

Gli Ignoranti erano perlopiù pacifici: sarebbero intervenuti per difenderlo se non fosse stato lui a scatenare il marasma, e dire che non si faceva ancora di droga. L'alcol, conclusero, era meglio diminuirlo tutti quanti, prima di diventare come l'amico e appiccare l'inferno per fare scena, o per sfogare il testosterone in una maniera più virile, da bravo pastore di provincia. Per riuscire nell'intento, la soluzione era una ragazza che tenevano già per mano, o per i fianchi, o sulla spalla. Imboscarsi nei campi con le studentesse era di gran lunga un vizio migliore dell'intontirsi il cervello senza apparente ragione per farlo. Anche se non combinarono nulla di concreto, dovettero ringraziare Blondie per aver passato una serata con una tipa interessante ciascuno,

in punti distinti smarriti nei campi, a guardare le stelle non dovendo
dimostrare un bel niente.
«Vaffanculo e muori, calabrese del cazzo! Frocio!» strepitava il matto
nel locale.
Un branco di cinghiali brucava tra l'erba. Per Luca era bello avere la
testa di lei sulla clavicola, come lo fu per Begbie, per Bunny. Non per
Neddu, che aveva una palla al piede di nome Martina a impedirgli di
farsi dolce con le tre con cui si mise a parlare di *Naruto*. Se solo lei o
Cisca avessero visto, diamine, Azzurra e Blondie sarebbero stati
agnellini al confronto.


# Lucidità


Come regalo per la maturità, Neddu fu mollato da Martina. Così,
all'improvviso, senza motivo. Gli altri ignoranti erano ben speranti,
ancora fiduciosi nel genere umano; volevano spiegarsela asserendo che
il sardo avesse combinato qualcosa di mai dichiarato per far sparire la
fidanzata da un momento all'altro. "Ma no", pensò per primo il Bunny,
Neddu era quel tipo di scoppiato che proprio perché troppo docile
veniva piantato, avallando la teoria di Begbie secondo cui le donne
avessero bisogno di brividi più intensi degli uomini per sopportarne la
puzzolente presenza.
A tal proposito, il socio di Luca non fu chiamato in causa quando
Neddu chiese compagnia per non restarsene a casa a pensare troppo alla
stronza. Quel cane di Begbie si era fatto un regalo per il diploma
scappando in moto verso nessuno sapeva dove, mentre Blondie già
aveva iniziato a lavorare e Bunny era partito alla volta di Ibiza per
conseguire un "master in chimica" anzitempo.
La prima nottata in bianco a sostenere il sardo, Luca voleva spararsi:
Neddu parlò ininterrottamente, di tutto meno che del problema centrale,
da quando fu caricato in macchina sino al sorgere del sole. Dopo le tre
del mattino, tra l'altro, l'unica birra rimediabile Luca l'avrebbe dovuta
comprare in una discoteca, a prezzo triplicato, e allora l'astinenza
abbassò i limiti della tolleranza. Però per gli amici avrebbe fatto questo
e altro, tranne quando aveva per le mani l'ultima infinocchiata con la

quale usare i sedili posteriori come letto dei piaceri.

Per due settimane Luca non dormì cosicché Neddu ripartisse in serenità, anche perché si sentiva disturbato a immaginare una testa di legno come il sardo a piagnucolare nella notte dietro a una cicciona antipatica. No no, la scena non era plausibile, Neddu voleva soltanto impegnare il tempo rimasto libero senza ammazzarsi di manga, si convinse Luca, arrivato al quindicesimo giorno ormai astemio.

Il *mangaka* fece come Bunny e partì per la Sardegna, lasciando la lucidità di Luca ad annoiarsi in una città rimasta vuota dei suoi compari. Di vedere la Cisca Luca non ne aveva voglia, avrebbe preferito essere al posto di Neddu e bazzicare per locali senza l'angoscia di beccarla per strada, con tutte le scenate che lei avrebbe fatto per ricevere spiegazioni sui suoi flirt quando neppure erano una coppia.

Un piano, gli occorreva un piano d'azione per non finire a bere da solo. Ebbe la stupida idea di approfittare della ricerca di un impiego per darsi una ripulita, così diede tutti i suoi risparmi alla madre e si fece chiudere a chiave in camera.

Strategia di Luca per diventare una persona sana: televisore sintonizzato su Fox Entertainment sino alle ore quindici, Nat Geo e History Channel sino alle venti, Sky Sport sino alla messa in onda di film vietati ai minori; dieci pacchi di biscotti Pan di Stelle da consumare durante le fasi di astinenza da nicotina; una ventina di libri non ancora sfogliati, di ogni genere e pattume; una confezione di Oki per lenire il mal di testa in caso di insonnia; foto esplicite delle sue ex amanti e un paio di video dove si vedeva il suo arnese penetrare il santo buco della Cisca; in ultimo, uno specchio con cui ammirare i progressi.

Luca resistette sei ore senza fumare. Sotto al letto nascondeva una stecca di sigarette per precauzione, se i prezzi fossero schizzati alle stelle. Ne fumò dieci in un'ora, cinque per la necessità e cinque per compatirsi di meno.

Alle ventidue non ce la fece più, ricorse alla tecnica segreta *Smart unlocking* e scardinò la porta per andare a vedere cosa lo zoo della discoteca offrisse quella sera. Tanto era abituato a girare coi soldi in tasca che si scordò di aver affidato tutta la liquidità alla madre.

"Vabbè", si disse, "tanto l'ingresso non è a pagamento. Vorrà dire che scroccherò a qualche imbecille e non sputtanerò il grano delle rette universitarie."

Quella volta Luca fece male i conti e non dubitò che i tizi ch'erano soliti offrirgli da bere fossero anche loro a Ibiza, o a Tenerife, o Lloret de Mar a impasticcarsi con le svedesi, se non a beccarsi un po' di AIDS spagnola al gioco della roulette[5].

L'alcol venduto nelle discoteche ha fondamentalmente due scopi: il primo è sociale, aggregativo, fa fare amicizia alle persone di modo tale che tornino tutte assieme la settimana successiva, a dare altri soldi al locale per compensare quello che le ragazze non pagano; il secondo è assolvere ai compiti della droga, perché, come per ogni droga, più ti sfondi di alcol e più ne vuoi per sentirti leggero, appunto socievole e invincibile. Luca era entrato da solo, senza finanze e senza boccaloni da intortare, allora si chiese perché fosse tornato in quel locale gay in quartiere, dove c'era meno della metà del numero medio di frequentatori e la musica era oscena.

Nina Canepa aveva il suo seguito a sbavare troppo vicino a dove nascondeva la sorpresa, Luca stette attento a non farsi adocchiare; al bancone del bar ci stava Francesco, un suo buon amico, ma non se la sentiva di chiedergli di fargli credito dal momento che il giovane barista aveva iniziato a far cocktail lì da poco tempo; quella provocatrice di Azzurra era già sul cubo, fondoschiena in vista sotto shorts troppo corti e forme esageratamente prosperose per una ragazzina di diciotto anni da compiere, che allo studio preferiva autosostentarsi ballando seminuda per degli allupati – più i lavoretti di bocca nei bagni alla modica cifra di un centone per gli *under* quaranta, duecento per i più vecchi.

Luca gironzolò per la pista con un bicchiere abbandonato su un tavolo, colpa dell'idiota che non ne aveva avuto cura. Ad Azzurra una proposta l'avrebbe anche fatta, ma con l'innamorato Francesco di mezzo - per gli amici questo ed altro – si appellò alla filosofia del "*guardare e non toccare*" lasciando campo libero perché il barman prima o poi ci provasse. Eppure starsene fermo a rifarsi gli occhi al dondolare eccitante di quell'eccelso fondoschiena minorenne divenne noioso, materiale su cui masturbarsi al rientro a casa e nulla più. Prima che l'alcol finisse serviva un altro piano d'azione, stavolta efficace e produttivo.

Kevin Monteforte aveva tutte le ragazze per sé quella sera, le

---

5 "Gioco" sessuale in cui più sconosciuti fanno sesso a coppie e uno di loro ha l'AIDS.

intratteneva su un divanetto parlando di moda e di Kant. Luca non era omofobo, però odiava Kevin perché gli ricordava anche troppo che di uomini col suo eloquio ce ne fossero parecchi in giro, pericolosamente numerosi per non costituire una minacciosa concorrenza. Luca detestava perdere sopra ogni cosa, quindi in discoteca ci si era presentato con una lunga e attillata maglietta nera, come i jeans; i capelli li aveva solo unti con gel effetto bagnato, cascavano sullo sguardo perché Gerard Way andava forte tra le ragazzine; una tonnellata di profumo e il fisico snello facevano infine di Luca il finocchio perfetto, s'illuse. Un gay vero come Kevin, dal taglio d'occhi stanco e malaticcio, impeccabile nella camicia grigia e nei toni cinici, non poteva essere sconfitto da un gay finto, e Begbie glielo aveva detto mille volte che era inutile tentare il confronto perché le donne lo sentono quando uno è realmente omosessuale.

Kevin intravide la sua nemesi in mezzo alla pista e con un sorrisetto sfrontato alzò il Caipirinha per brindare alla disperazione di Luca, avvistato poi dal quintetto di bellezze che sedevano sul divanetto. Ingiusto che un gay avesse certe opportunità a discapito di una natura per cui la vagina gli faceva il peggior effetto immaginabile dagli Ignoranti. Oltre che ingiusto, *umiliante* fu intendere che Kevin avesse cominciato a recensirlo al gruppo di ragazze, spiegando loro che tipo fosse e cosa ci facesse da solo in una discoteca per omosessuali.

La sete di alcol gli aumentò nella gola intossicata da un intero pacchetto di Lucky, la lucidità nella mente storpiata dal sesso condusse Luca a prendere una decisione: tentare il tutto e per tutto con qualche disperata nel locale, altrimenti sarebbe finito a cercare cinghiali su per le alture di Genova o, peggio, a masturbarsi pensando ad Azzurra. Un piano, serviva immediatamente un cazzo di piano.

Al bancone del bar sedeva una tizia che forse faceva al caso suo. Era anche lei sola, aria annoiata e bicchiere di Midori quasi vuoto. Mal vestita, trasandata, una canotta a strisce bianche e rosse su un busto scarno e una ciocca di capelli bruni intrecciati in un dread. Luca si avvicinò, odorò a distanza il tocco di fumo che teneva in tasca e il suo aspetto non gli fu affatto gradito, con quel naso irregolare, il sedere piatto, il pallore di una tossica. Però sembrava avere uno sguardo sufficientemente perverso su Francesco. Luca se lo fece bastare per ipotizzarne la fame di uomini più dell'attrazione verso il ben piazzato barista, e rubando un altro bicchiere incustodito ne scolò le ultime gocce per dare lezioni di fascino etero a quell'infame di Kevin.

«Ciao» esordì, e la ragazza non lo degnò di risposta. Non gli era mai capitato.

«Che cosa bevi?» tentò, e la ragazza sorseggiò la verde bevanda trattenendo un flato. Se ci fosse stato Begbie a guardarlo, Luca sarebbe svenuto. Che fosse lesbica?

Un tizio con le medesime intenzioni di Luca, ma con una palese espressione da predatore sessuale, portò un liquore alla ragazza. Lei lo osservò con disprezzo, rovesciò il bicchiere sul pavimento e continuò a tacere. Un Neddu avrebbe capito al volo che non volesse essere infastidita, invece Luca fu tanto ammaliato dalla mossa da osare un apprezzamento.

«Credo che sia stato il rifiuto più bello che abbia mai visto, te lo giuro. Ho visto schiaffoni, borsettate, insulti creativi, ma mai mi è capitato di vedere una ragazza che spegnesse l'entusiasmo di un pretendente rovesciando a terra un Daiquiri.»

«Interessante», disse lei con una voce oltremodo rauca, come se fosse piena di catrame nei polmoni, «ma quello era un After Supper, non un Daiquiri.»

«Un che?»

«Un cocktail per signorine che si fa l'otto marzo. Quel cazzone ne ha avuta di fantasia: vedo una ragazza da sola, le offro una cagata da donna e faccio bella figura per scoparmela.»

Luca non era preparato al linguaggio, sebbene la fisionomia della "vittima" non suggerisse che fosse una nobildonna. «Ehm, sì», titubò, «fanno spesso così, non ci sanno fare.»

Lei si voltò lentamente. «E tu ci sai fare?»

Luca, ancora, fu preso in contropiede. Gli scappò un risolino. «Cosa?»

«Dillo apertamente, avanti» lo sfidò l'annoiata.

«Dire cosa?»

«*Voglio scoparti*. So che lo pensi, non sono scema.»

«No, aspetta, stai fraintendendo.»

«Il cazzo, bello mio» disse, e Luca smise di funzionare. «Sono venti minuti che giri per la pista, dieci dei quali a fartelo venire duro per il culo di quella bimbetta sul cubo. Non ti ho visto in compagnia di nessuno, quindi è evidente che sei venuto qua da solo come tutti quelli che hanno una voglia irrefrenabile di scopare anche a costo di accontentarsi della più cessa del locale, che stasera sarei io. Parla chiaro, ci fai più bella figura.»

«Continuo a difendermi, non sono venuto a parlare per...»

Lei lo agguantò per la maglia e lo tirò a sé. Luca sentì sul palato il sapore di un qualche acido mentre la lingua della ragazza lo violentava contro il tempismo pronosticato. Fu poi spinto via, ma sempre ghermito. «Adesso ti è venuto il coraggio? Fare retorica con me non attacca, sii schietto e distinguiti. Oppure sei gay e cerchi l'amichetta confidente per rientrare negli stereotipi di genere? Perché nel caso saresti la copia mal riuscita di quel Kevin laggiù, peggio che essere un maschietto etero che va per discoteche ad adescare le ragazze sole solette.»

Il velato insulto fu un motivo di eccitazione maggiore del "bacio" imprevisto. «Non sono gay, ma ti ripeto che non sono venuto a infastidirti perché voglio scopare» mentì.

«Pure bugiardo oltre che poco lanciato, ma fa niente, potrei abituarmici ai giri di parole per allungare i tempi di seduzione, perché si sa che l'attesa del piacere è essa stessa il piacere e che alle ragazze piace essere corteggiate, no? Bene che non sei scappato al bacio, ora so che non sei gay e posso dirti che forse sei un ragazzo educato, sotto sotto intrigante e abbastanza sicuro di sé da approcciarsi alle ragazze senza alcol in corpo o amici con cui misurarsi l'uccello. Vuoi darti una mossa o devo trascinarti al cesso per poi dimenticarmi della tua impacciata mascolinità?»

La citazione a Wilde, la capacità di ragionamenti contorti, la sfacciataggine. Fu a sorprendersi di quella ragazza dall'aspetto quasi repellente, per niente femminile, che il pensiero di Cisca svanì dalla mente.

Luca sapeva bene che i luoghi comuni sul sesso nelle discoteche fossero tutte cazzate, che di rado una tizia sfoggiasse intraprendenza o che si concedesse a uno sconosciuto. Se qualche fortunato aveva avuto il pregio di praticare sesso anale con una libidinosa, era stato senz'altro ingannato da un trans; se lei non aveva il pomo d'Adamo, *e non l'aveva,* Luca aveva fatto bingo

Ma in giornata aveva deciso di diventare retto come Neddu: aveva dato in custodia alla madre pure le sue polizze d'assicurazione. «Non ho i preservativi con me» ammise rapito, l'ego si rimpicciolì.

Lei fu presa da un insperato entusiasmo. Abusò nuovamente della sua bocca, dunque gli disse: «Non te l'avrei data lo stesso stasera, ho il

ciclo. Non ti faccio un pompino perché non ti conosco, magari hai l'epatite, però mi piacciono le persone che fanno sesso sicuro. Andiamo fuori, te la fai una canna?»
Con la lucidità che lo stravolse, a Luca non fregò nulla della socialmente definibile bruttezza della ragazza e con la stessa andò sotto al ponte ferroviario a fumare tra i topi.
Dopo la canna, lei s'incamminò nella notte, facendogli segno di seguirla. «Vieni, andiamo a prendere altra roba da una mia amica.»
Lui sul marciapiede ci svolazzò. «Non mi hai detto il tuo nome. Io sono Luca e scrivo articoli sportivi mentre cerco lavoro.»
«Camilla», disse lei grattandosi le narici, «e coi soldi della disoccupazione mi ci pago la psicologa.»


# L'arte dell'improvvisazione


Nella vita precedente dovevano essere stati dei malavitosi sulla cresta dell'onda proibizionista. Avevano scelto un indirizzo tecnico con pochissimi sbocchi professionali in città, avrebbero dovuto migrare in altre regioni per trovare lavoro. Allo stesso tempo, una crisi economica globale travolgeva la loro puttaniera italietta e molti datori la usavano come giustificazione per non pagarli.
Neddu non se ne fece che un problema ideologico, da bravo ometto di sinistra. S'iscrisse alla facoltà di chimica e iniziò a intascare qualche soldino per i manga facendo lavori vari, ma costanti: aiutava coi traslochi, convinceva la gente a donare il sangue, faceva volantinaggio, di tanto in tanto vinceva una schedina, contribuendo così alla modestissima vita domestica mentre suo padre andava a lavorare di meccanica in Afghanistan.
Blondie collaborava con uno zio facendo lavori di manutenzione a impianti industriali, non perdendo l'occasione di mandare bestemmie agli amici tramite messaggi vocali.
Peggio erano messi Luca, Bunny e Begbie, per motivi diversi. Il primo non voleva spaccarsi la schiena e l'impiego doveva piacergli; Bunny voleva entrare in porto, ma gli occorreva tempo per riuscirvi; il terzo non sapeva quale strada scegliere tra le molteplici alternative suggerite

dalle sue "conquiste amorose", finendo per pentirsi di giurisprudenza e sgobbando come idraulico e portapizze sino alla successiva iscrizione a qualcosa.

Trovarono soltanto lavori di merda, mal pagati e mal gestiti da perfetti incompetenti, italiani ladri e opportunisti. Tuttavia anche loro erano ladri e opportunisti, con una marcia in più: erano genovesi nati e cresciuti nella noia, figli di famiglie operaie durante il berlusconismo, e avevano studiato parecchio materie che nessuno gli chiese di trattare all'esame di stato. L'interesse per la politica, per la dialettica, per la psicologia e per l'arte conferiva loro un set di armi potenzialmente devastanti, se avessero dovuto confrontarsi con mentalità antiquate, analfabete, figlie invece dei tossici anni ottanta che aborrivano. In pratica, la loro cultura contro l'italianità di terza media, il talento d'improvvisare per battere il sistema.

Begbie sapeva ingannare alla grande le forze dell'ordine quando eccedeva con la velocità in moto, Bunny sapeva farci con la vendita e coi contratti, Luca sapeva ammansire dei pazzi violenti con dei trucchetti da mentalista. Rispettivamente, l'uno riuscì a ottenere una posizione da formatore per diversi corsi professionali, l'altro si guadagnò impieghi da commesso in vari negozi fino a imbarcarsi nella marina mercantile e l'altro ancora si fece alzare la paga per ogni suo articolo, arrivando pure a pubblicare un libro spacciandosi per una giovanissima scrittrice di romanzi "rosa" - pieni di oscenità diseducative.

Neddu fu il solo a spendere il denaro in maniera costruttiva, pagandocisi anche l'iscrizione ai tornei di calcio a sette; gli altri, talvolta commettendo qualche illecito "perdonabile" quale il contrabbando di pezzi di scooter e lo spaccio di fumo, si fecero una scorpacciata di alcol, escort e gite fuori porta tra i cinghiali di campagna, perché bisognava pur andare a ballare dove nessuno li conosceva.

Ma fino a che punto avrebbero potuto gestire la precarietà? Neddu ne usciva con classe, aiutava nelle spese di casa, e Bunny andava a solcare i mari come il più sexy dei bucanieri. A Blondie il grano non bastava mai, mentre Begbie doveva far fronte alla disoccupazione del padre e Luca aveva un fratellino a cui pensare. Soprattutto, lo scrittore per caso aveva il sessismo di sua madre a dargli scocciature, perché un uomo doveva farsi una posizione per, un domani, dare sicurezza alla futura famiglia, invece che bere con le *fischionare*[6], che cazzo. Luca, quindi, usava l'arte dell'improvvisazione per procurarsi colloqui su colloqui tenendo la donna a bada. In realtà il più delle volte usciva di casa per scroccare ad Azzurra due o tre boccate di fumo, specie quando Camilla doveva fingere di essere pulita per non farsi rompere le palle dalla psicologa.

Sempre l'arte dell'improvvisazione fu l'asso della manica di Begbie per partire alla volta della felicemente morta Savona, dove doveva tenere un corso sulla sicurezza a un manipolo di idioti operanti nel settore dei trasporti. Per la precisione, il motociclista degli Ignoranti s'interfacciò con una quindicina di soggetti: quattro rumeni, un siciliano, un calabrese, tutti gli altri cingalesi o bengalesi - differenza irrilevante per i suoi occhi razzisti.

Ci tenne a mantenersi serio e professionale per imbrogliare sulla sua giovane età, ma l'ambiente era xenofobo e provinciale, difficile da gestire. Il calabrese era ridicolo a vedersi, obeso e senza capelli, cinquant'anni di camionista dall'accento esilarante, perciò Begbie dovette girarsi verso la parete dell'aula conferenze per non scoppiare a ridere quando egli disse: «Sei venuto a parlare di imbragature a gente che si muove sui ponteggi con le liane» riferendosi ai piccoli ometti neri.

«Zitto», rispose uno degli offesi, «*a padrone piace Bangladesh. Tu italiano, tu lavora poco*», e gli altri annuirono in sincronia.

I rumeni risero e il siciliano affondò con: «Maledetti questi negri indiani, lavorano dalle otto del mattino fino alle nove di sera e poi dormono ammucchiati in questi appartamenti minuscoli».

«*Bangladesh lavora duro*» replicò un secondo bengalese, e tutti gli altri annuirono in muto accordo. «*Tu italiano fa: "Ah, spalla, ah, schiena. Finito, malattia".*»

Begbie resistette quanto poté, alla fine rinunciò alla recita e si amalgamò al contesto mandando tutti a quel paese. I rumeni rincararono la dose aggiungendo stereotipi sul loro conto, e tutti i bengalesi annuirono di nuovo.

L'ignorante passò poi a ispezionare i magazzini, ammirando la poesia di un rom, su un camion, che inseguiva un altro rom su un muletto. «*Te schiacio*» lo "minacciò".

---

6 Nel gergo di noialtri la *fischionara* è la libertina in senso generico, mentre in senso stretto si tradurrebbe in "pompinara".

L'altro alzò il dito medio sporto fuori dal muletto, accelerando e dicendogli: «*Ce vediamo*».

«*Se Putin non bomba ce vediamo, sennò buonanotte*» urlò quello sul camion, e i bengalesi annuirono approvanti.

Che farsene dell'arte dell'improvvisazione a quel punto?

Semplicemente era un'abitudine affinata in anni di inganni per salvare la faccia con gli sbirri, coi professori, con le ragazze. Tra lui, Blondie e Luca non si poteva stabilire quale dei tre fosse finito a credere di più alle balle raccontate.

Ci volle un'apparizione mariana per ridare a Begbie l'ispirazione persa dietro agli immigrati impazziti; la responsabile della sicurezza dell'azienda era davvero un bel pezzo di giocatore.

«Le chiedo scusa per questi squilibrati, purtroppo oggigiorno non si trova di meglio tra i giovani italiani» disse la donna, che all'incirca doveva avere trentacinque anni, al massimo trentasette.

Begbie, che tra i giovani italiani era uno dei più inaffidabili e fantasiosi mascalzoni, annuì ipnotizzato, come tutti i piccoli neretti.

«Mi chiamo Gloria Ricciardi, responsabile aziendale della sicurezza. È un piacere averla qui, signor?»

Bionda tinta, ma non troppo artificiosa. Occhi celesti, rughe appena accentuate, un profumo instillante in Begbie le peggiori fantasie e un fisico che dalle foto di Facebook urlava lui di scoparla in ogni modo. Il motociclista non si pentì di averle detto il suo vero nome quando, giorni e giorni di confidenza più tardi, si rincontrarono per una nuova ispezione. Lei lasciò intendere di avere problemi coniugali; Giulia, l'istruttrice di fitness, poteva quindi andare a farsi fottere.

Luca lo scoprì soltanto troppo tardi, quando il socio vuotò il sacco il giorno della "confessione". Avrebbe iniziato a fare il tifo sin da subito, anziché aspettare notizie dalla palestra cui si era iscritto con abbonamento breve solo per andare a curiosare Giulia, passata in secondo piano. Perché stupito, e anche perché rimastoci un po' male per il tempo atteso da Begbie, Luca risolse un colloquio alla veloce un mattino di settembre. Doveva correre a darsi da fare, o a chiedere a Camilla d'insegnargli tutte le tecniche segrete per rimorchiare una milf perché voleva assistere l'amico. Incredibile ma vero, ottenne il lavoro alle assicurazioni al posto mio. Nemmeno l'arte dell'improvvisazione gli servì a qualcosa per spiegare la frode per cui, anni dopo, dovette sparire da Genova per un po', con la madre che ancora gli urlava dietro

di essere un uomo incompiuto e un vero coglione.
Ma i guai più grossi li avrebbe passati Begbie. E Blondie con lui.

# Un vero cavaliere

«Fanno le poetesse, ma in realtà vogliono il cazzo.»

Corollario di Big G, docente di filosofia

Diciotto anni compiuti, finalmente il traguardo era tagliato. In occasione del suo compleanno, Ginevra voleva una serata speciale, senza limiti, di quelle che la famiglia esigente non le aveva mai concesso. A pensare che avrebbe presto cominciato a frequentare la scuola guida, la fanciulla andò su di giri.
La casa era libera quel giorno. Ne era felice, perché senza quei rompipalle dei suoi avrebbe usufruito dello spazioso appartamento per fare sfilate. Kevin, però, non era quel tipo di amico indicato per dirle quale vestito le stesse meglio, sebbene lavorasse in un negozio di abbigliamento.
L'omosessuale sedeva in salotto con le gambe comodamente accavallate, leggeva Vanity Fair e fingeva di prestarle attenzione, mentre lei balzava da una stanza all'altra con un abitino sempre diverso, più provocante, più sobrio, più sconsigliabile, più fatale per i depravati che bazzicavano lontani dal suo altolocato quartiere di residenza.
«E questo come mi sta?» domandava effervescente, roteando su tacchi dai quali cadeva a ogni proponimento.
«Sì» rispondeva lui indifferente, William e Kate erano più interessanti. Ginevra pretendeva considerazioni, ma conosceva bene il suo *partner in crime*. Dato che i pedanti genitori non c'erano e Kevin aveva altre preferenze, la gingerina si tolse le scarpe, sfilò via il vestito e saltellò per la casa in mutande, facendo ballare le invidiabili grazie al vento. Neppure così Kevin smise di leggere la rivista, le diede giusto un'occhiata assente e riprese silenzioso a concentrarsi sui misfatti della *royal family*. Ginevra cominciò a saltargli davanti cantilenandogli di

guardarla. «Li vedi questi meloni?» si palpeggiò i seni. «Ti ci metto la testa in mezzo e te la spremo. Guardami! Guardami e dammi consigli!»

«Qualsiasi consiglio ti dia», mormorò Kev, «te risponderai con le prevedibili lagne di voi signorine. *Ma non mi convince questo, ma mi vedo grassa, ma hai dei gusti di merda* eccetera, eccetera. Quindi, per risparmiarmi una scena cliché, ti dico che va bene tutto quello che indossi, tanto so cosa vuoi fare.»

«Non è vero, non lo sai» lei sorrise sbarazzina, con un dito tra le labbra.

«*Eccome se lo so*» sottolineò lui, voltando pagina. «Diciotto anni si compiono una volta sola nella vita e tu hai puntato il cameriere dello Scandic. È una brutta combinazione quando il tizio vive già da solo e te hai voglia di notti magiche.»

«Sbagliato, amore mio bello.»

Gin gli balzò addosso entusiasta. Lo sbaciucchiò tutto. Kevin, che odiava il contatto umano più degli umani stessi, salvo quando aveva da fare una delle sue orge, la spintonò a terra disgustato. Lei era felice e continuava a ridere. «Stasera voglio che mi porti al Virgin Club. Quel Francesco è proprio uno gnocco.»

Ci volle la menzione al locale gay perché il commesso chiudesse la rivista, avendo un brivido a fargli rizzare la schiena. «Te sei tutta scema, non ti ci porto manco morto in quel posto.»

La ragazza s'inginocchiò giocosamente supplichevole, una bambina prostrata alla più matura conoscenza del mondo dell'amico. «Perché no?» fece lamentosa. «Voglio andare da Franci e provarci come se non ci fosse un domani. Dicono che sia anche un vero cavaliere, lo voglio tutto per me!»

Le mani congiunte in segno di preghiera non persuasero l'altro. «Gioia, ascoltami bene. Lo so che sei una povera ingenua che sogna di mettere nella sua gabbietta per uccelli l'uomo della vita, e preferisco di gran lunga la tua sincerità alle paranoie di tua cugina, che nella gabbietta c'infila oggetti oblunghi di gomma. Questo tuttavia non mi convincerà a portarti in quel cesso di discoteca.»

«Daiiii! Daiiii che ti amo tanto e ti offro tutti i colpi.»

«Fuori questione, al Virgin Club ci va gente che non voglio ti si avvicini. Stasera Scandic e fine della discussione. Se vuoi farti la storia d'amore con Marcancesco, scrivigli su Facebook e vedetevi da un'altra parte.»

«Scrivergli su un social? Ma che tristezza» disse la rossa riccioluta, alzandosi coi seni schiacciati tra le braccia e lo sguardo innocente. «Ti credevo un uomo di altri tempi, mi fai piangere.»

«La smetti di atteggiarti da Lolita? Non mi fai effetto» la criticò il commesso, rimettendosi a leggere. «Più che chiedermi consigli sui vestiti, che tanto finirai col non averli più addosso comunque, accetta il suggerimento dettato dalla mia esperienza. Ci sono dei personaggi nauseabondi al Virgin, e se lo dico io con quello che mi accolgo nel retto, stai certa che finisci male.»

«Uffa! Ti chiamerò papà!»

«Un giorno mi ringrazierai. Se poi ti vesti da mignottone è come stendersi sulle rotaie e sperare che il treno ti faccia la cortesia di scavalcarti.»

«Non mi vesto da mignottone!»

«Con quelle angurie che ti ritrovi, pure se uscissi con il pigiama della nonna un tipo come Luca non ti lascerebbe scampo, sei troppo piccola e stupida.»

«Hai detto Luca?» Ginevra s'incuriosì maliziosa. «E che tipo è? Un tipo *tipo*, un tipo simpatico, uno figo o un alone viola?»

Kevin roteò gli occhi al soffitto, non voleva ricordarsi della sua nemesi. «Per darti un'idea di chi Luca sia», rispose dopo uno sbuffo, «fai conto che davanti a te ci sia io, ma con la passione per le serrature invece delle chiavi. Te che sei tonta ci cascheresti subito. Un manipolatore eccellente, un bugiardo patologico di grande capacità oratoria.»

«Un figo del Dio», sognò Ginevra, «se è pure bello e dannato come te mi bagno solo a pensarci...»

Kevin fu spietatamente tranquillo, se lo aspettava. «Lo vedi perché dico che sei una deficiente?»

«Dai, non fare lo stronzo. Tu non vuoi essere mio marito, allora devo cercarmene un altro.»

«Tanto di guadagnato.»

«Un giorno io e te faremo l'amore e ti convertirò alla patata.»

«Aspetta e spera.»

«Sposiamoci e facciamo tanti bambini!» lei si emozionò sul serio.

«*Asciugati[7].*»

«Sei cattivo, mi spezzi il cuore» la ragazza s'imbronciò per finta. «Va bene, niente Virgin perché il mio adorato Kevin non accetta la

---

7 *Asciugati* è un termine gergale che a Genova ha vari significati. Può significare "Vaffanculo" o "Attaccati al cazzo" in questo caso.

concorrenza, ha paura che gli rubi Luca!»

Cambio di pagina, dai fatti di Buckingam Palace alle nefandezze di Silvio e Ruby. «Questo non sarebbe male, me lo leveresti di torno. Peccato che anche io ti ami a modo mio, ti sto solo proteggendo. Della cerchia di quel maniaco ce n'è uno soltanto che si salva, tolto Marcancesco.»

«Ah sì? E lui com'è?» Gin scattò sull'attenti, persino i seni s'irrigidirono.

«Tranquillo e onesto, uno che non inzuppa nella prima tazza che trova.»

«Dimmi di più.»

«Non lo conosco così bene, non lo si vede per locali. So che gli piacciono i manga e che...»

La ragazza lo interruppe subito. «Oh, allora non fa per me.»

Kevin la guardò seccato e indurì il tono smorto della voce. «Non ti ho nemmeno spiegato che persona sia.»

«Dico già che non m'interessa» affermò lei veloce, e si sedette accanto all'amico raccolta nelle ginocchia.

«Guarda che è uno bravo, di quelli attenti alle esigenze di voi piccole sognatrici. Ha la mia età e...»

«È carino? Potrebbe rientrare nei miei gusti?»

Kevin storse il naso, Neddu non era il modello di ragazzo che sarebbe fisicamente piaciuto all'infantile Ginevra. «Lasciamo stare», disse lei delusa, «aspetterò una risposta via Facebook da Marcancesco e me ne starò di andare allo Scandic.»

Lui ne fu ancor più deluso. E preoccupato. «È per questo motivo che non vivrai mai la tua storia strappalacrime, gioia. Se pure un misantropo conclamato come me ti dice che forse è meglio conoscere qualcuno andando oltre l'aspetto e gli interessi, te e le signorine come te non avete speranze.»

Ginevra non fu toccata dal rimprovero, troppo giovane ancora per capire quanto Kevin fu profetico quel pomeriggio di sfilate e di nuda bellezza che nessun uomo avrebbe amato. «Ti posso dare un bacio?» fece innocente.

«No» fu glaciale lui.

«Ti posso abbracciare?»

«Solo se ti rivesti.»

Ma Gin non si rivestì, continuò a girare prima agghindata e poi spogliata per ore d'indecisione, talvolta avvicinandosi alla finestra

senza badare che qualcuno l'avrebbe potuta vedere.
Nel palazzo di fronte, invece, una tapparella abbassata celava la magia
dell'emozione di Neddu, che sdraiato su un letto non suo respirava i
piaceri di Simona ad accaldare l'aria della stanza. L'emozione più bella
provata per la persona sbagliata. Colpa di Ginevra, che un'occasione
poteva concedergliela salvando entrambi. Colpa di Neddu, il più vero
trai cavalieri, di modesta famiglia e di attitudini nerd.
Pochi soldi e troppi fumetti repellono le donne, teorizzava Begbie; c'era
da chiedersi quando sarebbero cresciuti un po' tutti, pensò Kevin.


## Errori sotto porta


«Che state facendo qui?»
Il carabiniere illuminò l'interno della vettura. Begbie sudò freddo,
accecato dalla torcetta che gli bruciò gli occhi arrossati dalla rabbia
verso sé stesso. Gloria voltò la testa fuori dal finestrino e stiracchiò la
gonna per suscitare meno sospetti.
Una cazzata qualunque sarebbe stata inefficace, persino uno sbirro da
ronda notturna non ci sarebbe cascato. Calma, arte
dell'improvvisazione, fantasia per giustificare la macchina posteggiata
su una curva a strapiombo nel vuoto, con la vista a estendersi sino
all'erezione della Lanterna - molto meno dura del manico di Begbie.
Pena per il fallimento: flagranza di reato e addio sesso con le milf,
"Detenuti, divertitevi col mio ano".
«Sono un motociclista», improvvisò sincero, «vengo spesso quassù
quando voglio rilassarmi. La mia amica qui è di Savona, voleva vedere
Genova dall'alto.»
Il carabiniere non fu persuaso inizialmente. Assieme al collega avviò
una breve perquisizione. Nel retro della Peugeot trovarono in effetti
attrezzi da meccanico, un casco in buono stato e un paio di guanti.
Begbie aveva inoltre un giubbotto fosforescente, un gancio per il
rimorchio e diverse bottiglie di olio da motore. Pure l'antigelo. Per
perizia, i due diedero un'occhiata ai documenti di entrambi e
appurarono che il ragazzo, scrupoloso e attrezzato fino ai denti, avesse
detto la verità circa la provenienza della donna. Forse non erano saliti

sin sulla vetta del monte per fare porcate in macchina. Dieci e lode per Begbie, i carabinieri rimontarono sulla Alfa e li lasciarono tra gli alberi a godersi il panorama notturno.

Per settimane Begbie aveva intrattenuto con Gloria un flirt prudente, estremamente velato, fatto di doppi sensi difficilmente interpretabili da un ormone inesperto. Era come viaggiare in autostrada col freno a mano tirato. A quella notte ci arrivò col fegato ribaltato, la pelle dell'inguine tirata; un tocco, soltanto un tocco di Gloria e avrebbe vomitato il cuore per la tensione, perché se erano lì era ben per una ragione da consumare lontani da tutto e tutti, marito di lei in primis. Gloria era maledettamente in forma, immacolata nonostante i dieci anni di matrimonio con l'ingegnere che le arruolava i rumeni in ditta. Si vedeva che non aveva avuto figli, meno che ne avrebbe tanto voluto avere uno. Begbie arrivò a quella notte con tutte le conversazioni memorizzate in ogni virgola, non si era perso un dettaglio. Sentiva di conoscere Gloria a memoria e di aver capito perché si fosse avvicinata a lui, ragazzo di tatto quando la partita si faceva difficile: voleva un *brivido*, quel fervore che la vita coniugale smise di darle relativamente presto. Un ragazzino di venti o poco più anni doveva avere le energie per soddisfarne il desiderio appeso all'infelicità, oppure il brivido poteva ottenerlo dal rischio - il gusto per il proibito aveva sempre il suo porco perché.

Quasi quindici anni di differenza sono però un divario immane quando si è ventenni, l'infedele ha quasi il doppio di vita vissuta nei bisogni inappagati.

La donna era tranquilla. Comunque sarebbe andata, quelle settimane fu contenta di aver potuto parlare con qualcuno togliendosi qualche sassolino dalla scarpa. Contenta del brivido, dell'educazione, dei momenti passati assieme. Andava bene così.

Begbie stava morendo. *Doveva* farle passare la serata dei sogni, *doveva* soddisfarla, *doveva* essere migliore di quel fottuto ingegnere incapace di tenersi stretta una donna tanto seducente, acuta, di larghe vedute e competenze. Gloria gli piaceva particolarmente, poi, perché matura in testa come in corpo: dell'aspetto che rendeva lui tanto insicuro non poteva importagliene di meno, confermando quindi che Luca avesse ragione a sostenere che cultura, intelletto e abilità linguistica fossero le vere armi da usare con le donne che valevano qualcosa.

Gloria si accorse dell'agitazione e fu pervasa da una tenerezza che tuttavia non rovinò le sue intenzioni per la serata. Anzi, ne fu eccitata ancor di più, e Begbie gli sembrò il giovane uomo giusto per portarsi dentro un bel ricordo. Non lo fece parlare, diresse il gioco con lentezza. Si sdraiò sul sedile posteriore e poco alla volta svestì entrambi, sorprendendosi delle misure del motociclista virtuoso a toccare i punti giusti. Ma Begbie non era pronto, le ochette del liceo furono soltanto esercizi di aritmetica di base rapportati con la risoluzione di un integrale da formula di astrofisica. Troppo suadente lei, esageratamente coinvolgente e spettacolare, calda, indimenticabile, il sogno di ogni pivello.

Due minuti in tutto.

Per due minuti Begbie ebbe l'opportunità di toccare con glande il Nirvana. Poi morì emettendo bofonchi e facendo esplodere il preservativo. Le collassò addosso, divenne viola e non ebbe il coraggio d'incrociarne il fascino. Si sarebbe infilato la marmitta nelle narici per farla finita il prima possibile.

Gloria solo in piccola parte ne fu delusa, perché le stava piacendo sul serio. Gli fece effetto, lo capì; era abbastanza onesta con sé stessa da riconoscere una certa distinzione quando si guardava allo specchio - altro motivo per cui detestava quel distrattone stacanovista del marito. Gli diede un bacio e gli disse di stare tranquillo, che avrebbero avuto altre occasioni. Lui non riuscì a rispondere, restò a chiedersi come facesse Blondie a venire e a continuare a darci, a darci e a darci.

L'eccitazione è qualcosa di molto soggettivo.

Si rivestirono, parlarono ammirando le luci di città. Un tocco bussò al finestrino, Gloria fece un salto. Fuori dalla vettura, un vecchio dall'aria stramba sorrideva a Begbie. Lo conosceva, era un passeggiatore che sul monte aveva dei terreni con pollame. Fu inquietato tuttavia a ritrovarselo lì davanti, a quell'ora della notte e in quelle precarie condizioni di svilimento maschile.

«Siete venuti a divertirvi, ragazzi?» chiese il vecchio, assai rincoglionito per realizzare di essere disturbante e di disturbo.

«Stiamo solo facendo due chiacchiere, niente di che» rispose Begbie.

«Oh, ho capito» sorrise il vecchio. «Siete venuti a guardare i cinghiali.»

Il motociclista annuì. Il senso fu chiaro a entrambi gli amanti clandestini.

Sperarono che il segreto rimanesse per sempre mantenuto dagli alberi, ma solo Gloria ne fu capace per ovvie ragioni, mentre Begbie telefonò a Luca, all'alba, per provare a minimizzare il clamoroso errore sotto porta.

Luca neppure ascoltò le dichiarazioni, il sonno ovattò le parole udite. Nel pomeriggio, lo scrittore pensò di esserselo sognato. Certo, uno come Begbie non poteva mancare il colpo della vita con una *défaillance* che lo avrebbe perseguitato per il resto dei suoi giorni. Se ne illuse sedendo in un bar del centro, accanto a Camilla e a Bunny. Le tre Marie supportavano Francesco nei suoi dilemmi esistenziali, innamorato di Azzurra e incapace di sopportarne il carattere complicato, aggressivo. Il vero problema di Franci erano le abitudini della giovane cubista, si sentiva irrispettoso a dirle che avrebbe dovuto piantarla coi vizi e i servizietti.

Camilla scolò il Long Island e fu irritata dalla carenza di palle del bartender. Luca aveva il sorrisetto sornione che la irritava di più, come se davvero fosse superiore e infallibile, quando era il primo a sbavare alle movenze della troietta. Bunny percepiva nell'aria una minaccia, da bravo marinaio. Non distingueva da chi provenisse, però.

Il povero Francesco divenne snervante, Camilla lo affossò. «Proprio tipico dei bravi ragazzi. Due bacetti, un abbraccio, ci andate sotto e non tornate indietro. Azzurra è la classica bambinetta che esaspera la sua femminilità per cercare attenzioni trovandole nei minchioni. Ma io mi chiedo che cazzo te ne fai, non perché faccia la troia nei bagni eh, ma perché potresti avere di meglio. Dio Cristo, sembro mia madre, guarda te cosa mi fate dire tra tutti.»

«Mi piace, cosa ci posso fare?» si difese Franci. «Non sono d'accordo con quello che fa, credo anche voi, ragazzi», proseguì senza accorgersi del loro bugiardissimo assenso, «però la conosco, so che tipo di persona sia. Ha bisogno di rimettersi in carreggiata.»

I due ignoranti faticarono per non scoppiare a ridergli in faccia. Camilla volle vomitare. «Ha bisogno di prendere cazzi e schiaffi finché non cresce, sempre se ne esiste la possibilità. Me la vedo tra qualche anno, sarà la sopravvissuta, la donna invulnerabile. Sparerà cazzate su Facebook, uscirà con altri imbecilli e dirà di essere diventata forte, la principessa che ha dovuto indossare l'armatura. Ma, sai, a lungo andare si finisce col credere alle minchiate che ci raccontiamo per non ammettere le nostre responsabilità. Vale per gli omuncoli e per le donnine. Azzurra attribuirà al mondo le colpe della sua inettitudine, sviluppando un bias che la porterà a essere sola, triste e

drammaticamente celebre per essersi scopata mezza Genova. Male,
molto male.»
Luca si girò per battere un colpo di tosse, non ce la faceva più a
trattenersi. Anche Bunny voleva ridere, ma continuava a percepire il
pericolo.
«Secondo me no, sei troppo tragica» commentò Francesco.
«E tu hai la sindrome del salvatore, o come cazzo si chiama» rilanciò
Camilla. «Sarà un meraviglioso rapporto altalena, fatto di alti, bassi e di
alterchi. Probabilmente finirai cornuto, dovrai mantenerla e riempirla di
regali per compensare alle sue mancanze, che è quello che la fa salire
sul cubo, che ti credi? Ad andare con lo zoppo s'impara a zoppicare,
quindi non mi sorprenderebbe se sapessi che ti ha già plagiato, tutte le
esibizioniste lo fanno per garantirsi la totale devozione. Vi lascerete e vi
riprenderete, e ogni volta che accadrà t'iscriverai in palestra per farle
vedere che puoi ricominciare senza di lei, mentre in realtà te ne vuoi
convincere per soffrire meno. È tutto così banalmente scontato che
parlarne mi dà noia, voglio un altro giro.»
«Certo che sei una roba... Vorrei capire perché sei tanto cattiva con
Azzurra.»
«E io vorrei tanto capire perché vi cagate addosso a pensare di provarci
con una ragazza difficile al posto di una facile. Non complicata,
*difficile*. Conigli.»
Francesco gettò la spugna, con Camilla non si poteva discutere. Fu il
primo a levare le tende quando lei andò al bancone per fare
rifornimento.
Bunny, nel frattempo, aveva capito cos'era la tensione percepita, l'aveva
parzialmente tradotta dal cinismo della ragazza. Ne ebbe la conferma al
suo ritorno, Camilla si sedette con mezzo bicchiere già trangugiato e
negli occhi aveva una punta di astio nei confronti di Luca, che a sua
volta scorgeva Neddu mano nella mano con una tizia ignota. Nel
circolo di occhiate, il sardo intravide i compagni e accelerò il passo,
Luca rimaneva perplesso e Camilla dava l'impressione di volerlo
ridimensionare.
Prima regola delle uscite tra amici: se c'è il rischio di finire a letto con
qualcuna, chiunque sia di troppo deve levarsi dai coglioni e lasciare il
leone attaccare la zebra.
Bunny l'aveva capito, aveva sommato i fattori. Luca faceva lo
splendido, però, dopo il cenno d'intraprendenza mostrato la sera che la

conobbe, più che fumare e bere non combinò niente con Camilla; la sera prima, invece, Begbie aveva fallito la scopata della vita e lui sembrava più altezzoso del solito. Se c'era un leone al tavolo sicuramente era Camilla, mentre lo scrittore aveva una paura fottuta di lanciarsi all'attacco perché lei lo avrebbe fatto a pezzi.

Brutta, dal viso lungo, con i capelli increspati e la ciocca dread che sapeva di lercio. All'inizio si poteva ipotizzare che Luca fosse stato ubriaco, o che pur di non andare in bianco al Virgin avrebbe accettato di accoppiarsi pure con un trans. No, scappava dal contatto visivo perché ne era terrificato, perché lei gli avrebbe tenuto testa, perché ne avrebbe minato tutte le convinzioni su cui aveva costruito la sua mascolinità. Brutta e dal viso lungo, ma intelligente, spietata, accattivante, dominante, furba, la femmina alfa per eccellenza. Luca, si spaventò Bunny, avrebbe perso quel giorno, e non si poteva evitare. Camilla guardò il biondiccio marinaio, lui rispose con la strizzata di una palpebra e s'inventò un impegno per lasciarli soli. Lei abitava poco distante dal bar, condivideva un appartamento fatiscente con alcuni universitari nei vicoli. Perché Luca imparasse la realtà del mondo, Camilla lo ingannò meglio di quanto lui ingannasse le galline che gli si concedevano: usò la proposta dell'hashish da smezzarsi prima di cena e lo ebbe in pugno.

Entrarono nella catapecchia, un gatto malaticcio si rifugiò sotto al divano bruciato dai mozziconi. «Che bella casa» disse il bugiardo, lei lo afferrò per la maglia e di nuovo affermò che lui fosse ormai di sua proprietà. Non perché le piacesse, ma solo per umiliarlo, per stabilire la gerarchia di comando. Lo sbatté sul divano, gli sbottonò i jeans. Luca capì allora come si fosse sentito Begbie. «Cami, non ho di preservativi» disse più per salvarsi che non perché non ne avesse.

«Cazzi tuoi» rispose lei, privatasi della maglia che ne copriva i seni scarni. «Mi hai fatta aspettare troppo, coniglio che non sei altro.»

Gli scostò i boxer e ne ingurgitò l'indurimento, troncandogli il fiato. Allora Luca dovette chiudere gli occhi per evitare davvero il contatto visivo con cui Camilla lo faceva suo, perversa e dannatamente eccitante al di là dei difetti fisici. Una maestra, il suo culmine, la donna perfetta per un idiota del genere.

Un minuto di sesso orale e stava già per venire. Dovette immaginare sua nonna per resistere, altrimenti non si sarebbe ripreso dal fallimento. La lingua della ragazza ne avvertì il pulsare, era il momento di dargli il colpo di grazia. Gli tolse tutto di dosso, si tolse tutto di dosso e lo cavalcò quasi senza emettere un singolo gemito.

Un minuto e mezzo.

Per un minuto e mezzo Luca toccò il punto più rovente dell'Avīci[8] e Camilla non si scostò al suo allarmante «Sto venendo, sto venendo!» Lo costrinse a fecondarla, cosicché ne concepisse a pieno la passione segreta. Ci volle il doppio del tempo per fargli recuperare fiato, la ragazza infine si sollevò sulle gambe e lasciò colare lo sperma sui suoi addominali. Lo guardò intensamente.

«Le cose sono due: o sei un buffone montato e ti dai delle arie per sembrare lo scopatore che non sei», lo conquistò, «oppure ti piaccio da morire anche se non sono materiale per farsi le seghe. A seconda di come risponderai avrai un'occasione per rifarti, per oggi ti basti aver imparato come gira il mondo. Su, Luca. Non fare come Francesco, stupiscimi.»

Sì, era certo che si sarebbe fatto male. Camilla poteva avere l'aspetto di un mulo e ciò non avrebbe avuto rilevanza. Pure a seguito dell'incredibile errore sotto porta, Luca era così preso da essere già pazzo di lei. Al bisogno di rifarsi non ci pensò.

«Su, mi stai facendo passare la voglia di averti qui in casa. Ti rassereno subito, m'imbottisco di pillole anticoncezionali. Ora parla, dai.»

Magnifico se l'avesse fatta venire più e più volte. Irripetibile se quel piacere provato l'avrebbero potuto condividere.

«Sì, mi piaci da morire» spirò Luca.

Lei tacque. Si riadagiò sul membro, accolse il lento rammollimento un altro po' dentro di sé.

Camilla e Luca si baciarono sino al bisogno di fumare. La fattona senza particolari emozioni da segnalare, lo sbruffone con una tachicardia inarrestabile.

«Non stiamo insieme, sappilo» sentenziò Camilla. «Scopiamo, ci ubriachiamo, andiamo a ballare, ma scordati di avermi come fidanzata, perché io di vincoli per ora non ne voglio. Se ti sta bene, *bene*, sennò sconosciuti come prima.»

Sotto sotto, le identiche parole che era lui a pronunciare per mettere le cose in chiaro con le amanti, Luca confidava di cambiarle. Forse

---

8 L'Avīci è, nel buddhismo, il livello più basso dell'inferno, riservato a coloro che commettono una delle cinque colpe a retribuzione immediata. È un luogo dal quale non si sfugge e si viene bruciati per miliardi di anni.

Begbie si era sentito allo stesso modo. «Mi sta bene.»


# Una bomba sul piano inclinato


«La cosa bella dell'alcol è
che rende tutto più sopportabile. Puoi
scoparti tua cugina o la vicina
pregna e non fa niente.»

Prima legge di Bunny sulla socialità


Dato il senso comune degli Ignoranti, l'appartenenza al gruppo del serio Neddu era una nota stonata in un'orchestra della vergogna. Per gli altri quattro la sobrietà del sardo non costituiva un problema, potevano contare sull'amico facendone l'autista designato del sabato sera; a compensarne i brindisi fatti con la Coca Cola venivano a rotazione alcuni amici dei singoli, se non ex compagni di scuola troppo presi dalla propria vita per andare in giro a farsi riconoscere.
Al tempo, quello che faceva più comparse era Fred, il secondo peggior bevitore che i ragazzi avessero mai conosciuto. Spilungone, carnevalesco nel vestiario, sempre sopra le righe. Sapeva un sacco di cose su Quentin Tarantino. Dopo il faticato diploma si arruolò nell'esercito, però ciò non lo condusse a curare il pudore: come gli altri della banda aveva un cervello del tutto traviato dal sesso e dall'alcol, che stavano alla base di una sottospecie di "rivalità" con Blondie a chi avesse il fegato più resistente e l'uccello più magnetico.
In occasione di una rimpatriata con la vecchia classe, Fred fu uno dei pochi ad avere il coraggio di presentarsi. Begbie immaginò che la ragione principale fosse l'inaspettata venuta di Sabrina, la quale estremamente di rado appariva in pubblico e mai accettò di partecipare a una serata con gli Ignoranti. Nessuno poteva biasimarla, pensò Luca in pizzeria, considerando sia la taglia del davanzale di Sabrina che i pensieri chiaramente leggibili nelle espressioni attonite della banda, senza dimenticarsi del tipico consumo di bevande che su quelle tette li avrebbe fatti saltare come babbuini arrapati: assenzio, Țuică, Spiritus, i

Quattro cavalieri, distillati allungati con il metanolo, Spritz e Viagra, isopropilico diluito nella Fata verde; si sarebbero bevuti il loro stesso piscio, se gli avesse dato la botta.

Sabrina non avrebbe comunque attirato i gusti più "aristocratici" di Begbie, di Bunny o di Luca perché eccessivamente timida e taciturna come persona, poco reattiva, abbastanza bidimensionale. Giacché i tre non avevano la necrofilia tra le parafilie, i due cani a tirarsi la corda furono Fred e Blondie, come ai vecchi tempi.

Tutto cominciò in pizzeria, battaglia psicologica a colpi di Sambuca. Erano seduti l'uno accanto a l'altro e deliravano, urlavano, sbraitavano al cameriere di portare un altro giro per tutti, tanto avevano incassato lo stipendio. Sabrina sedeva di fronte a loro, stretta nelle spalle, e non diceva niente, né rideva. I due fecero così tanto rumore che furono uditi nel locale di fianco, una gara di appariscenza dove non era concesso abbassarsi i pantaloni.

Bunny agitò il suo bicchiere di Foursquare, Luca e Begbie s'intendettero. Il trio studiava con attenzione la baldoria degli ubriachi, trassero una conclusione unanime: se Sabrina era lì con loro, buona e morta a guardare come se stesse aspettando qualcosa, era perché in ballo c'era qualche evenienza che non avevano considerato, essendo molto legata a entrambi gli urlatori. Era tempo di scommettere.

«Blondie è fidanzato e Fred si è fatto sei anni di superiori avanti e indietro in treno con la Sabri» chiosò Bunny. «Do Fred a due e mezzo la posta, il nasone è pagato a sei.»

«Non so», ragionò Begbie, «sono così fradici che secondo me le sboccano addosso prima di farselo venire duro. Per me finisce X non pagata, dove per X non s'intende che le praticheranno una *double penetration*.»

«Concordo col socio» disse Luca.

«Facciamo che non si punta niente e che la portiamo via prima che finisca tra le mani di uno dei due?» s'intromise Neddu, la cui proposta non mirava a fare bella impressione sulla vicina Simona. «Vi ricordo che Sabrina è fidanzata con un nerboruto che se scopre che non li abbiamo fermati ci accartoccia come la stagnola.»

«Ma per cortesia», fu scettico Bunny, «quel pompato del cazzo l'ho beccato al Vice la settimana scorsa con una sgnacchera da otto al nove in pagella e le ha prese da un nano per avergli fatto cadere il bicchiere. Ora che ci penso, la Sabri potrebbe aver saputo di avere le corna. La

vendetta è quotata a uno e mezzo, nel caso.»
Simona fu allibita, stringeva il ginocchio di Neddu sotto al tavolo come
a dirgli che volesse andarsene all'ennesimo strepito di Blondie. Le grida
del savonese attirarono lo sgomento dei passanti fuori in strada, tra cui
una Camilla interdetta individuò il congelamento di Luca appostandosi
alla finestra del locale. Non ci fu solidarietà femminile ad allietare
Simona quella sera, solo altra volgarità a far sudare freddo lo scrittore e
a prosciugare i bicchieri degli scommettitori. Camilla non sopportava
né le urla né gli uomini che si comportavano da scimmie per sedurre
una ragazza anonima, notabile solo per il seno che le ricordava Azzurra.
Si sedette ugualmente perché affascinata dagli abissi dell'umanità, fu
accontentata presto: Blondie tornò dal bagno con un flacone di
ammoniaca, lo fece sniffare a Fred e toccò a Neddu chiamare
l'ambulanza.
«Per me non vince nessuno» dichiarò Begbie, ignaro quanto gli altri di
alcuni fatti della campagna.
«Anche qua affisseranno le nostre foto segnaletiche?» chiese Bunny,
sperando che il titolare della pizzeria non facesse come la dozzina di
gestori che gli Ignoranti indispettirono negli anni.
«Dipende tutto da Blondie», disse Luca, mentre uno degli ex compagni
trascinava il semi incosciente Fred fuori dal locale, «se non sbocca
adesso, forse abbiamo una possibilità.»
«Foto segnaletiche?» chiese Simona all'angosciato Neddu, che rispose:
«Poi ti spiego, ho degli amici idioti» e vide lo storico compagno di
banco digerire a fatica.
«Me la spiegherai anche te?» Camilla domandò a Luca.
«Penso che la spiegazione migliore te la stia per dare il diretto
interessato» replicò lo scrittore in bianca camicia. «Giusto, socio?»
«Giusto, siamo alle solite» confermò il motociclista in pullover.
«Nooo, porca troia» cantilenò lamentoso Bunny, perché Blondie si
stava tenendo lo stomaco e si era alzato in piedi.
«More, vuoi qualcosa al banco? Andiamo a pagare?» Neddu tentò di
distrarre la partner.
«Che bellezze» aggiunse Begbie, «Se lei gliela smolla davvero, è una
disperata» opinò Camilla, «Molto, così tanto che mi fa fin pena» infierì
Luca, «Raga, sto male, porco di un...» barcollò Blondie, «È come
quando si è steso al bar di Vernazzola quella gita in terza superiore»
ricordò Bunny, «Sì, che si è messo a competere con gli anziani che

prendevano il sole» ricordò pure Luca, «Roba da matti» Begbie si coprì gli occhi, «Siete uno spasso» concluse Camilla.

Blondie vomitò sul tavolo, causando la fuga di gruppo per la quale in pizzeria non ci sarebbero più tornati.

Ma non finì lì quella sera. I ragazzi infatti ignoravano un fatto noto di Blondie, ossia che, nel raccontare storie, riferiva soltanto quel che gli andava bene. Blondie era un duro, però non un duro che avrebbe ammesso agli amici di avere problemi personali che toccavano la sfera famigliare. Blondie fu bravo a nascondersi, diede l'impressione di aver bevuto fino allo scoppio del motore per battere l'amico-rivale e nessuno del pubblico si accorse di niente.

Siccome era meglio riportarlo alla base, Neddu fu incaricato di prendere la sua macchina e di scarrozzarlo via prima dell'arrivo della gendarmeria. Il guaio era che nessuno sapeva dove il nasone avesse posteggiato. Lo trovarono dopo mezz'ora di telefonate vane, seduto nella sua Opel a palpeggiare Sabrina, felice di riceverne la smania. L'auto però era troppo vicina alla pizzeria, i ragazzi videro il titolare parlare coi carabinieri al capo opposto della grande Piazza della Vittoria.

«Merda, ci stanno addosso!» esclamò Begbie. «Neddu, monta in macchina e porta via questo balordo!»

«'Sto cazzo», ribatté Neddu, «non ce la faccio salire Simona con questi due che ruscano[9].»

«È un amico, che vuoi farci?!» recitò Luca, con Camilla che rideva. «Simona, abbi pazienza, bisogna squagliarsela prima che ci leghino. Puoi fare finta di nulla e accompagnare il tuo uomo in missione?»

«Voi siete degli sciroccati!» fece lei, che salutò sconvolta e se ne tornò a casa a piedi. Neddu fu allora spinto in macchina a suon di bestemmie e i due appassionati non lo notarono neppure.

Ironia della sorte, non fu solo il motore di Blondie a essere scoppiato: l'ubriaco si era scordato le luci di posizione accese, la batteria della Opel era scarica. In un caso diverso, Begbie sarebbe volato a prendere l'attrezzatura e avrebbe condiviso l'energia della sua Peugeot, posteggiata purtroppo molto lontana; Luca e Bunny erano con lui, Neddu era venuto in autobus, quindi non c'era una sola batteria a disposizione nelle vicinanze. Per fuggire prima che i carabinieri li

---

[9] *Ruscare* corrisponde a "pomiciare", ma è valido talvolta anche per intendere "scopare".

scoprissero, i tre scommettitori si misero a spingere e Neddu fu
costretto a restare al volante mentre Sabrina e Blondie si denudavano. E
fu costretto anche a mantenere i nervi saldi quando lei apriva le gambe
e lui le iniettava il suo sballo.

«Neddu, ci sei anche tu?» blaterò lo sverso. «Se vuoi guardare mi paghi
cinquanta fette[10].»

*«StaicalmoNeddu, staicalmoNeddu, staicalmoNeddu,
staicalmoNeddu...»*

«E non parlare, porca Ma████! Mi deconcentri!»

Begbie, Luca e Bunny dovettero spingere per cinquecento metri prima
che Neddu riuscisse a mettere in moto la vettura. Fu fortunato, Simona
lo assolse. Lui però non rivolse parola a Blondie per un mese. Dopo
quell'episodio, nessuno vide più Sabrina in giro e mai si capì perché
fece quel che fece. Tanto meno Neddu si permise di raccontare cosa
vide di traumatizzante nel viaggio verso Savona.

Blondie era un ordigno di guai non detti. Posto sul piano inclinato della
licenziosità di Sabrina, la sola direzione che poteva prendere era avanti,
in discesa, a tutta velocità. Fermare un uomo che soffre era un concetto
che gli Ignoranti non avevano studiato.

«Questa rientra tra le dieci cose più assurde che abbiamo vissuto»
affermò Luca, guardando la Opel che si allontanava.

«La collocherei al terzo posto, dopo la corsa sul fiume e le notti di
occupazione scolastica» disse Begbie.

«Povero Neddu» sospirò Bunny. «Povero Neddu.»

Camilla rise ancora udendo le urla di Blondie che si dissolvevano.

«Neddu! Se ti vuoi fare scopare in culo le fette son duecento! Brutto
maniaco, smettila di pregare! Appena scendo da questa macchina ti
spacco la vita! Ti spacco la vita!»

«Oddio, non fermarti!» lo implorava Sabrina.

*«Ciur-ma! Andiamo tutti all'arrembaggio, for-za!»* cantava Neddu per
fingersi altrove.

La Opel percorse una via piena di bar e dehor. A decine furono le
persone che l'indomani avrebbero potuto testimoniare il passaggio di un
pazzo furioso, che teneva sollevate due gambe nude, con un tizio che
piangeva al volante.

«Certo che di gente strana ce n'è parecchia in questa città» osservò
Lucrezia, credendo che il delicato Martini le stesse facendo un brutto

---

10Le *fette*, in gergo, sono gli euro.

effetto.
«Non sai quanta, cara» disse Kevin, e Luc ripose il bicchiere sul
tavolino.


## La legge del caos


Il solo della banda a non serbare una particolare cura per le apparenze
era ovviamente Neddu. Il sardo era quasi cieco, si era bruciato diottrie a
furia di leggere online mentre gli altri si ammazzavano di seghe su
Youporn. Grande appassionato di calcio, un giorno ricevette una
pallonata che gli portò via gli occhiali. Da quell'episodio iniziò a
indossare lenti a contatto guadagnandoci in immagine.
Simona, che probabilmente non sarebbe mai uscita con un uomo talpa
di simpsoniana memoria, si teneva stretto Neddu quell'otto marzo, ne
raccontava pregi e film mentali alla tavolata di compagne di corso che
per festeggiare si radunarono al Virgin. In una serata al femminile,
portato praticamente al guinzaglio perché Simona avesse qualcosa per
cui vantarsi, Neddu si sentiva peggio di quando usciva con i ragazzi,
unico lucido in un circo degli orrori. Ma con le lenti a contatto almeno
era meno incerto su di sé, lo sbaciucchiare persistente di Simona lo
invogliava ad apportare cambiamenti eleganti al suo stile sciatto.
"Avere la donna ti salva dal trattarti come una bestia" sosteneva Begbie,
che varcava l'ingresso della discoteca nel momento in cui Neddu
sperimentava la dipendenza affettiva.
«Ragazze, scegliete voi dove sederci» disse al trio di splendori per le
quali si mise in tiro, indicando loro la lercia pista da ballo dove c'era già
di tutto, da Nina Canepa al suo massimo all'amico Fred con l'intera
comitiva della scuola di swing.
Preferiva restarsene a casa a biasimarsi per essere un merdoso
impotente, ma con le principesse al seguito avrebbe lenito le ansie per
la défaillance rifacendosi con una della tre. Non volendo essere da solo
nel momento del bisogno – senso atavico della condivisione delle
risorse -, Begbie invitò i due "presentabili" del gruppo ad aggregarsi:
Bunny aveva gli occhi fissi sul culo di una del trio e Luca non
comprendeva perché l'altra avesse troppa attenzione, quasi

tormentandosi, a tutto ciò che le stava a sinistra.

Aver accettato di venire fu una cazzata, se lo confidarono scambiandosi uno sguardo annoiato. Volevano mettere la testa a posto, non potevano con il motociclista che gli forniva droga da consumare bagnata in una discoteca ove l'unico modo per sopravvivere era affogarsi nel Negroni. Ma non avevano scelta, l'otto marzo era una trappola: nonostante il locale fosse pieno di affamate disposte a tutto pur di soddisfare l'appetito sessuale in una *one-night stand* dimenticabile, avrebbero dovuto mantenere il decoro, altrimenti lo sputtanamento sarebbe stato sicuro.

Luca in particolare doveva stare attento, perché al Virgin vi era anche sua madre, in vena di festeggiamenti con alcune colleghe altrettanto staccatesi dal male della vita coniugale/famigliare per una notte di ritorno alla giovinezza. La donna era in compagnia della madre di Simona, Luca neppure lo sapeva; gli bastò leggere il labiale – "C'è pure mio figlio, vediamo se fa il coglione con me presente" – per rabbrividire.

«Guarda quante vacche da latte» biascicò Blondie tra sé e sé, trascinando il passo ubriaco dall'ingresso fino alla sala centrale. «Tutte laide che vengono in disco con la pretesa di fare più scena delle figlie. E ci riescono, cazzo se ci riescono. Ho voglia di mettere l'uccello al caldo.»

Era uno dei due propositi della sua uscita solitaria, la soluzione per levarsi dalla testa l'insopportabile esistenza della sua ragazza. All'altro pensiero avrebbe sopperito con una "sana e pregiata" dose di una polvere che teneva in tasca. Come il resto della brigata, non immaginava che si sarebbero trovati tutti nello stesso posto, nella serata più pericolosa dell'anno, nel posto più sconsigliabile del pianeta.

Fred aveva le tardone da istruire allo swing, non fece caso alla sua venuta. Neddu invece se lo vide passare accanto, lo guardò con terrore e tornò rapidamente al tavolo fingendo di essere qualcun altro. Begbie anche lo individuò barcollare nella calca, e l'ansia da prestazione crebbe in lui: Gloria che lo rapiva, Gloria che lo teneva sveglio la notte, Gloria che non poteva essere sua perché sposata, Gloria che non doveva essere delusa. Begbie uscì col trio di ragazze per ficcare l'inquietudine nella più "sana e letale" tra le droghe, veder Blondie gli fece prendere l'astuta decisione di assumere un paio di pillole utili ad alleviare il suo status. Benzodiazepine, la strategia socialmente accettabile per drogarsi su

prescrizione medica. Luca gliele tolse dalle mani appena le ragazze
furono troppo distratte dal proprio chiacchiericcio, se le mise nel
Bloody Mary e brindò alla madre per non piangere, ancora stranito
dalla tizia che gettava l'occhio preoccupato a sinistra.
«Ma questa cos'ha?» chiese a Begbie.
«Non te l'ho detto? È sinistrofoba» gli bisbigliò il motociclista.
«Sinistro-cosa?» alzò la voce Luca.
«*Sinistrofoba*. Ha paura di tutto quello che si può trovare alla sua
sinistra e dei mancini.»
Luca riosservò i bulbi preoccupati della ragazza, poi ingurgitò metà
bicchiere e guardò l'amico con stizza. «Che cazzo, dobbiamo mettere la
testa a posto e continuiamo a rifilarci casi umani a vicenda.»
«Abbassa la voce, che magari ti sente.»
«Viva il comunismo!» esultò Luca, sollevando goliardicamente il
pugno che fece sobbalzare la tizia.
Con la scusa di voler offrire il secondo giro, si dileguò verso il bar e
tornò carico di materia prima perché l'ubriachezza gli velocizzasse la
nottata. Aveva però lo stomaco vuoto, il bere velocemente gli diede la
nausea; non potendo correre al bagno perché la madre vi stava ballando
davanti, vomitò nel bicchiere vuoto e lo nascose sotto al tavolo. Le
ragazze non se ne accorsero, ma Begbie e Bunny sì e soltanto uno dei
due esplose a ridere.
Similmente, ad accorgersi del disgustoso *exploit* fu Kevin, non
abbastanza distante dal tavolo di Luca per tollerarne lo snello figurino.
L'omosessuale si girò per non avere i conati, la fresca e giovane
Lucrezia si preoccupò e Nina Canepa fu entusiasta a saper da lui che ci
fosse quel bastardo manipolatore di Luca, sebbene più entusiasta fu a
scorgere che di fianco allo scrittore ci fosse quel cucciolone adorabile
di Begbie.
Memore della loro "magica" notte di limoni, palpeggiamenti e rigurgiti,
Nina Canepa fu decisa a completare il lavoro lanciandosi all'attacco;
Begbie spiccò il volo affidando a Bunny l'ingrato compito di affibbiare
l'uomodonna a un malconcio che ci cascasse. Il bel marinaio ebbe da
scegliere tra Blondie, che insultava ragazze a caso scambiandole per
altre, Fred, che era sufficientemente euforico da fregarsene dell'identità
di genere, e Neddu, che nel frattempo aveva adocchiato i suoi cosiddetti
amici aspettandosi una burla da un momento all'altro. Preso dai
dilemmi morali, Bunny scelse di guastare il divertimento di Fred perché

il ballerino era circondato da troppe donne, e da mesi si faceva vanto di quante ne scopasse grazie al ballo: era giunta l'ora di fargli provare l'ebbrezza della stecca da biliardo nel buco sbagliato.

Con Nina Canepa accoppiata all'amico che nulla sospettava, mancava solo un ingrediente al cocktail atomico che avrebbe cambiato la vita di tutti. Di soppiatto, Ginevra disubbidì al volere di Kevin e al Virgin ci andò lo stesso, la sua prima serata in un locale gay.

Al bancone c'era una lunga coda, il fascinoso Francesco era impegnato. La riccioluta era estasiata all'idea di conoscere meglio il mondo dell'amico omosessuale, come già aveva avuto la fortuna di fare la sua coscienziosa cugina Lucrezia. La stessa estasi da ragazzina incauta le fece rubare un bicchiere incustodito in tutta serenità, perché non aveva mai sentito di droghe nei bicchieri nelle discoteche arcobaleno.

Sciocca, Gin ne prese uno contenente LSD. Non fece in tempo a sorseggiarne il rosso contenuto perché Kevin la colse sul fatto.

«Ti avevo detto che non ci dovevi venire qua, rincoglionita» le disse arrabbiato. «Stasera ci sono tutti gli esponenti di spicco della Genova da non frequentare.»

«Li posso conoscere?» chiese lei illuminata, ancora bambina nonostante l'appariscenza da urlo. «Voglio innamorarmi di una testa di cazzo che per me cambi.»

«Tu hai letto troppi libri di fantasia maschilista» la redarguì Luc, vent'anni di magrezza e d'inguaribile diffidenza verso gli uomini.

«Ormai sei qua, te ne starai brava con noi e niente stupidaggini. E posa quel bicchiere, non sai chi ci ha bevuto.»

«Uffa! Siete noiosi» si lamentò Gin, pericolante sulle scarpe. «Va bene, lo metto via e non lo prendo più.»

Si girò verso il tavolo da cui Luca se n'era andato per fare altri rifornimenti. Posò il bicchiere alla sinistra della sinistrofoba, che raggelò e lo spostò immediatamente verso dove Luca, tornando, poggiò un alcolico uguale per colore. Ora c'era tutto l'occorrente perché il caos agisse.

Blondie puntava la malia delle movenze erotiche di Azzurra sul cubo. Uno sciame di danzatori si frapponeva tra lui e il bisogno di farsi una tirata in compagnia al gabinetto, infatti la cocaina l'aveva portata perché la piccola e formosa Azzurra andava comprata per riceverne i servizietti.

Il genio è la dote di coloro che riescono a pensare in fretta a tattiche

straordinarie; se per fare del bene o per fare del male, la sola ragione del matto era la mera sopravvivenza in un mondo dove soltanto i furbi vanno avanti.
«Cosa hai detto su mia madre?!» tuonò contro un colorato ragazzino, spintonandolo con forza. Il ragazzino volò contro a un gruppetto di bevitori effeminati, che si rovesciarono le bevute addosso. «Cosa hai detto su mia madre?!» tuonò ancora Blondie, semi nascosto dall'intermittenza delle luci. Spintonò un altro tizio e tirò una giovincella per i capelli dando la colpa a un gay che le stava dietro. «Cosa hai detto su mia madre?!» urlava il savonese, avanzando nella confusione che i suoi strepiti fomentarono.
Fu il putiferio, lui proseguì nella calca e Azzurra capì che fosse il momento di fare una pausa cocaina, balzando dal cubo per far atterrare le sue soffici forme sull'eccitato abbraccio del pazzo.
«Ho la roba, andiamo in bagno?» propose lui, e lei lo trascinò saltellante nella toilette mentre la ressa degenerava in rissa.
«Cos'è? Un pogo?» si stranì Bunny, comprendendo l'origine del macello all'udire i furiosi "Cosa hai detto su mia madre?!" diretti verso al bagno. Una drag queen gli cadde sul tavolo, a sinistra della sinistrofoba. Le urla attirarono l'orecchio di Luca, in cerca di Begbie nel marasma per dirgli che se ne stava andando. Vedendo il suo bicchiere in pericolo, lo scrittore se ne infischiò delle ragazze e corse a salvare tutti gli alcolici. Pronto a svanire col malloppo, fu ostruito da sua madre.
«Allontanati, è scoppiata una rissa!» gridò la donna. «Cosa sono tutti questi bicchieri?!»
«Gli analcolici delle ragazze» improvvisò scaltro Luca. «Anzi, facciamo che mi tieni il mio e io vado a portare le bimbe in salvo? *Grazieciao.*»
Fece dietrofront dando alla donna un bicchiere non suo, mica stupido.
«Che figlio idiota e bugiardo» mormorò lei, prendendo un sorso perché ancora un po' di fiducia la serbava. Era il bicchiere rubato da Gin, quello contenente LSD. L'acido le fece un effetto piuttosto rapido.
I buttafuori intervennero per placare la bolgia, Neddu fu spazzato via dalla carica e si ritrovò sulle gambe di Nina Canepa - occupata sì a pomiciare con Fred, ma non così tanto da rifiutare un secondo maschio, bello peloso. Seppur gli caddero le lenti a contatto, Neddu riconobbe il soggetto dalla voce e scattò in piedi al percepirne l'erezione su una

natica. Non distinse però i capelli di Ginevra da quelli della sua fidanzata Simona, colpevole di aver per sbaglio dato una gomitata a Lucrezia e adesso in lotta con la stessa a tirarsi graffiate. Nel maldestro salvataggio, il sardo ciecato agguantò Gin e filò via caricandosela sulla spalla, venendo però inseguito da Kevin e da un buttafuori testimone di quella palese molestia sessuale.

Bunny era rimasto incastrato, il casino aveva schiacciato il tavolino contro la parete. Per autodifesa lanciò il suo Cuba Libre nel mucchio e centrò per puro caso la nuca di Begbie, già divorato dalla sua crisi esistenziale oltre i limiti della tolleranza per non perdere la brocca. Il motociclista chiuse gli occhi e travolse tutto ciò che gli si parava davanti, finendo a sfondare il bancone del bar sotto cui Francesco si stava nascondendo terrificato.

La musica era alta, ovattava il capolavoro d'isteria e violenza generato da Blondie. Lui era in bagno con un sorriso sfatto stampato in faccia, la punta del naso impolverata. Azzurra lo disgustava e lei non era da meno, con la differenza che non era stata l'ancora minorenne cubista a chiedere del sesso orale in cambio di una tirata.

«Se vuoi la coca», disse completamente fuso, «*soffocone*, sennò me la tengo per me e ciao ciao.»

Se avesse saputo quanto Azzurra fosse più sciagurata di lui, forse nemmeno da fatto avrebbe richiesto qualcosa del genere. Azzurra ebbe un'idea malata per insegnargli come trattare le signorine. «Se ti metti il preservativo e tieni gli occhi chiusi, okay, ti farò il pompino» recitò subdola, massaggiandogli già l'arnese che avrebbe fatto succhiare a qualche gay di sua conoscenza.

«Occhi chiusi?» blaterò lo stordito. «Cristo, ma come cazzo si fa a sborrare senza il contatto visivo?»

Azzurra strinse la presa, lo convinse. Aveva più voglia di porcate lui di quanto lei avesse bisogno di fronteggiare l'astinenza. Fece maliziosa: «O così o niente, ti spari una sega. Cosa scegli?» e Blondie accettò cominciando a tenere gli occhi chiusi sin da subito, mentre lei andava a "recuperare il profilattico".

Neddu sfondò la porta del bagno credendo di aver trovato l'uscita del locale. La luce gli schiarì i lineamenti della traumatizzata Ginevra.

«Ma tu non sei Simona!»

«Brutto pervertito pederasta, lascia subito stare la piccina!» arrivò Kevin.

«Potete non fare casino? C'è uno qui che sta aspettando il suo soffocone» disse Blondie con ancora le palpebre serrate, nella beatitudine di chi era esageratamente stravolto per preoccuparsi di avere l'uccello di fuori.

Neddu tornò in fretta in sala, Kevin ricordò tutte le malefatte del savonese e approfittò della situazione per insegnare a Ginevra cosa succede a chi non rispetta le signorine. Anticipò perciò Azzurra, incredula ad ammirare la madre di Luca sul cubo.

Lo scrittore, nel frattempo, aveva ritrovato le ragazze e si era calato nei panni del dongiovanni scortandole verso l'uscita. Sbagliò a posizionarsi, perché afferrò da sinistra il braccio sinistro della sinistrofoba. A quel punto intervenne un altro buttafuori con la fissa della molestia sessuale e Luca fu intravisto in difficoltà: un energumeno che lo tirava per il colletto della camicia e una puttanella urlante che lo tirava per il polso, aveva frainteso la furibonda Camilla. «Prima mi rubano il bicchiere con la mia LSD, ora mi rubano il mio schiavo del sesso! Lurida troia, levagli quelle cazzo di mani di dosso!»

Attaccò da sinistra, brandendo una bottiglia. Grida di panico, la bottiglia spaccata sulla fronte della sinistrofoba, l'accidentale caduta sulle botte che Lucrezia e Simona continuavano a darsi sul pavimento, il coccio che sfregiò il buttafuori, gli zampilli di sangue. Luc sentì di avere il vestito sporco e il suo primo pensiero ricadde sul ciclo mestruale che sin dal mattino provocava perdite abbondanti. Poiché ansiosa più di Begbie, invocò il time out e corse verso il bagno. Cacciò fuori tutto il suo orrore vedendo Kevin praticare un fellatio con Gin che gli reggeva il gioco.

Blondie si accorse troppo tardi di star ricevendo il suo soffocone da un uomo aiutato da una ragazzina bravissima a fingersi una lurida mugolante. Volle morire appena Neddu tornò al bagno per arrestare la violenza di Simona su Luc. Gli stava pure piacendo, povero lui. Inseguì tutti dominato dalla follia omicida, fu bloccato da Francesco e cacciato dai cinque buttafuori necessari per limitarne la foga. Solo e confuso per strada, gli parve di aver visto gli amici dentro la discoteca. Si chiese dove fossero, se stessero bene, se si fossero divertiti per la malefatta per cui non si pentì per un bel po'.

Non ricordava che nel trambusto Bunny gli avesse dato un pugno per facilitare Francesco, confermandosi il virile "eroe" per il trio di amiche che accompagnò in un altro posto dopo quella tragicomica rissa.

Per effetto del caos, Bunny divenne oggetto di contesa per le tre ragazze, affascinate dai suoi racconti di navi e di legge del mare - senza contare il suo aspetto.

Per effetto del caos, Fred fu abusato da Nina Canepa in macchina. Il giorno dopo avrebbe detto agli altri: «Siete solo gelosi», ma, mentre riceveva sorprese con diletto, diceva a Nina: «Begbie è solo fuffa, tutte chiacchiere. Meglio io». E lei mugugnava con tristezza: «Non capisci, mi sono innamorata di lui» venendo sminuita per simile stronzata.

Per effetto del caos, il motociclista rubacuori non poté accettare le proprie angosce e andò da Azzurra per farsi dare dell'erba. Gliene avrebbe comprata altra per non perdere il controllo con Gloria, rovinandosi per sempre.

Per effetto del caos, e anche per la perdita delle lenti, Neddu pensava che Simona fosse andata via incazzata e scioccata, invece era ancora in discoteca, più bella di prima. Andarono a casa di lui insieme, si fece perdonare. Nessuno gli aveva detto che Simona avesse una sorella gemella e che questa fosse una ninfomane completamente fuori di testa.

Per effetto del caos, Blondie andò a consolarsi in un night dove fu colto in flagrante dalla fidanzata, che lo stava braccando da inizio serata. La sua condizione peggiorò sensibilmente da quel momento, mentre per lei, poveraccia, *Crying at the discoteque* acquisì un triste significato tra le braccia di un'amica.

Per effetto del caos, Lucrezia ordinò a Gin di non rimettere più piede al Virgin, con Kevin che ridacchiava. Purtroppo per le aspettative della prorompente ragazzina, questo semplificò l'avvicinamento tra Azzurra e Francesco.

Per effetto del caos, la madre di Luca fu interrogata dai carabinieri e suo figlio fu trascinato verso casa da Camilla, che di tornare alla propria non ne aveva voglia. Se ne dormì con lui quella notte, non gli fece niente perché con le benzodiazepine e tutti quegli alcolici in circolo nemmeno la Jolie glielo avrebbe fatto venire duro. Andava bene comunque.

«Se devi fartela con qualcuna», gli disse sotto le coperte, «almeno scegliti una meno malata. Sinistrofobia, ma che cazzo...»

«Gelosa?» fece lui assonnato.

«Coglione» replicò lei, sebbene non le dispiacesse aver il suo abbraccio attorno alla schiena, con la mano che le accarezzava il sedere.

Ogni azione genera una reazione. Gli innocenti non esistono. Luca ci pensa oggi nel suo letto. Vorrebbe piangere, ma non ne è più in grado.

## Modelli educativi



Assunto di Blondie, memore di *Black Lagoon*

Gli ignoranti a non essere figli unici erano Neddu, Blondie e Luca.
Inutile specificare che il sardo fosse un esempio per il fratello minore,
benché il poco divario d'età non gli comportasse le responsabilità
invece imposte allo scrittore, dodici anni più grande del fratellino.
Neddu l'avrebbe ammazzato suo fratello, gli ricordava sé stesso per i
motivi sbagliati: fissato con la Marvel al posto dei manga, fissato con il
basket al posto del calcio, fissato con le serie televisive al posto dei
film, fissato coi giochi di ruolo al posto dello studio; due fissati che di
guadagnare dimestichezza nella sfera sessuale non ne avevano
intenzione – cosa che li faceva star male in silenzio.
Neddu aveva tuttavia Simona a riempirgli la vita di "gioie" e amici
ricchi d'inventiva, bugiardi ai quali s'ispirò per non farsi scappare di
aver fatto sesso con una gemella depravata invece che con la propria
possessiva rompipalle. Era l'esempio della serietà, i genitori orgogliosi
lo veneravano e pregavano che anche l'altro figlioletto crescesse come
lui.
Altrettanto non si poteva dire per quella bestia di Luca, che a sedici
anni guardava canali per bambini *non* per stare con la sua piccolissima
fotocopia, ma perché le ballerine di baby dance ne avevano di
"tecnica". Una volta non si alzò dal divano per pigrizia, mandò il
bambino a prendergli gli auricolari nel cassetto del comodino e questi
ritornò con un coltello a serramanico, tre profilattici, una boccetta di
lubrificante e una busta di hashish. Per grazia dell'altissimo madre e
coniuge non erano in casa, ma lo scrittore dovette darsi una regolata in
nome del fratellino.
Un'altra volta immaginò il giorno della sua morte e disse che avrebbe

mandato a ogni affetto un pappagallo che avrebbe ripetuto le sue parole più usuali per far sentire meno la propria mancanza. «Capra, bestia, fanculo, cazzo» recitò, e il fratellino aggiunse alla lista una bestemmia ridendo.

All'età di nove anni, il piccolo uscì da scuola mogio, con la testa rivolta all'ingiù. A casa, dopo un'ora di trucchetti, Luca gli fece vuotare il sacco che preoccupò la madre.

«C'è un bambino a scuola che mi prende in giro» dichiarò senza far nomi, e non ne volle fare neanche più tardi.

«E tu incomincia a prendere in giro lui» disse l'insensibile fratello maggiore. «Se uno ti prende in giro è perché cerca di rassicurarsi credendosi forte. I bulli sono dei senza palle, ricordatelo sempre.»

«Luca! Ti pare il modo di parlare a un bambino di nove anni?!» sbottò la madre.

Non fu possibile per Luca porsi da figura di riferimento, specie dopo l'episodio dell'acido al Virgin. Nel pomeriggio portò il piccolo a tirare due calci al pallone nel campetto dove prese le sue prime sbronze. Con la promessa che il fratellino non avrebbe riferito niente ai genitori, lo istruì al corretto modo di essere uomo.

«Alla prossima cazzata che spara», affermò duro, «tu ti giri, non gli dici niente e gli ciocchi una mina che gli spacchi il naso. Vedrai che la smette, l'unica cosa che quelle teste di cazzo capiscono è l'umiliazione, altro che dialogo.»

«Ma la mamma dice che è sbagliato fare male agli altri...» si crucciò il fratellino, stringendosi nelle spalle.

«Gioia», sorrise Luca, «la mamma ha vissuto negli anni ottanta, per questo non ha mai imparato come gira il mondo. Una generazione di analfabeti, eroinomani e sifilitici col diritto di voto, quello che dicono non conta.»

«*Sifilici*?» si perplesse il bambino.

«Lascia stare, torniamo al pugno sul naso. Dritto e senza pietà, deve sanguinare. *Destroying the evil*. Fidati delle mie tecniche segrete, funzionano.»

«Ma-ma... io non voglio picchiarlo...»

Luca calciò con forza il pallone e insaccò all'incrocio dei pali. «Se non lo fai, 'sto coglioncello continuerà a pigliarti per il culo. È quello che vuoi?»

«No...»

«E allora pugno sul naso senza rimorsi, e se risponde, calcio secco sui denti» disse sul serio Luca, infierendo maggiormente alla scoperta della bassa estrazione sociale e delle origini del bulletto. «A posto, povero e pure terrone. Vieni qua dal tuo fratellone, t'insegno tutte le mosse per lasciarlo a terra mezzo morto.»

La lezione fu efficace. L'indomani il docile bambino rincasò con una nota sul diario: i genitori erano stati convocati per un colloquio urgente con gli insegnati. Nessuno tranne Luca riusciva a credere che il piccino avesse quasi fatto perdere un dente al bulletto. Vanto per lo scrittore, sospetto per la famiglia che perdeva la fiducia nei suoi confronti. La sua tecnica segreta *Loky style* non avrebbe ingannato come al solito, e quella Camilla non era gradita in casa; era ormai la pecora nera, gli restava un'ultima occasione per dimostrarsi un adulto responsabile.

Fu mandato a sostenere il colloquio perché i suoi impegni lavorativi non erano inderogabili come quelli dei famigliari, e il fratellino lo seguì.

Ad accoglierli, una maestra piuttosto giovane, sicuramente non ancora negli anta. E piuttosto "dotata". E piuttosto carina. Faceva scena con gli occhiali, un profumo invitante ne impregnava i capelli color caramello. Sul leggero sovrappeso Luca avrebbe potuto tranquillamente sorvolare, perché non era giusto che soltanto Begbie avesse successo con le signore. Più la guardava e più aveva strane idee, del fratellino accanto non aveva il minimo pensiero.

La maestra svolse il suo ruolo, chiese se ci fossero problemi a casa e invitò il piccolo ad aprirsi per meglio comprendere le dinamiche. Tecnica segreta: *Carpe diem*. Tecnica segreta: *Climbing mirrors*. Tecnica segreta: *Rhetoric wizard*. Con la combinazione delle tre tecniche, Luca si acquattò nell'erba della savana e con scatto felino e abile mossa azzannò la preda alla giugulare.

«Non ci sono problemi a casa, il ragazzo qui ha solo reagito per difesa» affermò mezzo veritiero. «Lo conosce, è un bambino sensibile e buono, una vittima perfetta per i bulli. Sono pronto a scommettere che l'abbiano preso di mira perché non si aspettavano una sua reazione, invece lui si è sentito con le spalle al muro e ha attaccato. Purtroppo di storie del genere se ne sentono tutti i giorni al telegiornale, fa male al cuore.»

«Sono certa che non ci siano problemi a casa, ho chiesto perché il mio ruolo me lo impone» rispose la bella e soffice maestra. «Come educatrice, sono altrettanto tenuta adesso a mediare le famiglie di entrambi per chiarire la situazione.»

«Comprensibile, ha la mia parola. Ci occuperemo di rispiegargli quanto la violenza sia sbagliata e che a scuola si va anche per imparare a convivere pacificamente con gli altri» disse la più grande balla del giorno, dunque lanciò l'amo. «Immagino che affrontiate già regolarmente l'argomento, considerando il programma di storia. State discutendo dei moti rivoluzionari, d'insurrezione della classe operaia, di anarchia...»

«Sì, esatto. Per favorire l'apprendimento, il programma di italiano prevede anche la lettura di autori attivi in quel periodo, che parlavano appunto delle politiche assolutiste e della condizione del popolo.»

«Dunque Karl Marx, Pierre-Joseph Proudhon...» fece il distinto lui.

«Beh, il programma è completo, ma non così avanzato» scherzò lei.

*"Guarda e impara, fratellino"*.

«Che se ci pensa è un vero peccato» cominciò Luca. «I bambini sono spugne, assorbono qualsiasi cosa. Sono dell'idea che reggerebbero un programma più specifico, con spiegazioni, diciamo preliminari, della filosofia ottocentesca per capire alla perfezione il mondo di oggi, che è ovvia conseguenza di quello di ieri.»

«Si diletta di filosofia?» sorrise la maestra.

«Molto, ma solo da autodidatta, come universitario studio le scienze umane.»

«Un indirizzo assai sottovalutato, eppure fortemente formativo e interessante.»

«Concordo» sogghignò il contorto, perché proprio lì la voleva. «Di recente abbiamo argomentato sulla collocazione dell'uomo inteso come maschio nella società moderna, e penso che vi siano degli spunti di riflessione che spiegherebbero la reazione di mio fratello alle prese in giro.»

«Mi dica di più» s'incuriosì la donna.

Luca si scrollò di dosso ogni colpa, fece passare il bambino come pseudocolpevole e il resto delle responsabilità le attribuì alla società patriarcale, accusata di essere intrinsecamente maschilista fin nelle correnti progressiste. Una società schizofrenica, volente donne sottomesse e uomini virili per finta, a costo di costringere i fragili a essere forti e brutali per tramandare vecchi canoni già superati dal Marx prima citato. Non c'era da sorprendersi se il bambino avesse picchiato il suo bullo, perché era il mondo attorno a spingerlo a farlo. Come in *Arancia Meccanica*, sarebbe stato incolpato "pur non avendo commesso niente di realmente voluto".

La piccola arancia non poté capire alcunché dello scambio di battute tra la maestra e il falsissimo fratello, ma spaesato intese che ci fosse qualcosa di sbagliato appena la maestra invitò Luca alla presentazione di un libro sabato in centro, dove avrebbero potuto chiacchierare molto volentieri. Tecnica segreta: *Perfect Narcissus*; dare a uno come Luca la possibilità di studiare la mente umana era come dare un vulcano attivo a un piromane.

Rallegrato e vittorioso, Luca uscì dalla scuola e nulla era stato risolto. Fuori lo aspettava però il fratello del bulletto, un fottuto colosso di canottiere e capelli rapati. Dare a lui calci sui denti non era una prospettiva che lo entusiasmava.

Il tizio indicò il bambino nascosto dietro alle gambe di Luca. Era incazzato nero. «È lui quello che ha picchiato il mio fratellino?»

Luca si bloccò. *In quel momento* avrebbe dovuto usare la sua intelligenza, *in quel momento* avrebbe dovuto dimostrare al piccino cosa significasse essere veri uomini. Dalla strada aveva imparato tutt'altro, modelli educativi più etici potevano aspettare.

Come il gigante afferrò Luca per il colletto, lo scrittore ricorse alla tecnica *Virility extinguisher* colpendolo con una ginocchiata ai testicoli, poi con una capocciata che gli sfasciò il naso, mandandolo momentaneamente a terra. Spinse suo fratello e gli urlò di mettersi a correre.

«Non diciamo niente alla mamma, mi raccomando! Non guardare dietro, corri, che non abbiamo tanto tempo prima che quel cazzo di orso si rialzi!»

«Perde sangue!» si spaventò il bambino.

«Ci credo, mi sa che gli ho piantato il setto nasale nel cervello! Corri, cazzo, corri!»

«Luca, ho paura!»

«È tutto a posto, respiri profondi e gambe in spalla!»

Tecnica segreta: *Speed of light Rabbit.*

Alla presentazione del libro per rimorchiare la maestra ci andò, ma dopo la parentesi dell'aperitivo dovette cominciare a cercare una nuova sistemazione per sé e per i suoi vizi. C'era solo un posto dove poteva andare, dopo essere stato cacciato di casa.

# Scegliere la vita

Le cose andavano a gonfie vele per Bunny, infatti si prese un paio di mesi di ferie dalla vita da ignorante cosicché gli altri non potessero essere invidiosi del futuro che gli si prospettava. Occhio non vede, cuore non rosica.

Poiché è risaputo che ogni marinaio ha una donna in ogni porto, la "legge dello stile" gli suggeriva di alzare il tiro portando il numero da una a tre per banchina. Che nomi avessero quelle del trio non ci è dato saperlo, probabilmente non li conosceva nemmeno lui. Con una sottilissima sfacciataggine, quei due mesi li spese in micidiali uscite a quattro ove era unico maschio e premio agognato, facendo buon viso a cattivo gioco durante gli aperitivi e tenendo il piede in tre chat contemporanee, nelle quali la triade di pretendenti si sputtanava a vicenda per accaparrarselo. E diavolo se al coniglietto piaceva farsi agguantare dalle tre gatte con certi messaggini esaustivi, di quelli che a ogni *emoticon* si associava una non tanto velata dichiarazione di apprezzamento; ci si masturbava sui "Buonanotte" con bacini finali.

Gli altri ignoranti s'interrogavano su dove il bucaniere si fosse nascosto, Bunny scendeva dalla nave e volava sul lungomare prima che i *frisceu* si raffreddassero, avendo pure il privilegio di potersi sedere alla sinistra della sinistrofoba senza farla saltare per lo spavento – se lo faceva era per l'eccitazione.

Bunny prese una frittella, la guardò con delizia e l'assaporò come se fosse la sua ultima cena, inclinazione plateale a un modo diverso d'intendere il peccato di gola. Ciascuna delle tre avrebbe voluto essere assaggiata alla stessa maniera, ma accoltellarsi l'un l'altra in un locale chic non era la via da intraprendere: ci voleva un flirt ad alta pressione psicologica, perciò drizzarono le orecchie per poter imparare tutto l'imparabile sul marinaio. Lui non era deduttivo come Begbie o attento ai particolari come Luca, tuttavia le tre principesse da Sex on the beach l'avevano scritto in faccia che pendessero dalle sue labbra per studiarlo. La cosa gli diede un potere smisurato. Sorrise.

«Signorine, brindiamo» propose. «Ai nostri successi e al futuro che pare roseo nonostante a scuola fossi una capra. Mi raccomando, il futuro. *Scegliete il futuro, scegliete la vita.*»

Le tre alzarono il bicchiere senza cogliere la citazione che ispirò il ragazzo. Quel film neanche l'avevano visto, o ne avevano sentito parlare perché era in voga tra compagni che si ammazzavano di canne. Si accorsero dell'errore quando Bunny, venerato, spiegò sereno: «Non è proprio così, non parla solo di droga. *Scegliete la vita* ha un senso più profondo», allora le tre si posero in religiosa ascoltazione.

«È una provocazione, una presa in giro» continuò lui servendosi delle parole di Luca. «È il monologo di questo ragazzo, che è un eroinomane, che dice che siamo tutti quanti dei drogati, ognuno di qualcosa. Lui si fa di eroina e quella è la sua droga, ma ci sono anche quelli che si fanno di religione e vanno in chiesa senza mai aver letto la Bibbia, ci sono quelli che si fanno di lavoro per comprare roba che non gli serve e ci sono quelli che si fanno di roba che non gli serve per sentirsi felici. Capite?»

Soltanto una ebbe la vaga sensazione di aver afferrato il concetto. Negli anni a venire Bunny avrebbe migliorato l'eloquio e scopato encefalogrammi piatti comunque; la moda della sapiosessualità è per pochi eletti.

Il trio chiese un approfondimento, lui s'impegnò. «Okay, è una specie di rito che facciamo io e i ragazzi per sfottere le persone normali, associando la vita, che dovrebbe essere ben vissuta, a cose che sotto un altro punto di vista risultano scontate, banali o noiose forte, tutt'altro che belle. Non so, passiamo davanti all'università e diciamo "Scegli la vita, scegli d'iscriverti a giurisprudenza per farti fiero col titolo e poi vai a servire patatine al Burger King". Poi, vediamo, "Scegli di avere la famiglia a basso reddito ma comprati la Golf nuova di zecca". Scegli di non volere il diario di Facebook e continua a condividere i cazzi tuoi come se l'una o l'altra versione non fossero la stessa cosa. Scegli di scattarti fotografie delle tette a ripetizione e va' a dire in giro che sei più di quello che mostri, scegli Ibiza per non perdere l'opportunità di dire che anche te ci sei stata, scegli il cane di razza e lascia i randagi a crepare nei canili, scegli di avere un contratto a chiamata e fatti fare un finanziamento che non smetterai più di ripagare per avere l'iPad.»

Così parlo Bunny.

Sul pavimento lercio di un appartamento misero, Camilla, in reggiseno e a gambe sollevate sul pouf, riempiva la stanza di fumo, parlando diversamente. Luca, steso e sfatto a suo fianco, ascoltava con piacere.

«Scegli di giocare a Fifa con gli amici e ignora la tua ragazza in piena dimostrazione virtuale delle tue discutibili doti atletiche. Scegli di non

studiare un cazzo, vai subito a farti sfruttare e preparati a essere un buon padre di famiglia, prima di dartela a gambe come ha fatto il tuo. Scegli i film mentali, corri dietro a una cogliona che vuole i regali e fatti dominare da un cazzone che non sa lavarsi le mutande. Scegli che il mondo non sia una merda, goditi le tue cose, creati aspettative che andranno a troie al primo fallimento. Scegli la spiritualità, scegli l'emancipazione, dai la colpa agli altri per la tua inettitudine.»
Nell'istante esatto in cui lo scrittore sentiva lo stomaco ribaltarsi per il suo primordio di bizzarro innamoramento, Begbie s'innamorava per davvero in una lussuosa stanza d'albergo. «Dimmene ancora» disse Luca a Camilla; «Scusa se faccio una figuraccia, ma sono agitato perché non ho mai visto una donna più bella di te» disse Begbie a Gloria.
L'una aspirava la canna di hashish sul pavimento e la passava al suo giocattolino, l'altra aspirava la canna di marjuana sul balcone signorile e ne passava gli ultimi tiri al suo sfizio.
«Scegli di non dire sì alla ragazza di turno per tenerti più porte aperte» riprendeva Camilla, quando le mani di Gloria spogliavano Begbie della camicia. «Scegli di non dire sì a nessuna delle altre stupide perché più porte aperte avrai più potrai testare la tua capacità di sedurre. Vai avanti così, convincendoti di poter sempre meritare di più non avendo niente. Scegli allora l'infelicità, scegli se essere vittima o vittimista, scegli di ripensare ai vecchi tempi sostenendo che fossero migliori del presente, e scegli di nuovo di non prenderti le colpe di oggi per la tua inettitudine del cazzo. Siamo colpa nostra.»
Ne battevano di cuori in sincrono. Quello di Luca, quello di Begbie, quello di Neddu perché Simona sembrava aver intuito che le stesse nascondendo qualcosa, quello di Bunny perché mancava davvero poco al prossimo *più uno* sulla lista, quello di Blondie perché la coca gli era rimasta incastrata nelle narici.
«Dimmene ancora» desiderava Luca, e Begbie sul letto stava scegliendo la vita.
Anche Camilla aveva qualcosa da nascondere e non poteva. In fondo era contenta di avere lo schiavetto lì, ad abitare nel suo loculo perché l'avevano cacciato di casa. Il *suo* schiavo. «Scegli di farti lasciare perché hai subito troppo, o perché non hai la forza di lasciare, o non ti va di rimanere da solo. Scegli di infinocchiare la gente con le tue cazzate e vestiti bene per confermare che sei un affidabile bastardo.

Scegli di votare la merda e lamentati invocando il ritorno del Duce.
Scegli la palestra per tacchinare altre superficiali con cui continuerai a
stare nei tuoi circoli viziosi come un criceto sulla ruota, e scegli di
portarti il portatile da Starbucks per affermarti nei tuoi due secondi di
popolarità sul web. Scegli il carattere, mantieniti integro, non dare
l'impressione di avere debolezze. Scegli di confondere virilità con
mascolinità tossica da bravo scemo in culo, poi intossica questo schifo
di paese con le tue copie in miniatura perché a una certa età dovevi pur
figliare» recitò il monologo definitivo, soffiò il fumo sulla faccia
dell'ammaliato e non gli piacque granché l'idea di lasciarlo libero di
andare con chi volesse. «Ho voglia di scopare, sai?»
«Mi crederesti se ti dicessi che ci stavo sì pensando, ma che sono così
preso dal discorso che non ne ho ancora abbastanza?»
Camilla sogghignò. «Ora è il tuo turno, non puoi lasciare solo me a
vomitare contro l'umanità. Sparane una.»
Luca non ci pensò troppo su. «Scegli di tentare di rimorchiare una
stronza misantropa e drogata piuttosto che essere il primo ad andare in
bianco al Virgin. E finiscici sotto come un cane stirato, perché pensavi
di abbindolare una stupida e invece ti sei beccato una più cattiva e
intelligente di te» le disse con "affetto".
«E allora mi sono detto "*Ecco, questa ragazza è speciale*", piccolo
alcolizzato di merda» rispose lei con altrettanto sentimento, sfiorandone
la mandibola. «Scegli il futuro, scegli la vita. Scegli di toglierti quei
pantaloni e di darmi un po' della tua seconda occasione, nella speranza
che non smaccherai[11] come l'ultima volta costringendomi ad andare a
rifarmi coi tuoi amici.»
Luca rise perché amava essere sfidato. Ma "amava" di più lei. «Che
zoccola che sei.»
Per lei valeva altrettanto. «Vieni qui, coglione.»
Un minuto e mezzo, di nuovo.
Tre secondi per realizzare, due per ripulirsi e uno per rinfilarsi in
paradiso.
Luca e Camilla scelsero di continuare a far sesso per il resto della serata
perché alcuni piaceri erano semplicemente troppo belli per non essere
condivisi, anche quando si era fatti.
Begbie e Gloria erano dello stesso avviso, magnifico concedersi una
notte di passione nell'omertà dell'adulterio anche quando si ha fumato

---

11 *Smaccare*: fare una brutta figura.

tanto da non aver badato a prendere precauzioni.

Mentre Bunny tornava a casa e apriva le chat simultanee facendo *ambarabàciccìcoccò*, Luca sceglieva il futuro e Begbie sceglieva la vita. Camilla era attenta e Gloria era incinta.


# Una famiglia normale


Azzurra siede all'esterno del bar ed è sola. Agli altri tavoli ci sono almeno due persone. Persone che chiacchierano, che si lamentano, persone che il cocktail lo ingurgitano a sorsetti da senza palle. Il suo è finito da venti minuti, di berne un altro ne ha un bisogno incompatibile con gli impegni lavorativi.

Non vuole andarci al lavoro, tiene i Gucci saldi sul naso perché l'ha impresso negli occhi che non ne può più di quel posto di merda. Non vuole nemmeno dormire tre o quattro ore per svegliarsi domani e andare ad affettare prosciutti per le anziane che saltano la coda o per i ritardati che le chiedono dove siano i formaggi in offerta.

Io la guardo, lei non guarda me. Forse mi percepisce, forse mi odia a prescindere come il resto dell'umanità. Sono *lo straniero*, quello che tutto ha visto e tutto ha conosciuto della gentaglia di questa città: deve avercela con me perché conosco i segreti di cui più si vergogna.

O i Gucci neri l'indossa per non palesare la sua bassezza, per non far vedere agli altri che qua ci viene soltanto per continuare a guardare Francesco al bancone; lo so, lei sente che so, e poiché non dovrei saperlo, non degnarmi di uno sguardo rivela tutto il suo astio.

È una giornata di sole e nuvole sparse, io taccio e Azzurra è caduta più in basso di dov'era. Stare da sola non l'aiuta, prende il telefono e come una ragazzina si mette a scorrere la sua triste vita sociale. Collega le cuffie, ha aperto Youtube perché è il modo più veloce per viaggiare altrove. Niente pensieri, basta nostalgia, basta colpevolizzarsi per aver spinto Francesco tra le braccia di altre, a dar loro sorrisi che Azzurra riceve da alcolizzati allupati mentre si attorciglia al palo. Sbaglia canzone, ma le piace troppo per non ascoltarla; si sente capita e meno sola.

Azzurra ha ventinove anni da compiere, ne aveva sedici quando mosse i

primi sculettamenti sul cubo. Non ha finito di studiare, mai ne ha avuto voglia. Non smette d'impasticcarsi perché essere magra le serve quasi quanto il poco grano che riesce a tirar su con due "lavori".
Azzurra ha un seno enorme, mi chiedo come faccia a non perderlo nonostante si affami per "restare in forma".
Azzurra è ignorante, pigra, insicura, terrorizzata, inetta; ha di certo un disturbo alimentare, una ventina di debiti per droga, un appuntamento al cesso del Paradise stasera per saldarne uno con la bocca - fino a tre se *l'origine du monde* non sanguina come l'ultima volta che ha fatto una cazzata delle sue.
La musica la tocca dentro, il canto addolorato le provoca un lieve sussulto sulla sedia. Taccio, sto in disparte, sono lo straniero: osservo la miseria e la racconto perché, come Luca, sono cattivo. O mi hanno reso cattivo, che è esattamente quanto pensato da Azzurra per sé stessa nell'ascolto della canzone. Difficile tirare avanti per le ragazze come lei, che hanno perso la speranza. Non sa più fidarsi perché i primi a far del male sono coloro che dovrebbero volerle bene.
Azzurra sussulta ancora, l'impulso di cambiare brano ha la forza dei ricordi che di prepotenza s'insinuano nelle riflessioni, ma, per effetto dell'assurdo consolarsi, è nella memoria che trova l'altrui colpa di averla resa quel che è diventata.
Azzurra è sola al tavolo, era sola ieri sotto la pioggia nel tragitto verso casa e sarà sola stasera, quando vi ritornerà con la coscienza sporca, l'anima insudiciata e il palato infetto di sperma troppo sapido. E sarà sola stanotte, a rigirarsi nel letto, con l'istinto di sopravvivenza che non le farà ingoiare un dosaggio letale di pasticche.
Taccio, non posso fare nulla, sono lo straniero: scapperebbe da me perché tra tutto quel che so non so come ci si senta a stare come lei, perché faccio paura per la mia natura, perché non vuole più soffrire.
Azzurra preme sul riavvolgimento, la sigaretta aiuta a non scoppiare a piangere. Accese la prima a dodici anni, le fu data da un coglione di cugino di undici così da acquisire personalità nei campetti di periferia. Maledisse però Luca per averle acceso la seconda a tredici, che lui neppure era tanto convinto di fare la cosa giusta. Il tono, l'immagine, fumare e bestemmiare lo facevano tutti in quel putrido agglomerato di casermoni di amianto. Ecco, Azzurra adesso si guarda attorno per assicurarsi che Luca non sia nei paraggi, perché non vuole che proprio lui scopra che anche lei può piangere su una canzone che racconta la

sua tristezza.

«Cazzo ascolti, coccola?» le direbbe per poi aggiungere: «Roba decente, credevo che te e la tua razza di merda ascoltaste solo neomelodico» e infine porle domande scomode.

Azzurra preferisce che Luca la tratti male, che la usi solo per piacere. Accetta di essere chiamata "lurida terrona", va bene anche condividere il cancro a furia di fumare insieme, ma no, quelle domande Luca non deve farle, sennò Azzurra non potrà più tornare indietro.

*Perché ascolti questa roba? Sei giù? A che pensi? Posso fare qualcosa per te? Hai un problema? Vuoi parlarmene? Posso occuparmene io? Vuoi che ti cambi la vita? Vuoi che ti salvi la vita?*

Sulle ultime due Azzurra spera a ogni ritornello, ma lui non appare.

L'altro lui sta al bancone e lei non lo riavrà più.

La ragazza non regge il peso dei fatti recenti, il come abbia perso Francesco e il come si sia ulteriormente incasinata rovinando Lucrezia in cambio di un compenso economico. Ordina un secondo Negroni, è un cameriere smilzo a portarglielo. Tale e quali agli altri, al garzone casca l'occhio sulla scollatura; Azzurra è ormai arresa a questo destino.

I suoi genitori erano migranti con una lunga tradizione di gravidanze e di mannaie. Facevano i macellai tra i banchi della Val Bisagno, nel quartiere dove Azzurra nacque e crebbe, ultima di altri quattro figli maschi. Capitata per caso, suo malgrado; non essere stata voluta, che depressione, sarebbe stato un motivo per assolvere i suoi negli anni a venire, perché, se l'avessero voluta, ancor meno gli avrebbe perdonato la vita del cazzo che le fecero fare nel tugurio di appartamento condiviso da dieci persone.

Pur lavorando tutti gli adulti, i soldi non erano mai abbastanza: sigarette, troppo cibo per evitare di avere una tavola "troppo polentona", gioco d'azzardo, corna tra coniugi, il mantenimento di nonni pezzenti, vacanze da nababbi al sud per poi non riuscire a star dentro con le spese.

Almeno Azzurra vestiva sempre di marca perché era fondamentale andare in giro curati, consentiva di fare una buona impressione. E in effetti i genitori erano apprezzati in quartiere, grandi lavoratori e simpatiche persone.

Ma avevano una casa. Una casa, buon Dio, è il luogo dove la gente normale dà prova della propria normalità.

Azzurra riavvolge ancora la canzone.

Vuole soltanto un abbraccio. Luca, Francesco, non le cambia un cazzo, tanto l'hanno vista la cicatrice sotto l'elastico delle culotte. Un colpo di fibbia da maestro da parte di suo padre per averle trovato un perizoma nel cassetto quando andava alle medie; poco sopra l'inguine, invece, l'impronta della fede nuziale lasciatale da un pugno per aver innocentemente confessato di essere uscita con un tunisino all'età di quindici anni.


Le cicatrici più brutte Azzurra le ha nel cuore, gliele hanno incise i fratelli maggiori. "Seni troppo grandi e magliette troppo succinte, che squallida puttana" pensavano. "Sta prendendo esempio da quelle zoccole delle compagne di classe".

Lei non aveva ancora fatto niente e loro credevano alle voci di quartiere, c'erano pivelli gradassi che raccontavano di aver combinato robe che Azzurra manco nei film aveva sentito nominare. Solo che i fratelli non andavano testa a testa contro altri animali come loro: picchiavano lei. In strada. Davanti a quelli che raccontavano le cazzate. «Cosa hai fatto te?!» le urlava il più grande dei quattro, quasi trentenne. Lei piangeva rannicchiata per sentire meno dolore. A casa avrebbe preso le altre ascoltando i giudizi della madre, della zia e della nonna.

Azzurra un giorno andò a scuola truccata come un arlecchino perché nessuno notasse lo zigomo nero fattole dal padre dopo un necessario "Vaffanculo" all'ennesima lite coniugale, dove fu fortunata a non essere sfregiata da un piatto in volo. Prese anche una bastonata perché gli aveva promesso di raccontare a mamma di averlo beccato mentre la tradiva. Il tutto mentre la donna la portava regolarmente dal ginecologo per verificare che fosse ancora vergine.

Quando non poté negare di avere l'imene lacerato, disse la verità piangendo di pura paura: dal ginecologo ci fu portata zoppicante, non camminò normalmente per una settimana di vergogna.

«Lo zio Antonio è buono come il pane», diceva la nonna di suo figlio alle comari di quartiere, «ma è meglio non lasciarlo da solo coi bambini.»

Azzurra aveva dieci anni quando il petto cominciava a gonfiarsi; lo zio Antonio era stranamente diventato più dolce e la faceva sedere sul suo ginocchio.

Azzurra aveva quattordici anni e la quarta di reggiseno quando lo zio Antonio si sdraiò dietro di lei in una notte "indimenticabile". Si chiedeva perché stesse succedendo, se fosse normale sentire le mani strizzarla sotto la canotta e qualcosa indurirsi sui suoi glutei.

Azzurra aveva sedici anni, una bustina di erba e un mesetto di esperienza con la cocaina quando lo zio Antonio, solo in tutta la casa, le fece segno di avvicinarsi in salotto.

Azzurra scappò quel pomeriggio e non tornò più, tranne un paio di anni più tardi, quando il nonno lasciò questo mondo e la nonna lo seguì per crepacuore. Ne fu così felice che li volle vedere per godere il doppio. Si presentò nella sua prigione con le nuove vesti "da puttana", ma non ascoltò alcun commento né salutò alcun disperato, schifoso parente; meglio i pompini a pagamento al Virgin che stare tra loro un secondo di più.

Vide i morti sul letto ove zio Antonio diede il peggio di sé, si sentì meglio e pregò che presto toccasse a tutti gli altri. Per la gioia andò in bagno, dalla vagina estrasse una capsula di coca e si fece la sua tirata. Lasciò poi la sua famiglia di grandi lavoratori al loro piagnisteo.

"*Razza*" diceva Luca di loro per razzismo; "*Specie*" imparò a dire lei per fare le dovute precisazioni.

Azzurra ha ventinove anni, tanti rimpianti e molte colpe. Ma se non siamo gigli, siam pur sempre figli vittime di questo mondo.

Scola il Negroni, accetta che quel povero diavolo di Francesco non la guarderà mai più e s'incammina per andare a cambiarsi.

Stasera, s'incoraggia, salderà trecento euro. Cavare l'occhio di zio Antonio fu senz'altro meglio.


# Gas, gas, gas


Blondie odiava la sua ragazza. Vi fu un tempo in cui l'aveva amata, ma era finito, lontano, dimenticato. Lei non era la campagnola stereotipata

in stile bella lavanderina, con gli stivali in gomma e le braccia sporche
di terra. Per quel poco che gli Ignoranti poterono conoscerla, aveva un
bel modo di fare, una mente aperta e una discreta propensione al
divertimento sano, un bicchiere di vino una tantum.
Essendo una caruccia acqua e sapone, spesso molti non intuivano che il
bestiale Blondie accanto fosse il suo uomo. Aveva però il suo "lato
oscuro": a due anni di tolleranza, aveva preso l'abitudine di urlare ai
viziacci dell'ubriacone, esigendo più rispetto. Della coca non era al
corrente, come quasi tutti gli amici, sennò avrebbe sbottato così forte da
farsi sentire dai monti savonesi.
Liti spiegabili, strilli, qualche strattone. Blondie perse un po' alla volta
quello che fu il sentimento. Lei sapeva cosa stava succedendo, a casa
sua ci andava praticamente tutti i giorni, ma non riusciva a perdonargli
l'autodistruzione per non affrontare la vita. Lui non più, lei ancora sì, e
amare senza essere amati è uno schifo da digerire, figuratevi dopo aver
accarezzato l'idea del matrimonio.
All'ultima cena, Blondie era circondato dai suoi apostoli a una fiera a
Finale Ligure. Lei gli stava seduta davanti e non aveva fame. Il porco
aveva mandato giù di tutto e tracannato pure gli avanzi dei bicchieri
degli altri. *Funda alcolica*, quando il sapore dell'ebbrezza si mescola ai
rimasugli dell'uva sai di aver cominciato a scavarti la fossa.
Benché lei stesse zitta, all'apparenza datasi per vinta, il biondo non ce
la faceva ad averla di fronte, gli dava ai nervi. Si fece una rapida
sniffata dietro una trattoria, poi barcollò tra i paesani in festa ed ebbe
ancora sete. Sgattaiolò tra le bancarelle e si attaccò a un fusto presto
notato da alcuni suoi compari, che bevendo oltre la propria resistenza si
fecero riconoscere da tutta la cittadina.
Blondie odiava anche loro, non ne poteva più della provincia, del
pendolarismo, della poca offerta della riviera dove era tristemente
famoso, tanto da aver reso *"Cosa hai detto su mia madre?!"* un canto di
guerra tra i più giovani. Giacché sazio, per motivarsi ad andarsene via
in fretta si licenziò dal lavoro. Al padre una simile mossa parve il più
grande atto di vigliaccheria che il figlio potesse sognarsi, data la
situazione in cui vivevano. Ma a Blondie andava bene così, già solo
pensarci lo sollevava: che bello poter fare serata ogni settimana con
quei malati mentali degli Ignoranti senza dover viaggiare per
chilometri.
Al centro della piazza sognò a occhi aperti, i suoi compagni di sagra si

allontanarono alla ricerca di un punto nascosto ove sboccare. Lei però era vicina, altrettanto sola a comprendere che non ci fossero più speranze per tornare a essere ciò che erano stati. Quante gliene aveva perdonate, tradimenti supposti o confermati inclusi, perché un dolore del genere lei poteva soltanto immaginarlo. Resistere, resistere per lui. Blondie la vide dinnanzi al baretto, sullo sfondo gente allegra che festeggiava. Le sue lacrime non gli fecero né caldo né freddo. Voleva farsi di nuovo, fanculo ad altri pensieri.

"Allora, addio…" non disse lei. «Cazzo piangi?» mormorò lui tra sé e sé prima di sparire. «C'avete tutte 'sta cosa dei finali melensi come se voleste dare un senso al dolore.»

E camminando, parlò da solo. «Ma che senso vuoi che abbia il dolore? Certe cose capitano perché devono capitare. Io mi alcolizzo e mi drogo perché sono fatto così, te l'eri data da un pezzo, allora che cazzo piangi? È perché speravi che fossi quello giusto? Ma guardami, sono uno sbandato che ammazzerebbe tutti con un'accetta se mi legalizzassero l'omicidio. Non poteva funzionare, questo è un mondo di merda abitato da persone di merda e io sono il re della merda, fanculo. Dovevi svegliarti prima, a quest'ora non frigneresti.»

Blondie era un duro, ma non abbastanza da ammettere un senso di colpa nell'andare via senza un saluto, con tutto quel che la ragazza fece per aiutarlo. Si ricordò del tutto, si ricordò di sua madre. Con l'ultimo briciolo di raziocinio rimastogli, si domandò se fosse meglio tornare a casa e chiedere scusa almeno alla donna che l'aveva messo nel mondo di merda. Non abbastanza duro nemmeno per questo, quindi si diresse verso la sua Opel e freneticamente digitò messaggi per ricavare un sollievo che alcol e coca non gli avevano dato. Era da qualche settimana che aveva una tresca con una delle migliori amiche della sua oramai ex ragazza, ma non aveva concretizzato niente. Con la scusa del bisogno di sfancularla, le sue speranze crebbero appena l'amica scrisse:


### Sono sola a casa vieni pure… e fai in fretta


Blondie balzò dal sedile, mise in moto la macchina e diede gas su gas. Da Finale Ligure a Millesimo in trenta minuti, con l'erezione che gli si poggiava sul volante e un'auto della municipale che gli stava addosso per eccesso di velocità. Era notte, le strade erano buie e disseminate di animali selvatici. Il savonese stirò una coppia di conigli, schivò magistralmente un daino e diede altro gas per seminare i vigili, i quali lo persero e ripresero più volte lungo la tratta che lui conosceva tanto a memoria da poterla affrontare a occhi chiusi. Inutile segnalare la targa, Blondie l'aveva saggiamente rimossa da entrambi i lati della vettura per non farsi fregare.

In suo aiuto intervenne un branco di cinghiali in corsa sull'autostrada, i suini rallentarono le forze dell'ordine; dopodiché Blondie sorpassò un'auto in marcia sulla corsia di sinistra, il conducente si spaventò e accidentalmente controsterzò stampandosi contro il guardrail. I vigili dovettero allora fermarsi e il pazzo fu libero di andare in rete, circa. Arrivò dalla ragazza, fece quel che volle e si concesse il tempo di una sigaretta per valutare una seconda sessione di sesso selvaggio. La sua ex piangeva disperata su una fontana e a lui non passò per la testa un solo istante della loro storia, tanto la vita andava avanti.

Già, ma non per tutti. Non per i malati di cancro dati per spacciati. Il secondo round gli fu necessario più dell'aria.

Purtroppo per il suo coito, la tizia aveva come lui la tendenza a non lasciare i partner prima di concedersi alle scopate terapeutiche. La ex aveva inteso che i due stessero combinando qualcosa sotto al suo naso, e in un impeto di vendetta, giustizia o quel che era, informò il fidanzato dell'amica a riguardo, così Blondie avrebbe imparato a salutare prima di andarsene per sempre.

Nella casetta di campagna fece irruzione l'imbestialito con in mano un'accetta. Blondie, nudo e disarmato, afferrò alla veloce i propri averi e scappò dalla finestra verso la macchina. Gomme affettate, non gli restò che correre attraverso i campi con una mamma cinghiale alle calcagna che aveva scambiato il suo pene per un salame. Bestemmiò, incespicò nei fossi, si gettò nel vicino torrente e proseguì a nuoto finché non si arenò su una secca. Trenta chilometri lo separavano da casa a quel punto, lanciò un urlo liberatorio perché essere sopravvissuto lo galvanizzò. O era la coca.

«Guardami, o signore! Guardami, ci hai provato ma sono ancora vivo! Succhiatemi il cazzo te e tuo figlio!»

La tizia la diede per morta, non la ricontattò più. Ma a dire il vero non le scrisse per un'altra ragione, più importante. Rientrò a casa all'alba dopo un viaggio in pullman. Era arrivato troppo tardi.

Il padre sedeva in cucina con la testa tra le mani callose. Si guardarono, il vecchio sospirò e il giovane annuì. Quello fu l'unico loro momento famigliare della giornata.

Blondie andò nella sua camera, diede giusto un'occhiata per conferma e si cambiò le scarpe per andare a cercare lavoro a Genova. Niente lacrime, gli uomini non piangono. Niente rimpianti, niente finali melensi per un mondo di merda popolato da gente di merda. Tuttavia, quanto cazzo faceva male non aver chiesto almeno scusa alla piangente madre per essere stato un figlio tremendo. Poteva farlo, consolarla, anziché andare a fottere.

Uscì di casa, prese un bel respiro e si mise in marcia. Era bella la campagna alle prime luci del mattino. La sua sorellina vi avrebbe riposato per sempre.


# In anticipo sui tempi


«Gli italiani sono un popolo che va educato con la violenza.»

Affermazione di Begbie
a un convegno pacifista.

Nella lista dei valori di Begbie, la famiglia viene subito dopo i soldi. Si è finalmente laureato dopo anni di successi professionali, si è messo in proprio, oggi intasca un gruzzetto variabile – due o tremila euro mensili – a seconda del carico di lavoro che sottrae ad altri chimici. Ma far da sé ha i suoi svantaggi, vale per la masturbazione quanto per la partita iva.

Begbie saluta il cliente in centro e approfitta della bella giornata per fare un giro in scooter, in memoria dei tempi in cui sgasava sulla Kawasaki Ninja con in sella un ignorante a turno, tutti col cuore in gola e la bestemmia terrificata in bocca. Non guarda il mare, ma i camion; a discapito dei guadagni, si pente del percorso scelto perché da camionista dipendente se la sarebbe passata meglio. Ne supera uno,

sospira. Ne supera un secondo, desidera stamparsi contro al semaforo.
Fa troppo caldo per girare in giacca e camicia. Accosta per spogliarsi,
c'è un parco vicino. Ricorda che su quelle aiuole ci aveva recuperato la
prevedibile sbronza di Blondie e che lo stesso avesse tentato di
limonarlo.
Nostalgico, il motociclista della banda non ha di meglio da fare prima
di cena. Va a sedersi su una panca, a litigare coi picconi. "Odia" i
bambini, Begbie. E odia i cani, i gatti, le persone, il superio per averlo
martoriato di seghe mentali. Ci è voluta una pandemia globale perché
dicesse a Luca: «Se vuoi fare una cosa, falla e fottitene di tutto», che ha
spesso riassunto la filosofia degli Ignoranti.
Un bambino perde la palla e si avvicina eccessivamente al riflettere di
Begbie. Lo intimidisce, gli fa pensare di aver festeggiato un trentesimo
compleanno di merda a base di Coca Cola e nanna presto, che
l'indomani bisognava andare al lavoro.
Dalle stime, sostentare un figlio costa in media qualcosa come
centoquaranta mila euro fino alla maggiore età: orrore puro per Begbie,
che non capisce cos'abbiano da guardare le madri nei dintorni. Quei
centoquaranta mila euro non ce l'hanno di sicuro, stanno puntando a un
fesso che provvederà al lato economico dell'aver prole; vuoi vedere che
sono rimaste pregne e il fenomeno è scappato?
Begbie riflette e capisce di odiare le donne. Oddio, non è che le odia,
ma le odia, se il senso è chiaro. Lo annoiano, lo disturbano, spariscono
nel nulla senza neanche un messaggio, parlano di cazzate, hanno
un'infinità di problemi e troppe pretese. Lui si porta dietro insicurezze
dall'adolescenza e sente di aver perso la voglia di rischiare, specie con
la probabilità piuttosto alta che la deficiente giusta vorrà sposarsi e fare
tanti piccoli Begbini coi *suoi* soldi, duramente guadagnati. Folle poi
figliare in un mondo al catafascio, che si dice essere peggiorato,
costantemente in crisi per qualcosa. Per Begbie non fare figli è una
forma di altruismo, mentre per Luca, che adesso ha *l'occhio dello
shinigami*, è una scusa del cazzo per non ammettere di essere egoisti,
solo che se ne guarda bene dallo sbatterlo in faccia agli amici più cari.
Il bambino recupera il pallone, ha un viso che gli ricorda qualcuno a cui
non vuole pensare. Pessima scelta quella di andare a cazzeggiare al
parco negli abiti insospettabili che potrebbe indossare un pedofilo.
Ecco perché le mamme guardano, si convince. Meglio pedofilo o
derubato da una donna madre? Begbie sceglie la vita, dà un colpo di

telefono a Neddu e gli chiede di raggiungerlo. Il sardo è divenuto parimenti allergico alla vulva, allora è meno messa a repentaglio la di Begbie "virilità", o quel che ne rimane, o quel che non ha mai capito che cazzo dovrebbe essere. Sia come sia, gli ancora attivi Luca e Bunny lo farebbero sentire manchevole di ciò che un tempo lo rendeva uomo. Per oggi preferisce non vederli.


«Quanto è grosso, Dio mio» disse Luca.
«È proprio enorme» commentò Bunny.
«Massiccio forte, lì lo si pesa a quintali.»
«Ed è anche peloso più del normale. Guarda che criniera sopra, quasi come quella di Neddu.»
«Immagina trovarsi una roba del genere davanti…»
«Ti apre in due come una cozza.»
«Dev'essere duro tipo acciaio. Le vedi quelle venature dove ha meno pelo?»
«Sì cazzo, pare sotto steroidi.»
«Altro che cozza, quell'affare ti sfonda e non ti rialzi più.»
«Non vorrei essere una scrofa, no no.»
«No no, ci mancherebbe.»
I due amici erano nell'auto di Bunny e facevano *boarspotting* notturno nel parco naturale di Righi. Avevano fumato da poco, non volevano rischiare di scendere in città con tutti i posti di blocco del venerdì sera. In attesa che Begbie arrivasse, avevano mandato il più sano Neddu a recuperare della birra giù per le alture. Questi si ripresentò con un rifornimento pari a un'intera giornata di stipendio. Quando il motociclista arrivò trafelato, i due indecenti già avevano preso il largo tentando di catturare il cinghiale prima avvistato, con Neddu che si era chiuso in macchina e Camilla che urinava in mezzo alla strada isolata. Begbie, nervoso, per poco non andò a sbattere contro un albero per evitare la ragazza.
«Ehi soc, guida piano, 'coddue», fece stordito Luca, «non investire la mia signora.»
«Signora il cazzo e tanto meno tua» precisò Camilla serrandosi la patta.
«Magari si è fatto male, aiutatelo minchioni.»
«Sto bene, sto bene» Begbie alzò le mani, e non era vero. «Ditemi che avete un grammo, devo fumare o muoio.»

Bunny roteò su di sé e mostrò a braccia aperte il bosco. «Ci sono gli alberi se vuoi fumare, abbiamo finito tutta l'erba di Azzurra.»
«Merda!»
Begbie lanciò il casco contro un tronco. Solo Camilla aveva percepito che fosse più in acido del consueto. Anche Neddu in realtà, ma non aveva voglia di scendere dalla macchina con quei quattro personaggi alla mercé di grossi cinghiali incazzati. La sboccata lo fece distendere con una birra di qualità pessima, dopo un quarto d'ora lui tirò fuori il telefono e mostrò agli amici una foto che li fece rinsavire per alcuni secondi. Una sorta di bacchetta a prima vista, o no, un termometro, o cazzo! Un test di gravidanza con due barrette esplicative.
«Hai l'AIDS?» ci provò comunque Bunny, e Begbie lesse il messaggio che accompagnava la foto. *"E adesso?"* gli scrisse Gloria nel pomeriggio, lui non aveva ancora risposto perché lei neppure gliene lasciò il tempo.
«Eh, sì. *E adesso*?» fece Luca, confuso.
«Eh… eh… porca troia» disse Bunny.
«Ti hanno mandato un avviso di garanzia?» chiese Neddu a gran voce, restandosene comodo nella Bunnymobile.
Camilla non resistette e attaccò a ridere sguaiatamente puntando il dito contro al disperato Begbie. Quella ragazza adorava le sciagure.
«Mi ha telefonato oggi che non sapeva nemmeno come reagire» raccontò Begbie ai compari, con Camilla che continuava a ridere e il sardo che cercava di farsi coraggio per scendere. «Immaginate la paura peggiore che abbiate mai provato, moltiplicatela per mille ed è ancora un cazzo al confronto. Però è vero pure che lei vuole figli e che quell'eunuco del marito sembra essere sterile.»
«Cazzo, sei su una fune acrobatica…» mormorò il marinaio.
«Ti correggo, è in una merda allucinante» commentò Luca. «Analizza la situazione: la milf è incinta e sta con un uomo a metà, per questo se la fa col qui presente Begbie. Se resta incinta, cazzo, mica è la Vergine Maria che ci resta con lo spirito santo, dubito che il marito sia così scemo da non capire di avere due palchi da renna in testa. È un troiaio totale, viene fuori il tradimento se non abortisce. E succede di peggio se sforna il pupo.»
Bunny si mise un palmo in faccia. «Merda di Dio, è vero. Però attenzione, non può essere milf perché non è madre.»
«Ha forse importanza?» chiese Begbie, ma Luca partì in quarta.

«Essendo incinta conta già come madre, quindi il termine milf è valido pure se in gestazione di un feto.»

«Ah sì? Mica lo sapevo» disse Bunny. «Ma se abortisce, se dunque non porta più il feto, resta ancora milf o diventa, chessò, *mature, busty…*»

«Anche se abortisce rimane milf, perché è tipo un titolo che non ti puoi togliere, come "campione del mondo duemilasei" o "premio Oscar per il miglior attore". Pensaci, sarebbe un casino con le definizioni. E le mamme a cui sono morti dei figli? La Del Santo è ancora un bel giocatore.»

«La Del Santo aveva un figlio?!»

«Possiamo tornare al discorso di partenza?» tentò Begbie, e Camilla non la finiva più di denigrarlo.

«Sì, con Eric Clapton», proseguì Luca, preso da altri temi, «tra l'altro una fine orrenda…»

«Ma va?»

«Yep, volato dal cinquantesimo piano di un grattacielo.»

«*Oh Scignoe[12]…*»

«Forse cinquantatreesimo, ho un vuoto.»

«Bestia Eva…»

«Quattro anni, povera creaturina.»

«Che brutta cosa…»

«Dopo di quello Clapton ha avuto una ricaduta nella droga.»

«Lo credo bene, avrà visto suo figlio ridotto a un hamburger.»

«Poniamo un limite all'indecenza?» ci riprovò Begbie, e Camilla si pisciò addosso.

«Mi sa che Begbie ora farà qualcosa di simile» opinò Luca.

«Concordo, se quella vuole dei figli non abortirà no. Bisogna tenerlo in un posto senza finestre.»

«Ecco, finalmente una buona idea…» disse il padre per caso. «Lo sapevo che non dovevo fumare prima di fare sesso.»

«Ma allora, di che cosa state parlando?» li raggiunse Neddu, mentre Camilla si toglieva le braghe pisciate. «Clapton, milf, non sto seguendo.»

Bunny e Luca si scambiarono l'intesa maligna. «Gioisci», disse lo scrittore, «stai per diventare zio!»

Il sardo dapprima speculò stranito su quell'affermazione, poi studiò Begbie e riordinò i pezzi. Nella sua testa figurò l'esatta sequenza di

---

12 "Oh signore."

eventi che il motociclista stava metabolizzando pur non conoscendola nel dettaglio: la scoperta, la telefonata di Gloria, il dubbio, la paura, il pianto semifelice di lei, il buco del culo ristretto di lui. Neddu non dovette aggiungere niente, il suo tornare alla macchina in silenzio fu significativo.

«Dunque, che si fa?» Bunny finse di essere sereno, ma aveva strizza per l'amico.

«Lo sto chiedendo io a voi», replicò Begbie, «anzi no, non sto chiedendo un cazzo. Non so che fare, ragazzi.»

«Figurati noi» disse Luca con lo stomaco inverso, lì lì per rigurgitare.

«Io non ne voglio figli, Cristo. Sono sempre stato onesto su questo. I figli sono un impegno, costano un botto di soldi, ti stravolgono la vita. Mi conosco, voglio essere libero. Voglio dire, mi sta bene avere una ragazza, una moglie, ma basta e avanza.»

«Infatti il problema è più suo che tuo, sia perché donna sia perché già sposata» osservò Bunny. «Tu che c'entri?»

«*L'ho messa incinta*?»

«Non hai capito. Tolto questo, che responsabilità devi prenderti? Lei ha un marito, se vuole tenersi il bambino può farcisi una scopata da protocollo e poi urlare al miracolo facendolo passare come figlio suo, di lui.»

«Esatto! Sei machiavellico» si emozionò Luca. «Soc, bisogna spingere su questo. *Anyway*, non ci hai ancora raccontato che intenzioni abbia lei.»

«Non ne ha idea. Probabilmente potrebbe attuare un piano così e salvare la faccia con una bugia a fin di bene, dopotutto quale coppia sposata non se le *conta*[13]?»

Camilla aveva smesso di ridere e nessuno se n'era accorto. Oltre ai pantaloni, si era tolta pure le mutande bagnate di urina. Dando le spalle agli Ignoranti, aveva la sigaretta in bocca, il culo di fuori e la testa alta verso la luna. «Fate veramente schifo, cazzo. Io non sarò tipa da andare a cercare per ricevere pacche sulle spalle, ma porca troia, voi siete davvero qualcosa di squallido. In questo momento c'è una donna con un problema causato dal tuo uccellaccio, Begbie, e l'unica cosa che riesci a pensare è che non vuoi avere figli, che, tradotto dal dizionario *frasifatteitaliano,* è sinonimo di *nonvoglioavereresponsabilità,* o *sonounimmaturodimerda.* Impegno, libertà, vita stravolta, tu non sai

---

13 In genovese, "Raccontare" si dice "*Contâ*".

ancora un cazzo di 'ste robe, le usi come scuse per giustificarti. Dai, cosa fa più uomo un uomo? Ingravidare o risolvere l'impiccio? E poi sei certo di non essere stato volutamente fregato? Al tuo posto non starei qui con la codina in mezzo alle gambe, ma andrei da lei e ne parlerei a quattrocchi con o senza marito impotente di mezzo, perché cosa ti renderebbe uomo sarebbe affrontare di petto la vita con la testolina bacata che ti ritrovi. Magari ha più bisogno lei di te di quanto ne abbia tu di questi perdenti, oppure sei stato fottuto e non te la sei data perché i milfoni stregano. Invece no, te ne vieni quassù in mezzo ai guardoni a lamentarti.»

Luca, invece che ascoltare il discorso, si fiondò tra il sedere di Camilla e le imbarazzate occhiate dei ragazzi, invitandola a coprirsi con qualcosa. Lei s'inviperì, non esisteva che le dicesse cosa fare, e iniziò a gridargliele di tutti i colori.

L'odore di urina e gli strilli attirarono alcuni cinghiali piuttosto territoriali – al tempo non si lasciavano avvicinare dagli umani. Dal bosco, non interrogatevi sul perché, apparve Blondie con una maglia del Napoli, una fiaschetta da San Bernardo al collo e una ragazza giovanissima, forse sedicenne, per mano. I due stavano scappando dai cinghiali, dunque scovare l'auto di Bunny spinse il savonese a rubargliela senza curarsi degli amici, che, salvo il rapito Neddu, fuggirono in direzioni sparse.

Begbie andò da Gloria il giorno dopo, non tanto perché Camilla l'avesse persuaso ad agire, ma perché ripudiava ritenere che lei potesse avere ragione a insultarlo. Questo prima addirittura di badare alla quasi totale certezza che Gloria non avrebbe abortito, quindi che sarebbe divenuto padre biologico di un figlio nato da una relazione clandestina. Nonostante l'attacco dei cinghiali, Luca non perse Camilla per i boschi. Trovava eccitante il suo scappare con le chiappe al vento, e ciò lo fece sognare di accoppiarsi nel mezzo della natura. Lo fecero soltanto dopo aver parlato.

«Te figli non ne vuoi?» chiese lui.

Camilla sbuffò un avanzo di canna. «No, perché sono un'egoista di merda, una tossica e un'irresponsabile. Ma sono onesta. Magari un giorno cambierò idea. Tu ne vuoi?»

Luca la imitò cercando risposte nella luna. «Non saprei… Ora no, perché sono più che irresponsabile, sono un disadattato e un cazzaro. Però… alle volte penso a come è stato stare con mio fratello e mi ci

vedo a fare il padre. Non mi dispiacerebbe.»
Camilla gli passò gli ultimi tiri. «Sei onesto anche tu. Solo con me, ma
che me ne fotte delle palle che racconti alle altre? Ovvio, sempre
ammesso che ci siano delle altre, ora come ora.»
Luca non rispose, non aveva senso spiegarsi dopo più di un mese di
"convivenza". Camilla ci era arrivata da sola a che tipo ci fosse dietro
la marea di cazzate, trucchetti e tecniche segrete.
«Sei strano.»
«Tu di più.»
Ed era noioso. Noioso, ma piacevole. «Dimmi che almeno stasera i
preservativi ce li hai. Non mi va di avere il tuo affare che magari si
sporca di terriccio di bosco o di formiche.»
Lui non rispose di nuovo.
«Okay, ma tiralo fuori prima di venire, che non ricordo quando ho
preso la pillola l'ultima volta. Tu non mi metterai incinta, Luca
Morando. *Non ora*, almeno.»
Luca oggi pensa che il "*Non ora*" di allora sia caduto in prescrizione.
Ha trent'anni, figli li vuole dalla persona più giusta che abbia mai
incontrato e non vuole finire come Begbie, ad aver perso le speranze
perché convintosi che le donne siano tutte uguali, quando a questo
mondo siamo tutti delle merde senza distinzioni.


# Il valore di un uomo


«Come fa ad avere un disturbo mentale,
se non ha un cervello?»

Paradosso di Blondie su qualsiasi donna.

Neddu si mise a spulciare il portafoglio. Cinquanta euro per arrivare a
domenica, recuperare il volume mancante di GTO, sfamarsi
all'università, pagarsi il bus per arrivare allo stadio e portare Simona a
cena fuori. Ed era appena lunedì.
Il sardo s'impegnava a tirare avanti, nessuno poteva negarlo. Quando

sopravvivi in un nucleo familiare a basso reddito, tuttavia, il solo impegno non basta. Il padre invecchiava e i lavori di manovalanza diventavano più saltuari, il lavoretti del fratello minore non fruttavano granché, la madre faceva pulizie negli uffici guadagnando quello che guadagnava; avevano poi una Uno che consumava quanto un carro armato. Quando la nuova e viziata generazione del cazzo nasceva, o aveva comunque pochi anni per capire cosa fosse uno stento, Neddu era uno di quelli che spesso doveva scegliere tra il caffè e il poter prendere la macchina. Più volte rispetto al tattico Begbie o all'assicurato Bunny. O si serviva della tecnica segreta *Genovese priority* e portava a cena fuori Simona per il loro mesiversario o sarebbe finito ad accoppiarsi con la marmitta della Uno, tanto che sempre di succhiare si parlava. Già, Simona era una ragazza materialista, attaccata agli oggetti come dimostrazione di affetto al di là di qualsiasi gesto. Neddu ancora non lo sapeva, ma la sua fidanzatina era una campionessa di parassitismo affettivo, come avrebbe diagnosticato Luca successivamente; un solo errore del sardo e sarebbe volata a depositare il nido su un altro uccello con una strategia che ridiscuteremo in seguito.

Cinquanta euro, la donna o la rovina: Neddu si privò di GTO, la partita la guardò al bar sotto casa, all'università digiunò e diede una facciata sul banco. Ci teneva ai rapporti, non era meschino come i suoi amici. Non sognava la storia della vita, però, essendo educato e paritario più degli altri, riconosceva di avere dei doveri, che le relazioni *fossero* responsabilità per loro definizione. Inoltre, con Simona ci stava bene seppur ogni ignorante l'avrebbe spinta giù dalle scale o usata come merce di scambio anche per una sola cannetta. Neddu era forte, e i forti hanno la virtù della pazienza pure quando una cozza isterica e manesca gli si appiccica ai coglioni, deprivandoli della dignità.

Ma a prendere la ragazza doveva andarci in macchina, fare le cose per bene, *essere mascolino* col polso peloso sul volante e il braccio fuori dal finestrino. Neddu era prudente e guidava con ambedue le mani in posizione dieci e dieci – mai sopra i quaranta chilometri orari. Mascolinità un cazzo, era questione di sicurezza stradale e rispetto delle regole.

Si arrovellò l'anima a pensare a certe stronzate mentre era imbottigliato nel traffico, classico tamponamento in sopraelevata. La giornata era andata non proprio bene: sveglia alle sei per ripassare e prendere un risicato diciotto, storta scendendo dalle scale, stomaco affamato, era sotto attacco da parte dei tifosi genoani per l'imbarazzante partita della Sampdoria, il fratello era stato nuovamente licenziato per aver stirato una vecchia mentre portava pizze e adesso mezz'ora di coda con la macchina in riserva; al benzinaio ci arrivò per miracolo, ma trovare qualcuno che gli cambiasse l'unica banconota che aveva costò venti minuti ulteriori di ritardo all'appuntamento. Alla stronza non fregò niente della sfiga, non gli parlò per un'ora.

In un'altra occasione gli andò anche peggio. Si negò la partita settimanale del torneo di calcio a sette per fare un turno aggiuntivo al volantinaggio, aveva un disperato bisogno di arrivare a cento euro e non voleva chiedere prestiti a quegli usurai dei compagni. Quella sera non fu pagato per le sue prestazioni, dovette rincorrere il capo l'indomani per farsi anticipare almeno metà della cifra. Con Simona che lo insultava dal giorno prima per non essere in grado di farsi rispettare, nonostante nella merda ci fossero un po' tutti in quel periodo, organizzò una serata speciale. Lei adorava il pesce, allora fanculo a Berlusconi e fanculo alla patetica opposizione di sinistra. Governo tecnico o meno, Neddu avrebbe speso i suoi risparmi per portarla a cenare in riva al mare, in un locale che mai si sarebbe potuto permettere, se non con la forza dell'amore.

Beccarono pioggia. E la Uno li abbandonò lungo la strada. Come se non fosse abbastanza, Neddu finì di aiutare con un trasloco piuttosto tardi e si fece male alla spalla. Ma era importante? Per Simona si sarebbe castrato con un taglierino, a contare era il pensiero. Per lei, invece, non contava affatto.

Simona passò la serata a guardare gli altrui tavoli, dove scorrevano vini che Neddu aveva assaggiato soltanto perché, in passato, Blondie e Begbie li avevano rubati da qualche parte, assieme a caschi poi rivenduti ai professori e ai bidelli. Vini, ma anche capi d'abbigliamento e bigiotteria di donne più fortunate di lei, che si era presa un vero pezzente perché devoto, quindi uno che avrebbe fatto qualunque cosa per soddisfare i suoi "bisogni". Neddu ancora aveva il cuore in gola per essere stato ingannato dalla gemella della ragazza e tant'è Simona non era contenta dei suoi sforzi.

Al ristorante di pesce fenomeggiava anche Bunny quella sera, ma a debita distanza dall'amico per non risultare né invadente né più fortunato. Voleva partire contro Simona per piantarle una forchetta nell'occhio, la sua stupida pretenziosità stava sotterrando un uomo che si spaccava il culo per due lire.

«Tutto bene?» domandò timidamente Neddu, il "sì" di lei non fu convincente. C'era da aspettarselo, pensò: la sua povertà l'avrebbe perseguitato per tutta la vita. Ma si chiese subito dopo cosa avesse realmente valore. Era certo che meglio fosse essere *miscio,* ma dare la sola moneta in suo possesso a chi amava, che essere ricco e dare magari mille monete avendo le spalle coperte da centinaia di migliaia di monete. Tutto quel che si ha contro un'elemosina. *"Davvero Simona non capisce questo?"*

E poi commenti sul suo vestiario modesto, sulla camicia che andava cambiata con una più sfarzosa, sui capelli che si tagliava da solo per risparmiare. Simona voleva un uomo che non era lui, assunse Neddu, e il pensiero non gli fece chiudere occhio.

Cinquanta euro spese, la macchina riuscì a ripararla un mese dopo grazie alla passione di Begbie per i motori. Il valore di un uomo, alla fine, si misurava dalla sua liquidità, dalle conoscenze – lei trovava i suoi amici animaleschi e mai fece la fatica di domandarsi perché lui avesse ragione a reputarli tali -, da come sapeva mostrare quel che aveva e da quanto fosse disposto ad annullarsi in nome della "sanità di coppia", che era una retorica talmente infantile per intendere *"viziare la principessa"* da far sì che gli Ignoranti andassero a girare altrove, quando sapevano che Neddu era in dolce compagnia.

La pazienza è la virtù dei forti, *finché non si ammalano.*

Neddu con Simona durò due anni e mezzo. Se la portò in Sardegna pagando di tasca propria, perché lei guai a lavorare. Per coprire la spesa arrivò a fare quattro lavoretti contemporaneamente, che lo rallentarono negli studi.

Adesso sembra passarsela bene al tavolo dove è solito accomodarsi da quando ha conosciuto l'amica del suo migliore amico. Ci ha messo secoli, ma è dottore in chimica. Guadagna milleseicento euro puliti al mese e riesce a sostentare la famiglia in attesa di trovare un appartamento ideale. Siede tra Begbie, che studia la tizia valutando le probabilità di successo di Neddu, e Luca, che fuma come un dannato guardando il telefono. Neddu non lo sa, ma sono più io a fare il tifo per lui di quanto ne facciano i due ignoranti a suo fianco.

La ragazza ha percepito l'interesse, si sente un po' in difficoltà a parlargli con altre persone presenti. Neddu però ha fatto il callo alle scoppiate di testa. Una vocina dentro che gli dice di lasciar perdere, che

tanto finirà come al solito. La vocina ha ragione, lei non ha intenzione
di restare in Italia e ha una madre con una malattia neurodegenerativa.
"Tecnica segreta: *Nonèilmomento*" si rammarica Neddu, sperando che
la voglia di avere una donna e dei figli – perché così fanno tutti i
trentenni men che gli Ignoranti – un giorno surclassi la sua tendenza a
evitare l'altro sesso.
Ogni lasciata è persa. Lui non ci prova neanche e la ragazza continua a
parlare con il migliore amico. Per fortuna, Neddu ha imparato che il
valore di un uomo si misura su altre scale. Anche per questo ora ha
standard così elevati da preferire la masturbazione al perdere tempo con
una cretina random.
«Con cinquanta euro,» precisò una volta Begbie, «ti paghi una escort
discreta, se ti va bene. Ti svuoti le palle, non prendi in giro nessuno e
lei non prende per il culo te. Questo è il massimo dell'onestà che si
possa richiedere quando lo scopo è solo quello.»
Neddu invidiò gli amici per essere tanto abili ad accontentarsi di poco.
Se non fosse che ora si trovano sulla stessa barca, li invidierebbe
ancora.


# La cura della giovinezza


"Tre sono i motivi per bere: frustrazione,
repressione e noia. Ce n'è un quarto, cioè
incoraggiamento. L'alcol ti abbellisce i cessi
e velocizza la petulanza di quelle che ti
spingono a gonfiarti."

Dal Vangelo secondo Luca,
*Colloqui con la psicologa* 1:3


Gloria aveva deciso di tenere il bambino, e avrebbe mentito al marito
architettando un piano da soap opera. Bunny l'aveva predetto, la donna
consumò rapporti "protocollari" per una settimana di fila sostenendo di
attraversare un periodo di particolare allegria. L'imbecille non ebbe
alcun sospetto circa l'affabilità della moglie, che un paio di settimane

più tardi rifece il test e urlò al miracolo. Lui ricordava di avere spermatozoi morti, però. Significava che non aveva ancora perso la propria virilità, allora che poteva continuare a soddisfarla come ai vecchi tempi. Felice, contento e cornuto. Padre di una creaturina piantata nell'utero di Gloria dal depresso Begbie, divenuto nel frattempo *"Il cuculo"* per gli amici.

Ciò tuttavia non compromise la loro relazione clandestina, stando alle parole di Gloria. Il motociclista le piaceva, pur essendo giovane come l'acqua: era dotato di capacità di ascolto, spessore culturale e un fascino tutto suo; Gloria in realtà voleva soltanto figli, le insicurezze di Begbie l'attrassero più delle qualità solleticando l'istinto materno. Per Begbie, non ancora pratico della materia, cosa lei volesse era irrilevante fintanto che avessero potuto continuare a frequentarsi. Alla fine riuscì a darle più rapporti appaganti. Con il forno già pieno, venire insieme, senza staccarsi, era sublime, l'apice delle rispettive fantasie, che fossero in macchina o su un prato nella notte. Questo finché il gonfiore di Gloria non si fece ben visibile, non riguardando più l'ingrossamento dei soli seni. Quel pancione avrebbe commosso Luca, o un altro manigoldo dal cuore tenero; a Begbie suscitò disgusto, si sentì malato, una sera addirittura la rifiutò preferendo la contemplazione del panorama dalla Begbiemobile. Alla sensazione di squallore rammentò poi che non mancassero molti mesi al parto, dunque che per Gloria sarebbe iniziata una nuova vita da dedicare al maschietto che aspettava. Lui era di troppo, tanto valeva uscire con stile e dimostrarsi maturo a sufficienza da fare il meglio per lei. Un addio o un arrivederci. Ai ragazzi non fu dato saperlo con totale chiarezza.

Bunny li trasportò lungo la riviera dopo essere stato imbarcato per diverse settimane. Simona aveva da studiare, lasciò libero Neddu di far quel che volesse a patto che non fosse nulla di strano; Camilla era troppo fatta per alzarsi dal divano, così Luca colse l'invito di una *vasca serale*[14] per respirare un po' di aria fresca; Begbie guardava fuori dal finestrino e cercava di non dare a vedere quanto stesse rosicando per la fine della relazione, con quell'immeritevole cornuto che sarebbe tornato ad avere Gloria tutta per sé. Al bambino non pensò neppure una volta.

---

14Nello slang, *"fare una vasca"* significa fare un giro o un viaggio, perlopiù inteso usando un mezzo di trasporto. Una *vasca serale* è quindi un giro serale, in questo caso in macchina.

«È stata una cagata, non dovevo cominciarla» disse malinconico, con le luci della città che gli scorrevano davanti.

«*Too late*, ormai non si torna indietro. Ti restano le lezioni imparate» fece "saggio" Luca. «È pur sempre un ricordo felice...»

Begbie si stiracchiò. «Non lo so, Lu. È che quando capita l'occasione che fa l'uomo ladro non si pensa mai alle conseguenze. Big G ci aveva avvisati con Leopardi, la felicità è qualcosa di temporaneo che appena la si sfiora svanisce. Felice non credo di esserlo stato. Soddisfatto, quello sì. Ma ne è valsa la pena?»

Il socio tacque, Bunny non disse la sua e la macchina continuò a marciare lungo il mare. Neddu interruppe il silenzio. «Te sei stronzo e lo sappiamo, *ommemmerda*»,  fece amichevole per poi parlare serio, «ma non sei il tipo da lanciarsi nelle cose troppo alla leggera. Ci avrai pensato sin dall'inizio che non sarebbe durata, sicuro ma sicuro come la morte. Perché allora sei andato avanti?»

«Sardo, è una domanda retorica» disse Bunny.

«No, fa bene a chiederlo» disse Begbie. «Siamo tutti maschi, ci capiamo. Eccetto Neddu, che è una persona civile, chi di noi non ha avuto la fantasia di intrattenere una relazione con una donna più grande?»

«Cazzo», rispose Luca, «lo stai chiedendo davvero a gente che ha fatto sesso con la propria cugina? È la norma, raghi. Con tutto quello che ha da offrire una donna fatta e finita, per forza abbiamo questa fantasia.»

Bunny, che rabbrividì a ricordarsi di aver copulato con una parente, fu dubbioso. «Ma come mai è così? Da cosa parte?»

«Un botto di ragioni, sociali, naturali, individuali, spirituali se vuoi», chiosò Luca. «Partiamo dalla società del cazzo in cui viviamo. Siamo uomini, ci si aspetta che andiamo a sgobbare mentre la sfigata che ci ha presi stia a casa a insegnare alla prole a non essere come noi. Diciamocelo francamente, *questa responsabilità antiquata ci sta sui coglioni e non vogliamo prendercela*, quindi viva le pari opportunità e viva gli asili, si fatica tutti e due e fanculo a quelle che vogliono farsi mantenere. Sotto questo aspetto, in una donna più grande cerchiamo già una stabilità economica. Magari lavora e ha la sua indipendenza, il che è un primo punto a suo vantaggio rispetto alle oche che becchiamo in disco, tutte università e papi.»

«Sinonimo di *se non lavoro io mi aggrappo a lei*» fu brillante e sarcastico Neddu.

«Ottima sintesi», proseguì Luca, «ma veniamo alle cose più sensate. *Tendenzialmente*, e ripeto *tendenzialmente*, una donna più grande ha maggiore sicurezza in sé stessa. Non cerca approvazioni come una ragazzina, che ti stressa a furia di chiederti se la trovi bella o se il vestito di merda le sta bene. Alla milf non frega un cazzo di cosa pensi, ha campato finora senza di te e probabilmente farà lo stesso *dopo* di te. Sa cosa vuole dalla vita, sa di avere fascino e il risultato è un'avvenenza che una ventenne se la sogna. Leviamo poi l'esperienza sul fronte sessuale, che è soggettiva. Di certo c'è più esperienza nel gestire le interazioni con gli altri, dunque è più probabile che sappia controllare le proprie emozioni. Nell'avere le idee chiare, non si fa problemi a essere schietta. Figuriamoci a livello di corteggiamento reciproco come siamo messi, mica quei flirt unilaterali dove siamo fortunati se la tipica coetanea non scappa.»

«Aggiungo anche che l'aver maturato delle esperienze», s'inserì Begbie, «favorisce l'ispessimento della persona e della cultura. Attenzione, non dev'essere necessariamente un'intellettuale, ma almeno è in grado d'intrattenere una conversazione dai tenori più elevati di quelle che farebbe una ragazza media. Questo è un fattore stimolante, *molto* stimolante.»

«Nonché una prova per decretare che anche gli uomini siano attratti dall'intelligenza e appunto dalla cultura, checché ne strillino le bimbe dal cuore spezzato» affermò spavaldo Luca, che ne sapeva qualcosa.

«Indipendenza e sicurezza nei propri mezzi», aggiunse il motociclista, «sono inoltre una somma che porta il giovane uomo a vivere il rapporto in serenità. La donna non ha bisogno di lui, ma sceglie di stare con lui. Ditemi se è poco.»

«No, non lo è.»

«Aspettate», Bunny non capì, «avete parlato di tutto meno che dell'aspetto. Uno la milf se la immagina tipo la mamma di Stiffler, questo non vale?»

«Stereotipi da film americano, l'estetica non batterà mai la psiche» ribatté Luca. «Vale ma relativamente, i gusti non sono universali. Non ho la mia specie di storia con Camilla perché Camilla sia una modella da papilloma su Facebook. Per il socio, o per il cuculo, il guaio è stato simile.»

«È vero» ammise Begbie con una punta di tristezza, ma anche con un accenno di sorriso. «Mentirei se vi dicessi che non mi ha colpito la sua appariscenza innanzitutto, ma vederla più bella è stato grazie all'aver conosciuto la persona. All'inizio volevo soltanto darle il massimo piacere, poi mi sono assuefatto della sua anima. Non prendetemi per il culo.»

Luca sapeva e annuì. Bunny immaginò ed ebbe rispetto. Neddu lo derise, perché sentire Begbie parlare di anima sembrava l'incipit di una barzelletta. Il motociclista si risentì.

«Ma finitela un po' tra tutti. Fascino, indipendenza, state girando attorno alla cosa. La verità è che ti è capitata l'occasione che fa l'uomo ladro che dicevi prima e sei partito come un cinghiale, *e quando mi ricapita*? Avete guardato troppi porno, eccovela la vostra fantasia.»

«La fai semplice» cantilenò Luca, messosi a ripensare alle colte chiacchierate con la maestra di suo fratello.

«Vi piace la trasgressione, tutto qui. Altrimenti perché andare a fare casini con una donna sposata, con una maestra delle elementari o con la cugina di Bunny? Non sarò un esperto di psicologia, ma non ci vuole una scienza per recensirvi, animali.»

E non aveva tutti i torti, Luca certa merda la studiava e aveva compreso il quadro clinico di Begbie. Però Neddu ancora non aveva notato che qualcosa fosse cambiato nei due ignoranti, o migliorato. La relazione con Gloria non era banalmente il frutto del complesso edipico per cui Begbie avesse conflitti irrisolti col padre, neppure mera voglia di trasgressione o di affermare l'istinto di alfa sugli altri uomini, sennò non l'avrebbe tirata avanti tanto a lungo: a Begbie Gloria piaceva davvero, oltre il senso di protezione, l'emancipazione e altre cazzate accessorie. E pur nascondendolo, stava soffrendo per averla persa. Neddu capì che il silenzio a seguire fosse decisamente strano da parte dei ragazzi. A quel punto ci arrivò. Gloria con Begbie, Camilla con Luca, chissà chi con Bunny. Le donne avevano avuto effetto e loro lo stavano preoccupando. Persino tipi come gli Ignoranti avevano la possibilità di essere un poco più profondi del consueto.

«Facciamo che non ci pensiamo e andiamo a divertirci dove vi dico io, eh?» disse Bunny facendo una pericolosa inversione. «La donna matura batte cento a zero la pivella, ma anche noi siamo pivelli. Comportiamoci da tali, allora.»

Dal lungomare risalì per una via dove tempo prima Begbie fece da portapizze. Poco distante, un locale che Neddu intuì essere la meta del marinaio. Giacché si spaventò preventivamente, conscio di cosa gli avrebbe fatto Simona se lo avesse scoperto, si lanciò fuori dalla Bunnymobile in corsa e se ne tornò a casa.

«Meno uno, avanti il prossimo» disse cinico Luca, chiudendo la portiera senza assicurarsi che il sardo fosse illeso. «Finché starà con una deficiente come Simona, Neddu non capirà quello che abbiamo capito noi.»

«*Voi*, io continuo ad andarmene con le coetanee e sto bene così» puntualizzò Bunny. «Per Begbie stasera facciamo la cura della giovinezza.»

«Che sarebbe andare a rumene?» chiese annoiato Begbie.

«Vabbè, non buttiamola sul razziale. Trattamento speciale per toglierti Gloria dalla testa per una serata, se ce la facciamo. Ti va?»

«Ma andiamo subito, Cristo di una madonna» era già pronto Luca. Begbie fece dell'autoironia la prima medicina. «Protogallina vecchia fa buon brodo, ma come posso dire di no alle spogliarelliste? Vai vai, a farmi le seghe mentali ci penso domani!»

Bunny premette l'acceleratore e nessuno arrivò prima di loro al tavolo di fronte al palo. La serata fu rovinata dalla visita di un calciatore il cui credito bancario calamitò tutte le ballerine, ma sino a quella sventurata coincidenza il trio ebbe da divertirsi e da infettarsi. Duecento euro volarono come niente, spettacoli privati nella stanza apposita, cocktail insapori; con una mancetta Luca si prese la candida, Begbie un numero di telefono e Bunny un grosso rischio, poiché tra le danzatrici in topless ve n'era una che spesso si palesava al Virgin per oscurare Azzurra. Costei amava le discoteche e gli uomini generosi. Aveva molte conoscenze.

Bunny anche adorava le discoteche, ma non quanto adorava le signorine disponibili. Stava cercando un lavoro, presto la sua esperienza in mare sarebbe finita. Lei aveva contatti nelle discoteche, quale fortuna. Uno col suo aspetto avrebbe potuto fare il pierre per davvero, e non più curare le pubbliche relazioni quando si trattava di andare al rimorchio.

Qualche mese dopo, Begbie continuava a ricercare donne più grandi di lui e Bunny era ormai affermato nel settore delle prevendite, facendoci pure dei bei soldi. Utile al dilettevole, essere pierre corrispondeva a non dover mai patire la fame di sesso, perché nella sua posizione arrivò a frequentare un numero di ragazze spaventosamente alto addirittura per gli Ignoranti.

Ragazze molto giovani al confronto di quelle a cui puntava Begbie. Ma molto giovani anche per Bunny stesso. Questo era il preludio di un grosso problema.


## Il potere della patata

> "Non si tratta mai di creatività o di talento,
> è una questione di curiosità. Essere curiosi porta
> alla conoscenza, e la conoscenza conferisce
> profondità. Sono le cose che hai da dire
> a fare la differenza, nello scrivere libri
> e nello stare al mondo. Per cose da dire
> non intendo quattro storielle d'amore del cazzo.
> Se non si capisce questo, Houston,
> avete un bel problema di fondo."
>
> Dal Vangelo secondo Luca,
> *L'arte di trattare di merda gli altri* 6:9


Lo stomaco di Ginevra si riempiva di acido quando la gingerina ricordava di essere arrivata tardi. Si vociferava che Francesco stesse con una battona di cubista senza alcun profilo Facebook, Twitter o del defunto Myspace, quindi una che non si poteva spiare. Priva di una base per sparlare coloritamente di una tizia che manco conosceva, Ginevra invidiava le amiche fidanzate, tutte sistemate con dei facoltosi sacchi di merda lontani dalla realtà degli Ignoranti. Odio profondo, perché anche lei voleva essere viziata e scattare compulsivamente fotografie dei suoi weekend nababbi, tra una cena elegante, una borsetta costosa e un paio di notti a Cortina. Doveva trovarsi un "uomo" a qualunque costo.
Kevin sedeva in salotto e si dedicava al suo hobby preferito, leggere articoli sulle celebrità. Non un solo sguardo alla rossa, che in assenza dei genitori in casa aveva preso a ballare nuda davanti al ragazzo. Ginevra adorava Kevin per la sua brutale spontaneità, benché il commesso fosse di una tranquillità soporifera praticamente tutto il

giorno. Avere un amico gay era una ragione per fare quello che di norma non poteva nei limiti della sicurezza, perché essendo di famiglia altezzosa Ginevra doveva sottostare a imposizione da *Belle Époque*: niente uomini in casa, niente frequentazioni con soggetti del basso ceto, niente terroni e men che mai avvicinarsi a un negro; abiti consoni alle circostanze, atteggiamento distinto, linguaggio accademico.

«Porca puttana, che cazzo di ginocchiata ho dato!» si lamentò a seguito di un urto contro all'antica credenza che decorava il soggiorno.

«*Lady Finess,* abbiamo mangiato bon ton a pranzo» la prese in giro Kevin, attentissimo alle indiscrezioni su Robert Pattinson. «Gradisce rindossare gli abiti? Avete un ospite che avrebbe da ridire sulle sue abitudini plebee.»

«Giammai!»

Ginevra saltò sul posto e non si sarebbe rivestita. Era bello assaporare sprazzi di libertà grazie alla nudità con la quale manifestava sé stessa. Non doveva farsi del male mantenendo il pudore, sentiva quasi di ribellarsi all'austerità della madre così facendo. Allora avere un amico gay era due volte più appagante, che la guardasse o meno.

Si andò a sedere accanto al commesso, raccogliendosi nelle ginocchia con fare puerile. «Devo trovarmi un ragazzo. Uno bello e ricco, così mamma non romperà le palle e io avrò la mia vita felice.»

«Non so se mi nausea di più vederti con le grazie all'aria o la tua filosofia» commentò distaccato Kev.

Lei si mise a gattoni e gli si piazzò all'orecchio. «Tu sei un maschio, sai di sicuro insegnarmi come ammaliare l'uomo giusto.»

«Ammaliare e manipolare non sono sinonimi.»

«Che importa? A me basta trovare quello giusto.»

«Non sai nemmeno chi sei, che ne sai di chi sia quello giusto per te?»

«*Uffa*! Più vai avanti più somigli a Lucrezia, fate le stesse paternali.»

«Dicesi *acquisizione di maturità*. Datti tempo e non affrettare le cose.»

«Non ce l'ho il tempo!» Gin batté i pugni sul divano. «Non voglio finire ad avere la vagina piena di ragnatele come lei perché aspetto l'uomo che non arriva, devo andare a prendermelo.»

«Se corri, l'unica cosa che ti prendi è la mononucleosi di letto in letto.»

«Non la prendo l'*ammononucleosi*, ho sempre dei preservativi con me.»

«Lo sai che è una malattia che si trasmette tramite saliva, *non* facendo una degustazione salsicce?»

«Ma che dici? Te l'eri presa te dopo aver fatto un fischione a quel fotomodello.»

Kevin, che non baciava mai, chiuse la rivista e sbuffò. «Fai te quanta saliva aveva addosso, in quell'orgia sembravamo lumache. Sei ancora una bambina, fatti le tue esperienze e goditi i tuoi anni. Quando sarai più grande e consapevole, avrai i mezzi per trovare l'uomo adatto a te.»

«Ho già capito che farò la fine di Luc, se non mi darò una mossa» disse Gin, poi si voltò a fissare il vuoto con un sacco di crucci. «Oh mamma, ma come fa a stare senza trombare?»

«Siamo tutti diversi, per fortuna. Tua cugina ha altre priorità, infatti vive meglio e non si pone problemi così frivoli.»

Ginevra incrociò braccia e gambe, offesa pure dai rimproveri più impliciti. «E resterà zitella per sempre, è davvero esagerata coi suoi requisiti minimi per farsi dare una martellata come si deve. Io che sono più libertina non ho la fila che ha lei. *Passate da qua, ve la do come se aveste il telepass.*»

«Credi che il potere della patata basti a colpire l'uomo ideale?» la ridimensionò Kevin, alzatosi per riempirsi il bicchiere di Bourbon. «È per sua definizione il punto più basso a cui ambire quando si ha la possibilità di conoscere una ragazza, se non una donna. Quante volte provo a dirtelo?»

«Tante, troppe anzi» s'imbronciò Gin. «Il potere della patata funziona su chiunque, tranne che su di te. Devo dedurre che gli uomini migliori siano tutti gay.»

Il cinico commesso roteò gli occhi al cielo per l'esasperazione. «Ma lo volesse l'altissimo, non mi sfonderei di cioccolata per compensare il mio odio verso l'umanità! Sii un po' più adulta e datti una risposta. Perché il potere della patata, nella vita reale, non funziona su chiunque?»

Lei congiunse le mani e vi strusciò la guancia cosparsa di efelidi. «Perché ci sono uomini dal cuore d'oro, romanticoni veri, che si tengono stretta la verginità per darla alla donna che ameranno per l'eternità.»

Kevin si sforzò di dar ragione a Luca, Nina Canepa gli riferì parole di cui l'omosessuale si appropriò in nome di una giusta causa. «Perché il tesorino che hai in mezzo alle gambe ce l'hanno quasi altre quattro miliardi di persone sul pianeta. Non c'è niente di speciale nella patata, è sopravvalutata.»

«Detta da un gay…»

«Irrilevante, il punto del discorso non cambia» s'impuntò lui, dunque
proseguì dopo una sgolata di liquore. «Vuoi l'uomo ideale? Finché ti
basi sulle sole due variabili di bellezza e ricchezza incapperai nel
rischio di incontrare personaggi pieni di difetti. Belli e ricchi ma
impotenti, belli e ricchi ma stupidi, belli e ricchi ma infedeli e via
dicendo. Anzi, niente rischio. È una garanzia.»

«Uffa, proprio un disinibito *orgiaiolo* come te mi fa la predica…» si
annoiò Gin. «Con quanti *cancelli*[15] sei stato?»

«Abbastanza da sapere almeno cosa non voglio, mia cara» rispose
sagace l'amico. «Raggiunto questo grado di consapevolezza, la strada è
spianata verso un mare di possibilità, dove ci sono tanti, ma tanti
individui validi, con difetti accettabili perché nessuno è perfetto, e forse
che si sposano bene coi nostri. Cosa credi, che andrò avanti come
adesso fino alla fine dei miei giorni? Una volta mi sono trovato un cane
dietro.»

La rossa si voltò. Sulla parete c'era il malevolo ritratto della
ricchissima nonna a rammentarle la sua genealogia, ergo che non tutto
quel che luccica sia oro. Era immatura, non lo negava mai sul serio;
eppure si sentiva triste perché c'era una mancanza nella sua giovane
vita, dovuta al freddo rapporto che aveva con tutta la famiglia esclusa la
paranoica cugina. Nel capacitarsi del suo ego, Ginevra non si
vergognava di chiedere un parere, e ciò le faceva onore. Bambina, si
raccolse e nascose ogni sua virtù. «Che cosa dovrei fare?»

«Non correre, tutto qua» rispose paterno Kev, fratello mai avuto e
imprescindibile migliore amico a cui appellarsi. «Concediti
l'opportunità di sbagliare e di imparare, fa' pure qualche cazzata
perdonabile, non mentirti e non mentire. Non c'è niente di dignitoso a
essere un bugiardo infame come il sottoscritto. Tu sei ancora infantile,
però con vent'anni da compiere te lo abbuono. Sei divertente, graziosa
quando vuoi, hai un sacco da dare e un'energia dentro che potrebbe
portarti ad avere seriamente tutto. Qualcuno un giorno vedrà chi sei e ti
amerà per questo, e tu lo amerai a tua volta.»

Ginevra fece un piccolo cenno di assenso e si avvolse in una coperta
rosa, ringraziando l'amico per il suo sostegno.

Quel pomeriggio la ragazza imparò molto da Kevin, perciò decise di
mettere immediatamente in pratica gli insegnamenti: s'iscrisse a quattro

---

15 Nel linguaggio di Ginevra, si definisce *cancello* una persona di brutto aspetto.

siti d'incontri diversi – uno dei quali denominato *LoliLove* – e nell'arco della serata fissò una quarantina di appuntamenti, persino tre nel medesimo giorno. Il tipo più giovane che incontrò aveva quattordici anni e sosteneva di averne diciannove per via dell'eccessiva peluria lucana - sembrava una marmotta. Il più anziano, pace alle aspettative di Ginevra, ne aveva sessanta e usava fotografie di quando andava per i quaranta. Lei ci volle uscire per il fascino del capello brizzolato, ma è più corretto affermare che fosse tentata dall'avvicinarsi a un uomo che si presentò come direttore di banca, quando era un normalissimo impiegato sotto le direttive del padre di Lucrezia. Fu imbarazzante andare a fare un prelievo e vederlo sbiancare per essere stato scoperto. Ricchi e belli, ma padri. Ricchi e belli, ma divorziati. Ricchi e belli, ma con un'ordinanza restrittiva. Gin mica considerava la gamma di probabilità che una mente più subdola avrebbe preventivato, vedasi Luca con qualsiasi ragazza dopo aver conosciuto Nina Canepa.

La cosa grave è che fece sesso con la maggior parte di loro, circa l'ottantacinque per cento dei selezionati. Col sessanta percento di questi al primo appuntamento. Con il quindici percento corse il rischio di contrarre l'epatite B, dacché era certa che i profilattici non servissero se bastava che loro affermassero di non avere niente. Rischio di stupro qualora non si fosse concessa con tanta facilità: cinquanta percento. Con uno ci uscì tre volte, e per tre volte lui spacciò per congiuntivite l'arrossamento degli occhi dovuto alle pere di ero che si sparava giornalmente. Senza pudore, si fece un'iniezione davanti a lei, in un parco isolato in piena notte. «Oh, insulina» Ginevra era stupida. «Povero, non sapevo che avessi il diabete.»

L'overdose fu fraintesa, Gin chiamò un'ambulanza e ci rimase molto male quando le spiegarono l'accaduto.

Con un altro finì a fare la tata a due marmocchi che lui le affidò per andare a farsela con la vicina del piano di sopra.

Con un altro ancora fece la sua prima cosa a tre, che brutto non essere richiamata né da lui né dalla moglie.

Con un finto abbiente fu mollata a pagare un conto salatissimo al ristorante, con un pervertito dovette indossare una maglietta strettissima per contenere le forme che ricordavano troppo quelle di una donna adulta, con un molestatore seriale spiegò alla polizia come mai lo avesse convinto a violare i domiciliari, con un genio del male scoprì che non era vero che i preti mantenessero la castità, sennò come si spiegavano tutti quei crocifissi rovesciati sul muro della camera da letto?

Il migliore che incontrò, al termine dell'estenuante crociera nel magico mondo dei casi umani, era l'unico con la testa a posto e i piedi per terra. Il primo che gli fece rivalutare gli avvisi di Kevin a proposito della personalità, ma non troppo. Siccome però era Ginevra quella a deludere le aspettative del tizio, che non voleva portarsi a zonzo una libertina di facili costumi, l'esito dell'uscita fu un clamoroso rifiuto che sbigottì la sciocchina, mandando in frantumi ogni suo castello a favore della più ovvia legge della termodinamica, o della deresponsabilizzazione: *gli uomini sono tutti uguali.*

Ginevra si mise a parlare di ambiente affermando che per limitare i vulcani fosse sufficiente tapparne i camini con del cemento – principio del Tampax. Lui arrestò la macchina e la fece scendere lasciandola a quindici chilometri da casa. Ed era il migliore, dieci spanne sopra al satanista. Lei rimase interdetta in mezzo alla strada, in bilico sui tacchi e alquanto scoperta nel suo cortissimo vestito. Chi passò la prese per una prostituta.

«Allora non è un mito», si disse, «esistono veramente quelli che ti mollano sul marciapiede e tanti saluti.»

Si mise a urlare tutto il suo disprezzo, gridando che soltanto un malato mentale o un gay potesse essere immune al potere della patata. Kevin, prevedendo come sarebbe finita, la seguì anche quella sera e la caricò sull'auto prima che lo facesse qualche manigoldo.


# L'occhio dello shinigami

«Una volta temevamo la morte e il giudizio divino, oggi temiamo il futuro. Non so cos'abbia più senso.»

Dilemma di Neddu

Da quando Luca si trasferì da Camilla, concetti quali *decenza* e *vestirsi* persero di significato.

Era una mattina qualunque, di un qualunque mese dell'anno. Lo scrittore stava sul letto a fare cerchi di fumo, un lembo della coperta ne copriva l'eccitazione del risveglio. Fregava niente di alzarsi per andare a lavorare o per frequentare le lezioni, aveva congegnato un complicato sistema di perfezionamento dei tempi per fare tutto l'indispensabile con il minimo sforzo. Stava lì e pensava. Camilla era girata di spalle e lo sentiva riflettere.

«Scegli la vita...» disse lui al soffitto. «Che cazzata. Come si fa a scegliere la vita, se la vita è quella che sfottiamo?»

«Si vede che fai uso di droghe, alle sette del mattino dovresti dormire» fece Camilla assonnata, voltandosi lentamente per meglio osservare l'inquilino-schiavo.

«Sono le nove, non le sette. Si vede che fai uso di droghe.»

«Ma vaffanculo» disse lei al cellulare, dopo aver verificato l'ora esatta. «Ho un colloquio tra poco e sto ancora in botta da ieri sera. Vabbè, paga bassa per paga bassa me ne sto a fare la cameriera dove sono, almeno mi scelgo i turni per l'uni.»

«Non sapevo che avessi un colloquio oggi.»

Camilla si stiracchiò. Luca appena sveglia la irritava, però apprezzava averlo lì a portata di mano per stendercisi sopra. Lui non la capiva, lei meno di lui. «Non è che ti devo dire tutto tutto di quello che faccio, eh. Insomma, già vivi qui... Boh, lascia stare. Non funziono fino a mezzogiorno.»

Lo scrittore se la tenne sotto al braccio palpeggiandone il fondo schiena con la delicatezza che nelle ultime settimane aveva sostituito la cattiveria. «Scegli di non dirmi tutto tutto perché semplicemente non ti va, non ti passa per la testa oppure perché te lo imponi per non sfigurare?»

«Cazzo ne so?» sbadigliò la ragazza, chiudendo gli occhi sul suo addome. «Avrai imparato a conoscermi, è da parecchio che ti sopporto. Non penso, non mi faccio elucubrazioni strane, vivo quel che ho da vivere come viene. Scegli la vita? Vedila in questo modo, un cogliere l'attimo.»

«Ma cogliere l'attimo è una focalizzazione sul presente», s'incupì Luca, «senza prestare attenzione al futuro.»

«Sì, sono molto per la scuola di pensiero di Qui-Gon. Tu sei più Yoda, infatti sottovaluti il lato oscuro.»

«Bel tentativo, ma non mi hai convinto, *amore*.»

«Oddio santo, *evita*» si rattrappì lei.

«Ecco dove ti volevo, sei caduta nella trappola.»

Luca spense la sigaretta, o canna che fosse, e Camilla si sollevò per minacciarlo con lo sguardo. Aveva acquisito delle doti: dalla somma di conoscenza e apprendimento pratico, elevato all'ennesima potenza stando con la fattona, la capacità di osservazione dello scrittore si era acuita. Con essa aveva migliorato notevolmente l'interpretazione delle persone, del linguaggio e dei pensieri. Poteva rappresentare un pericolo essendo un narcisista conclamato, ma anche una risorsa.

«Chi vive alla giornata ha una paura fottuta del futuro» le disse. «È la base dell'*hakuna matata*, risolvere il breve termine. Si soddisfano tutti i bisogni primari, ci si diverte e si va a dormire. Ma senza badare al lungo termine, puoi chiamarla vita? La definirei più una somma di esperienze.»

Camilla gli andò a meno di un palmo dal naso. Chiese a voce dura: «Stai forse cercando di usare uno dei tuoi trucchetti su di me, Lelouch Vi Britannia?» e lui fu colto sul fatto. Non era possibile fregarla.

«Rispondi prima alla mia domanda» fu pressato Luca.

Camilla si distanziò. «Chi è che non ha paura del futuro tra noi mammoni? Forse uno che sotto sotto *vuole* quel futuro, Luca. Uno come te, che parla e sfotte ma che si crogiola a pensare che un giorno avrà moglie, figli, sicurezza economica, il maxitelevisore del cazzo e altre cagate. Ma ti sei mai chiesto se il futuro sarà come lo sogni? La moglie cagherà il cazzo, i figli andranno cresciuti, per la sicurezza economica dovrai lavorare duramente mentre ti pagherai il maxitelevisore, la macchina, l'assicurazione, le bollette e tutto quello che spacciano per felicità. Il futuro potrebbe essere peggiore del presente, dove sei libero di essere qualunque cosa tu voglia.»

Luca sogghignò si accese un'altra paglia. «*Volere*, hai detto giusto. Non sono d'accordo a dire che il futuro potrebbe essere peggiore del presente per un semplice motivo: chiunque noi siamo, tutti, nessuno escluso, miriamo alla felicità e facciamo il possibile per ottenerla. Nel fare il possibile, impariamo cosa non vogliamo e un filo di miglioramento lo raggiungiamo. Uno potrebbe *volerlo* quel suicidio che è scegliere la vita. Non è mica detto che sarà come lo immaginiamo solo perché altri non hanno capito un cazzo e sopravvivono nella normalità.»

Camilla si prese qualche secondo per scavargli dentro, giungendo su un fondale che avrebbe preferito non scoprire. «Quanti giri di parole perché l'unica paura fottuta ce l'hai te, cioè di dirmi la verità» pronunciò "nauseata", poi si alzò dal letto e indossò i pantaloni. «Io vado a fare colazione fuori, il frigo è vuoto. Se ti vuoi aggiungere muovi il culo, che mi serve una Sambuca.»

Luca si docciò e si rivestì in tempo record, mentre Camilla non masticò neppure una *chewing gum* per rinfrescare l'alito del post sbronza. Si piazzarono al bar vicino al vicolo, riempirono il tavolino di porcherie e attesero il giusto passante per fare della sana misantropia. O meglio, era Camilla ad attendere un buon campione per giustificare le sue prese di posizione. Ne comparve uno idoneo, un inconfondibile turista in sandali e bermuda che ne veniva dall'Acquario, a giudicare dai delfini peluche in mano ai due figli.

«Guardalo, quello è il tuo possibile futuro» disse con disprezzo Camilla. «Trentasei o trentasette anni portati malissimo, ne dimostri dieci di più. Stai perdendo i capelli, non hai più il taglio d'occhi di una volta. Ti si è asciugato il fisico già snello che avevi perché hai trovato un bel lavoro di testa dove non sforzi le braccia, forse in un ufficio o forse da agente di commercio, che è roba che non c'entra un cazzo con i tuoi studi. Porti vestiti di dubbio gusto perché da quando non vivi più con tua madre è tua moglie a occuparsi di metterti il pigiamino, e non le va di buttare la roba che ti ha comprato per quella settimana al lido per famiglie. Sei stanco, volevi restartene a casa a compatirti per aver scelto la vita, invece ti tocca portare le tue disgrazie in giro ora che è venuta la bella stagione. Carichi tutti sulla macchina che finirai di pagare quando dovrai rivenderla e guidi per centinaia di chilometri, sotto un sole che ti ammazza in mezzo a un traffico che ti fa salire il crimine. Vai poi all'Acquario a far vedere ai tuoi figlioletti pesci che supplicano di essere uccisi per essere liberi. Cazzo, i tonni conoscono Seneca meglio di te, che hai studiato per spendere soldi e basta. E stai continuando a spendere soldi, bravo coglione. Spendi soldi nella macchina, per i giocattolini, perché tua moglie non fa che ripeterti che sei un tirchio di merda come tuo padre. La soddisfi perché non la sopporti più quando parla, e non sopporti il suo corpo che invecchia, e non sopporti le sue telefonate, e non sopporti inventare sotterfugi per evitare le discussioni ogni volta che gli amici che non hai più visto t'invitano a giocare a calcetto. Sei stanco e realizzi che sei un perdente, uno che non ha combinato niente di quello che desiderava. A che cazzo ti è servita allora la crisi dei venticinque anni? Quella dei trenta? Cristo, erano moniti che non hai ascoltato come non hai mai ascoltato chi tentava di darti consigli. Adesso le paghi tutte lavorando quaranta o più ore alla settimana per non fare praticamente più un cazzo per te stesso, ma solo per mandare avanti la società che ti dimenticherà subito, sempre che ti abbia notato durante la tua patetica esistenza. Sei lì, cammini stralunato perché vorresti tanto tornartene a casa e no, *non si può*, altrimenti la scassacazzo che ti sei sposato te lo rinfaccerà fino alla fine dei tuoi giorni e i prodotti del tuo scroto ti odieranno. Allora la voglia di mandare tutti a fanculo, di fiondarti nella calda figa di una polacca che si annullerà per te facendo ciò che desideri, previa pensione di reversibilità. Lo vuoi ma non puoi, sei nato per questo, o piccolo padre di famiglia della Mulino Bianco a sussarti crisi e accise. Quanto era bello quel *presente ora passato* dove speravi, no, eri convinto che ti sarebbe andata meglio. Con che diritto, poi? Eri un nessuno prima, resti nessuno adesso. Estrai l'unica sigaretta che ti è concesso fumare. Le altre diciannove le fumerai fuori casa domani, quando tornerai al lavoro, dove in effetti preferiresti restare anche facendo straordinari non pagati. Ti fai una tirata, soffi, sei più sereno. Hai ricominciato per accelerare la fine. Questo sì che è un sollievo.»

Luca si rifiutava di vederla allo stesso modo, gli ricordava che sarebbe potuto finire come suo padre. Non rispose. Rubò un goccio di Sambuca per scongiurare il danno che il monologo avrebbe sortito qualora non l'avesse cancellato dalla memoria. Tecnica segreta: *Don't care*; bastava non smuoversi dalla convinzione che Camilla parlasse così perché la paura verso il futuro era una malattia che aveva colpito anche lei, centesima tra la gente che conosceva.

Temere quel che non si sa è umano, contrastare quel che non piace è un obbligo morale. Il futuro sarebbe stato senz'altro migliore, perciò si sentì di fare una profezia.

«Se questo tuo modo di pensare», recitò, «dovesse estendersi ad altre persone, forse tra non molto andremo incontro a un mondo che farà più schifo di questo.»

Camilla lo puntò con interesse stizzito.

«Non consideri l'individualità dei singoli» continuò Luca. «Magari hai indovinato ogni cosa su quel coglione, mi ci gioco le palle. Però, anche se ci hai preso su tutto, lui è solo una persona tra miliardi. Per quanto

sia facile cascare negli stessi modelli comportamentali, non siamo tutti uguali. Ci sono quelli che scelgono la vita e ne sono felici. Ci sono quelli che non scelgono la vita e soffrono come cani.»
Lei spostò il bicchiere e posò il mento sul palmo della mano. «E io chi sono, Luca? Cosa ho scelto?» lo sfidò calma. «A seconda di come risponderai, ti caccerò o ti terrò in casa.»
Lo scrittore non sudò freddo come le altre volte. In quel caso era certo di aver compreso. «Mi ricordo la sera in cui ci siamo conosciuti, volevi che ti sorprendessi e in parte ce l'ho fatta. Per sorprenderti è necessario andare fuori dagli schemi che ti fai, prenderti alla sprovvista, confutarti. Hai scelto di non scegliere la vita perché credi che la vita sarà essere madre, sposarti, sottostare a stronzate che nessuno può importi perché sei libera e vuoi essere libera. Ma anche la libertà che ti appartiene è una forma d'imposizione cui costringi per non correre rischi, una repressione senza senso. Potrebbe non andare come credi, per questo ora non sai cosa provi nei miei riguardi, oppure ne hai paura tanto quanto ne hai per un domani soltanto supposto. E questo ti rende infelice nonostante ti piaccia stare con me, ed essere de facto la mia ragazza pur non avendolo mai ufficializzato. Se serve una prova, dimmi, con quanti uomini sei stata da quando sono arrivato io? Quante serate hai passato per i cazzi tuoi? E quante notti mi hai afferrato il braccio perché non mi voltassi dall'altra parte del letto?»
Al che fu Camilla a tacere. Tacque per una manciata di secondi. Scoppiò infine a ridere senza ritegno, facendosi udire per tutto il reticolo di vicoli. Si contenne a fatica, aveva le lacrime agli occhi.
«Se tu non ci fossi bisognerebbe inventarti» disse, e Luca se ne compiacque. «Bravo Morando, sei ufficialmente diventato un fottuto strizzacervelli che ci ha messo abbastanza poco a decifrarmi, la mia psicologa ci ha messo anni. Ma per avere l'occhio dello shinigami ti resta ancora parecchia strada da fare, se lo avessi già non mi avresti fatto domande. Sì, sono una depressa di merda che odia il mondo perché odia sé stessa, non mi scopo nessun altro perché mi basta l'inquilino che scopa per dieci e *vatteneafareinculo*, alcolizzato del cazzo, perché sei entrato nel mio letto e adesso non mi va più di starci senza di te. Non ti amo, trovo che tu sia un essere umano veramente squallido e un pericolo pubblico ambulante. Ma forse potrei innamorarmi un giorno, quindi azzardati a tradirmi o a sparire dalla mia cazzo di vita e giuro su Dio che ti uccido con le mie mani. Hai capito,

*amore gnegne?*»

A Luca andava più che bene.

Presi entrambi da un raptus di lucida follia, sbarazzarono il tavolo con una bracciata ciascuno e diedero sfogo alla loro passione davanti a tutti, baciandosi di puro ardore schizofrenico. Se la diedero a gambe all'avvento dei vigili, si barricarono in casa e non uscirono fino a notte fonda.

Camilla esigeva di essere sorpresa, allora ordinò a Luca di darsi di fare perché non avrebbe mai dovuto dimenticarsi del sesso di quel giorno. Lui cominciò dall'insolita scelta di mettere le Spice Girls a tutto volume, cosicché la sua amata sociopatica avesse un accompagnamento originale mentre lui si occupava di speziarle la vita.

Fu indescrivibile, perverso, brutale da entrambe le parti. Camilla concesse parti di sé che nessuno ebbe né prima né dopo di Luca ed egli s'impresse con foga negli occhi che gli dicevano di rimanere, di non cambiare mai, di essere un folle che l'avrebbe fatta sentire meno malata in un mondo terminale.

S'imbottirono di droghe per resistere e non figliare,  si fecero male per promuovere il bene e vennero, vennero, sporcarono la casa di ogni fluido espulso e vi ci si rotolarono sopra per aspergerne altri fino a non sapere più perché stessero distruggendosi a vicenda. Amare, odiare, una contraddizione dettata da impulsi simili e opposti, come lo erano la paura di Camilla e la voglia di vivere di Luca, qualsiasi cosa significassero. Unirsi forse era il solo modo per guarire dallo sbaglio di non aver scelto la vita. O la *loro* vita.

Passeggiavo nel vicolo e udivo guaiti elevarsi su stupide canzoni. La città degli Ignoranti trascorreva la giornata come sempre, noiosa e abitudinaria. Una signora guardava orripilata verso la finestra appannata. Una zingarella s'intrufolava nell'immondizia, una prostituta si sedeva al suo uscio, un panettiere consegnava la cocaina a Blondie. Bunny andava in palestra con gambe doloranti e dubbi sull'età dell'ultima conquista, Neddu si nascondeva nel bagno dell'università per conteggiare i soldi lontano da Simona, Begbie si sfilava il casco e la moglie del primario gli apriva il cancello perché lui venisse a farle le "consulenze". Se non fossero mai esistiti, avrebbero dovuto inventarli.

# La teoria del vizietto

«L'Italia è un romanzo di Orwell
scritto da Tinto Brass.»

Paradigma di Camilla

La distinzione tra un alcolista e un non alcolista è data dalla ragione per cui si beve, a detta di Luca. Finché l'utilità concerne il periodico divertimento del weekend, allora anche cento birre di fila non sono alcolismo; un solo bicchiere di vino annacquato per lenire la noia della casalinga è già alcolismo.
Secondo il suddetto ragionamento, Luca spiegò che il vizio comune tra i compagni non fosse preoccupante, e un po' di ragione l'aveva: nessuno pativa crisi d'astinenza, potevano campare tranquillamente senza alcol perché l'assunzione era a scopo prettamente ricreativo. Almeno fin quando Begbie non si accorse di aver bevuto mezza bottiglia di Bayleys da solo, in sella alla moto sulla vetta della montagna, a stordirsi sotto la luna per dimenticarsi di Gloria. Begbie fu quasi il secondo alcolista del gruppo, ma a differenza di Blondie aveva abbastanza amor proprio da non continuare ad avvelenarsi. Il savonese aveva invece appena cominciato ed era quasi impossibile scoprirlo: qualsiasi effetto gli dessero l'alcol e la cocaina, lui lo annoverava già tra gli atteggiamenti "normali", e a proposito della sua sorellina non raccontò niente di niente.
Si ritrovarono nei vicoli la sera di San Lorenzo, l'idea di andare sul lungomare tra la calca che stava a guardare un pugno di meteoriti non li faceva impazzire. A ciascuno il suo bicchiere e il suo motivo per bere birra calda. Bunny aveva le sue giovanissime *groupie* da intrattenere con aneddoti sui dj, forte fu il sospetto di Neddu sulla pederastia; Camilla se ne stava il più lontano possibile da Simona, saggiamente decideva di scongiurare la certezza di metterle le mani addosso; vi era pure Francesco, che si godeva la serata libera raccontando a Luca aspetti di Azzurra che lo scrittore sminuiva.
«Fa la cattiva ragazza», diceva il barman, «ma è di una dolcezza disarmante, te lo garantisco. È che ne ha passate troppe con una

famiglia complicata. Insomma, roba che si sente tutti i giorni ma che molti preferiscono tenere per sé.»

«Sì, certo, certo» faceva disinteressato Luca, infettato dall'apatia di Camilla. Azzurra era così dolce che era sparita per i vicoli con la scusa di andare a prendere altra birra sculettando, shorts soffocanti e scollatura letale. Luca non era idealista più di tanto, fiducioso nel genere umano giusto una briciola; non punzecchiò l'amico barista con l'ipotesi che la ragazza fosse andata a farsi una tirata di nascosto, si sarebbe sentito poi in colpa.

Azzurra tornò poco più tardi. Con lei comparve l'inaspettato Blondie. C'era poca gente, il caldo estivo portava la massa ad avvicinarsi al mare. I pochi a zonzo erano irriducibili drogati o ragazzini alle prime sbornie, coglioni qualunque che non guardavano dove camminavano. Uno dal precario equilibrio urtò la spalla del savonese, ma questi non reagì secondo le previsioni dell'eccitato Luca o dell'allarmato Neddu. Blondie andò dritto, risalì il vicolo e raggiunse gli amici confusi, che si aspettavano una reazione aggressiva, una piazzata delle sue. Blondie era insolitamente assente, lo notarono tutti, soprattutto perché l'euforia di Azzurra ne risaltava il distacco.

Neddu fu suo compagno di banco per anni e mai l'aveva visto tanto spento, Bunny vi aveva fatto varie vacanze insieme e non ricordava un solo episodio di fiacchezza. Camilla sedeva su un muretto ad almeno venti metri di distanza, con l'occhio dello shinigami ci mise una manciata di secondi a fare il calcolo; Luca, che l'occhio ancora non lo aveva, possedeva comunque deduzione, ma non voleva credere che Blondie si fosse fatto una sniffata con la cubista. A una seconda occhiata, il savonese l'aveva scritto in faccia di essersi preso la *botta triste*, o di essere in fase di disforia, dove faticava a nascondere i pensieri inintelligibili. Luca non sapeva niente come gli altri, eppure ebbe l'impulso quasi istintivo di chiedergli se fosse successo qualcosa a casa. Non lo fece soltanto perché se lo avessero chiesto a lui si sarebbe incazzato.

Blondie salutò rapidamente tutti e andò a scroccare a Camilla due boccate di hashish. Gli altri rimasero a guardarsi in attesa che quel ritardatario di Begbie li raggiungesse, ormai erano lì a grattarsi da un'ora.

Il motociclista arrivò e similmente a Blondie si presentò con un'aria anomala. Non aveva mai avuto cura dell'aspetto, il casco poi gli scompigliava facilmente i capelli. Ma quella sera aveva una capigliatura fatta con i petardi, i ciuffi alzati andavano di  qua e di là. La faccia era alienata, il colorito palliduccio. Non ricambiò subito i saluti, accettò la perplessa offerta di un sorso di birra calda per rinfrescarsi.

«Ragazzi, scusate, mi è successa una cosa strana» disse, prendendo una sedia del vicino baretto. Rimase a fissare le mattonelle per terra.

«Qui qualcosa non va, raghi» sottolineò Luca. «Sta a vedere che è stato coinvolto in un'orgia e qualcuno gli ha fatto la sorpresa» ironizzò Neddu, che nel caso non si sarebbe sorpreso.

Bunny domandò un momento alle sue accompagnatrici e si accovacciò per assicurarsi delle condizioni dell'amico. Non aveva segni di una caduta dalla moto, l'alito non puzzava di illegalità, la temperatura e il polso sembravano regolari. «Beg, ci metti ansia. Che hai combinato?» Begbie alzò lo sguardo. Bunny aveva occhi splendidi. Non aveva senso quella bellezza sul pianeta orrendo ove aveva compreso di vivere.

«Il mondo è alla rovescia, ragazzi. Siamo tutti invertiti» mormorò, e per gli altri non fu una grossa novità.

«Vuoi che ti porti una bottiglia d'acqua? Hai una brutta cera» si avvicinò Francesco, il cui corpo da adone era rassicurante per il motociclista.

«Domani andrò in chiesa», rispose Begbie, «ho intenzione di farmi prete per tirarmi fuori da tutto questo.»

«Mouse, controlla meglio le tempie» disse Neddu. «Ci siamo giocati il merduomo.»

Blondie percepì l'incombenza di un momento memorabile e si riattivò. Balzò dal muretto e accorse lasciando Camilla in balìa delle lagne di Azzurra. «Mi pari depresso, vieni qua che ti lecco» esordì il cocainomane, e Begbie sussultò quando le sue braccia lo avvinghiarono. Omofobia più trauma freschissimo: nessuno sapeva che pesci pigliare, quindi la più sveglia del gruppo prese le redini così da poter togliersi Azzurra dalle scatole.

Camilla scosse Begbie e gli diede uno schiaffo, lui rinsavì. Mezza bottiglietta di naturale e fu pronto a spiegare gli eventi.

«Oggi pomeriggio ho fatto campionamenti tra Nervi e Quinto. Non serve che vi specifichi in che razza di ostentazioni di ricchezza mi sia trovato a raccogliere acque potabili. Come ultimo appuntamento sono andato in questa villa vicino a Bogliasco, dove vive un primario del San

Martino. Sua moglie, gran bel giocatore, è un ingegnere chimico che lavora all'IIT. Ci conoscevamo già per ragioni professionali.»
Neddu ridacchiò sotto alla barbetta, "professionale" era una parola quanto mai inflazionata per essere presa sul serio. Viceversa gli altri carpirono all'istante la serietà della questione, persino lo strafatto Blondie. Ebbero paura.
«Aspetta, è quella a cui hai fatto consulenze tecniche» rammentò il sardo.
Begbie estrasse il telefono e mostrò alcune fotografie che la ritraevano. La signora era una professionista di alto livello, dei suoi progetti se ne erano occupati i giornali locali e non. Poiché i meriti per l'intelletto non erano ancora del tutto prioritari, Luca, Bunny e Blondie rimasero di sasso a scoprire quanto fosse fisicamente spettacolare l'ingegnere, una biondona da otto e mezzo in pagella con seni sostenuti e malizia nel viso maturo. Camilla fu seccata, Neddu si coprì gli occhi per precauzione.
«E niente, questa è lei» proseguì Begbie. «Immaginate il resto sulla base della legge per cui una cosa tira l'altra.»
Bunny si girò per verificare quanto fossero distanti le *groupie*, mantenne basso il tono della voce. «Te la sei scopata. Porca troia, abbiamo fatto la cura della giovinezza a posta per non ripetere gli stessi errori.»
Luca, più freddo, scosse la testa. «No, mi sa che non è andata proprio così. Il socio non ha questa faccia quando pratica il dolce su e giù, allora le cose sono due: è stato violentato come quando lo fece per la prima volta o non ha scopato come si aspettava.»
«Gesù, che amici ho?» Neddu fece *facepalm*.
«La seconda opzione» affermò Begbie. «Era tutto perfetto, si era preparata appositamente per tradire il marito pure se questo non ha mai fatto niente di male. Almeno, era quello che pensavo quando ho messo insieme i pezzi appena lei mi ha baciato. I calici di vino in salotto, la musica strumentale di sottofondo, le essenze orientali, cazzo, era ovvio che non mi avesse chiamato perché voleva sentirmi parlare di sicurezza degli impianti. Ma il resto… il resto…»
«Il resto cosa?» lo spinse Camilla. «Parla, ho voglia di ridere.»
«Ricchi sfondati», rispose lui, «con dei lavori della Madonna, una casa invidiabile, un giardino enorme, due figli alla Bocconi, un'immagine impeccabile e una reputazione che noi non avremo mai. Scambisti di

lunga data, ragazzi. Si sono conosciuti quando avevano la nostra età in un motel dalle parti del Blondie, e da allora non hanno mai smesso.»
«E quindi?» si perplesse Blondie. «Più sono ricchi più umanamente sono delle merde. Gli scambi di coppia sono un giochino, vogliamo mettere quelli che vanno in Thailandia per i paesaggi e poi si scopano le dodicenni?»
«Non ho finito, non è la loro perversione il problema. È il modo di lei, ragazzi. Del marito non so niente e non ne voglio sapere niente, ma lei è depravata fin dentro al midollo.»
Luca si entusiasmò. «Che ti ha fatto, che ti ha fatto? *Strap-on*? Pioggia dorata?»
«Si è messa sulla poltrona di pelle e ha divaricato le gambe, bustino, calze a rete e tacco tanto. Mi ha detto di leccarla, e io non ne sono stato dispiaciuto. Ero lì che non ce la facevo più, ma lei mi ha ridetto di leccarla. Siamo andati avanti così per un pezzo, finché non ha emesso… quest'onda orgasmica che mi ha fatto la doccia.»
«Io vado, non voglio sentire altro» si allontanò Neddu, mentre i tre ignoranti restanti scoppiavano a ridere e Azzurra si arrabbiava perché di orgasmi con Franci non ne aveva ancora raggiunti.
«Ma di nuovo, non è questa la cosa strana di per sé. Dopo lo squirt ha preteso che continuassi a leccarla. Mezz'ora buona, forse quaranta minuti. Si toccava e mi veniva in faccia a ripetizione, non scherzo se saranno state venti, ventidue volte di fila. Alla fine era pronta, si è sfilata il bustino e mi ha praticamente ordinato di passare al secondo step. Ora, l'ho fatto, mi ci sono infilato dentro. Però non mi è piaciuto, e non perché sia stata in effetti lei l'unica a scopare. Mi sono sentito usato, trattato come una pezza da piedi. È brutto, cazzo.»
«Sarà la volta buona che impari a trattare bene signore e signorine, Begbie» disse Azzurra, che succhiava un Chupa Chups per far lui un dispetto.
«Credo che me ne starò lontano da signore e signorine per un po'» rispose lui più aggressivo, tornando presto a fissare le mattonelle. Nessuno ci credeva.
«Se adesso sto così è perché ho capito come gira il mondo» riprese depresso. «Lo status sociale, il lavoro, il conto in banca, questi sono tutti aspetti secondari che ci allontanano dallo stato di natura. Fondamentalmente siamo tutti animali e ci droghiamo di qualcosa. Non droga *droga*, attenzione, ma del nostro personale vizietto, che cambia

da persona a persona. Io ho le moto, per dire; Luca ha i libri, Bunny le discoteche, Neddu i fumetti *ecceteraeccetera*. Il vizietto dell'ingegnere è scoparsi altri uomini col benestare del marito, nella fattispecie usandoli come latrine in cui versare le proprie secrezioni. E allora ci sono arrivato. Il vizietto può addirittura essere quella cosa da cui non puoi prescindere, al punto che te ne sbatti completamente i coglioni degli altri. Se ognuno di noi ha il vizietto, significa che in potenza la società intera è popolata da individui traviati, egoisti, più di quanti ne possiamo stimare, perché dietro a un'immagine seria come fai a sospettare robe simili? E noi cosa rischiamo? Se non possiamo sospettare, come possiamo fidarci? Potrebbe essere la donna di uno a caso di noi, eh. Non sono sicuro di volermi avvicinare a qualcuno, al momento.»

I ragazzi non ci capirono molto lì per lì. Camilla, occhio dello shinigami, gli mise una mano nella tasca dei pantaloni e vi trovò un avanzo di una canna d'erba di alta qualità, ben più alta di quella che rimediava Azzurra: doveva averla fumata con l'ingegnere ed essere vittima dei medesimi effetti sofferti da Blondie.

Luca, non potendo non pensare a Begbie travolto da un'alluvione orgasmica, si discostò per non sminuirlo con ulteriori risate. «Teoria del vizietto, egoismo, gli altri, che cagate.»

Lungo la pendenza del vicolo, una ragazza in tiro posò il tacco in una crepa. Stava scendendo, Luca saliva e in mano aveva birra e sigaretta. Quand'ella ruzzolò dando una sonora facciata a terra, lui fece un passo indietro così da non essere il suo airbag. Priorità, nient'altro che priorità. Luca salvò la birra e la sigaretta, la ragazza in tiro si sbucciò le ginocchia e si tagliò un labbro. Begbie aveva ragione e Blondie aveva dei debiti da saldare.


# L'istinto dell'alfa


Essere una donna nel corpo di un uomo. Nina Canepa riassumeva in sé stessa l'interezza di un malessere che soltanto oggi viene discusso. Non aveva i soldi per operarsi, i genitori non volevano dargliene e i lavori non pagavano. Qualche suo fidanzato scoprì tardi cosa ella nascondesse nelle mutande, il finale della relazione non poteva che essere uno. Sbagliava lei a non essere schietta e a cercarsi le persone inadatte, sbagliavano gli altri a non avere empatia, sbagliava la società a bollare tutto ciò che fosse diverso come malato. Sbagliavano tutti, sbagliano tuttora. Non è consolante, perché i dolori non guariti si tramutano in metastasi.

Luca fu presente all'incidente, l'impatto dello scooter contro al semaforo lo fece saltare dalla panchina. Per senso del dovere lasciò la birra nascosta tra i cespugli e andò a controllare che il conducente stesse bene: questi era riverso sull'asfalto in una posa innaturale, con la spina dorsale spezzata a metà e il viso grattugiato su un lato. Luca per primo lo riconobbe, si trattava di un suo vecchio compagno delle elementari che aveva vissuto gli ultimi anni ripulendosi la fedina da alcuni crimini minori, inezie da comunità minorile. Non gli fece però impressione, nemmeno sentì la parvenza di vero dispiacere ad assistere a una morte sul colpo.

Andò alla camera mortuaria tre giorni dopo soltanto per recitare la parte del bravo cittadino, ma non gliene fregava niente. Anzi, non riusciva proprio a capire che cazzo avessero da piangere amici e parenti, perché quell'idiota si era disintegrato come un grissino guidando quaranta chilometri orari sopra il limite: se l'era cercata e l'aveva ottenuta, a detta sua. Dovevano piangere per gli sforzi delle pompe funebri per avergli sistemato la faccia con un capolavoro di sartoria, era stato ricucito così bene da non far credere che fosse effettivamente morto. Luca fece il buono, diede un bacio sulla fronte del vecchio compagno e tornò a farsi gli affari suoi in felice indifferenza. Altrettanto irrispettoso non fu la sera stessa, quando Begbie gli scrisse un messaggio che lo congelò.


Stasera è morta Nina Canepa, si è suicidata lanciandosi dalla finestra. Non la conoscevo così bene e posso tranquillamente immaginare i motivi del suo gesto, ma andrò lo stesso al funerale in segno di rispetto verso la famiglia. Se ti vuoi aggiungere, fammi sapere.


Lo scrittore fu pervaso dalla sensazione che maggiormente ripudiava, vale a dire il senso di colpa. Conosceva Nina Canepa meglio di tutti gli altri, il vantaggio di non essere omofobo gli permise di avvicinarsi senza temere per il proprio ano. Nina era una di quelle persone che aveva tanto da dare, ma ancor di più aveva da tirar fuori, perché vivere nei suoi panni era davvero un casino, cazzo. Paura della sincerità, paura del rifiuto, paura di essere vista come un mostro; era così che non dichiarava di possedere un pene fino a quando gli altri non se ne accorgevano da soli, mettendo la mano sulla sorpresa. La transessuale, inoltre, il cuore sensibile lo aveva e non si vergogna a darlo a chi ammirava. Begbie compreso.

Non scherzava, allora, quando sosteneva di essersene innamorata, dedusse Luca, che coi ragazzi se n'erano spesso serviti per fare scherzoni a gente che non sopportavano, poiché non esisteva evento più traumatizzante di aver rimorchiato un trans per certi coglioni.

L'avevano usata per diletto, e lui si sentì male apprendendo che la vita di Nina fosse finita all'età di ventidue anni forse anche per colpa sua. Si chiuse in casa e non uscì fino al giorno del funerale. Begbie lo aiutò pure a vestirsi. Con la giacca nera e il cravattino che lo strozzava, Luca si risvegliava in chiesa e odiava tutti quanti: il prete ipocrita, le suore che andavano a fare volantinaggio sparlando su sessualità e omosessualità, i chierichetti in preghiera; i famigliari che non avevano mai assecondato Nina, alcuni stronzi come lui che al funerale ci erano andati per convenzione sociale, quella merda di Kevin ad annuire a ogni passo del Vangelo, con gli occhiali da sole indosso e il milkshake in mano. Soprattutto, odiava le galline del liceo linguistico, che non la finivano più di piangere.

Doveva piangere anche lui, credeva, però non gli venivano lacrime. Era piuttosto imbarazzante in un momento come quello, dove molti esprimevano dolore mettendolo in soggezione. Imitò Kevin e calò gli occhiali così da non destare troppi sospetti circa la probabile indifferenza alla tragedia. Soffriva a modo suo, come Begbie, come la sua disperata cugina accanto, non c'era bisogno di simulare alcunché. Ma fu infastidito da sé stesso, quindi arrivò l'ora in cui se né andò scocciato, e chi lo vide travisò il suo malanimo come incapacità di reggere il dolore – tranne Kevin, che pensò che stesse soltanto andando a fumare.

Lo scrittore uscì e si chiese cosa diavolo avesse dovuto sopportare Nina durante la sua vita. Chissà se il volo dal quarto piano l'avesse uccisa all'istante: lui ci sperava perché non poteva resistere al pensiero che lei

avesse sofferto ulteriormente per una morte lenta sul cemento, incapace di rialzarsi, cosciente mentre perdeva litri di sangue dal corpo accartocciato. Dio, quanto era stato cattivo, finalmente lo riconosceva. Io stavo dall'altra parte della strada e lo guardavo. Luca alzò il dito medio. Non aveva uno dei suoi soliti trucchetti per spiegare un evento infausto come quello, allora gli restava il *vaffanculo* che riservava a tutto quel che non gli andava. Fanculo alle famiglie, fanculo al clero, fanculo a Dio, fanculo a sé, fanculo a Nina, fanculo al dolore. Gli serviva una birra per tamponare lo *sguarro*[16] nell'anima, subito, cazzo. Non aveva però soldi, Begbie si era scordato di mettergli il portafoglio in tasca. E non aveva manco voglia di tornare da Camilla ad ascoltare cinismo gratuito. Quando si sta male si tende ad agglomerarsi laddove la condivisione della negatività genera conforto, perciò Luca accompagnò sua cugina a casa al termine del rito funebre. Lei piangeva a dirotto, potevano capirsi nella tristezza e forse stare meglio dopo un po'. Ma – Tecnica segreta: *Utilealdilettevole* – Luca era un pragmatico che non si sarebbe mosso senza acchiappare due piccioni con una fava, e accompagnando sua cugina a casa, complice l'assenza degli zii per le vacanze estive, la bacheca dei liquori era interamente a sua disposizione.
Il Jack Daniels è un palliativo, non una cura efficace. A nessuno dei due importò e si scolarono mezza bottiglia in venti minuti minuti. Si sedettero poi sul divano e ripresero a parlare di Nina. La cugina di Luca vi era stata in classe per tutta la durata del liceo.
«Ventidue anni, Lu» singhiozzò. «Era una persona così delicata... così buona... È proprio vero che la vita non guarda in faccia a nessuno.»
Luca annuì. Non sapeva che dire dacché correva il rischio di monopolizzare la conversazione con meno frasi fatte e più imprecazioni contro la civiltà. Era ovvio che Nina si fosse ammazzata perché il mondo non era paritario, la vita non c'entrava un cazzo.
«Leggeva classici tedeschi, sai?» disse lui. «Una volta dialogammo su *I dolori del giovane Werther*, pensa l'ironia. Su Nina ci si potrebbe scrivere un romanzo uguale per significati e interpretazioni. Un gesto tanto irrazionale per il sentimento più irrazionale che possiamo pensare, l'amore. Temo che sia stata la mazzata definitiva, l'ultima disgrazia in cima alla montagna di disagio che provava a essere quel che era.»
La cugina si soffiò il naso. «Dici che è per questo? Non ha retto

---

16 Strappo, lacerazione.

l'ultima delusione?»

«Assieme a tutte le altre delusioni e alle difficoltà di essere imprigionata in un corpo che non le apparteneva, con annesse tutte le complicazioni del caso. La vedrò in un'ottica un po' troppo romantica, beh, mi spiace, ma trovatemi un'altra spiegazione. Qualcuno adesso dirà che ha smesso di soffrire, ma a me non fa stare meglio. Ripenso a quante volte avrebbe voluto parlare di cosa la affliggeva e mi sento una merda per non averle prestato il mio orecchio. Mi faccio un altro corso.»

Così parlo Luca, che si versò un altro sorso nel bicchiere. Anche lei lo volle. «È strano, Lu. Mi sembra tutto un sogno. Lei era… no, non aveva mai dato prova di star male. Mai un solo segnale, mai una parola fuori contesto. Secondo te ci stava già pensando? O è stato un gesto improvviso, scaturito da come stava in quel momento?»

Luca aveva saputo che, poco prima del salto, Nina avesse litigato col padre. Poteva essere tutto. Le chiese: «Preferisci una bugia o la verità?» e lei abbassò lo sguardo verso il pavimento. Inutile speculare, bisognava andare avanti.

«Abbracciami, per favore.»

Luca l'avvolse sotto al braccio. Lei posò la testa sul petto e chiuse gli occhi. *Bisognava andare avanti.*

Tra gli effetti più comuni dell'alcol la perdita d'inibizione è egualitaria, varia a seconda del carattere ma è inevitabile. Si dice però che l'alcol non cambi la personalità di chi lo assume, ergo che vi sia piena consapevolezza delle proprie azioni anche quando se n'è consumato in abbondanza. E questo è spaventoso.

Incidendo su aggressività e affettuosità, il Jack Daniels fece loro applicare i dettami del *in vino veritas.* Luca, nell'abbracciarla, ne accarezzò spalla e deltoidi. Senza volerlo, lisciò il seno. Si scusò subito, ma lei non si scompose. Successe di nuovo e ancora non vi fu reazione. Stando stretta e amorevolmente confortata, senza volerlo, lei posò la mano sulla coscia del ragazzo e l'accarezzò a sua volta, notando che, una volta tanto, Luca mostrasse i segni di un malumore comprensibile. Avevano perso una persona più o meno cara, naturale che volessero soltanto stare meglio. Ma il loro, il nostro, era ed è un universo reale: gli incubi dilagano e le fiabe finiscono in lacrime. Per stare meglio, esistono persone che farebbero ogni cosa.

Siccome non c'era niente di strano a consolarsi mediante l'affetto,

pensarono entrambi, niente era illecito o equivocabile. Lei sospirò quando Luca sfiorò nuovamente le sue grazie, e lui ebbe un brivido quando la mano della cugina si accostò all'origine di qualsiasi suo disastro. Dopotutto, lei era davvero una gran bella ragazza - alta, dai lunghi capelli castani e gli occhi del grigiore dell'argento. Lui non era da meno, contando la verve e l'intelligenza che lo rendevano un soggetto appetibile. Bastava non raccontare niente in giro.
Dopo diverse effusioni, si guardarono l'un l'altra. «Posso?» chiese Luca incantato e addolorato, perché era ingiusto che cotanta meraviglia l'avesse una giovane donna che lui non poteva avere; «Io posso?» chiese lei, quella che tra i due stava passando le pene peggiori perché in lutto e perché donna. No, assolutamente guai a farselo scappare.
«Tu puoi sempre» rispose lo scrittore, e Nina Canepa divenne una scusa.
Baciarsi era accettabile, perdonabile, un'innocente ragazzata dettata dallo stato d'animo. Se già questo era sindacabile, notevolmente problematica fu l'evoluzione dei baci gentili in veraci assaporamenti delle rispettive lingue, in un gioco di tocchi che durarono una manciata di secondi prima di tramutarsi in palpeggiamenti veri e propri.
Lei gli sbottonò la camicia, lui ne tastò la maturità fin quando i seni perfetti non si adagiarono sul torace. Via tutte le vesti dalla vita in su. Luca si stese e s'innamorò dei suoi glutei tondi, finalmente riempiti dall'interruzione di stupide diete per essere più bella di quanto già non fosse. E Sara, questo era il suo nome, fu felice di percepire l'indurimento su cui strusciò il ginocchio, implicito complimento che non guastava in una giornata così brutta: pensò bene di farlo suo, privando il cugino di ogni tessuto che la separava dal giocattolo che gustò con passione.
Distese la mano, la fece scorrere sugli addominali fino al torace di Luca e mentre continuava a leccare gli disse: «Nessuno lo saprà. Promettilo».
Ovvio che no, mica voleva farci la figura del pervertito o far incazzare Camilla. «Lo prometto, non lo racconterò nemmeno da morto»
Le dita delle mani s'intrecciarono come se non fosse sbagliato. Dolore combinato all'istinto dell'alfa, il quale non riteneva intelligente sprecare l'opportunità di fare quel che altri fecero: una somma devastate. Luca si sarebbe giustificato con sé stesso asserendo che non si sarebbe perdonato di aver ferito Sara con un eventuale rifiuto.
Si tennero per mano anche quando lei si sedette sul viso di lui,

affievolendo il dolore. Ma non era abbastanza, il pensiero di Nina non l'abbandonava. Tra chi era rigido come l'acciaio e chi era del tutto lubrificata per mandare avanti la specie, Sara si fece ripromettere il totale silenzio sapendo di potersi fidare, perché bene se ne volevano e proteggersi a vicenda lo fecero sempre, figurarsi dopo una pazzia del genere. Allora afferrò il maggior talento di Luca, si dilatò le labbra e cavalcando sul piacere si trasformò nella sua dea. E giacché Luca soltanto con Camilla faceva fatica a resistere, Sara fu la sua dea per tanto, *tanto* tempo, energica e duratura come la ex ginnasta qual fu. Con quelle zampe virili che ne ghermivano i seni con desiderio, poi, Sara fu ancor più motivata ad andare fino in fondo, nello splendore che consumare un rapporto col suo Luca costituiva. Sapeva di proibito, *anzi lo era*, per questo era più eccitante e travolgente per entrambi. Ripresero a baciarsi con ardore, affamati, intenzionati ad andare avanti anche tutto il giorno perché il benessere era una fottuta droga che andava assunta sino all'ultima goccia.

Il divano era stretto, a Luca dava fastidio non potersi agitare in uno spazio degno di un vero appassionato. La sollevò, la portò fino al letto degli zii e continuò ad essere suo facendo lei sua, ma stando sopra e quindi esercitando al massimo la propria virilità. Perché alla fine era *quello* che gli premeva, dopo il rilassamento iniziale: comportarsi secondo natura, indipendentemente dall'etica. Provvidenziale essere fresco di due lutti come "motivazione", l'altissimo avrebbe chiuso un occhio.

A sei ore di sesso, Sara era ormai secca e Luca non sentiva più i muscoli del bacino, eppure non davano cenno di volersi fermare. Potevano veramente tirare fino all'alba del giorno dopo, ma la vagina era stata messa a dura prova. Lei, astuta e avente parte dei suoi geni, utilizzò una tecnica segreta a cui Luca – ma in generale nessun uomo – non poteva replicare con una controtecnica: alzò una gamba cosicché lui si tirasse indietro, aumentando il campo visivo su tutto il corpo nudo, dunque si bagnò le dita e incominciò a toccarsi mentre veniva penetrata. Tanto per mandarlo in estasi, tirò fuori la lingua e per Luca non ci fu più niente da fare.

«Vieni, vieni» diceva Sara con la malia.

«Dove?» fece lui prossimo al collasso.

«Dove vuoi, Lu» rispose lei, leccandosi le labbra. «Vienimi dentro, in bocca, dove preferisci.»

Benché la seconda opzione lo attraesse, ci vedeva del raccapricciante a farle ingoiare la sua robaccia. Le voleva troppo bene per seguire l'impulso. «In bocca no, che schifo.»
«Puoi, non è un problema» ansimò lei.
«Tu dove preferisci?»
«È uguale, non m'importa. È stato bellissimo…»
«Avanti, dove preferisci?» stava per crollare lui.
«Oddio» Sara fu pervasa dall'ultima contrazione. C'era un preservativo, c'era una pillola e c'era da finire in gloria. «Vienimi dentro, veniamo insieme.»
Irresistibile per lui. «Stai venendo?» boccheggiò.
«Sì sì, sto venendo. Vieni anche tu.»
«Sto venendo, sto venendo…»
Irresistibile pure per lei, che si sfregò con più intensità, oscillò i fianchi, pregò: «Sì, vieni, vieni, dai vieni, vieni» e gli chiuse le gambe attorno, tirandolo su di sé.
Vennero insieme baciandosi. Bellissimi, se non fossero stati imparentati e non avessero usato fondamentalmente la scusa della morte di Nina Canepa per darsi da fare. Come se ne avessero avuto bisogno, poi.
«Dio, quanto ti amo» disse Sara, mentre Luca trapassava cascandole addosso. «Sei migliorato tanto dall'ultima volta.»
«E ci credo, ho fatto pratica» si vantò lui con le rimanenti energie.
«Quando era stato? Tre anni fa?»
«Lo scorso capodanno, scemo» si risentì Sara, che ne stritolò i capelli. «Non te lo sarai mica dimenticato, spero.»
Tecnica segreta: *Climbing mirrors*. «Ma no, come faccio a dimenticarmene? È che mi sembra sia passata una vita da allora. Comunque, Sara, posso chiederti una cosa?»
«Chiedi.»
Luca respirò e una volta tanto confessò una verità. Una che poteva confidare perché ad abbracciarlo aveva una persona che provava sentimenti simili. «Mi getterei nel fuoco per te. Ti amo anche io e sei il mio buonumore. Ma secondo te quanto ancora potremo fare questo?»
Sara non rispose subito. Non era giornata per pensare che un domani sarebbero finite tante cose, altre vite, il loro vizietto. Se Luca un tempo aveva cominciato con la cugina per ricavarci la soddisfazione di aver fatto quel che Bunny combinò con la sua, ora non stava tanto bene a realizzare. E non gli andava che anche lei fosse della camilliana scuola

di coloro che pensano soltanto al presente.

«Vedremo poi» rispose Sara. «Tanto che cosa cambia? Se non faremo più sesso occasionale, saremo pur sempre io e te, come siamo sempre stati. Amore platonico, o come si chiama. Non ci separeremo mai.»

«E a te sta bene?»

Sara di nuovo non rispose. Lui girò la testa per guardarla. Per ragioni diverse, a nessuno dei due andava bene niente, né motivi per accoppiarsi nel presente né ragioni per separarsi nel futuro. Ma l'avevano fatto, stavano meglio, a posto così.

«Vieni qui» disse Sara, e ripresero a baciarsi in barba a Nina Canepa, a Bunny, a Camilla, alla società. Luca non ci dormì la notte, lei riuscì a riposare nonostante il preservativo rotto.

Per sicurezza, l'indomani andarono al consultorio per farsi prescrivere la pillola magica. Lo scrittore, sentendosi una merda per tutto, stava con la testa tra le nuvole. Sara improvvisava con la consulente.

«È apprezzabile che il suo ragazzo sia venuto qui con lei, solitamente non si presentano» disse la signora.

Luca tornò d'un tratto sulla Terra dimenticandosi del ruolo che doveva interpretare. «Non sono il ragazzo, sono il cugino.»

Sara gli diede un pugno sul ginocchio e lui bestemmiò dal dolore. «Non so, dille pure che abbiamo scopato dopo aver bevuto perché eravamo in lutto, cazzo!»

«Questa è una cagata troppo grande persino per me, che male!»


## Il peso delle responsabilità


«La cosa peggiore che può capitarci
è diventare come i nostri genitori.»

Parabola di Begbie


Non esiste una solida letteratura scientifica che determini con esattezza l'origine scatenante di un disturbo ossessivo compulsivo, perciò ogni tesi per spiegare il tracollo di Begbie è valida.

È visibilmente ingrassato, ha perso il tono muscolare dei tempi d'oro;
sta lucidando la macchina in un autolavaggio, domattina avrà un cliente
da impressionare e ci tiene a fotterlo con tutti gli strumenti a
disposizione. Ci mette olio di gomito, prodotti mai visti. Neddu conta il
tempo ed evince che il vecchio motociclista della banda sia peggiorato,
perché l'abitudine di una volta adesso è arrivata a durare
quarantacinque minuti. Luca almeno fuma una sigaretta dietro l'altra e
non si annoia nell'attesa, anche perché Begbie ha da raccontare gli
sviluppi con una signora di cui non aveva ancora parlato. Una dopo
parecchi mesi di inattività, dove sosteneva di non voler avere più niente
a che fare con l'altro sesso. Neddu non gli ha creduto e ora ne ha la
conferma, mentre realizza che ognuno del gruppo ha la speciale
tendenza ad attirare specifici soggetti: Begbie le donne mature e
impossibilitate a divenir del tutto sue per via della fede nuziale, Luca le
mentalmente malate di qualcosa, Bunny le inette bidimensionali, lui le
ragazze o le donne che non sanno cosa vogliono. Hanno le bestie nere,
capisce Neddu, e Begbie lucida la vettura con cura minuziosa, quasi
facendola nuova dopo undici anni dall'immatricolazione.
Da dopo Gloria le sue *ocd* sono peggiorate. A sedici diciassette anni
teneva soltanto molto all'ordine e impazziva se qualcuno gli toccava i
modellini, a venti sviluppò una morbosa attenzione al conto in banca.
La cosa finiva lì, perché per il resto Begbie era pur sempre uno degli
Ignoranti. Uno potrebbe pensare che gli siano venute ansie a seguito
dell'essere diventato padre, ma non gliene fregava niente allora e non
gliene frega niente adesso.
Begbie nacque e crebbe in una famiglia dal reddito basso, come quella
di Neddu. Non perché i genitori fossero migranti con la quinta
elementare, ma perché suo padre, più semplicemente, scelse di non
lavorare sodo, lasciando alla moglie il compito di portare a casa il
grosso del pane. Immaginate i sacrifici, gli sforzi. Begbie andava alle
medie quando comprendeva cosa ciò significasse, guardando le
famiglie degli altri. C'era del disfunzionale nella pigrizia del padre, e
invidiava i fautori dei compagni di classe poiché quelli sì che erano da
prendere a esempio. Grandi lavoratori, mariti dediti, genitori
affezionati; quel lavativo del padre doveva trattarsi di uno scherzo,
perché fino ai dodici anni Begbie credette nella formula patriarcale
della famiglia, ove l'uomo era appiglio sicuro per tutti. Se così non
andava, se suo padre era un bradipo, cosa pensare di Dio?

Begbie non a caso imparò a cavarsela da solo relativamente in fretta. Studiava, lavoricchiava e faceva affari loschi con boccaloni altrettanto affamati di soldi, tutto nell'ottica che un giorno forse non lontano sarebbe stato indipendente e se ne sarebbe andato di casa. Begbie indipendente lo era già da parecchio quando a ventitré anni da compiere aveva un saldo di quindicimila euro di grano pulito, senza contare il malloppo accumulato illegalmente.

C'era un sogno, Luca ne parlava spesso: lasciare l'Italia e cercare fortuna altrove, in paesi dove i guadagni erano commisurati alle loro pretese adolescenziali. Begbie non lo fece, non partì mai. La madre andava in pensione e invecchiava, portatrice "sana" delle sfortune dell'età; non poteva lasciarla alle cure del padre che non sapeva se amare o odiare.

Dunque, mentre gli Ignoranti si arrangiavano con poco e sperperavano capitali nei vizi, Begbie diveniva il primo a sorreggere sulle spalle la famiglia, prima ancora di Neddu.

Fu tristemente ironico da parte sua, che non voleva essere padre e a poco a poco si distanziava dalle donne per non rimanere intrappolato. Finì lo stesso a svolgere il ruolo del padre di famiglia, sacrificando tempo, energie e sé stesso.

All'università smise di andarci, trovò un impiego a cui molti ambivano presso l'IIT e si fece carico del peso di responsabilità non sue, sinché l'altro peso, quello della normalità, non ne accrebbe i disagi.

Dalla verifica del conto in banca passò alla paranoia di non avere abbastanza denaro, allora in lui si espanse l'esigenza di un ferreo controllo che dai soldi coinvolse ogni variabile della sua sfera privata. Igiene, alimentazione, malattie, aveva cominciato a temere di tutto. Smise drasticamente di fumare, di correre in moto; stava metamorfosando in qualcuno che non riconosceva allo specchio, e il padre il massimo che faceva era riparare le tubature del condominio. Rispetto per la sua fatica nessuna, o altrimenti avrebbe preso da riferimento il padre di Neddu e come lui sarebbe andato a lavorare fino in Pakistan per provvedere alla famiglia.

Al contempo, sudando e sottomettendosi a quegli incompetenti dei capi, Begbie perse ogni forma di stima verso persone che mesi prima frequentava, quei combriccolanti della sua zona che si lamentavano per inezie. Erano figli di gente che aveva lavorato per dargli il comfort dei soldi sotto al culo, non avevano quindi idea di cosa fosse un conto in

rosso, un interesse sul prestito, metà dello stipendio sparito tra una bolletta e l'affitto. "Che schifo" pensò Begbie, capacitatosi di che razza di vita molti perseguissero ritenendola giusta: il lavoro, la famiglia, le spese, le rate, l'indennizzo, la polizza in scadenza, tre giorni in meno di vacanza, il giorno di malattia, la mutua, la coda in posta, la sfogliata al giornale delle offerte, i finti sorrisi delle signore della via che si pavoneggiavano per i figli andati a convivere, la lavatrice da cambiare, la felicità dell'italiano medio del cazzo. Camilla aveva ragione.
Venne il giorno di un bonus sulla busta paga, un meritato riconoscimento per la laboriosità del motociclista. Duecento euro, nulla di entusiasmante, ma comunque una ventata di allegria che Begbie volle godersi senza che il padre ne venisse a conoscenza.
Non andava a ballare da un po', gli era venuta l'ansia sociale di stare in mezzo alla gente. Bunny era un *passepartout* per entrare ovunque avesse voluto, gli bastava solo esprimere il desiderio e il genio lagomorfo l'avrebbe esaudito. Sì, ballare ci stava, vedere due culi o i top astronomici di Azzurra poteva essere terapeutico. Ma era inquieto, chissà come erano diventate le discoteche dall'ultima sua visita; non meno importante il suo corpo, che si era rammollito perché non più allenatosi. Si faceva davvero questi pensieri Begbie, *hello ossessioni my old friends*.
Quasi sul punto di rinunciare perché in acido, rimembrò che fosse colpa di suo padre se si era ridotto in quello stato, ad ansiarsi per niente, a negarsi la libertà che lo aveva reso l'irripetibile Begbie degli Ignoranti. Si diede la spinta sbriciolando una compressa di Oxycontin, ne raccolse le polveri in una striscia e si fece una tirata di ossicodone cosicché ne sentisse l'effetto in una decina di minuti. Rilassato, non andò subito in discoteca, perché duecento euro non si spendevano senza essere almeno in comitiva: andò a trovare una escort dalle sue parti, una venezuelana di altissimo livello. Le lasciò un centone sulla fiducia più altri cinquanta sacchi perché far venire Begbie richiedeva il suo tempo. Con la stessa si trattenne dopo la prestazione perché la bella professionista voleva sapere dove se ne stesse andando un signorino tanto in tiro, con camicia e cravatta. Parlando di discoteche, di balli e di alcolici – e insegnando alla ragazza passi di swing che Begbie imparò da Fred per fare colpo – a trovare Bunny sul lavoro ci arrivò in netto ritardo. Lo trovò sui divani a pomiciare con le ragazzine. Si fece un'altra tirata di ossicodone nei bagni giusto per tentare la cura della giovinezza una

seconda volta, ricavando solo una botta indimenticabile e una colata di sangue dal naso.

I soldi che gli rimasero preferì darli a un barbone lungo il viaggio di ritorno, piuttosto che saperli spesi per coprire suo padre.

Begbie finisce di lustrare la Begbiemobile. Ci ha messo un'ora ed è soddisfatto del risultato. Da casa non se n'è ancora andato perché ha numerose opportunità di lavoro in ballo e non sa cosa succederà da qua a due mesi, se lo chiameranno per fare il tecnico di laboratorio nel proficuo Canton Ticino o se gli offriranno una cattedra nell'istituto dove, con gli Ignoranti, rappresenta tutt'oggi l'incubo dei professori.

È però contento che Luca sia tornato più o meno stabilmente a Genova. Anche se sa bene che l'amico abbia voluto vedere lui e Neddu solo perché vuole ammazzarsi di alcol, meglio comunque questo, lo sputo della libertà che non ha più, che barricarsi in camera a scrivere mail ai clienti.

Il trio sale in macchina, comprano le birre da un cingalese, si dirigono sulle alture a fare *boarspotting*, o a stare beatamente lontani dal resto della maledetta umanità per darsi a conversazioni profonde. Begbie parla dell'ultima sessione di esami citando l'amore per la matematica, lo scrittore ne interrompe la parlantina perché fuori dal finestrino adocchia una prostituta dai tratti nordici, di un biondo che fa luce, con un fisico sottile come un fiore e un sorriso delicato come un soffio di vento. Così bella da far male, così bella da non poter non essere notata dai tre, che hanno o un disturbo evitante, o si sono arresi con il gentil sesso, o non trovano più emozione a divertirsi come in gioventù. Così bella che pare un angelo, e per quei due secondi che la macchina impiega per superarla è un toccasana che li distrae.

Perso il filo del discorso, non riescono a riprenderlo. Si lasciano scappare una risata, la prima nel lasso di una settimana. È un piacere per gli altri due ascoltare quella di Neddu, che oggi vive a metà tra il non voler rischiare di trovarsi con un'altra psicopatica e la sensazione che forse sia l'ora di superare questa paura mettendo su famiglia.

Neddu vive un conflitto, Begbie e Luca ne costituiscono le parti opposte. Chi ha ragione, quindi? Quello che le responsabilità le ha prese e si è ammalato o quello che fa mea culpa ed è disposto a mettersi in gioco, alla buonora?

Arrivano a destinazione, si buttano su una panchina e sparlano guardando le luci del porto. Begbie continuerà sempre a calamitare

donne sposate e magari con figli perché l'ha deciso il karma, Luca continuerà a intervenire dove c'è bisogno di lui per ripulirsi la coscienza e Neddu pagherà per colpe non sue. Tutti e tre concordano che diventare adulti non è poi tanto male, quando ci si abitua. Sempre tutti e tre adesso hanno un bel gruzzolo in tasca, ma nessuno per cui volerlo spendere.
Tornano indietro, caricano la prostituta in macchina. Lei avrà venti anni a esagerare, gli occhi di chi ne ha viste già parecchie dall'infanzia a Kiev. Stasera è la sua serata fortunata, perché i tre sono in vena di generosità: le pagano la notte intera per portarla a bere qualcosa, senza sesso, a farla divertire come una ragazza della sua età dovrebbe fare. La riportano alla sua abitazione al mattino. Lei è contenta, dice che le farebbe tanto piacere rivederli quando non ha da lavorare; loro sono mezzi in coma, provati dalla nottata di chiacchiere e baldoria per cui Begbie dal cliente ci si presenterà stanco, ma fiero di sé.
Essere adulti non è male, ma essere uomini è tutta un'altra storia. Non sono le sole responsabilità a renderci tali.


# La carne fresca


«Che la nostra x tenda al finito
o all'infinito, se la x siamo noi,
il limite non esiste.»

Quarto teorema di Begbie
sulla libertà sessuale

Bunny ha il computer acceso e una pila di pratiche che non finisce più. Sbuffa, ma si compiace. Tante carte sono tante mansioni, tante mansioni sono indice della fiducia che il capo e i colleghi ripongono in lui. In effetti Bunny è bravo, estremamente bravo nel suo lavoro: non c'è normativa che gli sfugga, mangia latte e contratti collettivi a colazione, prepara arringhe per mettere a tacere avvocati presuntuosi. "E pensare che al tempo del liceo nessuno mi avrebbe dato due lire" ripensa sorseggiando il caffè rovente con fare rilassato.


115

Da commesso a marinaio, da pierre a sindacalista affermato che ambisce a prendere il comando del Caf presso cui lavora.

Talvolta gli amici lo tartassano, però va benissimo, è un piacere aiutare affermandosi come lavoratore socialmente utile. Nel mentre risponde ai dubbi di Neddu circa l'equa distribuzione di un'eredità, riduce a icona l'articolo sullo sciopero dei tassisti e scrolla la *home* di Instagram - dopo il caffè ha bisogno di contemplare due o tre bei culi tondi e duri per essere produttivo, altro che gattini.

Alla scrivania gli mandano un borioso ristoratore, un dito su per il retto. Non deve ascoltare cosa egli abbia da contestare a proposito di quel dipendente che l'ha denunciato, la legge stabilisce un inequivocabile torto per cui Bunny riprenderà a compiacersi più tardi, perché il ristoratore non è mica così sveglio da sospettare che proprio il bel sindacalista abbia suggerito al dipendente di ribellarsi. Lui, ma anche numerosi altri esercenti che il vendicativo punisce giornalmente, con valori e prospettive degne di una sinistra morta e sepolta, audace, rossa come il sangue che Bunny vuole fargli sputare per essere dei colossali figli di puttana. *Tatakae*, l'italiano medio deve imparare a rigare dritto o le dita su per il culo saranno quelle del lagomorfo, la cui fedeltà alla causa lo rende a mani basse il comunista più inflessibile del pianeta.

Ma Bunny ha anche dei difetti, essere uno degli Ignoranti li richiede al momento dell'aggregazione alla banda. Campione cittadino di *fire reactions* sui social, i suoi trent'anni sono puramente una disgrazia anagrafica, poiché Bunny non è né invecchiato di un sol giorno né ha mai smesso di divertirsi. Non è semplice determinare la sua vita sentimentale, è eccezionale a praticare il *turn over* e quasi tutte le ragazze che si porta a letto si somigliano in maniera preoccupante, quasi a sottintendere che il ragazzo segua dei pattern prestabiliti per scegliersi partner che gli ricordino Gaia.

L'ultima è caruccia e simpatica, chissà quanto durerà. E chissà se si accorgerà delle maschere che Bunny deve indossare per non farsi scoprire.

Nella beatitudine di un giorno lavorativo tipico, la variabile imprevista annuncia il suo ingresso in ufficio con una voce gentile, appena inasprita dalla burbera cadenza genovese. Bunny attiva il suo superudito, il timbro non gli è nuovo. Una ragazza giovanissima e ben agghindata gli si siede con grazia innanzi, cercava proprio lui giacché il passaparola lo vuole come un professionista impeccabile, un risolutore che fa recuperare tutti i soldi non pagati.

Bunny ascolta ed è più che un professionista, ma senza farsi scoprire analizza con precisione i dettagli della fanciullina. Tinta castana non distinguibile, occhi castani piuttosto comuni, l'eccesso di trucco non la deturpa ma comunque snatura la bellezza che lo rimanda indietro nel tempo, quando la malasorte gliela fece incontrare la prima volta. Allora Bunny rammenta e per un istante che dura una vita diviene un blocco di ghiaccio. La ragazza non dà l'impressione di sapere chi abbia davanti, ed è un bene forse più per lei che per lui, il quale ha oggi uno stile di cui si serve proprio perché sia più difficile riconoscerlo: si è fatto crescere i capelli sino alle spalle, la palestra gli ha raddoppiato la muscolatura, porta occhiali dalla montatura pesante e un largo orecchino d'oro al lobo sinistro; da marinaio per passione a pirata per sopravvivenza. Bunny sta molto bene, ma non è più lui, e la cosa lo urta.

Lei d'un tratto ha un momento di concentrazione dove si smarrisce a delucidarsi sugli occhi glaciali del sindacalista, certe iridi non si dimenticano. Però lui è un'altra persona, sia per immagine che per come gliene hanno parlato. Non ha per niente l'aria di quel pierre latin lover che aveva conosciuto allo Yes anni fa, durante l'estate più afosa che si sia mai vista sul lungomare di Genova. Caldo torrido di cui Bunny era il primo responsabile, non il sole.

Il pierre allora ventiquattrenne stava soltanto considerando l'ipotesi di mettersi a operare al servizio dei sindacati; prediligeva non di poco la notte, la musica a bomba, i fiumi di alcol e la fila di cretine che per divertirsi si sarebbero vendute l'anima al diavolo, sicuramente meglio che umiliarsi facendo rasponi a buttafuori, dj e altre bestie. Bunny, che di rivali non ne aveva fino a *Milanosushiecocaina*, era nel suo mondo, l'habitat perfetto per sfruttare il dono della bellezza saziando l'appetito di alfa. Ma i leoni rimangono leoni e i pierre rimangono pierre, incastrati nella schizofrenia della società in cui si crogiolano a campare, senza arte né parte e senza scrupolo a muoversi in una data direzione. A tre mesi dall'inizio di quel che ridotto all'osso era un hobby, l'ex marinaio aveva avuto rapporti con una trentina di ragazze, una ogni tre giorni. A due anni di attività, avendo smesso di contare, fu Neddu, sollecitato da Begbie, a effettuare una stima facendo calcoli su calcoli: considerando la reputazione, le "trasferte", trucchi ignobili e oscenità varie, Bunny doveva essere stato con all'incirca trecento ragazze, ma

Luca confutò il risultato perché in possesso di fonti, cosa che Neddu non aveva. Azzurra, infatti, si trovava a lavorare in presenza di Bunny una settimana sì e una no, *inizialmente.* Già, perché dove operava la cubista erano figure più anziane a occuparsi delle pubbliche relazioni, soggetti non proprio eccitanti a vedersi; Bunny veniva invece spedito a sedurre le liceali e dunque a fare presenza allo Yes, una "discoteca" del cazzo in cui avere venticinque anni significava essere dei vecchiacci decrepiti. Gli Ignoranti non ci andavano appunto per l'età media – soprattutto Begbie -, quindi non assistettero mai personalmente alle scene che Bunny si prese da protagonista assoluto, agendo alla stregua di un pappone.

A detta di Azzurra la stima superava di netto i conti dell'orripilato Neddu, che fece con gli altri dell'umorismo definendolo un pedofilo. Camilla aveva però inteso che Bunny fosse affetto da erotomania a livelli estremi, tali per cui l'interessato neppure si rendeva conto del problema costituito dall'andare a letto con ragazze troppo giovani, maggiorenni ma sempre meno eccitanti distanti man mano che lui avanzava verso il quarto di secolo.

Almeno fino a una notte, durante una ridicola festa a tema per celebrare Halloween. Quella volta gli Ignoranti vennero in branco, era stato promesso loro un po' di sano Gigi D'Agostino. Bunny era bello cotto sul divanetto, una ragazzina sotto al tavolo lo stava succhiando. In quel momento ebbe un pensiero annebbiato dal rhum, osservando il comportamento degli amici: Luca stava ballando o qualcosa del genere con Sara, Begbie si concedeva una sigaretta con una collega dell'IIT, Neddu se ne stava in disparte con Simona, Fred faceva strage di milf fresche di divorzio e Blondie un pompino simile lo stava ricevendo da una laureanda magistrale in fisica; tutti al cospetto di Azzurra, che sulle note di un remix di *L'amour toujours* era come Giunone discesa tra i mortali. E lui, il coniglietto, veniva omaggiato con un clamoroso fischione da parte di una cucciolina non tanto abile a tirargli fuori il miele dall'alveare. Presto la stessa si ritirò su e Bunny guardò meglio quanto la piccina fosse tremendamente provocante vestita da streghetta, come Azzurra. Ma la cubista, Cristo, era una fottuta divinità, una ragazza abbastanza grande e consapevole di cosa facesse, mentre lei era minuta, bambinesca nelle braccia, asciutta sui fianchi e piatta nella scollatura, dove l'accenno di seno non era che il paio di bottoni turgidi che si ritrovava. Aveva quindici anni, sette in meno della Cleopatra che ballava sul cubo caricando l'aria di sesso.

Bunny ebbe un infarto, scappò dalla ragazzina e per riprendersi andò ad affogarsi in mare, a un passo dalla discoteca.

Nel tempo a seguire chiuse baracca, o quasi. Si limitò ad avvicinarsi solamente a ragazze di comprovata maggiore età fornicando giusto con le coetanee. Eppure non fu sufficiente a scamparsela lo sventurato giorno che incontrò la tizia che adesso siede alla sua scrivania, esigendo che quello stronzo del titolare le paghi gli arretrati fino all'ultimo centesimo. Bunny era furbo e non lasciava scampo, ma non aveva mai picchiato una donna, né ne aveva mai abusato, come Neddu, come Begbie, come tutti gli amici. Lei, pazza completa e sedicenne all'epoca dei fatti, si era invaghita di Bunny e lo voleva per sé, tanto era bello e divertente. Per accaparrarselo era disposta a ricorrere a un potere enormemente più grande di quello della patata: *quello della denuncia*. Se lui non ci fosse stato, lei avrebbe raccontato a chiunque del pompino fattogli dalla quindicenne aggiungendo uno stupro inventato.

Furono mesi atroci per il pierre, dovette assecondare la follia di una pivella obbedendogli e riverendola sin quando lei non fu malmenata da Azzurra. Tuttavia essersela tolta dai piedi non fu motivo di rasserenamento per Bunny, che alla fine confessò ai ragazzi di non avere la coscienza pulita circa l'erotomania di cui comprese l'entità. Frequentò per un certo periodo una comitiva di studentesse di psicologia per darsi una regolata. Il lupo perde però il pelo, non la scimmia. Bunny ha cambiato aspetto, rimane un pirata delizioso.

Lei ha voglia di salire sulla sua nave, così da poter avere un vantaggio la prossima volta che denuncerà un datore per un reato non commesso – vincendo la causa perché strepitosa a far passare come immotivato un licenziamento meritato. Bunny dalla sua ha la conoscenza del sistema, un faccino credibile e uno stile che lo maschera alla perfezione. Mentre lei lancia segnali indicanti che a breve inizierà il flirt, il sindacalista filibustiere pianifica la vendetta da servir fresca come la carne della ragazza. Prima la scoperà con la voglia che non aveva anni fa, poi farà tutto il possibile perché l'unico lavoro che la ragazza potrà fare sarà pagato dai trenta ai cinquanta euro a prestazione, quando Luca sarà dell'umore di andare per marciapiedi.

"La legge si rispetta, zoccola" pensa il filibustiere. "Stavolta non ti dimenticherai di me."

# Lezioni di savoir-faire

«Dentro agli occhi delle donne
ci sta il mondo tutto intero
per noi, che c'è solo l'amore vero.
Noi che non ci gireremo mai dall'altra parte
e che prima di dormire salutiamo.
Che diciamo "ti amo" senza avere problemi
sempre alla stessa donna perché siamo sinceri.»

Serenata di Luca al compleanno di Azzurra,
prima di essere deriso

La giovane prostituta si fa chiamare Nina, la memoria viene toccata su un tasto dolente. Conferma di avere i vent'anni pronosticati da Begbie, il tubino bianco e il tacco tanto non la fanno più datata. Ha un sorriso meraviglioso nonostante ne venga da una fogna, l'Ucraina su cui sempre penzola un missile di sovietica instabilità. Racconta di essere venuta in Italia senza speranze diverse da quelle che potrebbe avere una ragazza delle sue parti, che nel bel paese si stanzia con la consapevolezza che la beltà frutterà un cospicuo capitale per provvedere a sé stessa e per aiutare la famiglia.
Nina ha vent'anni, vende il suo corpo per mangiare ed è più uomo di Neddu, Begbie e Luca messi assieme, secondo le riflessioni del sardo. Ma che cazzo è un uomo, si strugge poi, se non un preconcetto dei più per mantenere lo status quo?
A Nina piace ballare, la musica nel locale la rispecchia. Begbie è andato in bagno e Luca non ha l'aria festosa, quindi è su Neddu che la biondissima ucraina ripone il suo incorruttibile ottimismo, anche perché percepisce che il peloso sia il più coscienzioso del trio che poc'anzi l'ha stupita, chiedendole se avesse voglia di prendersi una serata di ferie pagate.
Neddu non ha mai imparato a ballare e ancora fatica ad avvicinarsi a una ragazza, pure se di un innocente balletto con un'estranea che mai più rincontrerà si tratta. Però, *fanculo*, c'è solo questa cazzo di vita. Allucinante che a rammentarglielo sia una prostituta di Kiev dieci anni più giovane, felice di scoprire che al mondo ci siano anche italiani

beneducati.

«*Tu no sei sporcaccione*» dice lei entusiasta al canto di Ava Max, in un italiano stentato che intenerisce Neddu. «*Balla con me.*»

Luca fa un cenno di approvazione con la birra in mano, Nina lo afferra per la camicia. Se tanto gli dà tanto, non esiste sfiga o sbaglio che macchierà la reputazione del sardo, alzatosi per farsi trascinare tra i tavoli dove sono i soli a lasciarsi andare.

Nina è eclatante, attira tutti gli sguardi su di sé. Neddu vi dà peso giusto per il minuto che gli occorre per permetterle di contagiarlo con la sua vitalità. Forse quel che rende Nina più bella è proprio il flusso che le scorre in corpo, la voglia di vivere e di riscattarsi priva della loro rabbia, il brivido che dai suoi lombi attanaglia Neddu in una morsa d'insensata allegria. Perché è libero, non ha nulla a cui pensare, ce l'ha fatta nonostante le troppe fatiche che ne hanno limitato il godersi gli anni migliori. Per un attimo prova compassione, immagina la giovane quand'era bambina e si chiede se mai qualcuno avrebbe scommesso che si sarebbe ridotta così, a ingraziarsi gli uomini per giorni migliori. Da lei non traspare il bisogno di farsi compatire, di venir trattata meglio delle altre perché appartiene alle ultime; sta solo ballando e ha voglia di ballare ancora, una notte e magari mai più perché ci sono istanti che ti porti dentro tutta la vita, allora che siano i più belli da vivere.

Luca ha già bevuto quattro birre dopo giorni di astinenza. È nervoso, infastidito. Non del fatto che l'angelo abbia preferito Neddu, ma che il maledetto locale sia pieno di teste colme di merda, sedute a strafarsi a bere mentre lanciano occhiate al tipo troppo peloso che balla assieme a una certissima troia di strada, la quale deve averlo accettato perché il grano compra qualsiasi cosa.

«Cazzo, guarda te verso che mondo stiamo andando» si lamenta Luca tra sé e sé. «Siamo davanti a un momento catartico e questa mandria di scimmie giudica mentre si sfonda di shottini. Ragazzini di merda, dobbiamo insegnarvi proprio tutto.»

Batte il fondo della birra sul tavolo, si alza, borbotta: «Sì, lei è una troia di strada e lui un sardo che ha tutto quel pelo perché il padre si è scopato una pecora. Ma ha importanza, dico io? Sapeste cosa hanno passato tra l'uno e l'altra, si stanno solo divertendo. È perché lei batte e non va bene? Non è abbastanza femminista oggigiorno? O è che si scambiano dieci anni? O che lui a trent'anni dovrebbe trovarsi per forza una donna per far figli invece che andare nei locali con le mignotte?

Ora vi faccio vedere cos'è un uomo, animali» e scavalca il bancone del bar, appropriandosi del computer da cui risuona la playlist. Salta infine su un tavolo; gli interdetti che lo occupano non sanno come reagire a un ubriaco fradicio, con tutto quel che si legge su Facebook. Begbie a intervenire non ci pensa neanche, perché è proprio il caso che qualcuno movimenti la serata.

Fuori dal locale non ci sarà il chiaro di luna cantato nel brano, ma come i costumi che i tre ignoranti e la prostituta "dovrebbero indossare" per le norme del politicamente corretto non ha la minima importanza: è sufficiente che Nina si diverta per far risplendere la luce lunare.

«Lu, questa potevi risparmiartela!» urla in leggero imbarazzo Neddu.

«Fotte una sega» ribatte Luca calatosi nella parte dell'animatore. «Il virus sta arrivando, quel fascista di Putin sta arrivando, ma l'apocalisse è cominciata già da un po' per colpa nostra. Se dobbiamo crepare, tanto vale farlo con stile. *Come on,* hai la canzone perfetta per ballare sulla fine del mondo! Fallo, cazzo! *We get it on most every night. When that moon is big and bright it's a supernatural delight.*»

Non c'è scelta per il sardo, costretto a viversi il momento perché i regali della loro spontaneità non si rifiutano. Nina lo riacciuffa e lo tira a sé, ama la proposta di Luca.

*«Io no ho mai ballato questa canzone con nessuno»* gli dice emozionata. *«Vuoi essere primo?»*

*Nobody but her is dancing in the moonlight.*

Neddu ha da poco iniziato a guadagnare uno stipendio decente, ancora si occupa di sostenere economicamente i suoi e non riesce a scrollarsi di dosso i luoghi comuni sul suo ruolo di maschio, incancrenitisi nel tempo trascorso a vedere altri che si sposavano mentre lui accompagnava suo fratello a fare colloqui.

La vera compassione la sta nutrendo Begbie, pronto sulla porta a scappare appena le autorità interverranno per legare Luca; Neddu ne capta l'insistenza dello sdegno e stavolta vuole dargli ragione, perché le paranoie lo stanno ammazzando, i presupposti sociali non gli fanno godere i trent'anni come la povertà e Simona non gli hanno fatto godere i venti, i ventuno e tutti gli altri.

Il sardo guarda Nina, poco più di una bimba che chissà tra quanto si vedrà costretta a montare su un pulmino, correre in patria e portare in salvo i cari coi soldi guadagnati prostituendosi.

"A te che te ne frega di chi sono, mi dirai" pensa lui sul punto di cascare dall'altro lato dell'incertezza, aiutato dal sorridere di lei. "Non ti capita mai una notte come questa, dove tre stronzi inaffidabili ti strappano dalla strada per sentirsi a posto più che per farti un favore. T'importa che sia gentile e che ti faccia divertire. Hai ragione te, ha ragione Beg."

Ma sì. Alla fine cosa conta essersela cavata nella miseria fino a oggi, non avere l'aspetto dei sogni, o l'indipendenza rassicurante, o la macchina che fa scena, o le amicizie giuste, un cazzo di vestito fatto in una fabbrica di minori in Cambogia per risparmiare sulle tasse, un telefono il cui chip ha peggiorato la crisi ambientale, un profilo riempito di stronzate per farsi importante? Neddu capisce.

Una volta gli Ignoranti lo fecero entrare in un night che lui non conosceva, telefonarono al pub pizzeria dove stava mangiando con Simona. Con la scusa di consegnare una pizza, il proprietario, suo amico, stette al gioco e chiese lui di fargli la cortesia di portarla a destinazione, non avendo portapizze a quell'ora della sera. Quando Neddu entrò e vide Blondie, Luca e Bunny assieme a una dozzina di ragazze in perizoma che applaudivano, Begbie non si frappose per arrestarne il rapido dietrofront.

Un semplicissimo scherzo degenerò in una sfuriata di Simona, a cui non interessò alcuna delle veritiere dichiarazioni di Neddu sulla sua indissolubile fedeltà. Lei gli impose un coprifuoco, non avrebbe più potuto uscire con la banda di scemi in culo; gliene venne ancora a lei quando Camilla la prese a sberle per assumere le difese della vittima. Non che Neddu dovesse partecipare alle loro scorribande per definirsi vivo, ma era principio, autodeterminazione, fiducia, accettazione e tirare avanti, lontano dai guai, in attesa del giorno in cui sarebbe stato perfetto.

Giacché quel giorno non è ancora arrivato, almeno c'è aria da respirare. Essendo single Neddu può aspirare a fare qualsiasi cosa in funzione della propria volontà. Meglio quindi ora la libertà sofferta che la prigionia tossica di un legame infelice; meglio guarire lentamente dal disturbo evitante anche grazie al sorriso cortese di una prostituta che affrettare i tempi perdendosi per sempre.

Nina gli chiede se vuole essere il primo a farla ballare *in the moonlight*. Lui non sarà mai più uomo di quanto lo sarà accettando. Per lei, per l'umanità.

«Con molto piacere» risponde il sardo, portandola tra le stelle.

«*Dancing in the moonlight!*» gode Luca, che non aspettava altro che una presa di coscienza da parte dell'amico. «*Everybodys feeling warm and bright, it's such a fine and natural sight! Everybodys dancing in the moonlight!*»

Non nel locale dove sono gli unici ad aver scelto la vita, ma altrove altri stanno ballando. Balla Azzurra, che stasera sta bene anche senza le amfetamine; balla Francesco, perché il lavoro va a gonfie vele; balla Kevin, perché Ginevra ha voglia di ridere; balla Bunny perché è diventato zio, balla Fred perché non sa stare senza, balla Blondie perché tra nove mesi sarà padre e la morte con lui ha perso. Ballo anche io, che dall'alto di un colle silenzioso osservo la città che si stava annoiando. La musica arriva sin qui.

*Dancing in the moonlight! Everybody's feeling warm and bright, it's such a fine and natural sight! Everybody's dancing in the moonlight!* E ancora.

*Dancing in the moonlight! Everybody's feeling warm and bright, it's such a fine and natural sight! Everybody's dancing in the moonlight!* Al locale intervengono i carabinieri, ignoranti e prostituta scappano ridendo. Forse non è tutto perduto a questo mondo.

# External locus of control

«Giudicare l'ho fatto, giudicato lo sono stato. Sono preparato sulla materia ed è una colossale minchiata. Guardiamoci in faccia, avanti: siamo tutti vittime di qualcosa che gli altri non possono conoscere. Allora più che criticarci a vicenda in un circolo fazioso d'ipocrisia, sarebbe meglio darci un abbraccio, prenderci per il culo. Vivremmo meglio.»

Monologo di Kevin dopo
aver visto *La grande bellezza*

Lucrezia fatica a credere che chi ha di fronte sia lo stesso Luca di cui

Kevin le ha parlato. In teoria, secondo il copione che ha seguito per
quasi tutti gli anni ove ha scelto di non aver a che fare coi deludenti
uomini, la ragazza dovrebbe chiudersi a riccio, sviare dal discorso,
trovare una giustificazione e andarsene via, *difesa perfetta*.
Luca è distratto, quasi un alieno. Rotea la cannuccia nel suo Caipirinha
ed è imperturbabile a qualunque evento capiti nei dintorni, alle strilla
dei bambini che sono usciti da scuola, ai clacson delle auto
imbottigliate nei posteggi, al piccione che zampetta sotto alla sedia
sperando che gli lanci gli anacardi. Finanche si sente a disagio,
Lucrezia, a parlare dei "progressi" fatti dopo l'amaro finale della sua
relazione con Francesco, nella quale la filofobia di lei ha portato a una
triste rottura – e in seguito, alla comprensione di aver sbagliato molte
cose scegliendo di non avere esperienza in fatto di relazioni
sentimentali, dunque di persone diverse da lei.
Luca, che è ancora amico con Francesco, a Lucrezia sta più che altro
facendo una cortesia prestandole l'orecchio. Non l'aiuta perché si è
laureato per farlo, ma solo perché vive con l'immane vergogna di aver
fatto danni alle donne; vuole mettere le pezze dove può.
Lucrezia, malpensante, si aspettava che a saperla di nuovo single si
sarebbe lanciato, invece nulla, impassibile. Lui le ha detto di baciarlo,
lei non sa perché gli ha dato le sue labbra. Cosa sa è che per la prima
volta da quando è nata un uomo non si è scomposto all'atto solitamente
eccitante, tradendo le ipotesi di Ginevra sul potere della patata in cui
tutt'oggi crede. Niente, Luca è rimasto indifferente, la sua natura non si
è rizzata e il Caipirinha continua a costituire il suo principale interesse.
A Lucrezia fa così strano che vorrebbe piangere. Un po' ci resta male,
si offende; Luca le dice che non serve abbattersi, la trova stupenda e
sarebbe bello se ci fossero più donne come lei, ma lui è fatto per altro,
cerca altro. Ha imparato a essere onesto con sé stesso allora anche col
prossimo, pur nascondendosi per non rivelare che persino lui, una
leggenda dello schifo, può soffrire.
Con lei non si fa però problemi, non tenta di mostrarsi irriverente come
al solito. È giù di corda e ha capito che indietro non si torna, perciò va
benissimo che Lucrezia, ugual conoscitrice della solitudine, ne veda lo
sguardo depresso. Che si spaventi pure se vuole, *ommioddio un uomo
afflitto, siamo rovinati*. Ma Lucrezia non ha paura di un essere umano
che soffre: è cresciuta, va oltre i pensieri degli antichi.
Tende la mano per istinto, ha l'impulso di volerlo consolare. Lui

percepisce il tocco empatico e resta nel suo mondo, poiché chi ottiene l'occhio dello shinigami, la conoscenza, è condannato all'eterna infelicità. Ma in fondo gli fa piacere assistere a una dimostrazione di natura umana che spezza il guscio dell'inibizione, quella di cui Lucrezia si è rivestita sin dall'adolescenza confondendo l'indipendenza con la vita da single, l'emancipazione con la realizzazione personale e il bastarsi da sola con la felicità, quando è molto, molto più complesso di così.

L'occhio dello shinigami vede solo il vero, e nella timida premura di Lucrezia scorge l'inaccettabile bisogno di essere coccolata. Lei non può negarlo, anche se sta zitta. Gli ultimi raggi di umanità che restano a Luca sono il polso che si torce così da raccogliere la mano di Lucrezia nella sua, infondendo la taciuta speranza che le cose andranno meglio un giorno.

Non si parlano, stanno fermi per un po'. Lui guarda il cocktail e con la mano libera ne scuote il fondo ghiacciato. Lei si chiede quante storie orribili abbia visto nei suoi viaggi per divenire tanto apatico, cambiare così tanto, non essere nemmeno l'ombra di colui che si racconta. Lucrezia, nel tempo, apprenderà che non si cambia: si cresce e si migliora o s'involve e si peggiora. Luca lo prevede e si augura che la nuova amica non debba passare attraverso quel che lui ha affrontato per assorbire la lezione.

«Vuoi… vuoi forse dirmi qualcosa?» tituba Luc.

Lo shinigami volge l'attenzione al cielo. È una domanda che pochi al mondo hanno il coraggio di porgergli. C'è una nuvola passeggera che oscura il sole estivo. «È bello, non trovi?»

«Cosa?» fa lei confusa.

Luca abbassa gli occhi perché Luc ne ammiri la sincerità. È così bella, intelligente, dotata di classe; fa male non provare nient'altro che atarassia, quando lui, per una donna del genere, farebbe carte false, accettando ogni suo difetto con gioia perché il mondo esterno è del tutto privo di stimoli, o di persone stimolanti. «Condividere il silenzio. Mai visto *Pulp fiction*? Sai di essere con una persona speciale perché starci insieme in silenzio non ti mette in imbarazzo. A che servono le parole a volte? Queste nostre mani unite, la titubanza della tua voce, il modo in cui il tuo sguardo mi trasmette le tue incertezze… Fragilità stupende, che non hanno bisogno di parole per essere spiegate. È nella debolezza che sappiamo di essere umani.»

Dopo essersi espresso, accorcia le distanze tra i visi. Con tono graffiato dice: «Io non scopo più, sai?»

Lei si angoscia a lasciarsi penetrare l'anima da iridi che hanno perduto colore. «E... ed è un problema?»

«Può essere, così come no. Alla fine, che tu mi creda o meno, arriva un giorno che pure l'uomo più attivo sul pianeta non sente più i brividi che aveva prima. Spesso la risposta è semplice, quasi stupida: non ha la persona giusta accanto.»

Lucrezia ha un fremito interno, difficile interpretare l'uscita di Luca. Lui ne è consapevole, e se soltanto lo volesse, solo perché lei è più impegnativa delle altre, gli occorrerebbero due o tre giorni per farla innamorare perdutamente. Non lo vuole, sarebbe sbagliato per entrambi e crudele, dell'infamia degna della sua reputazione. Tira indietro la testa e si ridistende sulla sedia, col piccione che lo implora di dargli del cibo mentre la mano non molla quella di Luc. «Non si direbbe, ma al momento sto bene» le confida guardando la gente che passa.

«Solitamente la mia fama mi precede, chi m'incontra equivoca le mie intenzioni. Tu no, o non del tutto. Questo è un altro fattore che ti rende speciale. Le tue dita si aggrappano alle mie urlandomi quanto ti manchi l'affetto. Beh, Lucrezia, siamo in due, ma solo perché mi manca qualcosa non ti trascinerò nel mio oblio. L'unica cosa intelligente che posso fare per te è tenerti quanto più distante possibile dalla mia dimensione.»

«Avevo capito che fossi strano», considera Luc, «ma da qui a non avere idea di cosa tu stia dicendo... Boh, sembra che tu ci stia provando ad aprirti, però non ci riesci, e allora ti escono frasi senza senso.»

«Sei di fronte a un abitante del magico mondo degli alcolisti depressi» replica l'anaffettivo. «Comunque sia, tu vorresti essere abbracciata, ti tirerebbe su di morale. Ti do le mie braccia quando preferisci, ma prima è importante prendere coscienza del motivo per cui vuoi che ti abbracci, sennò non servirà a niente.»

«Stai facendo supposizioni tutte tue, io non voglio essere abbracciata» mente Lucrezia per non perdere la dignità.

L'altro le indica con gli occhi le mani ancora congiunte. Non aggiunge altro per dimostrare di aver ragione. «Okay», cede lei, «va bene, vorrei un abbraccio, sì. E la coscienza a riguardo l'ho già presa, che poi è il senso dei nostri incontri settimanali.»

«Ammiro la tua intelligenza, ero certo che saresti giunta a una

conclusione con le tue sole riflessioni. Tuttavia, queste non basteranno per rimetterti in piedi, se non agirai di conseguenza. Come tutte le riflessioni, è necessario esporle a qualcuno che le approvi o le bocci prima di passare al prossimo step. Quindi, Lucrezia Fieschi, a te la parola. Perché la causa di tante tue recenti sfortune... *sei tu?*»
La ragazza ha avuto molto tempo per darsi una spiegazione dapprima rifiutata e successivamente digerita. Sua nonna era ricca sfondata, una matriarca dell'alta borghesia ligure che aborriva lo spirito ribelle, fin troppo moderno della nipote. Alla sua morte, condizione immodificabile per ricevere l'eredità, Luc avrebbe dovuto sposarsi e far figli cui sarebbe spettato il bottino. Ma Luc non si piegò alla sua volontà e persistette a condurre la propria vita andando contro la madre, la quale ordì un surreale complotto affinché la figlia trovasse marito. Tra vicende fuori dall'ordinario e testamenti fasulli, la ragazza si avvicinò a Francesco. Per un breve periodo visse emozioni che lo star da soli non permette, finché la filofobia prima citata non rovinò tutto. Lucrezia non può cancellare dalla memoria alcun fatto della sua bizzarra storia. Respira, stringe la mano di Luca e si libera.
«Perché non mi sono mai resa conto di essere un'arrogante» confessa con coraggio. «Il tuo amico Thanos sostiene che gli arroganti non sospettino mai. È vero, purtroppo. Io non sospettavo che mia nonna in realtà mi volesse bene, e che, poco prima di morire, avesse sofferto un'indicibile solitudine, circondata da parenti avidi di denaro che bene gliene volevano soltanto per spartirsi il malloppo. Mi stimava perché, nonostante sia una cocciuta, sono riuscita a ottenere più ricchezza di lei, cioè persone che ho ferito e allontanato. Perché ho sempre combattuto da sola, perché mi sono sempre stata fedele. Ma non sospettavo neanche che il mio voler stare da sola senza legarmi a qualcuno a un certo punto fosse diventato un obbligo, la mia etichetta, perché inconsciamente la mia non era paura di rovinarmi la vita, ma una malsana convinzione di avere sempre ragione a dubitare degli altri. Questo mi ha portata ad avere soltanto quattro relazioni che non sono durate, e a non conoscere mai veramente qualcuno. Io non avevo difetti, gli altri sì. E sempre gli altri mi avrebbero ingabbiata, resa la loro serva, la loro *mammafidanzata*. Ho peccato di superbia, credendo che ogni mia sciagura fosse dovuta a cause esterne perché da bambina ero abituata così, tirata su da una madre che nel diverso e nel povero vedeva il male, allora io ho cominciato a vedere il male nelle sue

continue repressioni, poi traslate sul resto del mondo. L'hai detto tu,
sono la vittima di un *external locus of control* che non mi consente una
vera obbiettività. Nel tempo mi ha portato a sviluppare un bias per il
quale il prossimo è una minaccia alla mia preservazione, soprattutto gli
uomini, dal momento che... che...»
Lucrezia viene frenata dall'umiltà. Luca, sogghignando, la imbocca:
«Che sei una bellissima ragazza conscia di avere numerose doti, quindi
una distruttrice della concorrenza. Una *bestgirl* che chiunque vorrebbe
avere.»
«E una sciocca che a tendere non ha sospettato di aver sviluppato la
paura di amare e di essere amata perché dell'amore coglieva gli aspetti
di una pessimista patologica, affetta pure dal bias della negatività. Non
importa quanto m'impegni, non importa che nessuno sia perfetto,
qualunque cosa capiti è più probabile che vada male. Questo è quel che
mi ha infine fatto perdere Francesco, che mi amava e mai si sarebbe
sognato d'imprigionarmi in un legame infelice. Lui, ma magari
tantissimi altri che ho respinto prima ancora che aprissero bocca. Io
sono la causa di tante mie sfortune perché, come mi ha detto una saggia
donna, *è quello che diamo per scontato a fregarci irrimediabilmente.* Io
sono la sola responsabile perché non mi sono mai concessa di sbagliare,
di prendere una facciata, di farmi male per amore, che mi avrebbe
aiutata a crescere come altre ragazze, quelle che a trent'anni sanno di
questo mondo più di quanto  potrò mai sapere finché non mi sbarazzerò
di quello che credo per lasciar spazio alle ustioni, alle possibilità, al
dolore. Io mi sono fatta tutto ciò perché in realtà l'unica cosa che
volevo era non soffocare, ma nessuno mi stava strangolando, tranne
mia madre. Lei avrei semplicemente potuto lasciarla perdere, triste e
sola prima ch'io scoprissi cosa significhi essere soli e averne la colpa.
Infine, faccenda non meno importante, mi sono basata su quelle due o
tre cottarelle adolescenziali per farmi l'intero programma sui maschi,
ignorando i Francesco, i Kevin, i bravi cristi come mio padre. Non sono
diversa da Ginevra, che si consola illudendosi che tutti siate uguali.
L'abbraccio lo voglio perché un sostegno a volte è la medicina per
risollevarsi, soltanto per questo motivo. Lo vorrei da te perché credo
che siamo molto più simili di quanto dicano le scelte che abbiamo fatto.
Perché credo che sei stato sul fondo dove sono stata io, allora puoi
capire che anche i più forti hanno bisogno di una spalla dove
appoggiarsi. Tu, che mi stai aiutando e non mi lasci ricambiare.

Permettimelo, per favore.»
La nuvola passeggera si dissolve, il sole torna ad ardere sull'oscuro universo che Luca non condivide. Ne ha passate troppe, molto più brutte delle fantasie di Lucrezia. La protegge perché adesso è quel che ha scelto di fare. Come con Sara, come con Azzurra. Il dolore è un maestro cattivo, ma insuperabile nell'insegnamento per coloro che sono disposti a imparare.

«Ho avuto per anni una relazione malata con mia cugina, nel senso che facevamo un po' di tutto» svela lui inerte. «Ti basti questa dichiarazione per farti due conti aggiungendo ciò che Kevin ti avrà sicuramente detto di me. Io sono stato con centinaia di ragazze e donne, studentesse, dottoresse, prostitute, insegnanti, ballerine, atlete, cantanti, commesse, indossatrici, modelle, attrici, impiegate, sposate e single. Eppure cosa immaginavo essere la felicità non è mai stato essere sempre impegnato sotto quel punto di vista. Lo facevo perché così mi si veniva detto di fare, i veri uomini comandano la catena alimentare. Ma, indovina un po', anche facendo della mia esistenza un'opera d'arte pornografica, come te non ho mai conosciuto realmente qualcuno, salvo rarissimi casi. Era tutto sesso e sballo, niente che mi avvicinasse mai all'anima di una persona, che è quanto più mi manca perché l'ho sfiorata una volta e adesso non c'è più. Mi guardo intorno e mi rendo conto di essere sempre lo stesso sacco di merda con più anni sulla schiena, ma nel frattempo il mondo è andato avanti con gli strascichi dei danni prodotti anche dalla mia incoscienza, che coglione. Cosa noti in questa nostra abissale differenza, se non un punto comune? Te sei stata allevata per essere il centro della famiglia, io per esserne il capo, perciò siamo devastati. Qualcuno ci ha forse insegnato a essere chi volevamo? *No,* allora eccoci qui, a tamponarci le rispettive ferite, in un qualche modo a chiederci scusa come rappresentati dei due sessi. Uomini, donne, famiglie, aspettative, preconcetti… La verità è che siamo liberi solamente quando ci capacitiamo della merda in cui sprofondiamo, dunque diventiamo più gentili, empatici, quello che vuoi. A quel punto, *forse,* diventiamo anche in grado di annullare le differenze vedendo che alla fine siamo persone, a prescindere da cosa abbiamo in mezzo alle gambe. Siamo umani, abbiamo un buco dentro e dallo stesso buco nasciamo, buttati su questa terra senza che nessuno ce lo abbia chiesto. Che fare? Piangerci addosso? Oppure farci forza l'un l'altro?»

Luca si alza e apre le braccia. Lucrezia ci si tuffa dentro. «Siamo uguali, gioia. Voi siete più belle, ma siamo uguali.»
Sono passati secoli dall'ultima volta che lei ha pianto, si sente un po' meglio.
Restano abbracciati, di chi li guarda non gliene può fottere di meno.
«Ti voglio  bene» dice Lucrezia.
«Anche io. Tanto» è sincero lo shinigami.


# Amici


Dopo la spettacolare frode assicurativa cui seguì una fuga da filmaccio nigeriano, Luca sparì da Genova sino al placarsi delle acque. Gli andò bene che la compagnia dove lavorava era già inquisita per reati maggiori del suo furtarello *aumm aumm*; successivamente fu inglobata da un'azienda meno losca, allora l'antitrust smise di cercarlo. Giusto in tempo fece a montare sul treno per tornare, in Costa Azzurra andò in astinenza di sesso e stava impazzendo. In perfetta concomitanza col suo rientro gli arrivò una telefonata che non si aspettava di ricevere: era Azzurra, che elargì alcuni impacciati convenevoli per sembrargli corretta, ma era nel panico più totale.
«Stai tornando?» gli chiese sensibilmente agitata.
«È successo qualcosa?» subito si stranì lui.
«No, no» mentì la ragazza, «o sì, vedi… Dimmi tra quanto torni.»
Luca udì un singhiozzo strozzato, cambiò vagone. «Azzurra, cos'hai?»
«Puoi venire da me appena torni? Mi serve il tuo aiuto.»
«Ma mi dici che cazzo c'è, Dio maledetto?!»
«Te lo dico appena arrivi, ti vengo a prendere alla stazione di Brignole. Devo andare, ci vediamo lì» e butto giù.
«Azzurra! Azzurra! Porca troia, gli chiedi cos'hanno e loro ti rispondono *niente* anche se stanno prendendo fuoco, deficienti! Mi verrà l'esaurimento nervoso!»
Oppure un mezzo mancamento quando la preoccupazione lo fece scendere alla stazione indicata dalla cubista, invece che a quella dove il suo bar di fiducia era più vicino. Da lei ci arrivò ugualmente con una Tennent's, mentre lei in mano teneva la borsetta con una sgradevole

quanto prevedibile sorpresuccia. Gliela mostrò su una scala imboscata nel quartiere ove conviveva col bel Francesco, ignaro della novità. Luca guardò le due tacchette e sbuffò, Azzurra pianse. «Siamo nel fottuto duemilaquindici e tant'è non ce la fate ancora. *Congratulations, félicitations ami.* Non li usate i *gondoni*[17], cazzo?»

«Ho interrotto la pillola perché mi stava facendo ingrassare come un maiale» si struggeva lei. «Non m'insultare, ti prego.»

«T'insulto sì, scimmia, cerebrolesa!» s'inviperì l'altro. «E adesso che vuoi da me? Voi e 'ste cazzo di fisse con la linea, poi finite in ospedale! Non vi sopporto più!»

«Stai calmo, Lu…» lacrimava senza sosta la gravida.

«Calmo un belino! Fammi bere!» disse lo scrittore. Bevette alla goccia per entrare nel *mood*. «Okay, ora sono calmo. Partiamo dalla base. Non ti chiedo com'è successo perché è ovvio, e se non lo è ripeto che sei una cogliona, lui anche. Hai voluto vedermi, quindi Francesco non sa nulla, bingo?»

Azzurra annuì, lui le diede un fazzoletto che avrebbe altrimenti usato in caso di orgasmo. «Che aspetti a dirglielo?»

«Perché Franci vuole figli, Lu. Sono quasi due anni che conviviamo e ne abbiamo parlato tante volte, ma non li abbiamo mai cercati.»

«Meno male, pensa se fosse il contrario» ironizzò il cattivo. «Hai smesso con la cocaina?»

«Sono pulita, fumo ogni tanto e basta.»

«*Good,* una vittoria per Franci e un sollievo per me. Capisco però dalla tua precedente risposta che figliare sia un desiderio soltanto suo.»

«Per il momento, sì» rispose lei con convinzione. «Non sono pronta per fare la mamma, non ancora. Mi sono rimessa a studiare per diplomarmi, Francesco paga il grosso delle spese perché non guadagno abbastanza. Ci sto provando a trovarmi un altro lavoro, ma una studentessa cosa speri che possa trovare? Da cameriera vengo pagata anche peggio.»

«Comprensibile, e con il fidanzato di mezzo non puoi più arrotondare come ai vecchi tempi» fu cinico Luca, Azzurra gli diede un fiacco pugno sulla spalla. «Non posso fare niente per te, mi spiace.»

La cubista ne strinse il polso temendo che se ne andasse. Fin s'inginocchiò. A voce tremante disse: «Te lo chiedo in ginocchio, Luca. Io non posso tenere questo bambino. In un'altra situazione non sarei

---

17 Preservativi.

qui, ma adesso proprio no, cerca di capire. Non ho nessuno a cui rivolgermi, a Francesco gli spezzerei il cuore. E quei cazzo di ospedali sono pieni di obiettori di coscienza che non mi faranno abortire.»
«Ti suggerirei le cliniche, solo ho il sentore che non hai una lira per pagarle. Al contempo sei troppo orgogliosa per chiedermi un prestito.»
Azzurra lo fissò con la morte nello sguardo. Veramente in un'altra circostanza avrebbe agito in modo diverso, ma in quella non aveva scelta. «Ti prego, Lu. Dei pochi amici che ho, sei l'unico che mi può aiutare.»
Alla vista di terzi, Azzurra sarebbe apparsa irriconoscibile. Chi la "conosceva" vedeva il lato che lei mostrava, l'atteggiamento risoluto e procace che aveva imparato sopravvivendo per strada. Gli eletti, viceversa, si contavano su cinque dita e sapevano chi si celasse dietro i costumi provocanti della cubista sogno erotico di mezza Genova. Luca era ben al corrente della sua storiaccia, indi per cui fu attanagliato dalla pena. A costo di tacere un tale misfatto all'amico, aiutandola l'avrebbe salvata da tante altre cose: dalle liti, forse dalla loro separazione; dal susseguente tracollo al possibile ritorno alla cocaina, alla depressione, ai debiti, ad affittare la bocca per non dover chiedere soldi in giro, alle stracazzo di pastiglie che Azzurra ingurgitava per mantenersi magra e figa. Aveva il potere di cambiare tutto ciò. Correndo sì dei rischi, ma tanto quella era la sua vita.
Si tirò su, sollevò anche lei. «Alzati, mi fa schifo vederti inginocchiata. Ho una soluzione al tuo problema. Se sei decisa ad andare a fondo, annulla tutti i tuoi impegni per stasera. Faccio una telefonata.»
Essendo un monotono lunedì, soltanto Francesco aveva da andare a far cocktail alla gente della notte, mentre Azzurra poteva sgattaiolare fuori di casa senza doversi preoccupare che il loro cucciolotto di pastore australiano facesse la spia.
Ore ventitré, Luca riuscì a farsi prestare la macchina dalla madre e risalì le periferie per andare a prendere la gravida. Disse lei di vestirsi di abiti non succinti, quindi roba che Azzurra non possedeva: salì sull'auto con un cappellino e una tuta nera Nike in cui ci sarebbe stata tre volte, rubata dal guardaroba di Franci. Lui indossò simile incognito; tirò su il cappuccio della felpa appena arrivarono a destinazione, e lei aveva paura. I bassifondi, Luca l'aveva portata nei luoghi dei suoi *by night*.
A meno di dieci minuti di cammino da dove Azzurra ballava nel

weekend vi erano vicoli sinistri, puzza di alcol e piscio, serrande arrugginite, bottiglie che rotolavano nel degrado. I ratti mangiavano i gatti, i cani dei barboni si procacciavano il cibo andando a caccia di spazzatura. Giovani tossicodipendenti avevano ripreso a farsi di *speedball* e si riversavano per terra, prostitute ripugnanti fumavano sull'uscio d'improvvisati appartamenti sulla strada. C'erano individui silenziosi che camminavano spediti, arabi che conteggiavano denaro, senegalesi incomprensibili e poliziotti in borghese che lì ci andavano perché avevano vizietti da nascondere. Lei pensava di averne viste di brutte, ma non conosceva quel mondo così vicino.

«Non guardare nessuno e restami vicina, anzi dammi il braccetto» disse lui abituato, era di casa. «Se la gente sbagliata penserà che sei la mia ragazza nessuno si avvicinerà. Puoi mettere gli auricolari se ti danno fastidio le lusinghe degli eroinomani.»

«Capirai, con quello che mi dicono tutti i sabati…» rispose lei, la cui inquietudine crebbe di passo in passo.

Dietro un angolo stavano pestando un idiota che non era stato ai patti. Lungo il tragitto Azzurra pensò di aver scavalcato un tizio troppo ubriaco, Luca si risparmiò di dirle che era un cadavere. La ragazza notò la sua disinvoltura e vi si accozzò per sentirsi più al sicuro.

Arrivarono a una "porta" di travi inchiodate, lo scrittore spinse e con cautela le fece strada verso uno scantinato. C'era una stanza illuminata da un lampadario prossimo al corto circuito, un paio di ragazze in minigonna e sedevano su delle poltrone vecchie di un'era; dietro la falsa parete, un nerboruto in piedi rollava una canna e un grassone stava comodo alla scrivania. Era il contatto di Luca, un tizio sudato e divorato dall'acne che mal portava i suoi trentadue anni, otto dei quali di "studi" e quattro di professione di medico radiato. Su Azzurra non gli avrebbe fatto mettere le mani, perciò non c'era da allarmarsi.

«Bella Lu», salutò con accento campano, «da quanto non ti fai vedere, eh?»

Lo scrittore era stranamente freddo, aveva la faccia seria e cupa. «Ho avuto da fare, purtroppo capita che gli artisti debbano ritirarsi dalle scene per un po'.»

«Me l'hanno raccontato, lo sanno tutti che sei scappato a scopare a Marsiglia perché ti hanno beccato» ridacchiò il "medico", il cui nome più noto era Prof, o "Il dottore". «Come sta il cuculo? Corre ancora in moto?»

«Sorry, ma stasera non ho tempo per parlarti dei boys, c'ho un guaio da risolvere.»

Luca si accese una sigaretta. Azzurra, stretta al suo braccio, non capì cosa stesse succedendo, o perché il suo accompagnatore stesse recitando la parte del duro. «Mi servono mifepristone e misoprostolo, o in alternativa a quest'ultimo del gemeprost, poi antidolorifici per le contrazioni uterine e qualsiasi altro farmaco per gli effetti collaterali, se ce li hai.»

«Oooh», fece divertito il dottore, «aborto farmacologico. È lei la ragazza?»

«Guardare e non toccare, Prof. Non domandarmi se è mia, sono stanco delle insinuazioni.»

Azzurra si sentì intimidita dall'attenzione del losco grassone. Si strinse nelle spalle. «Molto carina» commentò lui ponderando parole generalmente più spinte. «Da quanto sei incinta?»

«Qua... quattro settimane, forse cinque» rispose lei, nascosta dietro Luca.

«Bene, sei entro i limiti. Allergie particolari?»

«N-no...»

«Fai uso di sostanze stupefacenti?»

Azzurra cercò nel suo sostegno la forza per dichiararsi. «No... ho fatto... uso di cocaina, ma sono pulita già da diversi mesi... Fumo cannabis e bevo occasionalmente.»

«Una vera ragazzaccia» commentò Prof.

Luca ne fu seccato. «Meno chiacchiere, andiamo al sodo. È informata dei rischi, qua ci sono gli ultimi esami del sangue che si è fatta ed è perfettamente in bolla. Diamoci una mossa, sennò ci caga il bambino qua.»

«Su, sto solo facendo conversazione. Non mi diverto mai.»

«Non lo vedi che ha paura, Prof?» puntualizzò il ragazzo con rigore. «Noi vogliamo andarcene a casa, risolvere l'impiccio e non pensarci più. Se volevamo ciarlare ce ne andavamo da uno dei tuoi colleghi obiettori. A proposito, ho letto  i dati, chissà come mai al sud ci sono più moralisti che non praticano l'aborto. Dicono che sia perché non dà prospettive di crescita professionale, ma secondo me il problema è il carico di lavoro. La tua razza di merda preferisce parlare anziché sgobbare, è risaputo.»

Azzurra subito gli stritolò la mano appena osservò il nerboruto

risentirsi per l'offesa, ma il dottore se la rise. «Ti faccio un favore e tu vieni nel mio studio a fare il razzista. Non sei cambiato di una virgola, Cigno nero. Lo sai che potrei non darti quello che vuoi e lei dovrà abortire usando una gruccia?»
Luca, rilassato, soffiò il catrame. «Non credo proprio, so come muovermi in questo mondo. Non mi dai i farmaci? E io vado subito dalla Triade, quelle tre ne hanno di contatti. Ti offendo quando voglio, dammi 'sti cazzo di farmaci e prenditi il grano, così ci guadagni e mi fai risparmiare. Dobbiamo arrivarci tutti alla fine del mese.»
«Sempre acuto e sprezzante, pezzo di stronzo» non si turbò il dottore. «Ti faccio avere subito le pillole abortive, il resto dovrai procurartelo in farmacia o allo spaccio del Cammello, poi dovrai riportarmi la tua *amica* per fare un'ecografia con mezzi di fortuna. I soldi puoi tenerteli, in cambio ho bisogno che tu faccia un lavoretto per me.»
Uno che richiedeva le giuste conoscenze in porto per distribuire un carico di metadone tra Genova e Torino nel lasso di una notte. C'era carenza di corrieri, tutti arrestati o condannati a morte. Per punire un discriminatore quale il soprannominato Cigno nero, il rischio di arresto era sufficiente per il dottore, specie alla luce di quella frode assicurativa. Luca accettò nonostante i tentativi di dissuasione di Azzurra, che non voleva metterlo a repentaglio per un problema causato da lei.
Presero le pillole, ma la seccatura dello scrittore era ancora cocente. Dalla tasca della felpa, Luca estrasse un coltello a serramanico, lo puntò alla fronte del delinquente e disse: «Grazie per la disponibilità, è sempre un piacere fare affari con te. Ma se malauguratamente scoprissi che mi hai rifilato una patacca, saranno cazzi. Ti avverto che se succede qualcosa a lei, vengo qui, ti sgozzo nel sonno e poi ti appendo al cazzo di ponte monumentale. Ricordatelo, terrone di merda» infischiandosene della pistola con cui il nerboruto lo teneva sotto tiro.
Stette in silenzio fino alla macchina, ripercorrendo la stessa strada del degrado con Azzurra accanto, spaventata e prossima a rimettersi a piangere. Per distrarla, la portò sulle alture a guardare le luci della città. Una vista romantica da contemplare in un momento che non poteva essere più perfetto, così da ricordare che al mondo esistessero anche cose belle. Si poggiarono sul cofano e stettero ad ammirare i riflessi della luna sul mare quieto.
«Cos'era quella scena, Lu?» chiese lei con le compresse tra le dita. «Tu

non sei quel tipo di persona...»

Lui sorseggiò la birra presa per sé. «No, è vero. Con certa gente però devi ringhiare, altrimenti vieni mangiato. È così che gira, mi va bene che sono un bravo attore. Te lo ricordi Albi Costa? È da quel teppista che prendo l'ispirazione.»

«Non scherzare, stupido. Mi hai fatto cagare in mano.»

«Mi dispiace, coccola, non c'era altro modo che scendere nei meandri di questa città e adattarsi. Adesso abbiamo le medicine. Se farai attenzione la prossima volta, non dovremo più ricorrere ai rimedi tra virgolette estremi.»

Lei abbassò lo sguardo, concentrandosi sulle pillole da assumere per portarsi dentro un senso di colpa che sarebbe durato anni. L'avrebbe nascosto bene, come del resto tante cose che la riguardavano, a cominciare  dal suo vero carattere.

«Grazie» disse triste, poi aggiunse: «Ho tanta paura».

«Difficilmente avrai effetti collaterali gravi» fraintese lui.

«No, non è per questo. Francesco, Lu. Io... io non voglio perderlo. E... se potessi... non abortirei.»

Luca ne incrociò l'apprensione commossa. Benché poco, sentì di comprendere il suo dolore. «Ormai è tardi, Azzurra. Ti aiuterò a mantenere il segreto e farò sì che qualsiasi complicazione psicologica venga prevenuta. Questo è uno dei momenti più importanti della tua vita, hai una scelta che determinerà il tuo futuro. Se vuoi la mia, concordo con te, non sei pronta a essere madre. Ma se d'altro canto vuoi tirarti indietro, fa' pure. Nel caso terrai il bambino, c'inventeremo un sistema per permetterti di finire di studiare e avere un lavoro normale dopo. Sei tu e soltanto tu a decidere.»

La cubista fu scossa da pensieri contrapposti. Volere e potere, temere e sperare, soffrire e andare avanti lo stesso. Era solo un feto, forse meno. A quel punto ricordò i suoi genitori e lo squallore in cui la fecero nascere. Bistrattata, sminuita, picchiata, insultata, chiamata "puttana" per una mutanda troppo sottile e quasi stuprata perché essere parenti non era una ragione sufficiente per non ambire alle sue tette. Sarebbe certamente stata una madre migliore della sua, ma non allora.

«*Cosa ci fai*», cantò Luca, «*in mezzo a tutta questa merda? Sei tu che vuoi o in fin dei conti non ti frega un cazzo?*»

"Tanti mi cercano spiazzati da una luce senza futuro" si disse lei all'ascolto della sua canzone preferita.

Francesco non era il buio che Azzurra aveva conosciuto, ma un barlume di speranza. Eppure era a lei, che paradosso, a trascinare lui nel proprio. Quale stella si sarebbe bruciata quella notte sarebbe stato deciso da una semplice pillola.

«*Tienimi su*», cantò allo scrittore, «*le altre stelle son disposte, solo che io a volte credo non mi basti.*»

Ed egli le si accostò sorreggendola per un fianco. Guardarono insieme verso l'alto. «Comunque vada, sono con te, terrona di merda. Volevo dire, piccola stella senza cielo.»

La ragazza posò la testa sulla sua spalla e gli strinse la mano. «Come mai Cigno nero? Che nome è?»

Luca ridacchiò. «Ero l'unico del gruppo a non avere un soprannome. Mi piace pensare che sia un epiteto perfetto per la mia sopraffina eleganza e per l'oscurità che mi circola nelle vene, ma in realtà è una presa per il culo. Ero stracotto e mi sono messo a piangere mentre guardavo l'omonimo film. Ci ho fatto però una bella recensione.»

Seppur Azzurra avesse sorriso, non era tempo per indugiare. «Basta con questa vita allucinante, Lu. Ce lo promettiamo? Basta con la droga, basta coi furti. Rimettiamoci in riga.»

Una nube di Lucky Strike s'innalzò nella notte. «Sarebbe il caso, mi sa. Non ti prometto che la smetterò di farmi qualche birretta, ma le altre stronzate preferisco non toccarle più. Ho delle ambizioni, perché avrei studiato sennò? Anche Camilla sta smettendo, se ce la fa lei ce la facciamo tutti.»

«Basta anche tenere il piede in più scarpe, perché non fa onore al ragazzo che in realtà sei, che è qui con me» sospirò tenera la cubista dai due volti. «Prometti?»

«Ho già smesso, ho fatto progressi mentre prendevo il sole a Nizza. Tu mi prometti che farai la brava e niente più troiate? Che io mi sforzo di non insultarti, ma *belìn*, me li tiri fuori.»

Nel principio di commozione, Azzurra ripeté il sorriso. «Solo se prometti pure che non scapperai di nuovo da qualche parte, perché mi sei mancato.»

Un "sì" con la testa, un bacio tra i capelli corvini.

La gravida inalò coraggio e ricominciò a piangere.

«Scusami, piccolino…»

Una stella, infine, cadde.

Le promesse durarono per due mesi. Dopo un furioso litigio a casa,

Luca ripartì in direzione Scozia così da non aver più rotture sull'essere maschio e dover fare lavori di merda – fanculo alle sue ambizioni. Azzurra ebbe un tracollo emotivo e riprese a farsi all'insaputa di Francesco. Piuttosto che perderlo, non disse mai che non aveva voglia di fare sesso perché già doveva farlo nei cessi delle discoteche – un grammo vagina, due grammi ano.


# La lacrime di un uomo


«Delusione e innocenza non hanno sesso.»

Assoluto di Sara

Tirava una brutta aria tra Neddu e Simona, i sensi del Bunny percepivano il disastro. Erano in centro, ammassati nel dehor di un piccolo locale a fare giochi da tavolo. C'erano la coppia, i compagni di facoltà, il pirata, Begbie; stavano ammucchiati a giocare con rompicapi, scacchi e al più bello tra i giochi da tavolo, *Ignora la crisi relazionale*. Non solo il Bunny, anche gli altri presenti erano in imbarazzo innanzi alla disfatta del povero Neddu, giunto a quasi tre anni di sopportazione e fattosi orripilante, come *L'urlo* di Munch: gli si era asciugata la faccia, aveva le occhiaie, la barba e i capelli era stati lasciati a crescere perché, tanto, quando sei fidanzato che cazzo te ne frega di curare l'aspetto?
Lei gli aveva controllato la vita per tutto il tempo, non si era mai felicitata del suo impegno a far funzionare il rapporto e non vi era circostanza in cui gli dicesse, anche per sbaglio, di volergli almeno bene. Soldi buttati, anni di università persi, invecchiamento precoce, esaurimento. Simona lanciò una frecciata al suo presunto essere irrispettoso, cantilenando a una compagna che inutile fosse pretendere qualcosa dagli uomini, non erano capaci d'intendere; Neddu, già da giorni sul punto di scoppiare, fece *boom*.
La teoria del vizietto di Begbie recita: "Dacché il vizio è la pratica del male corrispondente a un'abituale incapacità del bene, ogni essere

umano, detto vizioso, possiede un'abitudine maligna radicata all'ego, la quale si associa a un bisogno che, per essere soddisfatto, conduce gli individui a compiere azioni prettamente egoistiche". Neddu, tuttavia, non sospettava niente, perché era stato corrotto dal potere della patata, accecato da quel che reputava amore – nel suo caso era accontentarsi della prima che gli si avvicinò senza mai aver valutato qualcun'altra. Dopo la lite di quella sera, seguirono pochi giorni di totale distacco da parte di lei, definitasi sconvolta. Faceva ridere, poiché quella fu la prima e unica volta che Neddu perse le staffe arrivando "addirittura" ad alzare la voce per far valere i propri diritti. Ciò dopo essere stato chiuso in casa, allontanato dagli amici, obbligato a non parlare con nessuna ragazza, umiliato di fronte ai genitori, tenuto sveglio la notte per ascoltare manfrine perché Simona aveva il ciclo e *poverinanoncisieraancoraabituata*. Soprattutto, dopo essere stato privato della sua libertà.

Simona lo lasciò per questo motivo, aver osato ribellarsi. Lui fu tanto deluso e stordito che inizialmente non reagì, però i ragazzi furono pronti ad attuare il piano di conservazione di Neddu, tipo WWF con i panda. Come anni prima, quando il sardo fu mollato da Martina, gli Ignoranti si diedero il cambio per tenergli compagnia la sera, così da non lasciarlo a casa a martoriarsi. Sembrava che Neddu stesse bene, e in effetti aveva senso, perché il suo inconscio aveva compreso ch'erano tornati a essere liberi, *liberi*, evviva la rivoluzione!

I ragazzi quindi si felicitarono per lui, ma abbassarono la guardia troppo presto.

Bastardo allora Luca, che stava bevendo e guardando i treni a Edimburgo; bastardo anche Begbie, con Blondie, perché a mezzogiorno era inaccettabile che non rispondessero. Neddu premette l'acceleratore e si diresse verso l'abitazione di Bunny, il cui telefono fu sollevato.

«Oh Neddu, che c'è?»

Il sardo aveva la voce spezzata , non riusciva a parlare. «Sei a casa?»

Bunny fu perplesso, ma poco ci mise a indovinare. «Sì, perché? Tutto a posto?»

«Ti passo a prendere tra cinque minuti, fatti trovare in strada!»

Il lagomorfo scese coi brividi nel fegato prima che sulla pelle, giacché non ricordava un solo episodio ove avesse sentito un'emotività simile da parte del peloso amico. No, dai, non era possibile che avesse realmente udito la voce che arrancava a mettere insieme due parole, con

quel tono strozzato da un brutto magone. Non lui, non Neddu, non il loro rettissimo e incorruttibile appassionato di fumetti.
Il sardo inchiodò davanti a Bunny, lui salì in macchina e vide la concretizzazione di una paura che gli Ignoranti avevano, ma che nessuno ebbe mai le palle di confidare per non svelare pensieri sensibili: Neddu era in lacrime, rosso in volto, assassinato nella dignità di uomo che sempre diede il suo meglio. Bunny non ebbe il coraggio di porre la stupida domanda, ovviamente c'entrava Simona. Non però come avevano scommesso.
La Uno viaggiò dai dintorni dell'Ilva fin su per le colline, arrestandosi in prossimità di una vetta desolata. Era il punto perfetto per scendere a cacciare un urlo liberatorio, carico di un dolore incomprensibile. Neddu lo fece, gridò tra lacrime e frustrazione così forte da farsi sentire giù a valle, mettendo in fuga un colossale cinghiale e allarmando corridori che facevano jogging nel non distante percorso ginnico.
Bunny fu scosso, permanette nel medesimo silenzio con cui restò ad ascoltare il pianto durante la salita. Pensava: "Me lo aspettavo da tutti, ma non da te. Blondie sarà un fomentatore e un pazzo, ma si vede che ha un cuore. Luca fa il fenomeno e Begbie passa sopra le cose, ma che siano due depressi è palese. Tu sei Neddu, tu sei il migliore di noi. Non ti ammazzi col bere, non fumi, non vai a troie, sei nato nella merda e hai sempre vissuto a testa alta, andando contro le sfighe. Non puoi piangere te, cazzo. Se piangi te, noi che cazzo facciamo? Non crollare, sennò crollo io, crolliamo tutti" e si sentì una morsa schiacciargli i testicoli.
Sì, Neddu piangeva. Fu il primo della banda a mostrare a un altro membro le lacrime di un uomo. Blondie aveva piagnucolato mille volte su *Ma se ghe pensu* allo stadio, Luca perché da fatto non poteva guardare film struggenti, ma nessuno pianse mai davanti all'altro per dolore. Non potevano permetterselo, gli avevano insegnato. Non avevano i giusti organi sessuali.
Neddu si accovacciò su un macigno. «Sta già con un altro» rivelò all'esterrefatto amico. «Cos'è passata? Una settimana? Dieci giorni?»
«Cinque» precisò confuso Bunny, nel mezzo di una trazione che da un lato fabbricava dubbi e dall'altro fomentava una rabbia insopprimibile. Voleva insultarla coi peggio epiteti, irrilevante non essere nella posizione per farlo.
«Cinque giorni, bene» disse Neddu, ma non andava bene affatto. «Si

era preparata a mollarmi, non mi ha lasciato perché ho alzato la voce con tutte le stracazzo di ragioni del mondo.»
Aveva già la tresca, intuì Bunny. Tacque.
«Sai qual è la parte divertente?» proseguì il sardo. «Che è un nostro compagno di università, siamo nel gruppo che va a bere il venerdì sera. Sono sicuro che se la intendevano già da settimane, se non mesi. Era calcolato.»
Si era stufata, ma non essendo una persona capace di stare da sola, sprecare tempo non le si addiceva. Simona all'infuori dell'università non aveva conoscenti col pene, ergo l'appartenenza a un gruppo sessualmente eterogeneo favoriva l'accoppiamento con un maschio dello stesso, con o senza l'approvazione del sardo; men che mai dando una maledetta importanza a come lui avrebbe potuto sentirsi.
Piantato e sostituito in un lampo, come un telefono rotto, come un paio di scarpe, come un oggetto del cazzo.
Neddu, ottimista, riteneva che almeno delle donne ci si potesse fidare in quanto prime vittime di una tendenza fino ad allora attribuita solo ai maschi che ben conosceva, avendoceli come amici. Cosa ignorava era il principio d'uguaglianza che gli Ignoranti avevano imparato parecchio tempo prima, di esperienza in errore imperdonabile: uomini e donne sono le due forme della stessa malata, contorta, stupida scimmia. Qualsiasi concezione diversa non è che una banale perversione sociale. E fare distinzioni non biologiche è sessismo, anche se si agisce da galantuomini. E presupporre che chi è vittima di qualcosa non possa diventare carnefice è un pensiero infantile. E sperare che essere migliori degli altri basti per non venire fustigati è il primo passo verso la rovina.
Pugnalato nell'orgoglio, Neddu lanciò un altro urlo, stavolta cacciando fuori tutto quel che aveva somatizzato negli anni della relazione abusiva. Tutte le migliori intenzioni, tutti i pesi insostenibili, tutti i perdoni. Simona era soltanto una stronza, lui aveva avuto la testardaggine di volerle bene.
L'urlo arrivò al cielo. Tra i cinghiali iniziò a circolare la storia di un mostro bipede, più peloso di loro, dalle mani imponenti, che spaccarono rocce creando le montagne, e dai cui occhi lacrimanti si generarono i mari.
Nel tempo a seguire, la compagnia universitaria fu compromessa.
Neddu non voleva vedere Simona. Per un po' se ne stette solo con gli

Ignoranti, poi si riaggregò quando lei fu temporaneamente estromessa.
Siccome superiore sotto molti aspetti, iniziò a ignorarla in facoltà,
dunque anche quando lei fece ritorno nell'imbarazzo collettivo.
Oggi Neddu non frequenta tanto spesso i chimici. In compenso, lei ha
mantenuto le abitudini, per questo non li frequenta proprio più: quando
sei stata in grado di avere una relazione con ogni membro maschio di
un certo gruppo, arriva il momento di migrare in un altro. Tecnica
segreta: *Don't leave me alone, I'm so fragile.*
"No, fai semplicemente schifo" pensa il sardo dopo averne riesumato
l'ultima fotografia nel *drive* del telefono. "Semmai la tecnica è *Non so
stare senza un fidanzato.*"
Meglio soli che mal accoppiati. Neddu ne ha fatto uno stile di vita,
purtroppo per chi potrebbe riceverne il meglio.


# L'umorismo del karma


Luca era a Edimburgo, o a Glasgow, forse a Londra. Luca era a
Dublino, chiuso nella toilette di un pub, tatticamente allontanatosi dalla
rissa epocale. L'Irlanda era un paese affascinante, ci vedeva bene
Blondie *Cosahaidettosumiamadre.*
Il savonese era sdraiato in un vicolo con la schiuma alla bocca.
Ovunque Luca si trovasse non era abbastanza vicino da poter difendere
Azzurra, schiacciata al muro dalla collera di Begbie. Piangeva
disperata, era colpa sua se il nasone era finito in overdose; presto
l'avrebbe saputo Francesco - fine dei suoi segreti, se non della
relazione stessa.
Neddu aveva visto qualche prestazione di primo soccorso nei film e si
era un po' informato a riguardo quando operava con l'Avis, ma oltre
che dare schiaffi al suo ex compagno di banco non sapeva cosa fare.
Bunny, lucido, chiamò a sé Begbie, il più forzuto della banda, e si fece
aiutare a sollevare la salma di Blondie.
Era a un passo dalla morte, peccato che Dio non lo volesse in cielo.
Con tutte quelle che aveva combinato ed era sempre sopravvissuto, i
ragazzi furono certi che avesse un santo protettore, ma non era così:
Blondie odiava il Signore e il Signore odiava lui, quindi fu condannato

dall'autorità divina a vivere a lungo, più di quanto egli volesse dopo la morte della sorellina; cocaina, crack, barbiturici, mescalina, LSD, funghetti, ecstasy, amfetamine e alcol erano "piaceri" inconsciamente consumati per darsi un finale lieto, o euforico, o più accettabile di un salto nel vuoto dalla Lanterna. Dio per lui volle che l'overdose lo stendesse nei vicoli a poche decine di metri da dove viveva Camilla. La scaltra stava riuscendo a levarsi i viziacci grazie anche all'utilizzo di palliativi da riempirci il frigorifero, Blondie era in buone mani.

«I rifiuti si buttano nei bidoni» disse all'apertura della porta, vedendo i tre ignoranti che trasportavano un peso quasi morto su per le scale.

«È in overdose!» pianse Azzurra. «Fai qualcosa, ti prego!»

«E tu sei da buttare nell'umido, sgualdrina. Quel coso va portato in ospedale.»

«Cami, ci servi te!» sbraitò Begbie. «Questo imbecille ha mezza Colombia in tasca, se andiamo all'ospedale passiamo dei casini!»

Entrarono nonostante la reticenza della più esperta in fatto di droghe. Azzurra le si aggrappò per la vita implorandola di salvare l'amico. Camilla accettò soltanto per evitare un'incriminazione per omissione di soccorso, ordinò con molta freddezza di gettare il cocainomane sul pavimento e con moltissima lentezza andò a rovistare l'armadio in cerca di adrenalina. I tre ubbidirono. Per poco non schiacciarono il gatto, nel mentre la cubista prendeva a girare per la stanza in preda a un'ansia indimenticabile.

«Ma perché cazzo l'ha fatto?!» fece Bunny. «Passi l'erba, passi ammazzarsi di grappa, ma le droghe pesanti no, eh!»

«'Sta cogliona», Begbie indicò la colpevole, «lei e le sue abitudini del cazzo! E meno male che con Luca vi siete fatti la promessa. *Oh, Luca, abbracciami, sono incinta, mi drogo, non voglio crescere, aiutami che sennò Franci mi manda a spigolare.*»

«Vai affanculo, Begbie» si spezzò lei, maschera di paura in una valle di lacrime dove era sola come mai lo fu. «Credi che volevo questo?!»

«Ce l'hai portato te, stupida! Volerlo o no, puttana Eva, dovevi dircelo che c'era un problema con 'sto coglione!»

Non sapevano, non potevano capirlo. Loro facevano i peggiori numeri, ma certe sostanze le evitavano come la peste perché erano nati negli anni novanta e ascoltavano *rock 'n' roll*. Avevano la cultura che Azzurra non possedeva e una morale tutta loro; dal coma etilico sarebbero sempre ritornati, ma la stessa certezza non c'era quando il filo del rasoio era un grammo in più o in meno a stabilire il destino. Lei no, lei aveva bisogno di farsi perché credeva di non farcela mai, perché i suoi vuoti la divoravano dall'interno, perché stare bene era una sensazione che mancava con o senza l'amore. Da motivazione a dipendenza, la differenza sta nell'effimerità di un respiro. Per Blondie valeva la stessa regola.

Camilla tornò con una siringa, la piantò nel braccio del cocainomane e disse che qualcuno dovesse praticargli la respirazione artificiale, non vedendo risultati immediati. A rigor di logica sarebbe toccato ad Azzurra, e la cubista fu sul punto di lanciarsi giacché imputatasi la colpa. Neddu però nutriva molto più affetto nei riguardi di Blondie, anni di amicizia e di condivisione della penna in classe ne descrivevano una bizzarra affinità che superava qualsiasi altro legame nel gruppo. Il sardo prese un bel respiro, s'inabissò e svuotò i polmoni nella bocca dell'amico. Sfortunatamente, nello stesso momento in cui l'adrenalina lo riportò indietro dal regno dei morti. Blondie saltò in piedi terrificato, in embolia, col sapore di Neddu sulle labbra.

«Porco ███, quando te lo dicevo che sei un gay di merda...» furono le sue prime parole da rinato, e niente era successo. Guardando gli amici impalliditi e Azzurra che crollava sulle ginocchia, mentre Camilla si rollava uno spinello in tranquillità, Blondie fece mente locale e si vergognò. Non per la scena in sé, ma poiché venne scoperto. Ora non poteva più nascondersi. «Merda, ragazzi. Devo prendere aria, e vorrei dell'acqua.»

Begbie gli avrebbe dato un pugno, quello se ne andò alla finestra senza mostrare alcun segno del recente malessere. Non era umano, pensò Bunny, notando che avesse subito ripreso a respirare con regolarità muovendosi in perfetto equilibrio. Stava bene, quindi Neddu gli si avventò contro dandogliele di santa ragione. Non fu l'intervento di Azzurra a sedarlo, bensì la pacatezza del savonese, che se ne stette per terra a prendere tutte le botte del sardo. Aveva ragione Neddu, Blondie non lo negava. Che facesse, che lo punisse, accettava le percosse perché le nocche infrante sugli zigomi erano una goduria rispetto al male che si portava dentro; lo facevano sentire nuovamente vivo dopo ormai anni che non sentiva niente senza sostanze strane.

Neddu si fermò innanzi a quel volto pietoso, gli altri lo fecero allontanare pian piano. Blondie allora issò la schiena, Camilla gli passò una lattina di Heineken. Seduto sul culo, disse: «Mi faccio da quattro anni. Non ve l'ho mai raccontato perché, dai, serve spiegarlo? Lo capisco, al vostro posto sarei incazzato nero. Ma c'è anche da aggiungere che non vi ho raccontato tante altre cose. Non sono il tipo di persona che chiede aiuto, lo sapete. Con robe così in ballo è normale farsi i cazzi degli altri, dare una mano, fare le cose da amici, a me non andava, sono uno stronzo. È morta la mia sorellina, ragazzi».

Quelli ancora cercavano di decidere se fosse o meno il caso di levargli tutta la droga nascosta nei pantaloni per portarlo all'ospedale e lui se veniva fuori con una bomba mai supposta, neanche alla lontana.

Blondie fu più che attento, negli anni, a non lasciarsi mai scappare nulla, e con la sua proverbiale naturalezza si finse il solito scellerato di sempre. Loro si sentirono precipitare all'improvviso, come se fino ad allora avessero vissuto altrove.

Camilla aveva considerato che ci fosse una ragione piuttosto grande per spiegare alcune facce che il nasone aveva quando appariva, dubitando per prima che ricorresse a certa merda alla luce del sole. Non era perciò sorpresa come lo erano gli Ignoranti.

Azzurra, anch'ella ignorante nel vero senso della parola, perse il fiato. Una crepa nel cuore le uccise lo spirito. Dopo tutte quelle serate a strafarsi nell'ombra, ebbe da imputarsi pure la colpa di non aver capito che Blondie avesse cominciato a drogarsi perché in uno tra i peggiori lutti.

«La tua sorellina è cosa?» bofonchiò sbalordito Bunny.

«Cancro» rispose l'amico, appizzandosi una sigaretta che nessuno aveva la forza di togliergli. «Lo sapevamo, non è stata una sorpresa. Un anno di cure, poi è morta quella mattina che sono venuto a svegliarvi per fare il giro di curriculum.»

Lo ricordavano, aveva passato la giornata a ironizzare sul tipo che voleva affettarlo con l'accetta. La bambina, stando a quel racconto, era morta da poche ore. Inconcepibile, nemmeno una lacrima. Neddu glielo rammentò e lui fece spallucce.

«Che dovevo fare, strapparmi i capelli? Lo sapevamo, era la vita che faceva il suo corso. A che cazzo serve piangere, se non puoi cambiare le cose? Preferivo vedervi e trovarmi un lavoro per andare avanti con la mia di vita.»

Si ammutolirono sgomenti. Camilla ascoltava interessata, Begbie poi ruppe il silenzio. «Ma una parola… Una semplice parola…»

«Per cosa, Beg?» si stizzì Blondie. «Per ricevere compassione? Per

avervi col fiato sul collo? È la cazzo di morte, tocca a tutti, allora
perché farne una storia? Sono fatto così, vado per la mia strada
qualunque sfiga mi capiti. Se avessi fatto diversamente, come ci sareste
usciti con me? Ve lo dico io, *col pensiero*, col pensiero costante del mio
dramma, e vi sareste sentiti a disagio per tutto il tempo. Ho preferito
questo per me e per voi, punto.»
«Non ha senso, testa di cazzo!» urlò Neddu. «Siamo amici, gli amici
servono nel momento del bisogno!»
«Non era necessario, ce l'ho fatta comunque.»
«Come?! Cominciando a tirare su la punta del Monte Bianco con le
porco ██ di narici che ti ritrovi?! Ma ti senti quando parli?!»
«E non urlare, tanto non cambia nulla» disse Blondie, soffio di catrame
sulla loro delusione.
Bunny provò a metabolizzare la novità giungendo alla medesima
conclusione di Begbie: erano andati tutti fuori controllo. Lui e i guai
con le minorenni, il motociclista e il figlio non riconosciuto, Luca e le
fughe, Azzurra e la ricaduta, adesso Blondie con discorsi insensati,
irriducibile bugiardo accorto a mentire spudoratamente quelle volte che
inventò qualche cazzata ai loro "Come sta la Baby Blondie?". La
bussola non l'avevano mai avuta, Bunny ne realizzava la gravità
udendo le ragioni del savonese per non parlare, di fatti condannandosi
da solo all'abuso di sostanze perché la vicinanza degli amici avrebbe
potuto sventarne il pericolo. Quindi, assunse, Blondie stava cercando il
modo per farsi fuori. La sua logica fu l'istinto di Azzurra di alzarsi dal
tappetto, stringere il savonese e fargli male col suo ennesimo pianto.
«Non è vero che non cambia nulla» gli disse lei affranta. «Se sei
arrivato a farti è perché ti sei tenuto tutto dentro. L'ho fatto, so che vuol
dire. A volte gli amici sono tutto quello di cui abbiamo bisogno perché
la vita è ingiusta, se ne frega di noi, ma loro ci sono proprio per questo.
Non ci hai pensato…»
«Ti ricordo che sei una tossica anche te» replicò lui. «L'hai fatto e ci sei
passata con le tue gambe, io con le mie, entrambi siamo due
cocainomani. Sarebbe bello se fosse come dici e basta, incoerente.»
Camilla sogghignò. Non vi fu alcuna parola o frangente della scena a
toccarla. «Sei proprio un omuncolo, *biondo*» disse lei, la vera disumana
là in mezzo. «Al momento sei ancora sfatto dalla polvere di stelle e non
riesci a mettere insieme un discorso che fili, ma hai ragione, non
cambia assolutamente nulla. Bel tentativo comunque, Azzurra, grazie di

averci ricordato che diamo buoni consigli sentendoci come Gesù nel tempio. Non dovrei farvi la predica, sono un mostro rispetto a voi, però siete così patetici da darmi ai nervi e vorrei che ve ne andaste fuori dai coglioni. Tu, troietta, sei una drogata del cazzo perché speri di compensare la carenza d'affetto dei tuoi genitori con un fidanzato che dorme d'in piedi, a cui non racconti che ti fai sfondare da altri drogati come te per pagare i debiti.»

Azzurra si oppose inutilmente, Camilla era la loro inevitabile sentenza. «E tu, omuncolo, sei il classico esempio di maschio alfa contemporaneo che non ha bisogno di nessuno, tanto meno di un conforto quando le cose vanno male. Ma, udite udite, sei solo un misero essere umano, e gli esseri umani soffrono. Avere il cazzo, si spera, non ti rende sistematicamente forte, non ti dà il diritto di sentirti invincibile e levati dalla testa che sia una scusa per scappare dal dolore. Perché è quello che fai, scappare, come un coniglio, come il tuo amico Luca. Ti fai di coca perché ti manca la sorellina, imbecille. Anche se incoerente, ha ragione la bocchinara. Ti sei cacciato in un guaio perché volevi fare l'uomo, ed eccoti qui, a farti salvare dalla mia adrenalina mentre tutto quel che vuoi è riabbracciarla. Vale davvero così tanto sbandierare di avere le palle? La verità ai tuoi amici, Blondie… Sei un morto che cammina.»

Nessuno fiatò. Anche l'interessato se ne stette. Per non dare a vedere che Camilla avesse colto il punto del silenzio che gli valse la rovina, Blondie *diede a vedere che Camilla avesse colto il punto* rimboccandosi le maniche, aprendo la porta e andandosene via.

Lei ci restò male, si augurava che almeno le desse uno schiaffo. Gli altri, invece, lo seguirono, ma lui aveva il passo di un atleta e il sogno di andare lontano, lontano, via dalla colpevolezza intessuta ai muscoli. Era il primo a non credere alle sue palle, stava tentando di scappare più da sé stesso che dai suoi amici.

Raggiunse la macchina, mise in moto e volò via, imboccando la strada per la casa ove un pezzo di lui morì assieme alla piccola. Forse era un modo per sentirla più vicina, oppure era un'azione senza senso a completare una nottata di tante cose che non avevano senso. Fatto sta che Blondie premette l'acceleratore senza essere nelle condizioni per guidare, non aveva i riflessi pronti.

A pochi chilometri dalla sua vecchia casa, un cinghiale attraversò la tangenziale. Blondie sterzò all'ultimo, non vide né il suino né il tizio

che, accostato al margine della strada, stava fumando fuori dall'auto. Il
botto, la controsterzata, l'attimo che non finì più.
Il savonese scese e si avvicinò al corpo investito, poltiglia umana in una
pozza di sangue. Lo vide e rise. Ma rise di gusto, con isteria, quasi
pisciandosi addosso e tossendo quintali di catrame. Non lo toccò,
meglio non lasciargli impronte sopra. Il portafoglio glielo avrebbe però
sottratto volentieri.
«Quanto ti dovevo? Duemila? Tremila?» lo sbeffeggiò. «Mi spiace, i
morti non possono riscuotere i debiti!»
Non v'erano telecamere, unico testimone fu un grugnente maiale
selvatico. Blondie rimontò in macchina lasciandosi dietro il cadavere
dello spacciatore che lo stava cercando da giorni. Rise fin quando gli
Ignoranti non lo acciuffarono una decina di ore più tardi, trascinandolo
in riabilitazione. Scoprirono la sua dipendenza, ma col cazzo che gli
avrebbe confessato l'omicidio colposo per cui la passò liscia, andando
dunque incontro a una sorte diversa da quella che si aspettava. Azzurra
fu meno fortunata.
«Devo presentarvi il mio amico Blondie» diceva Luca agli irlandesi che
gli offrivano da bere «Troppo simpatico, ha due palle d'acciaio.»
Meglio illudersi sino alla fine del viaggio.


# La metamorfosi


«Desideriamo sempre quel che non abbiamo.
Siamo fatti della stessa sostanza di cui
è fatta l'infelicità.»


Luca in un momento gioioso

Bunny ha fatto un affarone a comprare casa. Cinque vani soleggiati,
vista mare, parcheggio privato protetto dal cancello che separa il
condominio dal resto del mondo crudele, ampio vano doccia. Il
precedente inquilino gli ha lasciato uno specchio da terra in cui
guardarsi mentre scopa.

Tutto molto bello, ma solamente Neddu ha dimestichezza con
appartamenti e restauri. Luca sta nel suo mondo e si attacca alla
bottiglia di vino, Begbie gli siede accanto e degusta noccioline: ne
hanno le palle piene di sentire di case, mutui, convivenze; sono
"contenti" che il loro sindacalista di fiducia non sia ancora rimasto
fregato da una tizia a caso con la quale darsi alle frivolezze della
normalità, ottimo avere una casa dove radunarsi senza una donna che a
un certo punto della serata manda tutti a dormire.
Bunny ha invitato un'amica alla cena inaugurale del suo nido, o
un'amante, non lo sa manco lui. Il quartetto di amici devia l'argomento
casa spostando la conversazione sul piano politico, purtroppo
dilungandosi e dunque annoiando la ragazza. Luca si scoccia a vederla
annuire, la sua assenza lo mette a disagio.
«Ma basta parlare di politica, tanto non avevamo fiducia nel sistema
prima e non ne avremo nemmeno se la sinistra riapparirà» blocca la
conversazione con positività. «Mouse, coinvolgi la dama qui presente.»
Quello è in vena di fare ilarità spicciola. «Ce la fai una pompa?»
Lei più che un risolino contratto non fa. Luca sbianca. «Intendevo *ar-
go-men-ta-ti-va-men-te.*»
Bunny ci pensa su, poi ha l'illuminazione. «Come ce la faresti una
pompa?»
Luca scoppia a ridere, ma c'è qualcosa di strano nelle sue reazioni.
Neddu non si è ancora capacitato del suo innaturale cambiamento da
sfacciata testa di cazzo a "pudico" intrattenitore di conversazioni, che si
avvicina davvero alle donne al solo scopo di fare conoscenza. Non gli
torna, ovvio, Neddu non c'era nei suoi viaggi. Luca smette di ridere e si
riattacca al bicchiere, ne scola uno dopo l'altro. Si direbbe che ha
bisogno dell'alcol per trovarsi a suo agio, eppure la sola presenza della
ragazza dovrebbe bastargli a sentirsi nel suo habitat. Da come se lo
ricorda, Luca non è tipo da impallidire perché qualcuno del gruppo fa
una battutaccia, uno da starsene buono a trincare come una pompa
idrovora con una femmina nei paraggi.
Neddu prende un bicchiere per sé, ragiona. Non ha senso che Luca stia
mentendo, non ne ha motivo. Pensa ancora un po' e non trova una
soluzione diversa da quella che gli ha dato lui giorni addietro, di ritorno
da Oslo con pochissima voglia di fare e assolutamente nessuna di
parlare della Norvegia. Luca ha detto di voler bere qualcosa, Neddu lo
ha accompagnato fuori dall'aeroporto e insieme si sono piantati su una

terrazza a scolare Mojito fino a sera. Vicino a loro, il continuo ricambio di tavoli ha fatto girare numerosi clienti, molti dei quali giovani donne . Luca non ha cacciato l'occhio su alcuna di loro neanche una volta, e la cosa non è passata inosservata a Neddu, che subito ha domandato se ci fossero problemi.

Capodanno duemilasedici, erano ormai tre anni che Luca viaggiava. Dopo la fuga necessaria, ci prese gusto a stare lontano, arrangiandosi per i conti propri. Poche le cose che gli mancavano, tanta la voglia di andarne a scoprirne di nuove, senza stanziarsi, facendo lavori che nulla c'entravano col suo percorso di studi. Terra da esplorare, e dopo la terra il mare: un pianeta intero con cui giocare, dove scoparsi donne di ogni etnia usando l'inglese imparato coi video porno. Alfa eccellente, ma Luca ignorava la causa delle pulsioni che lo spingevano ad accoppiarsi con tale costanza.

Suo padre era un'ameba, l'esempio di uomo da non prendere come riferimento se si vuole essere intraprendenti, fantasiosi, attivi, seducenti. Ebbe Luca quando era giovanissimo, fu poi mandato a cagare dalla moglie otto anni dopo. La donna non ne poteva più della monotonia, dei sabati sempre negli stessi posti e delle lamentele di un tirchio che per tremila lire di figurine scassava il cazzo. Luca fu quindi cresciuto allo scopo di non diventare come suo padre, ma travisò completamente, e l'assenza della figura paterna generò un vuoto in lui. Non avendo un modello a cui ispirarsi, Luca individuò gli amici di sua madre e ne trasse insegnamenti non ideali per un bambino che entrava nella preadolescenza: costoro erano scapoloni, giovani uomini aitanti e sessualmente pragmatici. Allora, evinse Luca confrontandosi coi coetanei, diventare uomini validi significava essere in cima alla piramide alimentare sotto *quel* punto di vista, a qualsiasi costo. E giacché l'assenza del padre ne alimentò le insicurezze, sebbene la madre trovò presto un nuovo compagno, Luca imparò a fingersi qualcun altro, da qui l'origine delle sue numerose tecniche segrete per strafarsi della propria mascolinità. Così credette di essere arrivato, ma viaggiando si accorse che in lui niente era cambiato, che le sue paure non se ne erano andate, anzi casomai erano aumentate, amplificate dalla solitudine, perché più scopava e più sentiva il vuoto. Quando capì che il sesso non era piacere, ma soltanto un placebo, capì pure che era l'unica cosa che lo qualificava come uomo, perché non c'era altro.

Ebbe una crisi d'identità, si fece dilemmi sull'aver ingannato altre

persone per ingannarsi, iniziò a domandarsi come mai l'affetto gli mancasse e iniziò a cercarlo al posto del piacere. Lì si avviò la metamorfosi, perché di letto in letto comprendeva che, crescendo, le donne si facevano più disilluse e non si accozzavano come da ragazzine. Le donne non ricercavano, non lo lasciavano dormire a casa loro, non lo abbracciavano. Stupido, cercava affetto confondendo il piacere con l'amore, dimenticando però che per maturare sentimenti, man mano che si va avanti con gli anni, ci vuole tempo, ci vuole circostanza, ci vuole sintonia – niente che derivasse dalle sue disperate unioni con latine, asiatiche, caucasiche, marziane addirittura.
Sentendosi solo e un po' stanco, con l'immagine di Camilla nel cuore che assumeva un'aura del tutto idealizzata, Luca prese il primo aereo per il Milano e da Amsterdam raggiunse invece *lei*, perché già sapeva che Camilla l'avrebbe mandato a fare in culo. Cosa ci fosse da fare a Verona per capodanno era tutto appuntato su una lista bianca, ma pazienza: era la città degli innamorati, ci stava portarci la persona che per lui più si avvicinava al concetto di amore.
L'Adige scorreva lento, Sara si adagiava sulle mura del ponte di Castelvecchio per osservare il fluire delle acque. Era felice che l'allerta di maltempo avesse tenuto lontani i turisti, essendo pertanto da sola, col suo lui, ad ammirare il riflesso di stelle non annunciate. Mano nella mano per una città dove nessuno li conosceva, allora liberi di essere ciò che erano.
Lei era divina nel suo abito serale, non si curava del freddo. Una Giulietta moderna che in nome del suo Romeo si sarebbe strappata il cuore dal petto, un sogno avente le sembianze di donna, una passione irrinunciabile per vedersi crollare le certezze di continuare a viaggiare. Luca vi si affiancò, guardò con lei gli sprazzi quasi impercettibili delle luci del cielo. Per un attimo stette bene, se lo impose. Sara aveva la sensazione che quella sorpresa avesse un motivo taciuto e temeva tutte le possibilità - che sarebbe ripartito o che sarebbe tornato a casa riprendendo quel che non riuscivano a interrompere. Faceva male, le servivano certezze.
«Davvero non hai una storia con qualcuna?» si fece avanti, mentre la mano di Luca ne accarezzava un fianco per istinto, oppure per qualcosa che stava in mezzo ad affetto, possessione, bisogno e chissà che altro d'incomprensibile.
«Niente di niente» confermò lui la versione che la spaventava, perché

dava speranza. «Ci ho provato eh, però non ci sono state persone che mi hanno sopportato per più di un mesetto. Inizio a credere di avere dei difetti che non concepisco, perché è strano che tutte scappino.»

«O magari», sognò lei, «non hai trovato persone giuste per te.»

Lui ne udì il tono e ne ricercò lo sguardo che ricordare nei momenti di sconforto gli diede coraggio. Volle morirci in quegli occhi così intensi e veritieri da non fargli pensare di essere in errore. «Può essere. Può essere…»

Non era sbagliato. Non poteva esserlo. Non doveva.

Ne lisciò il morbido viso, Sara socchiuse le palpebre e godette di ogni istante in cui il suo tocco la privilegiò come l'unica tra tutte, come se quella carezza fosse l'ultimo dono che Luca le avrebbe fatto. Poggiò sulle dita la mano innamorata, cercò le altre con quella bisognosa.

«Torna a casa, Lu» gli disse, ma intendeva "Torna da me". «Ricomincia da capo, chiudi con la vecchia vita. Manchi a tutti, soprattutto a tua madre.»

Lui scosse la testa, pentendosene. Non aveva parole per replicare. Non valutava alternative, a dire il vero. Si era convinto che viaggiare fosse meglio - paghe più alte e paesi funzionanti -, ma il mero *welfare* non gli bastava. Ne stava accarezzando una prova, l'ennesima dopo mesi e mesi di tentativi fallimentari per costruire una vita sensata. Finse di potercela fare perché, testardo, inseguiva chimere pretendendo di raggiungerle, allora avrebbe proseguito. «Non ce la faccio a chiudere con la vecchia vita, Sara. Ora come ora le cose non mi stanno andando granché bene, ma gli alti e bassi sono normali.»

«Non è una vera risposta» lo inchiodò lei con dolcezza. «Perché non ce la dovresti fare a cambiare abitudini? Cosa t'impedisce di tornare?»

Difficile spiegarlo per una testa confusa, immatura e incapace di capire cosa realmente volesse. «Non lo so, se vuoi che sia onesto. Sento però che sia giusto così, che la mia strada sia questa. Non voglio morire a Genova, mi ha stufato.»

«E i tuoi amici? Ti hanno stufato anche loro? Lu, sii davvero onesto. Dopo quella truffa, hai avuto l'occasione per ripartire e non l'hai fatto. Non ci credo che stai continuando a viaggiare perché l'Italia non ti dà le opportunità che vorresti, col cervello che hai ti basterebbe aspettare mentre cerchi.»

La sporca verità, in tal caso, gli era nota, ma Sara non la meritava. Confessarle l'altra – il fresco desiderio di essere amato – lo bloccava.

«Non ho voglia di stare troppo vicino a casa, tutto qua. Mi piace la mia indipendenza, voglio l'avventura, girare questo mondo… Che facevo a Genova, a parte fare casini e ubriacarmi? Poi la conosci mia madre, tutto il tempo a rompermi le palle perché non mi comporto seriamente, perché dovrei pensare a trovarmi la fidanzata per mettere su famiglia, eccetera. Ci sto male così, capisci?»
Sara fiutava la puzza d'improvvisazione, benché all'inizio dei viaggi fosse tra le prime verità. «Io non ti credo. Luca, tu stai male adesso, te lo leggo in faccia, lo sento nella voce. Non sei felice.»
Luca, per la prima volta dopo un tempo incalcolabile, si arrese. «Sì, è così. Non sono felice. Lo ero, ma non lo sono più. La ragione è che ho fatto esperienze, mi sono divertito, poi è cambiato qualcosa in me, o nel mio modo di vedere le cose. Ho capito che divertirmi non mi avrebbe soddisfatto per sempre. Per costruire una vita via di qua ho cercato… Cristo santo, persone che mi facessero provare le emozioni che ho sentito con Camilla, che sento con te. Non ne ho mai beccato neanche mezza, ho cominciato ad annoiarmi, mi sono passato serate da solo a bere per non pensare di essere il problema. Da straniero cosa vuoi fare? Te ci andresti mai con un albanese? Integrarsi è un casino, specie quando non hai testa d'impararti la lingua locale. Questo ha peggiorato le cose, e con il peso delle mancanze la situazione sta facendosi insostenibile. Sono tentato di tornare, stavolta con tutta la serietà del mondo.»
Sara stette ad ascoltarlo fino alla fine, ma nella mente e nell'animo una specifica frase del discorso restò impressa, calda e raggiante come il suo sentimento. Scelse il futuro, scelse di scriverlo di proprio pugno.
«Le emozioni che senti con me…» sussurrò guardandolo negli occhi. «Che emozioni senti con me?»
Luca arrossì. «Queste» disse, e la baciò. Qualsiasi mancanza fu colmata.
Giulietta sciolse l'intreccio delle dita e avvolse le braccia attorno al collo di Romeo. Quello era mancato tanto a tutti e due.
Quando le labbra si scostarono, due ambizioni si avvicinarono. Lei disse: «No, non tornare. Andiamo via insieme».
Dalle pelvi un brivido eccitante si espanse sui loro corpi. «Insieme? E dove andiamo?» domandò lui fantasticando.
«Ovunque, in qualsiasi posto, giriamo tutto il mondo» lei lo ribaciò.
«Andiamocene dove nessuno ci conosce e ripartiamo da noi.»

«Ma, Sara…» fu preoccupato lui. «E il tuo lavoro?»

Le fronti si toccarono. «Ne troverò un altro.»

«La famiglia? I tuoi amici?»

«Capiranno e resteranno.»

«Anche se li lasci per una fuga d'amore con tuo cugino?»

«Quante domande, sprechi tempo» sorrise Sara. «Andiamo lontano, soltanto noi due. Portami sulla vetta dell'Everest, per i mari del sud, fammi vedere il sole di mezzanotte e la torre Eiffel. Portami a girare il mondo, viviamo senza più nasconderci.»

Parole che nessuno mai gli disse, lo risanarono. Luca immaginò la follia e volle compierla. «È quello che vuoi, Sara?»

«Io voglio te» gli occhi della ragazza splendettero. «Se non sei felice e vuoi sentire le emozioni che provi con me, lasciami essere la tua felicità.»

Sì, poteva funzionare. *Doveva*. Di certo era già la sua ispirazione, perciò Luca rilanciò con: «Puoi essere più della mia felicità. Sei la protagonista del romanzo della mia vita», incidendo il suo nome nel cuore di lei per l'eternità.

Tra i baci intensi, la voglia di culminarsi fu estasiante. «Torniamo in albergo», disse Sara, «ho bisogno di fare l'amore subito.»

Quella notte, su di un letto che ne conobbe le essenze più trascendenti, i due si amarono come mai fecero prima di allora. Occhi specchiati, lo smarrimento, le mani congiunte nell'atto d'indimenticabile vita che ardeva nei petti.

«Ti amo» dichiarò lei, stregata. «Ti amo, ti amo, ti amo…»

«Io amo te» tornò al mondo lui. «Vuoi essere la mia ragazza?»

«Tu vuoi essere il mio uomo?»

 E fu così che Luca imparò l'amore e cosa fosse fare l'amore.

O, almeno, fu quanto pensò inizialmente. Le venne dentro ed era certo di amarla, e lei amava lui, quindi perfetto, aveva risolto i suoi problemi. Dopo l'orgasmo, legge universale, *torna la lucidità*. Nel suo caso anche i dubbi, con un sonno guastato dal chiedersi se avesse fatto la cosa giusta. All'alba del primo dell'anno era bello fare la doccia insieme, ma non si sentiva soddisfatto, non si godette il sesso orale con cui lei divorò i loro potenziali figlioletti. *Nope*, Luca aveva commesso il tipico errore che spesso fanno le persone che si sentono sole: *non distinguere la voglia di sfizio dalla voglia di avere qualcuno*. In aggiunta, e questo lo devastò, non considerò che Sara la fece venire a Verona per avere

compagnia, più che perché volesse trascorrere del tempo con la sua amata cuginetta. Sulla falsa riga di ciò, tutte quelle moine, tutte le belle parole e tutto il sesso derivarono dal bisogno suo di riempire il vuoto che non se ne andava, *non* perché fosse lei a tirargli fuori il meglio. In altre parole, Luca usò Sara. *Usò*. L'amore non c'entrava niente, era tutto un suo castello. Le voleva molto bene, non di più. Troppo tardi, perché per lei il sentimento era autentico, lo fu in principio e lo fu sin quando lui, realizzato il disastro, non fu in grado di mantenere le promesse scappando per la vergogna di averla ferita e abusata.
Sara andò in analisi e ci mise un bel po' per perdonarlo. Luca andò a est, le ceche e le ucraine l'avrebbero distratto. Ma questa è la seconda parte della storia della sua metamorfosi, giacché perdere Sara non gli fu sufficiente. Per capirci qualcosa di amore e per ardirlo, doveva innanzitutto soffrire, soffrire tanto, perché la fortuna gli sorrise troppo a lungo. L'est fu il suo contrappasso.


## Ricambio generazionale


«Sì, sono molto per la scuola di pensiero di Qui-Gon» disse Camilla a Luca anni addietro. «Tu sei più Yoda, infatti sottovaluti il lato oscuro.» Non erano saggi né maturi abbastanza per carpire il significato della sua visione. Pensando troppo al futuro, gli Ignoranti si persero il ritorno del "male", o il suo repentino avvento.
Begbie, operando per conto del rinomato IIT, arrivò alla frutta nel giro di un triennio. Gli faceva schifo assistere a soprusi di fantozziana memoria e alle scalate della piramide sociale da parte dei leccaculo come il suo capo. Questa era la sua routine: lavoro, casa, grattata di palle, rispondere alle mail, augurare un veloce trapasso a suo padre, correre in farmacia per prendere i medicinali per sua madre, andare a dormire, ripetere per sette giorni per cinquantadue settimane e ridurre al minimo le esperienze di vita, sbronze del sabato incluse; i ragazzi li vedeva di rado e si era quasi dimenticato di che sembianze avessero le donne. Se non avesse dato una svolta alla propria esistenza, sarebbe rimasto intrappolato nel loop sino al decesso.
Lasciò la Begbiemobile sotto casa, ne prese una versione simile in

leasing e viaggiò per ore e ore verso Budapest, dove s'incontrò con
Luca. Affermò che quella sarebbe stata la sua ultima vacanza, perché si
sarebbe rimesso a studiare sodo presso la facoltà di chimica,
sostituendo il laureando Neddu.
Grazie all'uso magistrale della retorica, Begbie supercazzolò i
boccaloni giusti e si fece assegnare mansioni più leggere, a orari che in
soldoni gestiva da sé. Ideale per coniugare lavoro e voglia di rivalsa
tornando tra i banchi.
Il primo giorno di università, il motociclista non prese appunti e non
ascoltò illustrazioni di alcuna materia. Manipolando penne e matite
opportunamente suddivise per colore, marca e fattura nell'apposito
astuccio, analizzò la gente seduta in aula. Si sentì male dentro: il più
anziano avrà avuto a esagerare vent'anni, lui stava andando per i
ventotto e non aveva ancora superato la crisi dei venticinque.
Begbie incrociò per caso gli sguardi incontaminati di ragazzine fresche
fresche di diploma, il ventre gli si contorse. Era *vecchio*, già da mesi gli
era capitato di curiosare le abitudini dei più giovani e non faceva che
sottolineare quelle che per lui erano abissali differenze rispetto alla
nostra generazione. Non era cosciente di aver un nuovo compagno di
vita, oltre al disturbo ossessivo compulsivo sfociato in svariate manie:
l'*effetto positività*, ovverosia la tendenza, correlata all'invecchiamento,
a rimembrare le memorie migliori o a rielaborare momenti negativi in
una chiave più rosea, idealizzando il passato perché si ha paura del
futuro incerto.
Begbie era però obbiettivo, le cazzate con gli Ignoranti le aveva fatte
come un qualsiasi adolescente del suo tempo, perciò di settimana in
settimana andò ad apprezzare i suoi giovani compagni di corso,
evidenziando agli amici che le nuove leve fossero più preparate,
educate, motivate e affamate di successo di quanto lo fossimo noi
vecchi di merda. Al contempo, aveva commesso uno sbaglio
imperdonabile per uno scienziato scadendo nell'*effetto di selezione*,
cioè trasse conclusioni su un'intera generazione, la giovane, basandosi
soltanto su quel cumuletto di ragazzini e ragazzine, con l'equivocato
risultato di aver attribuito a tutti talenti più unici che rari. Begbie fu
semplicemente fortunato a trovarsi in una classe di gente pensante,
mentre gentaglia come Luca e Bunny, ma anche Fred, ne avevano di
casi umani per confutare la sua teoria.
Ma siccome nessuno dei tre era nelle vicinanze, e lui, studiando, aveva

sempre meno tempo libero, Begbie si convinse di aver fatto centro. Ne ottenne benefici, per un po': si avvicinò ai giovanotti, fece amicizia, trovò le occasioni per farsi una bella bevuta, creò il suo gruppetto e si sentì meno vecchio osservando che sette o otto anni di differenza non fossero poi così tanti; anzi, proprio perché il motociclista si era fatto le ossa le matricole lo presero come una sorta di guru, un gran maestro della vita.

Le vere differenze Begbie le notò approfondendo la conoscenza con gli stessi, al che, alla lunga, non sarebbe occorso l'intervento dell'amico Luca per dirgli che le sue tesi fossero stronzate indicibili. Begbie infatti raccontò più volte gli inverosimili episodi in cui, coi ragazzi o in solitaria, ne aveva combinata qualcuna. I bambini, perché di questo si trattava, nei casi più estremi avevano perso il controllo del cancellino, caduto o a terra o, *mammachecriminali*, dalla finestra; furono sbigottiti e increduli quando Begbie rievocò il giorno che scardinarono una porta per farne uno slittino col quale lanciarsi in una sana discesa libera giù per le scale, scordando poi di riagganciare a dovere la porta poi tirata da una professoressa cui si dovettero dare due punti di sutura sulla fronte. Ed era un banalissimo martedì.

La normalità è un concetto molto relativo, Begbie lo imparò a sue spese scoprendo che le nuove leve prima elogiate fossero invero una massa d'imbecilli.

Erno più educate e sensibili ai temi moderni, ma non avevano idea di cosa fosse il senso pratico che invece lui e i compari avevano dovuto farsi con le proprie mani, giacché ultimi figli di un'epoca diversa in tutto e per tutto. Non sapevano praticamente niente degli anni settanta e ottanta, di come fosse l'adolescenza senza un fottuto telefono, di come si approcciasse *face to face*. Lotte di classe, famiglie operaie, stenti, lavoretto per comprarsi le sigarette, imposte, manifestazioni, bere birra a stomaco pieno e non shottini del cazzo, fare un giro in scooter non programmato, cavarsela da soli, scegliere tra la bottiglia d'acqua e la Fanta perché non ci sono soldi per entrambe, sopravvivere ai socialisti e a Forza Italia, riconoscere il legno bagnato e lo scitto[18], arrampicarsi sull'albero per tirare giù il pallone, passare dalle alture di San Teodoro e non da Dinegro per non incontrare gli spacciatori, usare lo stradario, ripararsi la gomma bucata, risolverla a mani nude uno contro uno, trovare gli scogli perfetti perché non ci sarà una seconda opportunità

---

18 Hashish.

per fare l'amore in una notte tanto speciale. Non sapevano niente di tutto questo, erano imbambolati e privi d'iniziativa.

Begbie gliel'avrebbe perdonata, era abituato rapportarsi con i dementi; meno flessibile sarebbe stato sulla sessualità, in quanto omofobo prima che razzista. Non gli sembrava vero che molti ragazzini di bell'aspetto non fossero in grado di cogliere palesi flirt da parte delle ragazze, seppur l'impaccio delle piccine l'avrebbe fatto venire mollo persino a un attaccante prolifico come Bunny. L'unico più sveglio non era mica a caso quello che si occupava di "saziarle" tutte, peccato che Begbie, anziano saggio, fosse divenuto il centro del villaggio, e che quindi ascoltasse le lamentele delle deluse dopo rapporti sessuali a dir poco pietosi. Un tempo ci avrebbe pensato lui a mettere la pezza all'istante, in dato frangente si sentiva a disagio già solo a pensare di soddisfare una ventenne prima vista piccola e ora vista ancora più piccola, inesperta, teneramente spaesata. Begbie preferiva soffiare sulle loro minestrine e imboccarle, l'idea di rimpiazzare gli stranosessuali rendendosi il predatore alfa della facoltà gli dava la nausea.

Mentre i mesi passavano e gli esami venivano brillantemente superati, un profondo senso di amarezza si faceva largo nelle paranoie di Beg. Il futuro incerto si trasformava in una desolante profezia e il mondo era spacciato, se quelli l'avessero un giorno dominato.

Al terzo anno, parliamo dei giorni nostri, Begbie non si stupisce più di sentire le compagne adesso cresciute organizzare incontri di sesso lesbo per non impazzire, con gli altri rincoglioniti che evitano gli sguardi perché temono di sembrare irrispettosi, tenendo gli occhi bassi su uno schermo su cui masturbarsi a casa.

C'è solo un rimpianto per Begbie, il primo alfa di UniGe a non aver inzuppato il biscotto per dignità personale. Lei sta prendendo un caffè alle macchinette, i libri tra le braccia e lo zaino a tracolla che quasi tocca per terra. È bassa, perciò appare più carina di quanto già non sia. Le sta benissimo quel taglio alla Mia Wallace, il viso non ha bisogno di trucco. Metà italiana, metà cinese; le priorità del motociclista vanno a farsi fottere innanzi a una bellezza che ben si sposa con una personalità intrigante, un carattere riflessivo, buone maniere e cervello funzionante. C'era stato un breve contatto durante il primo anno, niente di fraintendibile. In seguito, Begbie ha scelto lo studio aggirando qualsiasi potenziale ostacolo, quindi pure il rischioso avvicinamento che avrebbe potuto portare all'amicizia e dall'amicizia alla tragedia.

Non è però finita, ancora pensa a come sarebbe andata. Lei ha i medesimi pensieri, perché in una facoltà popolata da lombrichi è provvidenziale trovare un uomo diverso, gentile, sempre disposto ad ascoltare e mai sbilanciato. Uno che dà l'impressione di sapere quello che vuole, che riesce a studiare e a lavorare col minimo sforzo, che sa discutere, che sa entrarti nella testa.

Ormai la laurea col massimo dei voti è assicurata, non si corre più alcun pericolo. Giacché la vita è una sola, Begbie onora la memoria dei morti e si fa un favore, dirigendosi verso la macchinetta. Lei è contenta di risentirne la voce, ma non sa che dirgli dopo tanto tempo.

«Scusa se ti sembro strana, ho passato la notte a studiare e sono stanca» si nasconde la ragazza. «Hai da fare dopo le lezioni?»

«Dovrei lavorare, ma è una faccenda che posso gestire da casa. Interpretazione dei dati, sai... Avevi qualcosa in mente?»

«Oh, ehm, sì. Devo dare un esame, organica due. So che l'hai superato con trenta, ti vorrei chiedere un aiuto perché credo di essermi persa un passaggio sui grafici della spettrometria.»

«C-certo, non c'è problema» la sorprende Begbie. «Mangiamo al chiosco e poi andiamo in biblioteca o è una roba che ti serve adesso?»

Una roba che è meglio trattare dopo un gustoso panino, un giretto in moto fino in centro e una necessaria sigaretta assieme a un analcolico alla frutta. E, perché no, per assimilare la spiegazione ci starebbe anche uno strappo a casa nel tardo pomeriggio, poi un non volere tornare a casa, due passi fino al monumento di Quarto[19] con la brezza marina sulla pelle. A Begbie non è mai servita la cura della giovinezza, ma solo avere la fortuna di incontrare persone all'altezza delle sue aspettative. Alcune compagne di corso, traviate dai suoi racconti, si sono messe d'accordo e sono le indiscusse protagoniste di una gangbang, mentre lui sta sullo scoglio perfetto perché non avrà una seconda opportunità di conoscere davvero qualcuno in un giorno qualunque come questo.

Con le mani, le altre, vivono di telefoni e non riescono a fare una cazzo di sega; lui disegna i moti stellari in cielo parlando a lei di Antares, Rigel  e Betelgeuse.

È ancora piccola per il motociclista, non fa niente. La Luna manterrà il segreto del loro unico bacio. Ultimo canto di Begbie, perché tre anni di università non gli hanno dato la stessa consapevolezza che il mondo

---

19 Monumento dedicato alla spedizione dei mille. È affacciato sugli scogli di Genova Quarto dei Mille, punto da cui Garibaldi partì.

stia per finire quanto due mesi di Tinder. Almeno si è liberato di una tentazione prima di dare il suo addio al genere femminile, che lo ha istruito sul *ghosting*, sulla maternità precoce, sul dare gratuitamente il corpo in cambio di una situazione economica stabile e altra merda.
Begbie riporta a casa la ragazza. Lei saluta con un timido sorriso, lui si accende la paglia e osserva la luce accendersi nella camera della principessa.
«Non è il nostro momento, per ora» dice giù in strada, avvolto nella nube in cui a breve sparirà. «Cresci, piccolina. Disintossicati da internet, fa' le tue esperienze, guardati il mondo, non aver paura di scoprire come funziona. Io ti aspetterò.»
Beg rimonta in sella e viaggia verso il monte Fasce perché gli è passato il sonno. Manda un messaggio al suo socio, spera che sia sveglio per confidargli di non aver scelto la vita.


Buon per te, t'invidio. Io ho scelto la vita e sto tornando da voi.
Domani sono lì, credo che non vi piacerò.


La risposta di Luca lo confonde.


# Un uccello volato via


«Si scappa dalla realtà, dicono.
Non concordo. Ci facciamo
di qualcosa perché così diamo una
forma che ci piace di più alla vita.»

Dal Vangelo secondo Luca,
*Colloqui con la psicologa*, 14:8


*«Perché a me piacciono le zoccole, non mi piaci tu»* canticchiava irritato Blondie, seduto sul sedile posteriore della Uno del sardo.
*«Neddu portami un po' a zoccole, non ne posso più. Voglio farmi una*

*rumena che nel cesso me lo mena, poi la scopo nel mio letto, guarda come glielo metto, perché a me piacciono le zoccole!»*
Sulla vettura viaggiavano anche Bunny e Begbie, unitisi al viaggio rigenerante che Neddu sperava fare bene al vecchio compagno di banco, da giorni chiusosi in casa sotto l'effetto del topiramato. Stavano andando sulle alpi svizzere, l'aria fresca lo avrebbe risanato.
Blondie non toccava polveri sospette da due mesi. Stando al parere degli esperti, una o due settimane erano il tempo minimo per disintossicarlo completamente. Addizionando alla terapia cognitivo comportamentale l'uso di farmaci appositi, il savonese poteva fronteggiare l'astinenza facendo presto ritorno alla vita normale. Blondie tuttavia non mostrò i sintomi tipici di chi smette di farsi all'improvviso, perché aveva un problema peggiore a dargli malessere: la disfunzione erettile. Blondie aveva talmente abusato della coca da aver perso la propria virilità. L'indolenzimento muscolare non era un cazzo al confronto, né lo era il passaggio da insonnia a ipersonnia, o il vomito, l'inappetenza; era andato a stare da suo zio perché la vecchia casa gli ricordava la sua tragedia e trascorreva le giornate nel letto in piena anedonia, incapace di provare altro che il vuoto in cui il non poter usare l'uccello l'aveva buttato. Non rideva, non soffriva, neppure manifestava aggressività perché non possedeva più uno spirito.
«Bella, mi è piaciuta» disse Neddu, mentre gli altri due non ne potevano più di canzonette dopo quattro ore di macchina. «Me ne canti un'altra?»
*«Nella stradina di un brutto androne, tutte le troie senza pappone organizzarono un bell'orgione per tirar su un malloppone. Quarantaquattro cazzi, di dietro davanti, a coppie di due, sfondarono le troie, piccini normali, più grossi di un bue.»*
E così finché non oltrepassarono il confine, "pronti" a un allegro weekend in compagnia del matto, l'ordigno sul piano inclinato che poteva scoppiare in qualsiasi momento.
La meta era Morcote, un suggestivo borghetto costruito sulle rive del lago Ceresio. Criminale non noleggiare una barca per portare l'amico ad ammirare quella perla incastonata tra i monti, nel placido verde ove le mattonature brunastre della cittadella venivano arse da un sole ispirante.
Però Blondie era il mostro di Loch Ness sotto mentite spoglie, del lago e del borgo se ne sbatteva i coglioni. Si guardò il giubbottino

salvagente e desiderò affondare la bagnarola. Diede una pacca sulla spalla di Begbie. «Ce le hai le paie?»

«*Le paie*?» fece l'altro, non conoscendo il gergo dei carcerati.

«Sì, le paie» disse Blondie nervoso. «Le paglie, le stozze, le siga, ce le hai o no?»

Begbie si mise le mani nelle tasche vuote. Le aveva scordate nello zainetto in albergo, purtroppo per Blondie non era un fumatore di medesimo rango. «Cazzo… Dai, le prendiamo appena ormeggiamo.»

Il savonese sospirò. Peggio rimanere senza paie che senza coca. Si aggrappò ai bordi della barca e li strinse nervosamente. «Bestia, ho il mal di mare. Uno *scrolla*[20] senza le siga quando ha il mal di mare.»

«E vabbè, che ne sapevo io?»

«Lascia stare, non farmici pensare.»

«Perché non te le sei prese prima?»

«Perché credevo che ti portassi dietro quello zaino da frocio, porco il tuo ██!» sbottò Blondie creando il silenzio assoluto, con l'eco della bestemmia che giunse sino ai pascoli alpini. Le mucche gli risposero muggendo.

Neddu ci vide un'involontaria citazione al loro film di culto. Aggiunse carne alla brace. «Dai nasone, goditi il panorama» disse alzandosi in piedi, braccia aperte per accogliere i raggi solari. «Guarda che bel sole, ascolta le onde del lago. Siamo nei grandi spazi, cazzo. Respira quest'aria fresca.»

Blondie lo guardò con occhi spiritati. Bunny, vicino a lui, si sporse dalla barca per distanziarsi il più possibile. «*Aria fresca*?» ringhiò l'ordigno.

«Neddu», lo chiamò preoccupato il motociclista, «non è il momento per fare cagate.»

Neddu se ne infischiò felicemente, perché davvero credeva di fare la cosa giusta.

«I grandi spazi, ragazzi! Anche se siamo in Svizzera, ditemi se non siete orgogliosi di essere italiani!»

Blondie alzò un labbro, il canino sporgente era un pessimo segnale. Il sardo, rimastoci male per il nuovo silenzio, ci riprovò. «Okay, allora ditemi se non siete felici di essere europei!»

Fallì miseramente.

«Ma stai scherzando?» fece Blondie, che poi iniziò a urlare: «Fa schifo

---

20 Impazzisce.

al cazzo essere europei! Occidentali, genovesi, ariani, uomini, fa schifo tutto! Vuoi prendermi per il culo con le citazioni?! Bene, ti faccio tutta la scena! È una merda anche essere la parodia di un cazzo di film in cui non avremmo mai voluto trovarci! Siamo veramente il peggio del peggio, la cagata finale del nostro merdoso paese! Scegli la vita, scegli la coca, scegli di essere un fottuto perdente e vattene in barca con amici che stanno messi male quanto te! Non mi tira più l'uccello, pensi che me ne fotta qualcosa dell'orgoglio di essere europeo?! Senti questa: ci sono quelli che non possono fare sesso e odiano le donne, io no! Quelle laide sono solo degli uomini senza l'uccello! D'altra parte noi ci facciamo comandare da uomini senza l'uccello, no? Ecco, Neddu, non sappiamo neanche vivere a prescindere dal nostro belino. Politica, calcio, droga, sopravviviamo a tutto ma non siamo nessuno se non abbiamo la vacca che ce lo fa alzare. Io, te, Bunny, tutti quanti! Siamo in una situazione di merda e l'aria fresca dello stracazzo di Ticino o *doveminchiasiamo* non risolverà uno stracazzo di cazzo di un cazzo! Fatemi scendere da questa porco ██ di barca, devo fumare!»
Almeno era circondato da acqua dolce, ne raccolse a litrate per sciacquarsi la faccia. Neddu si risedette, afferrò i remi e si mise a remare verso i moli. Dopo quell'esposizione di una mal sopportata verità, i quattro ignoranti comprarono tre stecche di sigarette e trascorsero il weekend a ingurgitare grappe nelle locande.
Al ritorno a Savona, Blondie riprese a frequentare le compagnie di nativi con cui fece la storia del Frantoio. Qualche volta si aggregò con l'intenzione di provare a divertirsi, ma non ce la fece mai. Aveva il sale in zucca, quindi non ebbe la tentazione di riprendere a tirare su di naso neppure quando i sintomi dell'astinenza si fecero evidenti: astenia, mutismo, distacco emotivo, chiara depressione che lo faceva stare fermo al tavolo mentre tutti si divertivano e bevevano. A lui l'apatia e una Ceres, la voglia di tornare a letto e la voglia di non dormire, lucido e confuso allo stesso tempo, stanco, maschio a metà. Persino pisciare d'in piedi divenne motivo di tristezza.
A niente servì che Bunny se lo portasse dietro, durante le vacanze estive, su per province dove le ragazze la davano come niente a qualsiasi forestiero. Camilla lo definì un morto che cammina, mai parole furono più esaustive, perché che cazzo vivi a fare, se non hai il pisello?
Afflitto da una silente disperazione, punito dal dio sempre offeso,

Blondie dimenticò pure la causa della sua dipendenza. Decise di compiere un gesto estremo.


Begbie credeva di avere le traveggole, pulì le lenti del binocolo di Bunny per ricontrollare di aver visto bene. Giù in paese, Blondie spingeva una carriola ricolma di fogliame, l'andava a svuotare nei bidoni e tornava spedito nel giardino della chiesa, che mai fu più pulito. «Ma che cazzo sta facendo?» chiese il motociclista. «Non è lui, è un sosia.»
«No no, è proprio il nasone» confermò Bunny, tranquillo a godersi lo spettacolo bevendo il suo whiskey. «Sta lì tutto il giorno, me lo guardo dalla mattina alla sera. Aveva ragionissima, non sappiamo vivere a prescindere dal belino. Per riaverlo indietro siamo disposti a fare i patti col diavolo, lui li ha fatti con Dio. Fa veramente ridere.»
Blondie aveva ascoltato il suggerimento dei terapeuti. Affinché il demone della cocaina venisse sconfitto una volta per tutte, il savonese considerò il volontariato come riempitivo, un "hobby" utile all'occupazione del tempo libero. Funzionò, per un po' si tolse dalla testa le crisi sulla disfunzione erettile. Gli andava bene pure andare in chiesa, bastava che l'altissimo gli ridesse la facoltà di farselo venire duro.
La giornata era afosa, nell'umidità di campagna c'era da svenire. L'ex cocainomane si sedette sotto a un albero di limoni per fiatare. Nel parchetto allestito per i bambini del campo estivo, una ragazza notò che l'infaticabile tuttofare avesse bisogno di una rinfrescata. Si accovacciò e gli allungò una bottiglietta d'acqua. Lui la osservò perplesso.
«È per te» disse lei. «Non fare complimenti, ne abbiamo tante.»
«Ti ringrazio, ma non è necessario. Tra un po' farà ancora più caldo, preferisco che l'abbiano i bambini.»
«Prendila pure, davvero, non fare complimenti. È da quando siamo arrivati che non ti ho visto fermarti un secondo, ne avrai bisogno.»
Blondie si concentrò sull'invitante bottiglietta, soltanto in seguito sulla fisionomia della gentile ragazza. Semplice più che naturale, a tratti stereotipata, di quelle che vengono alla mente pensando all'aspetto che potrebbe avere una signorina di parrocchia che d'estate porta i pargoli a cospetto di Gesù. Gli occhiali tondi, due trecce brune, una leggera spolverata di lentiggini su un naso alla francese, gote piene e lucide, un

po' troppo scarna - ma non a livelli di allarme. Sotto la canotta color pesca indossava un modestissimo reggiseno. Non era il prototipo di preda per un cane lupo come Blondie, ma i sensi di cinghiale di Begbie si attivarono lanciando l'allerta. Bunny gli tolse il binocolo dalle mani per vedere coi suoi occhi se ci fosse la speranza di un'erezione. Dalle quote, le probabilità erano prossime allo zero.

Blondie prese però la bottiglietta e la ringraziò. Lei conosceva il suo nome, o meglio, conosceva molte cose di un mito del folklore locale qual lui era, solo era piuttosto giovane e pura perché lui potesse averla incontrata nelle sue scorribande. Non gli disse che aveva saputo del suo dramma. «Lavori per la chiesa?»

«Non proprio», rispose l'arcinemico di Dio, «sono un… volontario. Di mestiere faccio l'operaio in uno stabilimento chimico, ma ho un sacco di tempo libero che non so come impiegare.»

«Uh, capisco. È una bella cosa, c'è bisogno di persone che aiutino.»

«Vero, vero…»

Secondi d'imbarazzante silenzio, un classico della vita del savonese. Lei si fece coraggio, mossa dal senso del dovere di aspirante educatrice. «Posso sedermi?»

«Sì… sì, prego, siediti.»

E si sedette. Porse la mano subito stretta con garbo. «Non mi sono presentata. Mi chiamo Claudia.»

«Piacere mio, Claudia. Il mio nome già lo conosci, quindi sei di queste parti…»

Sulla collina ove il Bunny aveva la residenza estiva, Begbie era curioso di sapere cosa stesse succedendo. I due spioni avrebbero tanto voluto capire gli argomenti della conversazione dal labiale. In venti minuti abbondanti di chiacchiericcio ce ne possono essere di tematiche, così come nessuna. Lei che tirò fuori dai pantaloni il telefono, sembrando dettare il numero a Blondie, era la variabile non calcolata nell'equazione. Le probabilità non erano affatto prossime allo zero, perché il nasone la trovava graziosa, nonostante non corrispondesse ai canoni che un tempo si scopava. E la trovava simpatica, di buona formazione, piacevole per parlare sotto ai limoni: qualità che s'imparano ad apprezzare quando non si dà ascolto al cazzo.

La sera dopo, a una fiera di paese, gli spioni videro la ragazza prima di lui e si dileguarono dicendo che andassero a prendere da bere. No, volevano fare una scommessa contro i loro stessi pronostici,

incrociando le dita per il ritorno dei quindici centimetri di uccello.
Claudia era con gli altri soggettoni della parocchia, l'unica a non essere
astemia. Parve quasi che tra gli abitanti del villaggio i due potessero
fiutarsi quando per puro caso ebbero la sensazione di doversi voltare,
trovandosi. Blondie allora sentì un piccolo, piccolissimo fremito.
Aveva perso troppe cose, Dio gliele aveva sottratte: sua sorella, la sua
salute, la sua felicità, la sua essenza maschile. O no? Dio gli aveva
solamente tolto la bambina anzitempo, al resto ci si era condannato da
solo. Poiché era un duro, stavolta abbastanza da definirsi colpevole,
tracannò alla goccia la birra alla spina, gettò il bicchiere con un tiro da
tre punti in un cassonetto e andò a riprendersi tutto spingendo via
chiunque gli ostruisse la strada.
"Siete dei gay di merda", pensò degli amici capiti, "ma vi ringrazio per
la fiducia. Non vi deluderò."
Blondie giunse alle porte del destino. Claudia gli sorrise. «Ciao,
Marco.»
«Ciao, Claudia. Vedo che anche tu hai finito la pinta, quindi vorrei
ricambiare la bottiglietta di ieri offrendoti qualcosa. Non fare
complimenti.»
«Niente complimenti, mi farebbe molto piacere.»
Si è precedentemente scritto che Blondie stia ballando perché presto
diventerà padre. Ebbene, stanno insieme da anni e Claudia è incinta.
L'uccellino volato via ha fatto ritorno.


## La sincerità dei reietti


Lui e soltanto lui la guardava come se non esistesse niente di più bello.
Che idiota, pensava lei. Era una tossica, una stronza arida di sentimenti
e un'egoista che vomitava cinismo dal suo serbatoio di odio. L'odio per
il padre, che non ricordava mai i suoi compleanni; l'odio per la madre,
che si drogava di Xanax perché era assurdo che la figlia preferisse
vivere da barbona quando i soldi non mancavano; l'odio per il mondo
che era terrorizzato dagli spiriti liberi, dalle donne libere.
Lei non aveva l'aspetto delle sottomesse principesse Disney e alle
favole preferiva Freddie Krueger, poi i manga *seinen*, la musica hard

rock, il pugno sinistro alzato contro tutto e tutti. Non era fatta per essere ideale, eppure per lui era quanto più di vicino v'era alla donna perfetta, col suo carattere indomabile, la volontà feroce e l'intelligenza superiore. Gli dava quel che nessun'altra offriva, forniva spunti di riflessione e soprattutto gli teneva testa, ch'era lo stesso motivo che lo rendeva amico di persone da lui diversissime. Brevemente: lo faceva evolvere.

Stavano spesso sul letto a non fare nulla, parlavano. Ogni giorno poteva essere lo stesso, un'eterna ripetizione del loro stare sdraiati; cambiava solo l'argomento, e ogni volta c'era qualcosa di nuovo da scoprire. Camilla aveva la sigaretta tra le labbra, puntava il soffitto con gli occhi semichiusi. Faceva caldo, se ne stava sulle lenzuola in intimo a vagare tra i ricordi. Luca, zitto, toccava la pochezza delle carni coperte dal reggiseno, in bilico tra il desiderio di farsi uccidere e il bisogno di ascoltarla parlare.

«L'ho fatto per la prima volta a tredici anni» se ne uscì lei roca. «Bei tempi, le medie dei primi duemila t'insegnavano ancora a lottare per sopravvivere. Mia madre si svegliava per controllare come mi vestissi, non sapendo che quando mi alzavo di notte per pisciare mettevo in cartella la roba che compravo di nascosto. Passavo per il giardino nel retro del condominio, voltavo l'angolo e andavo a cambiarmi in un bar. Facevo la mia porca figura con le *Squalo* e la maglietta che lasciava scoperto l'ombelico. Giù per la scalinata che portava alla scuola c'erano dei buchi nei muri, ci mettevamo le sigarette. I bulli per certi atteggiamenti ci andavano a bagno[21], e come ben saprai alle medie la vera guerra è tutta al femminile per chi si tira più pisellini dietro.»
Luca fece un sorrisetto calibrato, un po' geloso ma conscio di essere adesso il predatore alfa. «Ho la sensazione che la prima del *ranking* eri tu.»
«Non è stato facile», chiosò lei fumando, «ma alla fine vince chi ha più tenacia e meno inibizione. Sono nata e cresciuta in un quartiere ricco, le puttanelle coi soldi te la fanno odorare finché non si cagano addosso al momento clou. Io sono questo, Lu. Sono sempre stata questo: una selvaggia, un animale che non si può incatenare. Se loro ambivano a consolidare la sicurezza nella propria infantile femminilità, io volevo il brivido, la scoperta. Dominare la giungla, se preferisci. Manco a farlo a posta, accadde nei bagni dei maschi, dopo essere stata sfidata a fare un

---

21 Andare a nozze.

pompino. Quel bulletto aveva un cazzo così piccolo che avrebbe fatto meglio a usare le dita per non smaccare, e durò persino meno di te. È più corretto dire che quella fu la *sua* prima volta, mentre per me iniziava una lunga serie di deprimenti successi, se capisci cosa intendo.»

Passò il mezzino al ragazzo. Una tirata per rischiare la domanda sbagliata. «E adesso questa serie di deprimenti successi si è interrotta?» chiese Luca, il cui scopo era davvero banale per Camilla.

«Su questo non migliori mai, Yoda. Cosa vuoi che ti dica? Che sei il migliore che mi sia mai scopata? O il primo con cui mi sono avvicinata a fare l'amore? Non ti servono risposte, lo sai già di tuo» disse in pace, e lo scrittore annuì rilassato. «Lo chiedi perché sei cresciuto male e hai imparato peggio dal mondo che ti circonda. Essere bravo a far sesso per costruirti la mascolinità… Sei tale e quale a quelle piccole troiettine che la facevano odorare per sentirsi speciali, *oh, quanto mi mancano le attenzioni del mio papino*. Ma a che ti serve, chiedo io? Hai un sacco di talenti che sfrutti in modi sbagliati, avere doti a letto è soltanto un optional in più. Non sei in competizione con nessuno, Lu. *Io* non ero in competizione con nessuna. Scegli liberamente, scegli per te, vivi una vita da ricordare perché lo vuoi per te, accidenti. Il meglio del tuo salame dallo per far godere le donne, non per farti grosso con gli uomini.»

Lui, colpito e affondato, ridacchiò. «Con te lo faccio, mi sembra. E ti piace da matti.»

Camilla riprese la sigaretta. Mostrando lui un riso soddisfatto come mai gliene fece gli soffiò affetto e catrame in faccia. «I miei gemiti sono belli comprensibili, o anche tu stai alla buonora ottenendo l'occhio dello shinigami. Ma devi stare attento, giovane padawan: per chi usa il quaderno non c'è né il paradiso né l'inferno. Il quaderno e gli occhi sono dati in dotazione agli dei della morte che vivono nel *Mu*. Indipendentemente dal potere che ottieni, il destino è il nulla eterno. Non è quello che vuoi, Lu. Tu vuoi la vita, non hai il cuore per essere uno shinigami.»

Luca fece scorrere la mano dal seno sino all'orlo degli slip. Le dita scivolarono sotto al tessuto, lo scostarono di poco. Discesero negli umidi giardini dell'Eden, il paradiso che gli era concesso fintanto che esisteva al di qua. «E tu, invece? Hai il cuore per essere uno shinigami o le sei voluta diventare per qualcosa?»

Camilla non ne aveva però voglia in quel momento. Non lo fermò dall'atto di donarle piacere, solo non ricambiò il tocco perché la questione da affrontare era importante. «Non si parla di me, non sviare il discorso. Tu hai delle possibilità che io non ho, Lu. Vuoi la vita, ma scegli me, che quella vita non posso dartela. E più mi stai vicino più diventi come me, non capendo quanto sia pericoloso. Lo chiamiamo *occhio dello shinigami* per gioco, ma è una brutta realtà che porta all'infelicità. Cerca di visualizzarlo, esci dai tuoi schemi. Vedere tutto di una persona, non poter esser sorpreso, calcolare il futuro... Si perde quel senso di fascino che ha la scoperta, quella che mi ha spinta a diventare cosa sono oggi. La conoscenza rende liberi e schiavi, ti permette di cogliere aspetti del quotidiano che i più ignorano, perciò gli è facile "essere felici", anche se per me è e rimane accontentarsi. Tu puoi cambiare questo, Lu. Puoi usare i tuoi studi per fare del bene, essere l'esempio, salvare le persone dalla rovina senza farti condannare. Capisco perché non lo fai, sei così preso da me da non pensare ad altro.»

«Uh, qualcuno se la tira» ironizzò il condannato. Camilla non fu in vena di prese in giro e ne bloccò la mano nelle mutande.

«Idiota, ti sto salvando il culo» disse seria, con il tono denso di un'apprensione sconosciuta a entrambi. «Mi vedi qui, nel letto, a farmi masturbare dalla tua manaccia narcisista. In realtà sono nei tuoi pensieri prima di tutto, nel tuo cuore. Per te rappresento la donna che vorresti nonostante i miei enormi difetti, perché possiedo pregi che le altre ancora non hanno sviluppato. Luca, io ho soltanto vissuto più di loro, ho fatto cento volte le loro esperienze e sono morta ogni giorno per anni, per questo ti sembro più di tutte loro messe insieme. Fai bene a desiderare il meglio, lo approvo e te lo auguro davvero, ma quel meglio, ficcatelo in testa, *non sono io*. Tempo, devi solo dare tempo e fare le tue cose mentre aspetti. Forse tra un mese, un anno o dieci anni incontrerai qualcuna con i miei stessi pregi, se non di più, ma senza i miei difetti.»

Luca udiva il battito nel petto e si lasciava trascinare dalle pulsioni carnali. Lungi dall'essere razionale. Si sollevò sul materasso, tolse la mano dal mondo dei suoi sogni e si accese la Lucky. «I tuoi difetti mi stanno bene, Cami. Guarda i miei, sono nella posizione per farti la predica? Non mi pare, allora chi se ne fotte? Sto bene con te, okay? Preferisco te a tutte quante, al punto che non mi tange che tu sia una drogata di merda, mi drogo anche io. Sarò sempre lo stesso Yoda, ma nemmeno te cambi.»

Lei permanette distesa sul fianco, inerte all'implicita critica con cui lui, passivo aggressivo, ammetteva la speranza di un rapporto diverso, con più amore, con più salute, con più certezze, annientando finalmente le carenze che lo mandavano a consolarsi tra le coccole di Sara. Luca faceva il fenomeno ed era un titanico pezzo di merda, ma ciò perché aveva sempre vissuto seppellendo la sensibilità di cui era pregno fino al midollo, che lo faceva alzare in piena notte per correre ad aiutare gli amici, o che, in segreto, promuoveva l'odio verso il proprio ego per aver usato parole sbagliate con suo fratello. Si vergognava della sua verità, gli uomini non possono essere fragili.

«Esatto, nemmeno io cambio», rispose Camilla, «perché non è quello che voglio, e tu non puoi cambiarmi né sperare di riuscirci. Non funziona così, Lu. Ti tiri su scazzato, sposti lo sguardo, scommetto che la pelle ti si è appena raffreddata. Mi ami, è quello che credi. Non che sia un'esperta, ma amare non è aspettarsi che qualcuno cambi o avere la pretesa di farlo cambiare. Abiti qui da due anni, non ti sei mai applicato per cercare un lavoro più in linea coi tuoi studi e non ti servi degli stessi per il nobile scopo che racconti in giro. La ragione sono io, che semplicemente esistendo ti rincoglionisco. No, Luca, scordati che questo sarà la mia parte.»

«Tu sei speciale, Cristo» sbuffò lo speranzoso, trattenendo l'afflizione.

«Io sono una sociopatica, stupido» affermò bruscamente lei. «Me l'hanno diagnosticata, lo sai. Sono una tossica, una libertina, una delinquente. Dato che hai studiato, mostrami le tue competenze elencandomi i sintomi della mia malattia.»

«Rifiuto della legge e repulsione verso le convenzioni sociali» espresse lui controvoglia. «Assenza di vergogna, rimorso e senso di colpa, negazione degli altrui diritti, impulsività, aggressività, incapacità di tenersi un lavoro, disorganizzazione nella pianificazione, irresponsabilità finanziaria, intolleranza alla frustrazione, scarsità di empatia… e problemi a provare emozioni.»

«Corretto, trenta e lode» disse la malata, che gli accarezzò il bicipite. « La terapia mi ha aiutata, tra i sociopatici sono quella più lucida che incontrerai. Possiamo volere bene a qualcuno, ma questo è il massimo, perché amare, generalmente, non è incluso nella nostra natura. Dilla la cazzata, avanti. Dì che sono io la donna che vuoi, che non ti faccio mai carezze come queste, che non ti dico mai parole dolci. Tempo fa parlammo dell'avere figli. Ancora non voglio saperne di averne, mentre tu hai già superato certe soglie. Non è detto che sarò per sempre così, magari la psicoterapia farà passi da gigante e pure per le merde come me ci sarà la possibilità di diventare normali, ma io non faccio programmi coi "magari". Ti voglio bene, Lu. Sei stato capace di tirar fuori questo sentimento. E perché ti voglio bene, ora ti salvo da quel che sarebbe un futuro con me, dove non sarai mai del tutto appagato, non avrai i tuoi figli e, peggio, non ti realizzerai come essere umano, forse arrivando persino a giustificarmi o a tradirmi in cerca di quel che la mia anaffettività non potrà darti.»

Qualcosa dentro Luca, quel giorno, si sbiadì. Ci aveva provato e non era servito a niente, come se l'affetto cresciuto in Camilla fosse poca roba. Non occorreva l'occhio dello shinigami per prevedere l'incombente conclusione della loro traviata, sporca e sincera relazione, la più intensa e paradossalmente costruttiva che Luca visse.

«Quindi», chiese guardando la finestra, «questa è la fine?»

Camilla, che con lui fece un sacco di prime esperienze, gli strinse le dita e lo baciò delicatamente sulla guancia. Lo scrittore neppure la percepì. «Ci siamo promessi di essere onesti sempre. Facciamolo di nuovo e comportiamoci da adulti. Dimmelo, Lu. Dimmelo senza paura.»

Fu un lungo, doloroso istante. Non ce la fece, rinunciò prima di nausearla, anche se lei non avrebbe reagito male. Al silenzio, Camilla rispose: «Va bene, capisco. *Io no*, Luca. Io ti voglio bene, questo è quanto. Siccome voglio, te lo giuro, che tu sia felice nella maniera che preferisci, mi tiro indietro da cosa abbiamo costruito finora, di modo tale che la tua testa si focalizzi su quel che veramente ti darà soddisfazioni. Puoi continuare a vivere qui, non ti sto mandando via. Sappi però che ormai fai parte della mia cazzo di vita, e se per caso ti vedo fare qualche cazzata ti distruggo. Non buttare il tempo, non inseguire le stupide. Cerca chi davvero ti darà la ricchezza che vuoi.»

Luca si voltò verso l'amore indimenticabile. Non concordò, non condivideva, era stregato e non riusciva a liberarsi dall'incantesimo perché troppo aveva voluto e troppo non aveva vissuto. Fuori, Camilla aveva ancora ragione, c'era di più da fare e da conoscere; doveva soltanto provarci, ammettendo che sin da subito lei fu sempre più grande di lui.

«Non penso che resterò qui, Cami» le confidò "offeso", almeno ammantandosi di dignità per fare la cosa migliore. «Se resto qui, non ne verrò mai fuori.»
Lei, con l'empatia data dal contagocce, ne poté assimilare la sofferenza. Un Dio maligno stava morendo tra le sue mani, assuefatto da carezze che avrebbe tanto voluto godersi prima di quel dovuto addio,  o arrivederci che fosse. «Torna a casa tua, Lu. Fai pace con tua madre, prenditi cura di tuo fratello. Oppure vai da Sara, ma per cortesia, sii onesto anche con lei.»
«Di che parli?» lo scrittore fece il finto tonto.
«Non provarci, ho visto come ti guarda. È innamorata di te e tu l'amore non sai cosa sia. Lascia perdere o imparalo con lei, ma solamente se lo vorrai perché sì, perché è giusto, non per riempire il vuoto che io ti lascerò. Ti direi Azzurra, ce la vedo meglio con te che con quel barista rintronato. Sarei però incoerente, ho detto che voglio il tuo meglio.»
Essere forti ha una durata limitata per chiunque. A lungo andare, nemmeno il più abile tra i manipolatori può recitare il ruolo. Luca cedette alle debolezze. «E noi? Noi cosa siamo da ora?» chiese ferito, umano.
Camilla si sentì bene e contenta di dirgli: «Noi siamo amici. Lo siamo stati dal nostro primo incontro e a questo punto lo saremo per sempre, perché abbiamo visto il peggio dell'altro e tutto sommato non ci ha dato poi così fastidio. Sei parte di me, io di te. Ci siamo divertiti tanto.»
Lui non colse il valore di parole che la solitudine e l'est gli avrebbero fatto rivalutare. Finse di accettarle, la shinigami ne soffrì. «Ehi, Yoda, avanti» provò a sollevarlo. «Non è la fine del mondo, e se lo è, la fine di un mondo è l'inizio di un nuovo mondo. Se non vuoi rimanere qui non ti tratterrò, ma questa porta sarà sempre aperta per te, *io* ci sarò sempre per te. Cazzo, guarda te come mi fai parlare, manco mi riconosco.»
Un barlume d'ilarità sulla bocca contratta di Luca. La sigaretta fu spenta. «Allora… *that's it*. Dammi qualche giorno per organizzarmi il viaggio, poi verrò a prendere le mie cose. Nel frattempo vedo di trovarmi una sistemazione, Francesco dovrebbe avere un posto letto in più.»
Lo disse con remora, affaticato dalla recita che copriva l'immenso malanimo. Come lei, voleva che non finisse male, e resistette. Camilla immaginò che non fosse il caso di porre domande a cui l'occhio dello

shinigami già forniva risposte coerenti, quindi gli chiese cosa intendesse con "viaggio" e Luca confidò di non aver mai smesso di pensare all'estero. Due giorni dopo l'avrebbero scoperto a frodare, tutto cascava a fagiolo. Ma, vi dico io, in Francia scappò per togliersi dalla mente Camilla.

Mentre lui concepiva la motivazione per andare lontano, lei si aggrappava alla determinazione di fargli del bene respingendo la tentazione delle tentazioni, quella che non li avrebbe mai realmente separati. Luca parve captarla, e anziché alzarsi per preparare i bagagli, o quantomeno telefonare a Francesco, scelse di cedere. «Ci salutiamo bene?»

E lei, altrettanto umana, pronunciò il flebile "Sì" che gli avrebbe detto altre quattro volte, o cinque, forse sei prima che lo scrittore partisse per l'est. Anche con i migliori propositi, a volte certe cose sono semplicemente troppo forti per essere rigettate. Sbagliati, incompatibili, e per scherzo del destino anche inseparabili, nati per trovarsi ovunque. "L'amore" Luca l'avrebbe mezzo fatto con Sara anni dopo, ma con Camilla fece qualcosa di simile quel giorno, mordendosi la lingua per non farsi scappare le due paroline magiche che forse non avrebbero più permesso le loro unioni.


La psicologa ascolta con vivido interesse la versione dell'ignorante. Fatica a credere che un sedicente narcisista racconti con tanta fluidità di aver compiuto errori. Tra gli appunti emerge una certa continuità nei monologhi di Luca, che anche oggi all'appuntamento si presenta con la Becks e le tre sigarette che gli è concesso fumare fintanto che è l'ultimo paziente della giornata – la finestra lasciata aperta di notte ripulirà l'aria. Tanto, troppo sesso; è inequivocabile che il trentenne abbia dedicato metà della vita a cercare qualcosa che non ha mai raggiunto, ma da notare in particolar modo è che si possa tracciare un punto zero, un prima e un dopo Camilla. Luca lo confessa in scioltezza, sarebbe stupido nasconderlo: lei è stata l'inizio del suo "cambiamento". «L'hai più rivista?» domanda la dottoressa. Lui riesuma memorie annebbiate dall'alcol. «Tre anni fa, prima di Budapest. È stata la mia ultima vacanza in Italia, da allora non mi sono più fatto vedere e forse è stato meglio così. Volevo telefonarle, l'ho beccata casualmente nei vicoli. Ci siamo fatti la serata, abbiamo bevuto un goccio di troppo e come nelle più diseducative merdate da libro di Wattpad abbiamo fatto sesso. Il filo rosso del destino, o come cazzo lo chiamano le ragazzine» dice, poi digerisce.

La psicologa s'impunta su un dettaglio e con raffinata cortesia domanda: «Perché ritieni che forse sia stato meglio non farti più vedere?»

Avendo più o meno la stessa età, Luca si sente in diritto di rivolgersi a lei come se fosse un'amica la quale tutto perdona, anche il suo "consono" essere grezzo. In effetti amici lo sono, e questo è un bene per un insopportabile alcolista. «Me lo chiedi sul serio?» ghigna lui, ma è un bluff. «*Mìa che figetto che son*[22], la brutta copia di quello che Camilla aveva previsto che diventassi. Deludente, alcolizzato peggio di prima e ben lontano da cosa lei sperava.»

«Ma sei qui, Luca» gli fa notare l'attenta professionista. «Riconosci un problema, vuoi risolverlo. Mi hai descritto Camilla come una ragazza intelligente, oggi potrebbe essere una *donna* intelligente. Era in grado di capire quando eravate più giovani, non vedo perché non dovrebbe farlo adesso con le esperienze che hai da raccontarle.»

«Bella, è vero, ma ti scordi l'occhio dello shinigami» gongola Luca, facendo roteare la bottiglia semivuota. «Ora che anche io ce l'ho, incontrare Camilla sarebbe un bel casino. Per lei, eh, non per me.»

«Come mai?»

Il colloquio sta per raggiungere l'ora, una quarta sigaretta non la si può lasciare nel pacchetto. La fiamma arde, il bagliore riporta il ricordo dell'ultima "promessa" che si erano fatti "amandosi" per l'ultima volta.

«Credo che anche questo viaggio non mi darà un cazzo» le disse Luca tentando di guardare oltre il soffitto, però guardare la sua Camilla fu più forte. «Comunque vada, mi spiace, ci sarà sempre una scusa per tornare da te.»

E lei disse, vestendosi del suo braccio: «Così il mondo è peggio di quanto lo immaginassi, oppure tu non sei proprio capace di andare oltre me. Non so più che dirti, Lu. Vai, riprovaci. E se ti andrà male anche stavolta, ce ne faremo una ragione.»

«Che siamo destinati a stare insieme nonostante tutto?»

«Pare, perché tu non smetti di pensarmi e io non smetto di dartela. Qualunque cosa significhi, lo sai come andrà a finire. Sarò qui, coi miei difetti e i miei pregi. Se proprio non c'è di meglio, sarò l'ultima tua

---

22 "Guarda che figlioletto che sono".

donna.»
«Difficile stabilire chi sia il più coraggioso dei due» se la rise lui.
«Già, molto difficile» replicò Camilla prendendone la mano e innalzando la congiunzione delle dita verso l'alto. Non erano brutte a vedersi. «Vai e metticela tutta. Ci rivedremo che ce l'avremo fatta.»
«Parola?»
«Parola. Sinceramente propendo più per dire che io ce l'avrò fatta, quindi almeno te la farai con una sociopatica disintossicata. Scegli la vita, scegli di non staccarti da Camilla perché chi si accontenta gode. Che trauma, ma se sei contento te...»
Contenti tutti.
Luca aspira la sigaretta a pieni polmoni. In cambio del dolore ha ottenuto la conoscenza che gli permetterà di salvare Camilla da una diagnosi errata. «Come mai, eh, dottoressa? Perché Camilla *non è* affetta da sociopatia e io ne sono la prova. Quando glielo dirò, e ogni sua convinzione cadrà, il trauma potrebbe essere devastante.»
Userà questo potere non appena si sarà ripulito da tutta la merda accumulata negli ultimi anni. Questione di giorni. «Sono qui per riportarla indietro.»


## Non averne voglia


«Soltanto i deboli e gli stufi si arrendono.
Il candidato trovi le differenze.»

Begbie in risposta a un  docente universitario

È la prima volta che Neddu esce di casa per andare a comprarsi una camicia. In genere gli vengono regalate dai parenti, o gli altri, non standoci più perché rinsecchitisi o abbuffatisi, han fatto del riciclo uno stile di vita.
Il sardo non ha dimestichezza con taglie, tessuti e colori, gironzola per le vie dello shopping e non è convinto della preferenza. Si specchia in una vetrina, il tempo non gli ha reso giustizia: inizia ad avere le

stempiature, la peluria si è affilata come un rasoio, la pancetta non potrà essere nascosta a lungo. La camicia dietro al vetro fa al caso suo, si è rotto le palle di girare.

Dentro al negozio entrano per primi un bambina, una moglie scassacazzo e un marito che medita di farla finita. La donna dice all'uomo: «È l'ora che ti comporti in maniere più opportune, devi crescere» e Neddu si fa ingannare, perché la frase suona come se fosse rivolta alla figlioletta. Avrebbe senso, ma entrando nella boutique il pelosone può udire ulteriori ingiurie della donna verso l'uomo che non capisce cosa ha fatto. E a Neddu men che mai importa di investigare, la scenetta familiare corrisponde esattamente alle visioni del matrimonio che si fa tutti i giorni.

Tanti suoi amici si stanno sposando, si sono moltiplicati; a breve altri si aggiungeranno alla lista e saranno meno presenti, non giocheranno più a pallone il venerdì, non berranno più un colpetto in Piazza delle erbe, non faranno più scorribande per il compleanno di qualcuno. A Neddu fa piacere che la vita altrui vada avanti, ma solo fino a un punto, oltre il quale la "normalità" lo fa sentire fuori luogo ovunque vada, con chiunque si trovi, perché nulla ha in comune con gente fattasi monotematica – non fanno che parlare dei loro fottuti bambini e della loro stanchezza.

Neddu ha la pelle d'oca, agguanta la camicia e fila a pagare. È solidale con l'uomo sgridato dalla moglie, figura che al ritorno a casa egli brandirà il coltello dandoci, domani, una croccante notizia di cronaca nera. Peccato che il leggero peso nel sacchetto gli spolveri un pensiero di fatti recenti.

Rachele glielo ha menato per settimane, allucinante che con lo stipendio non si rifacesse il guardaroba. Lui, che facendo sacrifici e riutilizzi non ha mai avuto bisogno di sputtanare il denaro in abiti nuovi, ci ha provato a dirle che i soldi doveva usarli per questioni più importanti, ma niente, certi soggetti sono proprio idioti.

La conosce da qualche anno, è stata la sua vicina di casa sino a quando non si è spostato con tutta la famiglia altrove. Non si erano però mai veramente parlati. Sì, uno scambio di saluti, i soliti convenevoli del buon vicinato, poi lui è celebre per essere  ben educato e non le hai mai negato una  banalissima chiacchierata pur avendo altro da correre a fare. In tempi non sospetti si sono rincontrati, combinazione il sardo aveva impegni nel suo vecchio quartiere.

Legge di Begbie: *Unacosatiralaltra*. Lei ha chiesto il suo numero e lui gliel'ho dato senza troppi fronzoli. È da parecchio che vive male l'andazzo che lo circonda, con quasi tutti i compari che "crescono" e lui che è arrivato a trent'anni senza una donna e senza pecorelle che lo chiamino "papà". Simona è un lontano ricordo, dopo di lei non ha più avuto relazioni effettive, allora nessuno problema.

Sì, lo credeva.

Rachele è matta come un cavallo, un'infelice cronica e una sessista di prima categoria. Avendo avuto un padre troppo perfetto, o un genitore che per effetto dell'amore è stato più che altro *troppo idealizzato*, la maestra elementare, trentaquattrenne, vive cercando partner che corrispondano all'uomo che l'ha fatta. E se non li trova, obbliga quelli che gli capitano a tiro a essere come lui, dunque a fare sostanzialmente quel che lei dice loro di fare, e guai a sgarrare.

La prima sera insieme è stata docile, con Neddu si è fatta una bevuta sobria e ha chiesto di essere accompagnata a casa. L'incontro successivo ha avuto risvolti più osé, solo che, essendo pessima a flirtare, non è riuscita a far comprendere al sardo che gliela volesse mollare. Lo ha poi spedito in farmacia a comprare i preservativi e quindi missione compiuta, ecco il suo nuovo compagno di vita. Ma Neddu non ha capito nemmeno questo, e per cinque o sei settimane la storia è andata avanti di equivoci, discussioni, sesso riparatore, tante domande e infinite seccature per entrambi.

Cos'è più vincente? La classe o la volontà, anche se insana, come quella di prendersi qualunque individuo pur di non cadere nel socialmente inaccettabile baratro del non sapere chi portarsi alle cene con le amiche sposate?

Neddu è uno degli Ignoranti, ma ne è il migliore, perciò: «Mi dispiace, no, hai fatto tutto te. Ero stato chiaro quando abbiamo discusso la prima volta. È vero che sto pensando al futuro e a rifarmi una storia, quel tipo di storia, ma non è una cosa che si può avere con chiunque. Io sono quello che sono, cazzo, non mi puoi costringere a cambiare perché ci sono cose di me che non ti piacciono, e anche lì, cosa vuoi stare a fare con me se vuoi praticamente un altro? Giusto, io i soldi me li spendo ancora nei fumetti e nei campetti di calcio a sette, e non vedo dove stia il problema. Poi, il resto di quello che mi entra va nell'affitto, nella macchina, nelle bollette, perché mio padre prende un cazzo di pensione, mia madre lavora poche ore e mio fratello è un coglione, quindi

qualcuno ci deve pur pensare, e indovina chi è lo stronzo. Questa è la mia vita per adesso, Rachele. Se vuoi me, te la farai andare bene, altrimenti te ne cerchi un altro, uno che non si deve occupare della famiglia, così può dedicarsi soltanto a te».
Non l'avesse mai fatto. Rachele è arrivata a scrivergli persino mail professionali per mandarlo a fanculo. Fraintendere l'autodifesa con la meschinità. Non menzioniamo le telefonate all'alba e le notti insonni, Neddu è un cavaliere e non riattacca la cornetta pur avendone il diritto. Stava per intervenire Bunny, aveva ottime opzioni per togliergliela dai piedi; il sardo però ha pazientato e con la sua caratteristica educazione non ha sbraitato, non ha insultato, non ha più dato corda. Lei si è arresa appena un altro pollo l'ha beccata alle Poste.
Rachele non è tuttavia un caso isolato nelle esperienze di Neddu, gli anni trascorsi hanno portato sorprese interessanti come un fiume in piena trasporta detriti. Dopo Simona ha avuto un breve contatto con una pazza furiosa che l'ha mezzo violentato quand'erano a Rimini per un campo estivo, poi c'è stata una compagna di corso con turbe mentali che non ha fatto altro che riempirgli la testa di lamentele su un ex/non ex che non riusciva a mollare, poi una sedicente amica di Blondie con le fisse alimentari, una nazivegana, una pseudofascista che lo voleva convertire, una pseudocomunista che è scappata da un giorno all'altro con un senegalese, una deficiente tutta disco e paste che per poco non gli passava l'Aids presasi a Lanzarote. Infine c'è stata Martina, disgustosamente simile alla sua primissima fidanzata sia per nome che per fattezze che per squilibri cerebrali.
Nella sfera sentimentale, Neddu ha solo da poco imparato a imparare dagli errori, e ne deve mangiare ancora di merda per arrivare a essere almeno un quinto dei suoi compari ignoranti – e non vuole saggiamente esserlo. Con Martina ha commesso l'errore della fiducia, dandole una possibilità nonostante fossero numerosi i segnali dell'inaffidabilità di lei: ritardataria, smemorata, tendente anch'ella a idealizzare i cazzoni, bugiarda. Avevano costruito un legame abbastanza sincero all'inizio, seppur tacitamente d'accordo a permanere niente più che amici. Ma giorno dopo giorno aumentavano i messaggi, le telefonate e la confidenza, pertanto fu un attimo nutrire un interesse, *lui*, e avere il porto sicuro dove approdare in caso di naufragio, *lei*. Indovinate un po' come è finita.
Neddu montò sulla Neddumobile e si fece centottanta chilometri per

andare a trovarla dove abitava, dato che Martina gli aveva detto di essere disponibile a vedersi; era invece a Milano, a dare il culo a quello a cui il sardo faceva da riserva. E Neddu la perdonò per non essersi presentata.

La volta dopo dovevano vedersi a Genova, si erano organizzati per non presentarsi da soli a un raduno di coppiette. Ovviamente lei non venne e lui trascorse una bella serata a reggere la candela a dieci persone, *evviva*.

Ma stasera non andrà così, oh no. Stasera Neddu indosserà la camicia che gli riporta alla mente quella furiosa di Rachele e farà un figurone, benché sappia che con Roberta non ci sarà nessun domani.

Se ne va rapidamente a casa, si sbarba, si doccia, mangia giusto un tramezzino al calar del sole ed è pronto ad affrontare destino.

Roberta ha la madre disabile, un lavoro che presto la porterà a imbarcarsi per andare a dare una mano nel Maghreb e tanta confusione, come d'altronde sembrano avere tutte le ragazze sul cammino Neddu. Che strana coincidenza, pensiamo io e Begbie tutte le volte che il peloso fa rivelazioni. Luca invece penserà "Tecnica segreta: *Nonèilmomento*" e non dovrà aggiungere ipotesi sulla cosiddetta confusione che lacera la povera Roberta, poiché in un mondo tanto vomitevole è bene che vi siano anche persone come Neddu.

Lei è stanca, la giornata è stata brutta e i medici non se la sentono di essere ottimisti. Neddu, però, *c'è*, e questo per ora è confortante.

Giunge la notte, Piazza De Ferrari si svuota e la fontana non getta più acqua. Un bacio lungo un'ora per ricordarle che al mondo non tutto è male, le cose belle esistono e bisogna coglierle, viverle. Neddu sa che non ci sarà altro che questo, l'incrocio di labbra che ha sognato per mesi; alla fine, averlo realizzato non conta quanto sapere di aver fatto del bene ed essere a posto così, col destino che decide che se ne starà da solo per un bel po', il tempo necessario per ricominciare a fidarsi delle persone senza vedere più, nelle donne, delle problematiche portatrici di guai. *A posto così*, viva la cavalleria dell'uomo che ha sempre pagato per le colpe degli altri uomini. Non ha più voglia né di pagare né di farsi il sangue marcio dietro a persone che non merita.


Passano due giorni. Neddu recupera Luca alla sottospecie di lavoro che si è trovato per pagarsi la birra con soldi puliti. Al semaforo, Neddu toglie le mani dal volante e mette su i Muse.

«Ho baciato Roberta» confessa all'amico.

«Sono tutto bagnato» fa smorto Luca, rovinandone subito il buonumore.

«Qualcosa non va?»

Occhio dello shinigami. *Nonèilmomento* è una tecnica straordinariamente simile a *Nonseituquellochevoglio*, che, se combinata all'arte sacra del *Mamipiaccionoletueattenzioni,* dà origine alla tecnica leggendaria *Non è mai il momento, perché questo è il copione della mia esistenza e io non so cosa voglio dalla vita, quindi bacio te mentre sono innamorata di lui. Scusa, ti voglio bene, meglio se rimaniamo amici, ma coccolami un altro po', così quello che lui non mi dà è una mancanza più sopportabile fino a che non lascio perdere e riparto da me stessa, se ripartirò. Meno male che ci sono persone come te a cui sobbarcare il peso di problemi che persone come me non sono capaci di risolvere.*

Passi per la madre in carrozzina, ma il resto è una chiacchiera, e Luca lo sa perché Roberta stasera è andata a mangiare dove lui lavora. Guarda caso, era con quarto in comodo di cui nessuno sapeva nulla.

«No, niente che non va» risponde Luca. «Ti ho mai detto che fai bene a spendere i tuoi soldi per il calcetto?»

## Tentar non nuoce

> "Se non ti considera, non necessariamente c'è un'altra o lui è gay. Forse sei tu a non essere interessante. Anzi, leva il *forse*."
>
> Quinta legge del funzionamento maschile

A quantificare il numero ipotetico di individui usciti con Ginevra bisognerebbe chiamare la Nasa. Immaginate un pozzo e di calarvi un secchio: la metafora rende l'effetto che si ottiene a fare sesso con la rossa.

Ventinove anni da compiere, una gravidanza di cui non è ancora al corrente. Stamattina la ragazza ha ripensato all'addio al nubilato, allo spogliarellista col quale si è appartata. Era conciata piuttosto male, quella canna d'erba finissima le ha dato il colpo di grazia, ma un figo del genere quando ricapita? È stata la sua ultima bravata, se l'è promessa; ancora non immagina che lo statuario imbecille le abbia lasciato un ricordino nell'utero, quindi che per davvero essersi imboscata nei camerini del locale sarà l'ultima cazzata di ginevriana fabbrica che mai più farà.

Ma non è ancora il tempo per pensare a occuparsi del marmocchio, lo stomaco delicato che si ritrova è facilmente soggetto a rigetti a causa del troppo sushi con Luc. Gin ficca la testa nel cesso, sua cugina se ne accorge e vola dal salotto a reggerle la nuca. In casa di Lucrezia è una scena normale, di ubriacature e di ore di vomito, tra lei e Kevin, ne hanno vissute mai tante da poterci scrivere una ripetitiva antologia. Infatti è il primo pensiero di Lucrezia, Ginevra ha sicuramente bevuto qualcosa che le ha fatto male; l'incinta è però stranita, perché oggi ha soltanto lavorato e il fegato se l'è tenuto vuoto perché stasera ha un impegno che spiega il suo essersi messa in tiro, con tubino, taccazzi e ricci selvaggi che brillano di un rosso stellare.

Luc il tizio l'ha conosciuto, si tratta di un amico di Francesco che ha tutta l'aria di non essere affidabile. Uno che gli è parso educato, ma che si è presentato dopo essersi fatto una canna con Azzurra, quella volgare stronza che non vuole lasciare libero Franci, di fatti ponendosi da ostacolo alla sua relazione con Luc. Il barista sostiene che l'amico è sì strano e tendente ad alzare il gomito, cose che tuttavia compongono solo una parte della sua persona, mentre Ginevra afferma convintamente di averci già conversato e di averlo trovato un ottimo partito. Laureato, sveglio, ambizioso, dotato di una brillante arguzia e di un eloquio spaventoso per i canoni cui Gin è abituata, allora uno che alza la media.

Luc rimane restia, Ginevra ha un archivio di casi umani lungo quanto le Pagine gialle. È per "fiducia" che non le dice niente, per speranza che il nuovo personaggio sia valido come suggerisce Francesco, augurandosi che con sua cugina non ci esca per scopi prevedibili. Siccome Lucrezia è piena di pregiudizi, la rossa tiene per sé tutte le considerazioni che ha maturato nell'arco di mesi. Ginevra infatti stamane ha pensato allo spogliarellista, ma ieri ha pensato al buttafuori di quella discoteca che non ricordo, all'amico dell'amico dell'altra sua amica, all'avvocato di suo padre, al pizzaiolo che sta sotto casa sua, al corriere di Amazon – pensate a qualsiasi figura professionale e otterrete un randomico elemento con il quale la ragazza ha avuto almeno un appuntamento, moltiplicate poi per cinquecento per capire con chi abbiamo a che fare. Ha cominciato giovanissima; undici anni dopo l'inizio delle sue allucinanti avventure, Ginevra non ne può più di fallimenti. Desidera tanto che stasera sia la volta buona, che lui sia proprio quel che lei immagina.

Si rimette a truccarsi con ogni buon auspicio, applicando il make up con una cura trasbordante di agitazione. Quasi le trema la mano. Non può sbagliare nulla, deve essere perfetta perché pare che lui, a quanto le ha detto, ha gusti sopraffini, e ha detto anche di essere aperto alle nuove conoscenze avendo però chiaro in testa che la prossima persona con cui andrà a letto sarà l'ultima, la definitiva, quella che si terrà per il resto della vita. Giacché è anomalo che un uomo col suo curriculum – ha confessato di aver avuto tantissime partner – ammetta una tale pretesa, Gin sa di andare sul sicuro, perché gli altri, quando si professano in cerca della donna da sposare, mica confessano di essere stati delle merde con la tranquillità che avuto lui, e mai rivelerebbero di star uscendo con più ragazze, cosa che, di nuovo lui, ha fatto senza temere giudizio. È onesto, non ha peli sulla lingua. È da qui che Ginevra trae l'incoraggiamento per rischiare con costui, pur riconoscendo che il suo essere molto attivo possa costituire un campanello di allarme. Ma *chissenefrega*, tentar non nuoce, un ennesimo errore di valutazione non sarà la morte di nessuno.

Gin parte, svetta sui tacchi e va a fare un figurone per le vie del centro cittadino. Esagera col vestiario, lui all'appuntamento ci si presenta come se stesse andando a fare due passi a caso: il tubino appariscente contro un'anonima maglia nera, dalle lunghe e strette maniche; cosce in vista contro un jeans qualunque, trespoli vertiginosi contro normalissime sneakers. Sta fumando la settima cicca da quando è arrivato in anticipo un'ora fa, a casa si stava annoiando. Per Ginevra è comunque sexy, a discapito del fisico snello che i muscoli forse li ha avuti fino a dieci anni fa. Le piace l'infida serietà del suo volto, il modo freddo di parlare come se niente gli importasse; sa di sfida, ha il fascino del misterioso, non tocca, non abbraccia e al bacio sulla guancia risponde con un vago: «Come stai?», che a sua volta sa di sfida, raschiando l'innata competitività della ragazza. Se è vero che sta uscendo con tante donne, Ginevra stasera deve essere la migliore di tutte per principio.

Si aspettava una cena elegante, ma il ragazzo, di poco più anziano, definisce l'eleganza "una cosa da poveri", favorendo alternative cui lo stomaco della rossa è totalmente ignorante. Il poke è a dir poco squisito, Ginevra si chiede come abbia fatto a campare sinora senza aver mai assaporato la prelibatezza che è lui a voler offrire, in un locale dove la terrazza esterna gli permette di fumare. Laureato, acuto e forse mentalista, perché lei non ricorda di avergli riferito di essere innamorata del mare che ondeggia proprio lì vicino a loro.

La cena si consuma presto, un bis è doveroso. Lui permane serio, difficile farlo ridere. Ginevra crede di star sbagliando qualcosa. Solitamente i suoi incontri vedono i fortunati scompisciarsi, ma non è il caso del ragazzo. La faccenda la fa agitare.

«Sai che cosa fa un ebreo davanti a un posacenere?» le esce di getto, durante un letale momento di silenzio. «Guarda l'albero genealogico…»

Il leggero inarcamento delle labbra di lui è da prendere come una vittoria. Ma l'esperto di poke non stava prima zitto perché in dubbio su che dirle: la stava studiando in uno di quegli eterni frangenti dove il silenzio è stupendo e spiega ogni cosa. Gin travisa il suo tornare alla serietà e traballa. «Spero ti piaccia il *black humor*. Non è stata troppo, vero?»

Lui risolleva il labbro in un primordio di sorriso, preso dalla tenerezza. «Hai davanti a te una fotografia» le dice. «Nella fotografia c'è una tizia che si buca. Eroina, non puoi sbagliarti. Cosa vedi? Qualcosa di triste, no?»

«Decisamente triste.»

«Naturale, significa che sei di buon cuore. Mi chiedi se mi piace il *black humor*. Ho amici che in quella foto vedrebbero del sesso orale a cinque euro.»

Lei viene trafitta dall'affermazione. «Okay, questa fa male.»

«Non volevo che lo facesse, era per darti l'idea dello standard delle robe che leggo in chat. Che differenza c'è tra un nero e una pizza?»

«Ehm», lei ci pensa su, «dunque, il nero… Oddio, che differenza c'è?»

«La pizza non strilla quando la inforni.»

Ha una risata contagiosa e squillante, Ginevra, una specie di squittio.

Sono in molti a girarsi al suono del macabro divertimento, lei esclama ridendo: «Il negro nel forno!» e un venditore di rose si allontana spaventato.

«Piaciuta? Ho anche le canzoncine dei cartoni animati» spara lui. «*I puffi son sempre in festa, incendiano la foresta, e questa piromania contagia anche te!*»

Resta strano che nonostante la voglia di far ridere lui non si scomponga, rimanendo molto imperturbabile, talvolta ammiccando o ripetendo la smorfia simile, ma neanche tanto, a un sorriso. Ginevra non comprende, c'è l'allegria ma si cruccia. Ciò finché dall'umorismo lui non coglie l'appiglio per porre una domanda. «Da quant'è che non ridi di gusto, gioia?»

È interessato, col viso poggiato sul pugno chiuso e gli occhi focalizzati su di lei. Ha un'attenzione innaturale, pensa Ginevra, incerta se rispondergli con sincerità o domandare come mai lo chieda. Da lui sente ancora che non stia giocando, che lì in pokeria ce l'abbia portata perché aveva il piacere di trascorrere una serata diversa senza farsi strane idee, alle quali lei sarebbe comunque disponibile in quanto il ragazzo si difende bene in termini di presenza, charme e nomea. Sincerità per sincerità, tentar non nuoce; vada per mostrarsi per ciò che è realmente. «Beh, da quanto di preciso non saprei. Da un po', un bel po'. Tranne quando esco con Lucrezia e Kev, con loro perdo i polmoni da tanto rido. Tu ti stavi riferendo agli appuntamenti o… in generale?»

«È un po' più di un bel po'» lui bypassa il quesito. «Me ne accorgo dall'intensità della voce, dal tuo piegarti per tenerti lo stomaco. Non per farmene un vanto, non m'interessa vantarmi, ma sono contento che ti basti qualche mia stupida uscita per rallegrarti. Appuntamenti o in generale, ridere ti è mancato.»

Di lui vi è un'altra caratteristica a piacerle, cioè l'assurda capacità di dedurre cose che neppure le persone a Gin più vicine riescono a notare. Come ci riesca è inspiegabile, non se ne vedono tutti i giorni di soggetti del genere. In ogni caso, Ginevra si percepisce violata, ma al contempo compresa, visibile. Il ragazzo è molto più che attento, ascolta con scrupolo, usa sempre parole azzeccate. Non si riesce a nascondersi con lui, e questo l'affascina ancor di più. «Mi hai beccata, purtroppo per me ridere è una cosa che mi viene quando sono ubriaca. Sai, non è facile sentirsi a proprio agio con chiunque, quindi è difficile essere veramente sé stessi il più delle volte…»

«Ah, non dirlo a me» replica lui desolato, reduce da una sfilza di appuntamenti dove, quando gli è andata bene, ha avuto sufficiente pazienza e generosità da far terapie gratuite. «Bene quindi aver sfoderato l'arma dell'umorismo nero, adesso so di più sul tuo conto. Ma, se me lo concedi, vorrei chiederti perché ti stai turbando.»
La rossa non ci crede. Era sicura di non aver dato nell'occhio. «No, ora mi dici come hai fatto.»
«A fare? Sgamarti? Sento lo spostamento d'aria, stai dondolando la gamba accavallata sotto al tavolo.»
Lei frena immediatamente il suo sfogare la "leggera" tensione. Questo suo nervosismo le è estraneo, non capita mai di sentirsi tanto in soggezione. Sono in parte gli ormoni della gravidanza che scoprirà tra non molto, poi, prima di tutto, le speranze che sta riponendo nel lieto fine. Si ritiene una stupida, le sembra quasi di essere tornata bambina, quando prendeva le cotte per i compagni di liceo più grandi. Se lo perdona, si ripete che sia in fondo accettabile, poiché quando vivi saltando di letto in letto, non trovando mai quel che cerchi, presto o tardi sviluppi la disillusione. Lei non vuole che finisca così, come quelle donne che si sono arrese senza aver conosciuto l'ebbrezza del vero amore; non c'è nulla di male a credere ancora nelle favole, allora va bene pure sembrare una ragazzina – se ciò non deprimerà il deduttivo esperto di poke.
«Che figura di merda» Gin si copre la faccia. «Ti prego, non pensare male di me. In questo periodo me ne succedono di cotte e di crude, manco mi capisco.»
«Non c'è nulla di male», la serietà subito la conforta, «meglio agitate per qualcosa che mi sfugge che noiose, frigide e morte dentro a venticinque anni, o ventisei, ventotto, trenta, quaranta, tutte le età che può avere una tipica, trapassata genovese. Perché queste sono le persone che mi capitano in genere, ahimè. La tua agitazione è dolce.»
«D-dolce?» pugno allo stomaco per Gin, di proposito agghindatasi per non risultare dolce e impaurita, ma al contrario passionale, travolgente, risoluta.
Inizia a ritenere che il ragazzo sia gay o che abbia qualche rotella fuori posto. O, magari, che invece a un gioco strano ci stia giocando, però non ne tiene a mente il curriculum, sottovalutando uno scenario che in ventinove anni non ha ancora concepito: non basta essere appariscenti e provocanti per sedurre. Tanto meno può bastare con uno come Luca.

«Dolce, sì. Trovo che sia un aspetto caratteriale molto grazioso. Crescendo si tende a perderlo, invece tu ce l'hai ancora. Non credo che sia un'agitazione dovuta all'insicurezza, che sarebbe lo stesso un, diciamo difetto, *umano*, molto comune peraltro. No, scommetto che ha che fare con questa nostra cenetta. Il che è anche più grazioso, giuro.» Parla d'insicurezze e non ne ha alcuna di percettibile. Al contrario, Luca è *pienamente* a suo agio, al comando. Si permette addirittura di fare insinuazioni senza curarsi di come Ginevra potrebbe reagire, con stizza o con difficoltà. E lei, infatti, è messa all'angolo; Kevin l'aveva avvisata, dunque il ragazzo è sul serio in grado di manipolare le persone. Ma i conti non le tornano, la serietà è indecifrabile e lui appare lontano, altrove con la testa. Gin non vede un pericolo, bensì un soggetto che più la pressa e più la stuzzica. «Se ti dico che è così, non ci faccio la figura dell'adolescente alle prime armi?»
Una Lucky prende fuoco. «Sapessi quante figure da stupido faccio io, non posso esprimermi a riguardo. Dietro a ogni effetto vi è una causa, terza legge di Newton valida in fisica quanto nelle scienze comportamentali. Da qualche anno mi sono appropriato di un consiglio forse di Platone, o di uno che gli ha attribuito la paternità: dacché ognuno di noi combatte una battaglia di cui non sappiamo niente, bisogna essere sempre gentili. Ho fuso i due concetti e ne ho guadagnato più lezioni. Ci deve essere una ragione rispettabile per fare la figura dell'adolescente alle prime armi, come dici te, e io vorrei ascoltarla, se ti va di parlarmene.»
Pure con i migliori propositi, pure avendo da cuscinetto il fatto che anche lui si sia dato parecchio da fare negli anni, Ginevra è consapevole di essere una ragazza, e si sa che le ragazze, in questo mondo, fanno meglio a stare attente a quanto ammettono. Addosso non si vedono, ma ci sono i segni delle etichette appiccicatele da sua madre, tutti gli scherni, le offese gratuite. Cosa lei chiama "libertà" altri la chiamano "essere una poco di buono". Nemmeno se di Luca Morando si tratta vale la pena correre il rischio assoluto di parlare chiaro, facendoci in aggiunta la figura della troia disperata. Povera Gin, chiusa nei limiti delle proprie convinzioni: quell'altro è sulla stessa barca che affonda, solo che è uomo, allora nessuno lo immaginerebbe.
«Dagghe[23]», la sprona Luca, «siamo adulti, la vita finisce un giorno alla

---

23 Dal genovese, *dagghe* si traduce letteralmente in "Dacci". È un'esortazione.

volta e il tempo non torna indietro. Se ti aiuterà a confidarti, parto io. Non hai motivo per essere agitata, gioia. Sono qui perché mi va di conoscerti, e finora mi hai dato tanti motivi per dire che sei la persona più interessante che ho incontrato in 'sti giorni.»
«Ma dai, non è vero» fa poco convinta lei.
«E la più simpatica.»
«Su questo avrei proprio voluto vedere.»
«Nonché la più sagace. Mi piacciono certe tue risposte.»
Gin, cui basta poco per risollevarsi lo spirito, sogna. «E la più bella?»
«Esco solo con ragazze che rispettano i miei gusti in fatto di bellezza, che però è relativa» immediato ridimensionamento. «Molto più importante uscire con persone che ti sappiano intrigare e divertire.»
La rossa sceglie di punzecchiarlo. «Ne sono lieta, ma non sembra che tu ti diverta con me. Sei sempre così serioso.»
Luca viene involontariamente colpito su un nervo scoperto, di cui pochi sono a conoscenza. La causa della sua preponderante freddezza sta nelle storie che preferisce tacere a Ginevra fin quando non raggiungeranno una maggiore confidenza, se mai ce la faranno. Tuttavia non può fare scena muta, e qualcosa la può rivelare.
«Ultimamente anche per me non è stato il migliore dei periodi» dice enigmatico, con parole ricercate nel fondo del suo bicchiere di vino bianco. «Ne sto uscendo da un lutto e ancora provo a riadattarmi all'Italia dopo i miei viaggi. Ce ne sarebbero di cose da raccontare a riguardo, che spiegherebbero perché sono smorto come mi vedi. Non stasera, non mi va di annoiarti.»
«Mi dispiace per il lutto…»
Non è vero, è una frase di circostanza. A Luca fa male, un male atroce, che seppellisce sotto al bisogno di andare avanti seppur sia anche merito suo se *lei* è morta. «Non ti preoccupare, *c'est la vie*. È il tuo turno, ancora non mi hai detto come mai sei agitata.»
«Se prima volessi ascoltare le storie dei tuoi viaggi?» lo "provoca" lei, modulando il tono che a lui suscita soltanto altra tenerezza. «Magari più tardi ti spiegherò, ora sono curiosa.»
«Un'altra volta, quando sarò in vena di rovinare serate che avevo intenzione di godermi. Oppure, *dare avere*. Io ti rivelerò qualcosa se tu mi toglierai la curiosità.»
«Sei ostinato, non ti arrendi, eh.»
«Vero, ma perché voglio che anche tu sia a tuo agio.»

«Difficile con te, che sei un continuo analizzare e indovinare.»
«Già, una rottura di palle. Mi chiedo come mai non ti sei ancora alzata
per mollarmi qua da solo.»
«Perché mi pia…» e Ginevra si rende conto di averne fatta un'altra
delle sue. Troppo veloce, troppo ingenua. Si tappa la bocca per negare
quel che Luca aveva già capito dai messaggi. Lui non le dà un riscontro
positivo perché è presto, vuole scoprire altro della ragazza a cui dà
un'occasione. Ovvero, sta cercando di conoscere veramente qualcuno.
«Direi che dobbiamo procedere per gradi» afferma sereno,
impiacevolito dallo strafalcione di Gin. I trucchetti funzionano sempre,
ma stavolta gli scopi non sono più quelli di un tempo. «Dopo cena non
ho impegni e domani non mi devo svegliare, perciò, ti va di fare un
giretto prima di tornare a casa?»
Una proposta spaventosa e al contempo allettante, la chance per Gin di
rifarsi. Ne hanno bisogno entrambi. «D'accordo, ma non mi fare bere»
strizza lei l'occhiolino e la lunga notte ha inizio.
Tanti sono i discorsi, di più sono i passi. Camminano per il porto,
arrivano alle facoltà che si sono dimenticate di loro. Tornano indietro,
la città va a dormire e loro continuano a camminare, a parlare di come
sono sopravvissuti ad appuntamenti disastrosi. Lei ha ancora fame,
Luca la porta a mangiare un panino in un chioschetto zeppo di barboni
e ubriaconi, ma non fa niente, perché lui fa quanto pochi sono in grado
di fare: ascoltare, ascoltare e non smettere di ascoltare. Per Ginevra una
volta l'importante era trovarsi un "uomo"; ora l'uomo lo ha di fronte e
nulla ha più valore dell'orecchio prestatole, della bocca che non
proferisce giudizio ma comprensione. Quasi come se la conoscesse da
una vita, Luca non si stufa di esserci.
Dei viaggi, alla fine, non si racconta alcun momento rilevante. Al
sorgere del sole, però, si sono detti tante di quelle cose che le avventure
a est passano in secondo piano. L'alba la guardano insieme, sul divano
di Ginevra, con lei che si accoccola sulla sua spalla e la tranquillità di
lui che la distende. Non c'è stato sesso, per Luca non è più tanto facile
e per Ginevra fa lo stesso, anzi, è meglio così: ha finalmente incontrato
qualcuno che valorizza altro, non solo i suoi seni.
«Rimani qui», gli dice stanca, non potendosi concedere un pisolino,
«puoi dormire mentre io vado a lavorare.»
«Nah, ho da andare a occuparmi di quella testa bacata di mio fratello,
oggi non dormirò. Ma grazie lo stesso…»

La rossa struscia la testa in cerca di effusioni. Un altro bacio non le dispiacerebbe. «Devi proprio?»

«Mi tenti, gioia» fa lui prima di darle quel che lei desidera. «Se io resto, te al lavoro non ci vai.»

Gin mostra il più dolce tra i sorrisi, scoperta di nuovo. «E chi te lo dice?»

«Nessuno. È che io non ci andrei al lavoro, nei tuoi panni. Telefonerei, mi darei malato e me ne starei dove sto a passarmi la mattinata in un modo più bello.»

Non male come idea. Forse Luca sta usando una delle sue manipolazioni. Una felice manipolazione. Lei socchiude le palpebre e sta bene. «Cerchi di convincermi a darmi malata?»

«Affatto, mi concedo un bel pensiero. Era da un bel po' che non ne avevo.»

*«Un po' più di un bel po'?»*

Ginevra ne stringe la mano. È calda, piacevole da tenersi vicino.

Luca le dà la risposta che la eleva sopra le altre. «Un po' tanto più di un bel po'.»

Non serve allora chiedergli se si rivedranno, e se sì, tra quanto.

La rossa ha già scritto un messaggio a suo padre. Oggi al lavoro non ci va. E Luca a casa non ce lo lascia tornare.

Lui non si tira indietro e rimane sul divano a coccolarsela, mentre lei lo coccola a sua volta. Tamponarsi le ferite a vicenda, perdonarsi gli errori, andare avanti e ricominciare; che sia la scelta migliore per tutti e due, così che Luca dimentichi e che Gin scopra come si sta ad aver qualcuno che le vuol bene.

Tentar non nuoce, a volte un'opportunità è quanto di più giusto possiamo dare.

A volte.

Luca al momento è debole. Persino gli shinigami non sono infallibili nel giudicare.


# I dolori del "giovane" Luca


*«Occhio dello shinigami?»* fa confuso Neddu. «Cosa ti sei fumato al

lavoro?»

«Non mi prendere per il culo, è così che lo chiamavamo io e Cami» gli risponde Luca, steso su un fianco per farsi passare la nausea. «Non ti sto dicendo che penso di avere i superpoteri, non sono infantile fino a questo punto. Che so, prendila come un'abilità che affini nel tempo a furia di far pratica, tipo calciare le punizioni nel sette. Ci provi una volta, due, ci stai un mese, alla fine butti dentro dieci tiri di fila. L'occhio dello shinigami è la stessa cosa, in pratica ho sentito talmente tante cazzate che ormai indovino tutto di qualcuno dalle minime cose.» Neddu lo tira su dalla panchina e gli caccia mezza bottiglietta di Coca in faccia. Sono soli nel parco, alla peggio qualche guardone sta acquattato tra le fronde in attesa di una coppietta in macchina. Annaffiare è meglio che curare, la doccia improvvisa non fa comunque rinvenire lo scrittore. «Cosa c'è? Pensi che sia pazzo?»

«Deliri. Cosa hai fumato?»

«A parte le Lucky, niente. Sei libero di non credermi, ma non ho neanche bevuto prima di questa Tennent's. Non ce la faccio più a vivere così, cazzo.»

«Okay, facciamo finta che sia la verità.» Neddu si mette le mani in tasca e cerca di non dargli troppa corda. «Hai studiato le malattie mentali, e non è una novità che siamo tutti fuori di testa. L'occhio dello shinigami sarebbe quindi il modo per chiamare la capacità di leggere tutto quello che c'è da sapere di una persona come l'interpretazione del linguaggio del corpo?»

Luca si rinfresca la gola. «Circa, c'è anche tutta la parte di ragionamenti sulle parole che uno dice, la deduzione logica, il calcolo delle probabilità che ci sia una cosa piuttosto che l'altra eccetera. Ad esempio, a te ci metto un attimo a diagnosticarti il disturbo evitante: ti sottovaluti, spesso ti percepisci inadeguato, difficilmente ti fai amici diversi da quelli che già hai e tendi a prendere le distanze da situazioni ove potresti essere criticato, come con una ragazza che ti rifiuta. Cosa mi permette di fare l'occhio dello shinigami? Assumere che questa condizione sia stata sviluppata a seguito di troppe lamentele da parte di teste di cazzo quali Rachele. Già ti metteva a disagio la tua estrazione sociale, te ne sei fatto una malattia. Era il terreno fertile per generare nuove insicurezze che oggi ti portano a non affrontare quel tipo di situazione ma anche altre, avendo per giunta un carattere sensibile e un'inclinazione a non metterti in mostra. Ciò ti porta alla riluttanza nel correre rischi, all'inibizione, all'esclusione dei contatti interpersonali. Non caschi nei comportamenti abituali di un depresso perché per il resto hai una vita abbastanza piena, non hai manco il tempo per pensare di avere un problema. Ma quando ti trovi davanti a una pericolosa novità, *ops*, volti le spalle. Se non ti fossi sentito praticamente costretto, avresti ballato con quella prostituta? E se non avessi già avuto una minima conoscenza a priori con Roberta, saresti mai arrivato a baciarla?»

«Ma che cazzo…» suda Neddu. «Lu, te mi preoccupi.»

«Fa' pure, tanto ci ho preso su tutto. Alla salute, a proposito. Siamo spacciati.»

Il sardo sta fermo sulle gambe e scandaglia l'amico da cima a fondo. Sono passati all'incirca sette anni dalla prima fuga di Luca, sembra che per lui il tempo non sia trascorso. C'è giusto un pelucco bianco sulla barba, ma lo scrittore si rade regolarmente cancellando ogni prova del suo invecchiamento. Tolto il decorso della maturazione, non è cambiato di una virgola, e questo fa paura a Neddu, che ha visto il tracollo degli altri.

A fare però più paura c'è la visibile dipendenza da alcolici, poi le occhiaie ingrigite, l'odore di fumo che gli appesta l'alito; soprattutto sono i suoi movimenti a destare l'apprensione, perché Luca è scoordinato, fradicio, la gestualità delle sue mani è influenzata dai suoi vizi e le dita stanno poste come se stessero sempre reggendo una sigaretta o una bottiglia. Infine c'è lo sguardo a dare pensieri, l'unico dettaglio ad apparire diverso, inaccostabile al Luca che conosceva. Neddu si siede sulla panca, all'altro il sapore di Coca sul viso non dà fastidio. «Non riesco a capire un cazzo di quello che dici, Lu. Passi per 'sta mania che hai di fare diagnosi alla gente, ognuno ha il suo passatempo, ma Cristo, è da quando sei tornato da Oslo che bevi come una spugna. Non fare come Blondie eh, non te lo permetto. Cosa è successo? Che ti prende?»

Luca odia essere paragonato a qualcuno che non stima quanto la propria immagine riflessa. Neddu però ha ragione e la coerenza gli impone di reagire con chiarezza. È che non vuole pensare, si sbronza perché l'alcol rende tutto più facile: è ufficialmente diventato il secondo alcolista del gruppo. Non alcolista del sabato sera, non alcolista per lanciarsi a capofitto con le donne, ma alcolista *alcolista*, cioè quel tipo di drogato che si fa per fuggire dalla realtà della vita.

Neddu è un amico, che si può fare? Solo avere rispetto e vuotare il sacco.

«A Oslo dopo e a Stoccolma prima ci sono andato perché volevo credere alle belinate che leggi su Internet» dice amareggiato Luca, scolandosi la bottiglia per aprirne un'altra – Neddu non riesce a fermarlo. «L'est mi ha rovinato, o mi ha aperto gli occhi, punti di vista entrambi validi. Vedi, in Provenza mi sono tra virgolette rifugiato per non farmi cuzzare dall'antitrust. È la versione ufficiosa, perché quella ufficiale è che nello stesso periodo io e Camilla ci siamo... boh, allontanati, o avevamo rotto perché lei sosteneva che fosse meglio per me, sai 'ste cose alla *nonseitemasonoio*... Bene, a Marsiglia, Nizza e tutti gli altri posticini del cazzo mi sono divertito, in fin dei conti. Ma stavo crescendo, Neddu. Stavo crescendo come voi. Un giorno non so quando mi sono svegliato e mi sono detto "Cazzo, Lu, che stai a fare? Non pensi che sia arrivato il momento di darti una calmata?". E ho iniziato a pensare, cazzo. Ho iniziato a sentire che mi mancava qualcosa. Mi mancava lei, Camilla. Da bravo scemo credevo che il *chiodoscacciachiodo* mi avrebbe presto dato qualcuno con cui vivere quello che avevo vissuto con lei e che mi era piaciuto, finché è durato. Non è mica una roba semplice, però.»

«*E te credo*» replica il sardo, accettando un sorso della Tennent's portagli sotto il mento. «Già si fa fatica a casa propria, con la tua lingua, con la tua gente, vicino agli amici che ti sostengono e alla famiglia. La Francia è dietro l'angolo, ma si è sempre stranieri.»

Luca scorge nel bosco cespugli che si muovono. Ai grugniti dei cinghiali lancia patatine. «*That's right, baby.* Si è sempre stranieri, e se hai la merda al posto del cervello, divertirti e ambientarti non necessariamente sono correlati. Camilla continuava a mancarmi, e più mi mancava più sentivo che il vuoto che mi aveva lasciato mi stava corrodendo. Sono andato poi in Olanda, là mi ero illuso di cavarmela meglio col solo inglese. Scene fotocopia, un po' di divertimento e fine, perché a crescere non ero solo io, ma pure le giocatrici che mi concedevano il contentino. Cosa vuoi che ti dia uno straniero di merda se non incertezze, difficoltà comunicative e idee confuse sul futuro? Quelle mi mandavano fuori di casa appena volevano andarsene a dormire, avrò sì e no mantenuto i contatti con un paio di persone. Te la faccio breve, eh, che sennò qua ci stiamo tutta la notte.»

«Vai tranquillo, ti conosco dalla terza superiore e mi basta immaginare.

Anche là ci sei andato per divertirti?»

«In sostanza, sì» ammette lo scrittore con la voce avvelenata dalla vergogna. «Col vuoto che speravo di colmare e coi sogni di gloria perché il welfare fa gola. Ci sono durato qualche mese, poi sono sceso, ho fatto quella cazzata con Sara e ho avuto la geniale idea di partire verso le rovine dell'Unione Sovietica.»

Neddu tiene stretto il collo della bottiglia nonostante Luca, fisso a puntare la coda del cinghiale dietro al cespuglio, abbia teso la mano per riavere la sua dose di stordimento. Ridargli la Tennent's magari lo aiuterà a fare i conti col passato. «Non ci vuole fantasia per azzeccare il motivo della genialata. A quel giro ti sei fatto ingannare dalla propaganda filorussa, che ama gli italiani da Al Bano a Totò Cutugno.»

«Volevo levarmi dalla testa tutto» dice Luca dopo un triste silenzio. «Compresi che la mancanza di Camilla l'avrei sentita finché non avrei incontrato la ragazza ideale, come quelle su cui scambiavamo pareri al liceo. La cazzata con Sara l'ho fatta per questo, e credimi che mi faccio schifo tutt'oggi. Tra le varie ragioni per bere, eccotene una.»

La birra viene ripassata al sardo, che non ha voglia di mandarne giù altra ammirando come potrebbe ridurlo qualora i suoi malanimi prevalessero sul senso critico. Il pentimento di Luca lo raggiunge nel medesimo punto toccato da Blondie la notte della sua overdose. «Hai illuso lei perché stavi illudendoti da solo...»

«Ritenendo che dal bene che già ci volevamo sarebbe nato qualcosa che mi avrebbe fatto bene. Ma ero io, Neddu. Ero io che mi facevo il castello e che pensavo soltanto a stare meglio, trascinando nella merda una cugina che a oggi fatica a parlarmi.»

Uno spicchio di luna solitario fa luce nel cielo troppo inquinato per mostrare le stelle. Nel parco soffia l'aria fresca della notte, tuttavia il sardo, ad ascoltare il suo amico, non ha voglia di fare citazioni per alleggerire il momento.

Luca punta insistentemente il cinghiale, non riscontrando differenze tra il vivere del suino e il suo.

«E laggiù cosa è successo?» gli domanda Neddu, il quale presagisce che, di tutte le avventure che lo scrittore avrebbe da narrare nei suoi romanzi, quelle al di là di Lubiana non saranno da prendere come spunto per fare battute un giorno. Mai.

Luca respira profondamente. «Stavo crescendo, cercavo di riempire un vuoto, di tanto in tanto riapparivo e finivo a letto con Camilla, quindi non stavo risolvendo un cazzo. All'inizio è stato forte, non tutto quel che si dice degli stereotipi sugli italiani è vero, ma una buona parte ti motiva ad andare avanti per la tua strada. Mettici anche che da solo, nel senso, senza la mia famiglia tra le palle, ci stavo bene. Tra Praga, Bratislava, Budapest, la Romania e un giretto in Moldavia, di amicizie ne ho fatte parecchie, e inutile specificare con chi.»

«Tutte ragazze, ovvio.»

Luca diviene molto, molto serio d'un tratto. «E che cosa fanno le ragazze?»

A Neddu non sfugge il suo repentino ed inquietante cambiamento, forse provocato dall'eccesso di alcolici. Al tempo avrebbe osato: «Te la lanciano come il pane ai piccioni», adesso non se la sente di fiatare.

Lo scrittore riempie il silenzio. «*Fondamentalmente chiacchierano, spettegolano, sparlano dei tuoi cazzi in tutti i sensi.* Te le ricordi le nostre conversazioni a scuola? Ora amplificale e piazzaci dentro tutte le schifezze che ti passano per la testa, la merda che più merda non si può» dice, dunque riprende a concentrarsi sul cinghiale dopo aver fiatato. «Quando senti il vuoto, prima o poi la lezione la impari. Avevo voglia di conoscere qualcuno, ma una voglia che superava di brutto quella di sesso. Non ci è voluto molto per smettere di usare le mie tecniche imbecilli. Dal cercare di portarmi le tizie a letto sono passato a chiacchierarci, e dal chiacchierarci a sturarmi le orecchie per sentire le storie che avevano da raccontare. Alcune le ho persino viste coi miei occhi. Per guadagnare qualcosina in più facevo illegalmente le sedute a ragazze che non potevano permettersi i professionisti veri, avevo un bel seguito. Secondo te cosa mi raccontavano?»

Neddu immagina Luca a fare da terapeuta ed è normale che gli venga da ridere, benché si trattenga data l'atmosfera del momento. Viene lo stesso rimproverato e invitato a dire la sua. «E cosa raccontavano? Numeri da circo, che altro?»

«Anche se ti confidassi ogni singolo dettaglio, non renderebbe mai come vedere di persona cosa alcune di loro passavano» rantola l'intristito. «Avrei voluto tanto che fosse un circo, uno scherzo. No, manco per il cazzo. Erano persone che soffrivano. *Persone*, non ragazze, non donne, *persone*, porca puttana. Nina, la prostituta, ci ha detto di avere vent'anni. Non mi sorprenderei se venisse fuori che ne ha sedici o diciassette, con la pace all'anima del Signore se ne aveva quattordici quando ha cominciato. Ho visto queste robe, Neddu. Le

ragazzine, le botte, gli stupri, i padri violenti, i fidanzati drogati. Tu mi dirai che c'è di nuovo, le avevo già viste a Genova 'ste cose. Sì, è così. Ma son cambiati gli occhi, ragazzo mio. Sono cambiato io, o sono sempre lo stesso cane morto con qualche consapevolezza in più. Ho ascoltato le loro storie con attenzione, ho dato una mano... nel tempo mi sono affezionato, ho iniziato a nutrire sentimenti di amicizia nei loro confronti. E volevo poter fare di più, levarglielo quel cazzo di dolore, ma poi ho capito qual era il problema: noi. O meglio, io e quelli come me. Gente che se n'è sempre fottuta di cosa provavano gli altri finché gli altri non hanno cominciato a fottersene di noi. *Tutto qua*? Sì, *tutto qua*, ma moltiplicato per quattro anni, ogni giorno tutto il giorno. Loro stavano male e io non potevo fare un cazzo se non starmene lì, ad ascoltare e a compatirmi. Adesso la maggior parte di loro sta da sola, con la paura di quello che potrebbe succedere se di nuovo arriverà la persona sbagliata. Come per te, per Begbie... Allora mi sono guardato dentro e per la prima volta da che ne ho memoria ho visto che razza di essere umano sono, pro e contro, vantaggi e svantaggi. Ho studiato la mente umana perché volevo avere il potere di controllarla a mio favore, ma chi sono non è un tizio tagliato per fare lo strizzacervelli, perché stare vicino alle persone mi fa assorbire tutta la loro sofferenza. Non sono stato più capace di fare sesso, e questo ha peggiorato l'alcolismo. Con tutta la roba che mi sono sobbarcato fino a non poterne più, l'unica cosa che riesco a percepire è un senso di colpa devastante, che ammorbidisco a suon di sbronze.»
Capire gli altri è facoltà degli empatici, dicono. Non è così. Gli altri si capiscono quando passano attraverso quel che conosciamo. Pur impegnandosi, Neddu è sempre stato diverso dai suoi amici. Cosa gli esce dalla bocca è una condanna di tre parole. «Lacrime di coccodrillo.»
Nient'altro, almeno fino al domandare a Luca quali siano le sue intenzioni per il futuro prossimo. Ci sono una psicologa, un lavoretto e un desiderio, dacché può anche aver attraversato il proprio purgatorio, ma non c'è forza al mondo che gli possa far scordare Camilla.
«Devo andare da lei, Ned. Pensa quello che ti pare di me, non ce la faccio più. Devo andarci adesso.»

# L'unica certezza

"L'amore, come la morte, cambia tutto."

Khalil Gibran

«Allora, ci darai dentro?» chiese Camilla accompagnando Luca alla porta l'ultima volta che si videro.
Lo scrittore doveva dirle quel che poteva essere approvato, e non la verità. Che non aveva davvero voglia di ripartire, che si sentiva di continuare a scappare, che per quanto ci provasse non esisteva niente a eradicare Camilla dai suoi pensieri, soprattutto dopo aver gioito per i grandiosi miglioramenti che la ragazza conseguì. Si era disintossicata, aveva trovato un lavoro decente, viveva ancora come una hippie ma almeno dava dimostrazioni di star raggiungendo un equilibrio tra sé e il mondo. Non da meno, mostrava segni di affetto che portarono Luca a dedurre che non soffrisse di alcuna sociopatia, ergo che fosse possibile, per Camilla, condurre un'esistenza normale. Non "normale", ma normale.
«Vado a fare casino, come sempre» mentì Luca, reduce da molte battaglie non condivise.
La ragazza gli credette perché voleva sperarci. «In bocca al lupo» disse, e gli aprì la porta.
Lui uscì, ma non ce la fece a non voltarsi. «Ci vediamo, okay?»
«Sì, ci vediamo» disse lei tra la porta e lo stipite.
«Bene, allora… buonanotte… e grazie per tutto»
«Quando vuoi…» sorrise Camilla.
Luca se lo fece bastare e s'incamminò per non vederla chiudere. Di nuovo col cuore afflitto, ancora verso avventure che non avrebbero cambiato niente. Sparì nella notte e lei restò poggiata alla porta resistendo al male che non la mollava mai. Lo pensò. Lo pensò tanto, lo ripensò sempre.
Luca amava Camilla e Camilla si era innamorata di Luca, alla fine.
Maledetta diagnosi sbagliata, strada del non ritorno verso un destino infausto per entrambi.

Ha gli occhi semiaperti, il vomito seccatosi in gola, sulle labbra e sulla guancia. Già il corpo non ha mai avuto grasso, ora è scheletrico. Tre giorni senza vita sul pavimento, forse quattro, cinque. L'inquilino ha fatto la stessa fine, overdose che li ha colti contemporaneamente. Il gatto non può per sua natura lanciare allarmi, e nelle condizioni in cui si è sempre trovato persino miagolare gli costerebbe un colpo al cuore. C'è una puzza pestilenziale in casa, si diffonde nelle scale. Nessuno degli altri sbandati occupatori dell'edificio si preoccupa, dato che la zona è pregna di odori fognari.

È Neddu a fiutare per primo la puzza, le narici di Luca sono tappate dal troppo fumo. Nei vicoli sopraggiungono Begbie e Bunny, aspettano giù in strada che l'amico riabbracci l'amore della sua vita, ma nessuno scende. Il sardo batte il pugno sull'uscio, ipotizza che l'appartamento sia stato abbandonato. Luca è sicuro che Camilla sia lì dentro, non può essersene andata senza avergli riferito del cambio di residenza – poi c'è ancora il suo cognome sul citofono. Il motociclista si stufa di aspettare e sale, mentre l'odoraccio inizia a destare preoccupazioni.

Una spallata, due. L'arte imparata e messa da parte torna utile per scassinare la resistente porta. Vorrebbero non averlo mai fatto  appena spalancano e vedono il disastro in cui verte la casa: ci stanno bevande rovesciate, un nido di topi, plichi voluminosi di cartacce sparse, le persiane a cui mancano dei pezzi; le luci non funzionano a dovere, qualcuno ha lasciato della pasta ad ammuffire in cucina.

Il gatto "sta bene", si solleva sulle zampe sperando che i nuovi arrivati gli diano qualcosa di sano da mangiare per non crepare di stenti. Il tizio che Cami si è presa nell'appartamento sta contorto sul divano, occhi sbarrati e il polso mezzo rosicchiato da un ratto che non fugge.

Bunny, memore delle formazioni in primo soccorso durante i periodi in cui fu imbarcato, trattiene il fiato e si fa largo tra il disgusto collettivo. La salma è lì da giorni, il tizio avrà avuto a esagerare venticinque anni e il pallore della pelle risalta i buchi sul braccio; tracce di eroina stanno sul divano, per terra e sul pelo lercio del gatto. Ovviamente c'è un pensiero immediato ad attivare Luca, che come gli altri ne ha già visti di cadaveri, ma ogni volta che ne vede uno nuovo viene ingorgato dall'adrenalina e non figura la conclusione più logica. Non sa perché si mette a ispezionare l'appartamento in ogni fatiscente angolo, dacché è convinto che Camilla se la sia data a gambe appena l'inquilino ha tirato le cuoia.

Ma non è così.

È in bagno che Luca trova la fine del suo mondo. Con la testa sotto al lavandino, i capelli unti e la faccia immersa nel suo stesso rigurgito. Forse si era accorta che qualcosa non andava, vicino a dove è caduta ci sono emetici; non ha fatto in tempo a ingerirli.

Luca la vede e non muove più un muscolo. S'irrigidisce sul posto, tra il bagno e il corridoio, a guardare perdendo battito. È orrenda come visione, tanto che la sua reazione è anomala. Rallenta il respiro, scuote la testa, sta senz'altro vivendo un brutto sogno dopo aver bevuto troppo.

Arrivano gli altri e non si tratta affatto di un incubo. Camilla è veramente stesa sul pavimento con gli occhi semiaperti, inanimi, quasi di vetro; il vomito secco sulle gote bianche, le mosche che le ronzano sopra, le ossa che sporgono tra le carni prosciugate dal decesso. Bunny non avrebbe bisogno di controllare le pulsazioni, perché se quell'altro è di là morto da giorni e nessuno lo ha tolto, è palese che anche per Camilla non ci sia più niente da fare. È per Luca che si fa forza, mentre lo scrittore resta fermo, in osservazione, a realizzare secondo dopo secondo. Neddu si volta, si massaggia le tempie; Bebgie prende Luca e lo porta fuori appena Bunny, in silenzio, accenna un "no" col capo a intendere che ormai è tardi.

Sulla punta del naso rinsecchito c'è la causa dell'overdose. Luca si stacca dalla morsa di Begbie e si accovaccia incapace di fare nulla, solo di raccogliere le ginocchia tra le braccia e mormorare parole confuse tra sé e sé.

Beg, sconvolto, assume le redini. «Okay, ragazzi. Bunny, pensa te a chiamare l'ambulanza, te Neddu stai un secondo con Luca. Io telefono alla sua psicologa, speriamo che sia sveglia.»

Luca ode soltanto rumori indistinti nell'oblio ove tutto è ovattato. «Quando vuoi…» sussurra al vuoto. «Le ultime parole che mi ha detto guardandomi in faccia sono state *quando* e *vuoi*. Cristo santo…»

I tre amici brancolano nell'esitazione, bolliti dentro dal disagio e resi più incerti dall'impedimento. Non ci sono cose da dire in momenti del cazzo come questi, né conforti né sproni patetici. Luca ha visto la donna della sua vita morta, con le mosche a pascolare sul vomito che l'ha soffocata, e ogni suo proposito è ora un eco nella mente annebbiata dall'alcol e dal dolore: voleva entrare senza preavviso, stringerla, baciarla con tutto l'ardore che gli è rimasto e dirglielo, "Ti amo, Camilla. Amo te e voglio solo te"; lei è morta e lui non glielo ha mai detto.

Lo scrittore si tira su, cammina come uno zombie sino al frigorifero e si stappa una lattina per superare la notte. Nessuno lo ferma, è comprensibile. Va a sedersi accanto al cadavere del tizio sul divano, si mette a lottare col ratto e gli dà un calcio che lo proietta fuori dalla finestra sfondata. «Vattene a fanculo, sorcio di merda» sibila annerendo lo sguardo, poi si risiede e dice al morto dal polso mangiucchiato: «Alla salute, amico. La vita è proprio uno schifo e Dio è un bastardo. Beato te, che ti sei goduto Camilla fino all'ultimo. Mi auguro però che non te la sia scopata, perché io sono innamorato di lei e lei mi ha sempre confessato di non avere amanti all'infuori di me. Come mi aveva rassicurato di essersi disintossicata, eppure sul naso ha un quintale di zucchero a velo. Non è che mi mentiva anche su questo, sul fatto che ero l'unico? Perché, se è così, magari scopavate, o no? Puoi dirmelo, non ti faccio male, anche perché sembri morto anche te… Anzi no, un pugno te lo tiro.»

E lo fa, impattando le nocche diritte al cranio. E bestemmia, e urla, e lo devono portare via dall'appartamento prima che spacchi ogni cosa, poi ci pensano i carabinieri ad ammanettarlo per impedirgli di far male a qualcuno di quelli che, curiosi, si avvicinano all'ambulanza che carica i due corpi. Nessuno lo porta in caserma grazie alla retorica di Begbie, inoltre tra i gendarmi non vi sono cuori così duri da non indulgere sull'ammattimento di un uomo che ha appena perso per sempre la donna amata. Bisogna tuttavia portarlo all'ospedale perché in shock, sedarlo e attendere che venga la psicologa a occuparsene. Alla notte sopravvivrà, ma al trauma… Questo lo stabiliranno il tempo e la forza. Quando, al mattino, si risveglia, c'è il rintontito augurio di essersi immaginato tutto. Da come la psicologa lo guarda, regalandogli una carezza gentile, l'ultima speranza svanisce. Quel che un tempo si sbiadì, dopo che Camilla gli disse che avrebbe dovuto andare per la sua strada, adesso s'incrina. Qualcosa in Luca si rompe e forse non potrà mai più essere aggiustato.


Camilla era figlia unica. Coi genitori ha tagliato i ponti, ha gettato immondizia sulla famiglia, i cugini non sono così legati. Le amicizie è meglio che non si mostrino alla luce del sole, con la merda illegale di cui hanno piene le tasche. Forse i colleghi potrebbero venire, ma c'è da lavorare e i clienti non si servono da soli. Camilla non ha nessuno a darle l'ultimo saluto.

Ci pensa Luca a pagare la cremazione, i cinquecento euro meglio spesi del suo imbarazzante passaggio per il mondo. Giacché si direbbe che non freghi poi molto che se ne sia andata, i quattro ignoranti che l'hanno rinvenuta organizzano una cerimonia d'addio, in un punto abbastanza nascosto del promontorio di Portofino.

Begbie riflette sulle parole da dedicarle, Bunny sta alle spalle di Luca per agguantarlo in caso si lanciasse sugli scogli, lo scrittore cammina in modalità automatica e Neddu trasporta il vaso con le ceneri. Non c'è voglia di parlarsi, sembra così strano essere i protagonisti di una simile tragedia.

Luca fissa l'orizzonte senza alcuna vitalità, non mostra emozioni. Non si arrabbia quando il sardo incespica e le ceneri si spargono qua e là. Una tristezza infinita, un finale desolante per una vita amara come quella di Camilla.

Alle bestemmie di Begbie, la voce dello scrittore alcolizzato placa la tensione. A mani in tasca, con gli occhi rivolti verso nessuna parte, Luca avvia un lungo e atono monologo disturbato dal solo vento. «Mi ero promesso di andare da lei una volta datomi una sistemata. A quattordici quindici anni sopportavo gli insegnamenti di mia madre, facendo sempre sì con la testa. *Renditi presentabile*, mi diceva. *Fatti bello, è un peccato che non ti tieni, che figura ci fai, sembri il figlio di nessuno* e vaffanculo, quante troiate. A trenta mi viene in mente che mamma avesse ragione, dovevo rendermi presentabile per Camilla. Eh, che figura del cazzo ci avrei fatto ad andare da lei con la faccia rincoglionita che mi ritrovo, zuppo di alcol, stravolto dopo avventure di merda nel fottuto est europeo? Sono tornato da tre settimane, tre settimane per darmi una sistemata, farmi un po' di terapia, essere pronto, capite? Potevo andarci subito, perché a lei non gliene fregava un cazzo di come mi presentavo, o se puzzavo di fritto, se avevo pestato la merda di cane, o se mi alcolizzavo. È morta mentre io mi facevo le unghie dall'estetista, Dio maledetto» dice, poi riprende dopo essersi acceso la Lucky. «Non era sociopatica, raghi. Gli atteggiamenti antisociali che aveva si spiegavano con il consumo di droga, vedi l'irascibilità o la tendenza a commettere piccoli reati quando era in astinenza. Il resto aveva una spiegazione caratteriale, perché Camilla aveva un carattere duro e ribelle: rifiutare le leggi, dai, l'abbiamo fatto anche noi, ma non siamo sociopatici, o mi sbaglio? Un sociopatico è disonesto, Camilla non lo era per niente. Camilla provava senso di colpa. Poco, ma lo provava. Aveva un'immensa cultura, s'informava, i sociopatici sono invece distinti da un basso grado d'istruzione. E poi le prove determinanti: riconosceva i diritti degli altri, checché ne dicesse, e poteva provare sentimenti profondi. Se non si era mai legata a qualcuno era perché era cresciuta in un contesto dove le si veniva praticamente imposto di avere una posizione sociale invidiabile, con un marito invidiabile, con una merda di casa invidiabile. Lei rigettava tutto questo perché era semplicemente fatta così, e io sono la dimostrazione vivente che nel tempo avesse iniziato ad ammorbidirsi perdendo la negatività datale dal disturbo che davvero aveva, la sindrome di Cassandra. Chiunque le abbia diagnosticato la sociopatia è un perfetto incompetente che ha ceffato in toto tutto. Lei se n'era convinta finché non ha attaccato a dubitare notando le contraddizioni del suo vivere, che non erano in linea con la diagnosi. Ho letto le conversazioni sul suo telefono, non possiamo sbagliarci. Ha avuto una ricaduta dopo essersi fatta seguire da un'altra persona, una che ha detto per filo e per segno quello a cui sono arrivato io. In pratica, Camilla si è resa conto di aver vissuto gli anni migliori in funzione di una stronzata non vera, e li ha gettati perché sicura che non avrebbe mai potuto avere una vita normale. Invece che riscattarsi, è caduta in depressione e ha ripreso a farsi. Parlava di amicizie finite, delle occasioni perse... e ha parlato anche di me a qualcuno che non conosco, dicendo che stava male a ripensare a quante cose avrebbero potuto andare diversamente se avesse iniziato a dubitare prima. Testuali parole: "Io gli ho sempre voluto bene e mi è sempre mancato. Se tornasse da me, ci sarei, cazzo. Ho capito che respingevo la vita per le mie stupide idee, quando la vita non è per forza come la intendevo. Se continuo a esserci per lui, forse non è solo volergli bene. Io credo di amarlo". C'è da chiedersi perché allora non mi abbia mai scritto per dirmi di raggiungerla. Mi sa tanto che è per lo stesso mio motivo, ragazzi. Dovevamo ripulirci e renderci presentabili. E guardate dove siamo. Io, qui, a sparare cazzate che tanto non cambiano niente, e lei incenerita, un po' in mare, un po' sugli scogli, un po' sulle mie scarpe, che hanno veramente pestato una merda di cane. Bello, bellissimo. È morta da sola...»

Neddu ancora non si è rialzato. Vorrebbe sprofondare tra gli scogli su cui è sparsa la ragazza. Bunny e Begbie avvolgono Luca in una stretta, esortandolo a piangere se ne sente il bisogno. Diventano molesti nel farlo.

Lui si scoccia. Gli uomini non piangono. «Lasciate stare», dice respingendoli, «le lacrime le ho finite da un pezzo. Non riesco più a piangere, cazzo. Non sono più umano.»

E se ne torna indietro, risalendo il promontorio verso la Bunnymobile. Quando gli altri lo raggiungono dieci minuti dopo, lui è seduto accanto alla vettura.

Due lattine vuote tra le gambe. La terza è quasi finita.

I resti di Camilla sulla sua scarpa non possono rimproverarlo.


# Scegliere un'altra vita


In base all'attuale costo della vita, mantenere un figlio sino alla maggiore età, lo ripetiamo, costa centoquarantamila euro, più di settemila euro l'anno. Bisogna occuparsi dei suoi bisogni primari, farlo integrare, finanziare un'attività sportiva, sostenere colloqui dall'asilo al liceo, indirizzarlo verso scelte adatte alla sua intelligenza, al suo carattere e alle sue propensioni. Bisogna essere un maestro, un riferimento, un amico, un appoggio, un padre. Bisogna avere la donna giusta accanto e un ambiente famigliare a modo, essere disposti al sacrificio, rivedere alcune delle proprie posizioni in fatto di società. Fare i genitori è un casino per tutti. Per Begbie è una merda assoluta, un suicidio dilatato nel tempo.

E non parliamo di come gira il mondo, tutto fuorché adatto, per lui e per altri, a ospitare infanti. Pandemie, guerre, crisi economiche mondiali per l'avidità di un élite di americani *mangiahamburger*, plastica nei mari, apocalisse preannunciata, cibi zeppi d'interferenti endocrini. Oddio, gli interferenti endocrini. I giovani mangiano mai tante schifezze con dentro i suddetti interferenti oggigiorno; si spiega come mai siano tutti stranosessuali, con le bambine che hanno le mestruazioni a nove anni e i bambini sempre più androgini.

Scegliere di non avere una donna è la sua atarassia, la tecnica personale per non avere rotture – le paranoie femminili, il materialismo femminile, *quel* periodo femminile, il *ghosting* femminile e l'inclinazione femminile a far di lui bancomat e banca del seme, o uomo di famiglia medio. Scegliere di non avere figli ha uno scopo più cristiano, collettivista: fa un favore al pianeta e fa un favore a quelli che, nascendo, lo erediterebbero.

Eppure Begbie non è misogino e non odia i bambini. Odia i cani e i gatti, ma non le donne e nemmeno il futuro della nostra sciagurata, autodistruttiva specie. Sente lo stomaco strizzarsi a rivedere Gloria, al parco, con suo figlio, che per la fortuna del matrimonio somiglia tutto alla mamma, e di Begbie non ha che il DNA nei piccoli testicoli. È proprio un bel bambino, c'è da ammetterlo. Felice, sano, con una madre che dimostra quanto l'ha voluto amandolo più di qualsiasi cosa. Gioca a pallone con altri bambini tra le aiuole. Il motociclista preferirebbe che non si rincoglionisse col calcio, ma, d'altronde, ha scelto lui di non essere nella posizione per dire la sua.

«È lui?» gli chiede Bunny, che lo ha accompagnato per dargli man forte.

«È lui, non c'è dubbio» annuisce Begbie. Non aggiunge altro.

«E… che vuoi fare ora? Vai a parlare con Gloria?»

Begbie non si concede neanche un istante per riflettere, ha già deciso. «No» è la risposta secca.

«Perché no? Cosa sei venuto a farci qua sennò?»

Il motociclista, ormai niente più che l'ombra del corridore che fu, invita l'amico a guardarlo e poi a dare un'occhiata a Gloria. «Era l'intenzione all'inizio, ma adesso non è proprio il caso. Apparteniamo a realtà diverse, la mia è un veleno per la sua. Guarda come parla con le altre mamme, guarda come sta bene. Non capirò mai perché la gente scelga la vita, però ci sono alcuni che sembrano felici. Lei, suo figlio… nostro… no, suo, io non sono che quello che ha messo la materia prima mentre è un altro uomo a crescerselo. A vederli così, direi che ci è riuscito bene. Forse il bambino ha riportato la serenità nella coppia. Me lo auguro per lei, perché merita questa felicità.»

Bunny non è d'accordo, una volta tanto. «Ma quale felicità, Beg? È finta, costruita su una menzogna. Gloria lo ha tradito e lui si tira su il frutto del tradimento. È brutto, fa perdere la fiducia nei confronti degli altri. Lo avevi detto te con la teoria del vizietto, quello che ha fatto lei potrebbe capitare a uno a caso di noi, o a tutti, e non potremmo saperlo.»

«Ho detto tante cose» risponde tristemente Begbie. «Alcune le penso ancora, altre sono pure peggiorate assieme alle mie visioni da fissato paranoico. Ma quella felicità lì è vera, non importa che sia nata da una bugia, altrimenti quante volte non avremmo potuto essere contenti di qualcosa noialtri, che sulle bugie e sulle minacce ci abbiamo eretto quasi tutto quello che abbiamo? Gloria voleva un figlio, suo marito non poteva dargliene e ora il problema non si pone più. La differenza tra il tradimento e l'inseminazione artificiale sta nel fatto che del tradimento è consapevole solo uno dei coniugi. Con quello che abbiamo combinato noi negli anni, te la senti di giudicare?»

Bunny si ficca le mani in tasca e sbuffa ciondolando sul posto. Dà un calcio a un sassolino. «Che devo dire? Per cosa mi porto dietro, qualcuno di me potrebbe pensare che sono venuto qui al parco per distribuire prevendite a bambine che mi spompineranno perché sarò troppo sverso per accorgermi della cagata. Hai ragione te, è bello vedere una persona felice, specie se a questa persona vuoi o le hai voluto bene. Rimango comunque dell'idea che mentire quando hai una fede al dito sia deplorevole. E sarò onesto: lo credo nonostante tutte le mie balle perché un giorno vorrei arrivarci a sposarmi, possibilmente senza fare la fine del marito di Gloria.»

«Allora ho sempre avuto ragione» mormora Begbie. «Hai quest'idea perché proietti su di te quel che è quell'altro a vivere ogni giorno, ma non te ne frega anche giustamente nulla di lui.»

Bunny sogghigna e si cala gli occhiali da sole sugli occhi. «Giusto, è così che va per tutti, chi più e chi meno. Siamo egoisti, c'è poco da discutere. Lei si è tenuta il bambino obbligandoti a vivere col pensiero di essere padre, tu te ne sei andato, Luca piuttosto che mollare la birra lascia cadere la gente per terra, io continuo a spacciarmi per qualcun altro per salvarmi la pellaccia nonché per non togliermi il vizio che più mi piace, anche se questo significa campare di espedienti, raggiri e stratagemmi che funzionano sempre. Ogni morale è inutile, perché quando scopri cosa nasconde la gente ti senti più in pace con te stesso.»

«*La verità è che siamo cattivi*» cita Begbie nell'immediato. «Prosegui pure col monologo.»

I bambini giocano radiosi e sereni. Ne hanno di tempo prima di rovinarsi divenendo parte della sporcizia umana a cui sono pochi a sottrarsi. Gloria volta lo sguardo in cerca del suo piccino, che ormai è grandicello. È ancora bellissima. Non lo riconosce subito, ma nell'attenzione dello sguardo ricambiato distingue l'uomo che gli ha dato la più grande tra le felicità. Begbie non dovrebbe essere al parco, non dovrebbe essere proprio da nessuna parte.

«Ma questo cambierà, io cambierò» recita Bunny. «È l'ultima volta che faccio cose come questa, metto la testa a posto, vado avanti, rigo dritto, scelgo la vita. Già adesso non vedo l'ora, Beg. Diventerò esattamente come loro. Il lavoro, la famiglia, la monovolume del cazzo, la macchinetta del caffè espresso, in coda per il Black Friday, abbonamento a Netflix e impianto audio da cinema in salotto. Dieta gluten free, niente olio di palma, mutuo di trent'anni, residenza falsa, abbigliamento unisex, Canarie senza droga, divano in ecopelle, Wikihow, secondo profilo segreto su Instagram, panettoni, figli e nipoti, guardare i campetti con nostalgia, impiego statale, camicie stirate, il cagnolino, ferie ad Agosto se son fortunato, *NatalePasquaetuttiisabatisera* in famiglia, astinenza sessuale, evasione fiscale, niente pensione, tirando avanti, lontano dai guai, in attesa del giorno in cui finalmente morirò.»

Ci vuole egoismo per non volere figli, ce ne vuole altrettanto per metterli al mondo. O coraggio. O responsabilità. O pazzia.

Begbie osserva la sua vecchia fiamma e non pensa a quanti fattori ugualmente sindacabili vi siano per figliare, dal poco tempo trascorso insieme all'instabilità lavorativa, dall'inconsistente consapevolezza culturale al non aver vissuto abbastanza per poter diventare genitori. Tutto perde di significato perché lei supera la difficoltà iniziale appena comprende che il suo ex amante sia apparso solo per darle l'ultimo, silenzioso saluto. Gli sorride, alza di poco la mano e la scuote con leggerezza. Il motociclista, assente con la testa, si gira ed esce di scena per sempre. "Sii felice ed abbi sempre cura di lui, che non ha colpa del mondo che lo circonda. Insegnagli a essere migliore."


C'è tensione nell'aria. Le nuvole sparse hanno portato il vento, forse verrà a piovere. Luca bazzica per il centro di Genova con la musica al massimo negli auricolari, non si cura di niente attorno a sé e prosegue diritto, verso la meta. Ha un po' di soldi da spendere, e perché sta uscendo con Ginevra decide di sputtanarli in un negozio dove verrà spennato, invece che fare come al solito andando per mercatini. In realtà non gli serve rifarsi il guardaroba, è pieno di abiti che gli son stati regalati; ha solo voglia di andare a mettere le cose in chiaro, perché essere raccontato gli sta bene fintanto che le storie non gli guastano il quieto vivere. Dopo l'est, dopo Camilla, guai a chiunque si azzardi a parlare.

Entra nel negozio, fiuta la sua preda. Sceglie alla veloce un maglioncino piuttosto carino, grigio scuro, proprio del suo stile. Va in cassa per pagare. Kevin è il direttore, è lui che si occupa di battere scontrini; dalla faccia che fa non si aspettava di ricevere visite da parte della sua storica nemesi. Il cinismo di entrambi ribolle al solo vedersi negli occhi.

«Ehilà…» fa svogliato il direttore, passando il maglioncino sullo scanner.

«Ehilà…» fa Luca parimenti scazzato, a voce gutturale.

Si somigliano per indole, per occhiaie e per astio vicendevole. Ora che Luca ha lasciato crescere i capelli, pure per acconciatura. Per intelligenza sono equivalenti, ma dissimili sono per le intenzioni riguardanti l'altro: Kevin vuole affossarlo prima che faccia qualcosa a Ginevra, lo scrittore viene in "pace" per difendersi.

«Sono ventinove e novanta» dice il lugubre direttore. «Paga con carta clonata o con contante sporco?»

«Che spiritosone» commenta il depresso alcolista, ancora in piedi malgrado il lutto che non lo lascia in pace. «Pago con soldi puliti, guadagnati lavorando onestamente come te, ma senza perculare i mongoli che vengono a mangiarsi i miei hot-dog.»

Gli caccia un pezzo da cinquanta sul bancone. Kevin ridacchia di perfido piacere immaginandosi l'arcinemico in grembiulino a lavorare nei chioschetti, puzzolente e sporco di ketchup. «Sei caduto in basso, Cigno nero, o come ti chiamavano i tuoi amichetti dei vicoli.»

«Sai com'è», ringhia Luca, «il cigno torna allo stagno e si deve adattare alla carenza di cibo. Soluzioni temporanee prima di sistemarmi meglio, o di ripartire, dipende un po' da come mi andranno le cose qui.»

A Kevin non ci vuole un disegnino per carpire il punto del discorso, essendo conscio che Luca mai gli andrebbe a parlare se non per un motivo. «Capisco, il lupo perde il pelo ma non la scimmia. Sei qui per Ginevra.»

Luca non ribatte, lo fulmina con le iridi annerite. «È da quando ha diciotto anni, ma anzi da prima», illustra il direttore, «che quella stupida non mi dà mai retta. Un giorno sogni la favola, il giorno dopo finisci a portarti in casa la brutta copia di un ragazzaccio da romanzo *young adult*. Nel mezzo ci stanno anni e anni di facciate, ma non perché gli uomini siano delle merde: per colpa sua, che non ha mai voluto crescere. Io sono tuttavia suo amico, e converrai con me che gli amici esistono per tirarti fuori dai guai. Tu non mi piaci, Luca.»

«E perché non ti piaccio», lo sfida lo scrittore, «hai con molta maturità dato per assodato che io sia sempre la stessa persona che conoscesti al Virgin, raccontando a Ginevra e a Lucrezia cose che non volevano sentire.»

Kevin, con molta snervante lentezza, infila i soldi in cassa e conteggia il resto centesimo per centesimo. «Guarda, ricordo un giorno a casa di Gin. Era il periodo dove voleva incontrare il suo principe azzurro. Quel giorno mi mise a perdere per venire proprio al Virgin, saltò fuori il discorso sulla gente che poteva malauguratamente incontrarci. Io provai a farla interessare al tuo amico Neddu, dico davvero, ma lei fu più tentata dal conoscere te, perché, essendo stupida, si bagnava già a pensare alla tua figura da manipolatore seriale, col tuo bell'elenco di femmine sciupate. Ho fallito nel tenertela lontana, undici anni dopo ti ha trovato, o tu hai trovato lei. Sarà stato destino, allora di che ti preoccupi? Non hai idea di che testa mi faccia al telefono, ore e ore a parlare di te e di quanto sei bello.»

«In verità non mi preoccupo di niente» risponde serio Luca. «Sono ancora un ottimo manipolatore, un bugiardo fenomenale e a letto, cazzo, a letto sono un fottuto drago, e anche lei dà l'idea di sapersela cavare.»

Kevin s'incuriosisce, pur non dando granché credito alle parole di un rinomato mentitore. «Vuoi dirmi che uscite da una settimana e ancora non l'avete fatto?»

«Ci crederesti?»

«Neppure se fosse lei a confermarlo.»

«Ma è così, Kevin. Con Ginevra non ho combinato proprio un bel niente. E non solo con lei, ma pure con tutte le altre con cui sono uscito negli ultimi mesi. Tranne Azzurra, con Azzura ho fatto sesso una volta, ma lì c'è una spiegazione che se te la dicessi mi rideresti in faccia, e non sono venuto qua per farmi sfottere da uno come te.»

Kev non ne è stupito, conoscendo lo scrittore e avendo compreso che razza di personaggio Azzurra sia. «Dato che con la fischionara riesci a girare il mestolino, potresti prendertela e farci a tutti un favore. Non ce la fa a togliersi dalla testa Marcancesco, allora vive d'invidia piazzando i bastoni tra le ruote a Luc.»

«Questa storia già la so», si fa duro Luca, «però non ho studiato le scienze umane per occuparmi di adulti che si comportano da bambini e non sono tornato dallo stracazzo di est per fare da contentino a una poverina con le dipendenze affettive, che sia mia amica o meno. Scommetto che Gin ti avrà accennato almeno un pochino dei miei obbiettivi.»

Il direttore conteggia le monetine. Piuttosto che riguardarlo in faccia si strapperebbe i bulbi oculari. A ripensare alle chiacchierate con la gingerina gli viene da ridere. «Oh, sì che me li ha accennati, è da lì che ho smesso di ascoltarla ritenendo che tu sia sempre il solito manipolatore, perché a tutto posso credere, ma che il Cigno nero sia diventato un filantropo sensibile alla condizione delle donne… Avanti, non riesco manco a dirlo da tanto è stupido.»

Nella memoria di Luca si susseguono rapidi migliaia di ricordi. Ci furono lacrime amare in quel di Chisinau, lo zigomo nero di quella ragazza di Sofia. Nell'ostello mancava l'acqua calda con meno venti gradi di bufera per le strade; ci si scaldava bevendo *rakija* e vomitando rabbia repressa.

Non andava diversamente a Budapest, a Brno, a Nitra, a Miskolc. Faceva i suoi *by night* e socializzava nei bordelli, non trovando di meglio fuori. Le vedeva crescere, ammalarsi, attaccarsi a un vecchio milionario di merda col cazzo avvizzito. Alcune mangiavano vendendo l'ero, altre prostituendosi. Alcune erano poco più che bambine, altre giovani madri a cui non tolsero i figli per un pelo. Ma lottavano, erano coraggiose, magari avessero avuto i problemi del primo mondo. Un giorno alla volta. Un giorno alla volta per conoscere e sentirsi male. Non era poi un universo tanto distante dal suo, però viverlo senza le distrazioni di casa lo fece immergere nelle sue viscere insegnando allo scrittore cosa significasse la sofferenza. E alla fine del viaggio, vedendo la luce in fondo al tunnel, Luca ha dovuto bruciare Camilla, rassegnandosi all'idea di dover convivere col peso del "Ti amo" mai detto per l'eternità.

Kevin non sa niente di tutto ciò. Non può neppure sognarselo.
Luca ha scelto un'altra vita. Un pugno sul bancone.
«Stupido è credere che la potrai proteggere dai maschietti

*eterobruttiecattivi* perché sei un supponente testa di cazzo», rantola lo shinigami, «che è troppo impegnato a vivere nel suo triste passato da discriminato per considerare, anche alla lontana, che il mondo cambia, che le persone crescono. È la causa del tuo cinismo, Kevin, ma ti do una bruttissima notizia: non sei il solo a essere stato male per qualcosa, perciò, invece che rompere i coglioni, lasciami perdere e impara che c'è chi va avanti, mentre tu rimani lo stesso. Io sono quello che hai conosciuto al Virgin e sono pure quello che adesso, guardandoti nella tua lurida faccia, ti dice che vuole altro dopo aver capito cos'ha più valore. Fattene una ragione, Ginevra è libera di fare come le pare e io sono qui per lei. Se ci renderemo felici, questo lo stabiliremo noi soltanto. Sono stato chiaro?»

Un teso scrutarsi, il silenzio. Kevin mostra un sacchettino contenente decine di monetine. «Ecco il suo resto, grazie e arrivederci.»

Luca lo prende, rimette gli auricolari e torna alla propria scelta.

«Ti direi di ficcartelo nel culo, se solo non ti piacesse. *Au revoir.*»

Gli Imagine Dragons cantano *Believer*. Niente è cambiato, ma almeno quel che doveva essere fatto è stato fatto.


## Autodistruggersi

"Tutti, nel profondo del cuore, aspettano che arrivi la fine del mondo."

Haruki Murakami


Ci avevano provato, ma non aveva funzionato. Erano come una di quelle coppie che sboccia negli anni della scuola superiore, con lui aitante ma ingenuo e lei che aveva tanta voglia di amore. Nella diversità c'è una ricchezza, ci piace crederci. Quando si sta insieme, però, vi sono divari che non possono essere colmati, e non è neanche vero che gli opposti si attraggono. Al massimo, dico io, si completano, evolvono insieme, si spingono a vicenda dove l'altro non arriva. Oltre questo, le differenze presto o tardi innalzano barriere, o le barriere già

ci sono e arduo è valicarle. Insieme, se diversi, si può camminare solo finché ci sono compatibilità e desiderio a muovere i passi, perché rispetto e sognare non bastano a dar linfa a ciò che nasce morto. Impegno, fedeltà, neppure queste prospettive servono a qualcosa contro certi mostri, se da ambedue le parti non sussiste la pari volontà di sconfiggerli.
Chi li vedeva vicini sosteneva che fossero davvero spettacolari: Francesco con la sua prestanza e la barba virile, Azzurra con la sua sensualità unica. Circolavano voci, stupidi e invidiosi blateravano che le corna fossero rispettive, ma, come è stato possibile apprendere leggendo altri racconti, è sempre stato più complicato di così.
Azzurra aveva due grandi mostri a tartassarla - la cocaina e la ragione per cui consumarla, cioè un passato che non sapeva digerire. Francesco, che era sciocco ma buono nell'anima, fece poco per aiutarla, e incredibilmente fu abbastanza all'inizio. La giovane cubista aveva bisogno di conoscere altro della vita, avere cosa non le fu dato, e lui ne fu capace scorgendo forse per primo, in lei, il lato nascosto che la strada le aveva insegnato a seppellire. Dopo, fu tutta discesa. Azzurra smise quasi in tronco di drogarsi, ebbe di tanto in tanto l'impulso di farsi una tirata, ma poi chiuse del tutto. Andarono a vivere insieme, lei riprese a studiare, fecero qualche sacrificio e pareva che il loro amore viaggiasse spinto dal vento della giovinezza affamata, energica.
Ma non tutto quel che luccica è oro, raramente qualcosa dura per sempre. Vivere in un sogno, quando è la realtà a circondarci, può causare dipendenza. Azzurra era in una favola e non voleva crescere. Come Luca, come Ginevra, come migliaia di altri giovani che scoprivano o rincorrevano l'amore. Rimase incinta di Francesco, si fece aiutare dallo scrittore per abortire; promettendosi il silenzio, si promisero anche di non allontanarsi, così che almeno lei non rimanesse senza una spalla che doveva essere più forte di Franci, più cattiva, più conscia del mondo da cui provenivano. Desiderava avere sempre accanto qualcuno che capisse nell'interezza le sue debolezze, e proprio perché le capiva a pieno non l'avrebbe giudicata. Non che Franci lo facesse, ma come gli si poteva spiegare quel vuoto che aveva ricominciato a farsi sentire? Lui avrebbe detto che sarebbe stato giusto fare un tentativo, perdonare i suoi genitori, riallacciare i rapporti; lei non lo voleva, sentiva il buco dentro di sé e pensava continuamente di aver tradito Franci, avendogli taciuto l'aborto.

Ci mise poco a tornare a farsi di coca, indebitandosi a livelli insaldabili se non avesse usato il corpo. Piuttosto che dirgli la verità, col rischio di perdere quel ragazzo tanto a modo e innamorato, tornò nei bagni delle discoteche a buttarsi via, e più lo faceva più aveva bisogno di cocaina, quindi altri debiti, altre mutandine calate per la foga di uno spacciatore mentre Francesco faceva cocktail.

Giunse a un punto che non ce la fece più, divorata dai suoi mostri. Con le lacrime agli occhi, il fiato spezzato e il cuore sanguinante, confessò al suo fidanzato di essere ricaduta nel baratro, stavolta molto peggio di prima. Glielo disse tra le sue braccia, a letto, infierendogli una pugnalata dalla quale non si sarebbe mai veramente ripreso. Però l'amore vince ogni cosa, lui la perdonò e le sovvenzionò la terapia, pregando tutte le notti, andando persino in chiesa, che Azzurra si riabilitasse definitivamente.

La ragazza dovette tuttavia convivere con gli incubi e coi pensieri che nessuna innamorata vorrebbe avere; il barista, invece, fu accoltellato nell'orgoglio, non seppe più cosa nutrire nei suoi riguardi e un po' alla volta si distanziò. Non aveva voglia di portarla a mangiar fuori, non aveva voglia di fare l'amore, parlava sempre meno. Azzurra comprendeva che Francesco se ne stesse andando, quindi si appellò a tutto quel che possedeva per non perderlo. Esasperò la propria femminilità, "cancellò" ogni sua mascula conoscenza, arrivò fin ad accoglierlo in casa nuda, dicendogli, con tristezza, che voleva dargli un bambino. Così facendo lo allontanò ulteriormente, allora ricominciarono le canne e i silenzi, prima, poi qualche tirata sporadica quando non sentiva che avrebbe retto il dolore o, peggio, la paura. Iniziarono anche le discussioni e i tira e molla, con lei che non capiva perché gli urlava contro e lui che non era in grado di lasciarla andare, sia per pena che per affetto che perché privo di polso.

Azzurra passava più notti a piangere, da sola, che a dormire. Ripensava ai loro primi momenti, a quei regali che non poteva accettare perché ambedue guadagnavano troppo poco. Francesco fece di tutto per la ragazza che nessun altro mai osò definire addirittura un angelo, che fu forse ciò che la fece innamorare perdutamente perché, dulcis in fundo, qualcuno era stato capace di vedere cosa lei fosse in realtà. Piangeva e si ripeteva che sarebbe cambiata, ma il vuoto urlava più forte del suo strazio e la sua vita era la ridicola parabola di una principessa nata in un porcile. E dacché Azzurra non era chi fingeva di essere, cioè una giovane donna forte e matura, non ebbe mai il coraggio di chiedere una mano all'infuori della terapia, o di darsi davvero da fare per risolvere il problema. Mancava la sanità di un ambiente familiare costruttivo, mancava l'amore e adesso mancava anche Luca, in un circolo di commiserazione e cadute che la spinsero a dare colpe soltanto agli altri per la sua rovina, dunque pure a Francesco. Troppa rabbia, troppe fughe, troppe fragilità nascoste. Tentò persino di togliersi la vita con un dosaggio letale di Xanax e vino, ancora non si sa come abbia fatto a sopravvivere.

Pochi mesi prima che Luca ritornasse, o che almeno il suo corpo si materializzasse a Genova, tra Azzurra e Francesco sembrava essere finita. Ci sono stati dei messaggi, inseguimenti da parte di lei, poi si è ritrovata a farsi con un palestrato coglione che ne veniva dalle sue parti, perciò uno con cui aveva degli argomenti in comune. Tal Roberto però non è Francesco, ma neanche se lo si guarda sotto effetto di stupefacenti estremi. Azzurra, che il vuoto continua a sentirlo, si sarà pur incattivita, si sarà pur rimessa a far uso di oppioidi, ma nel profondo, nella parte del suo cuore ancora puro, c'è una sofferenza che non si placa in alcun modo, non importa quanta droga ci butti sopra. Roberto è rude, maleducato, un figlio della periferia. Coi suoi muscoli tatuati non sa neppure cosa sia un abbraccio vero, di quelli che non infondono l'amore che sostiene di provare. Con le braccia la avvolge brutalmente solo quando fanno sesso spinto, che ad Azzurra mai è piaciuto, ma che accetta di fare pur di non ritrovarsi da sola, con tutte le porcherie che possono venire in mente a un animale.

Resta il pensiero di Franci, Roberto pare percepirlo a ogni accoppiamento e aumenta l'intensità senza accorgersi che Azzurra non prova il minimo piacere, sta soltanto recitando.

Perché il pensiero resta, alla cubista vien comodo accettare i soldi della madre di Lucrezia, la quale non accetta che la sua nobile figlia abbia una relazione con un barista pezzente. Francesco però non tornerà, prendersela con Luc peggiorerà la situazione e basta; non ci arriva perché drogata, perché impazzita dal dolore. Ne conseguono settimane di assurdità dove tutto quel che ottiene è finire in un giro di scambisti grazie a Roberto.

Forse esiste un Dio che vuole che Azzurra, tra le coppiette di depravati, incontri una sera Luca, che ha organizzato un siparietto con una sua conoscente per togliere la cubista dalle grinfie del coglione. Non per farci sesso, bensì per lavarle il cervello. Al solito, è arrivato tardi: Azzurra ha già consumato non si sa quanti rapporti per non pensare a Francesco, alcuni dei quali con Begbie, Bunny e Neddu una sera in cui fumare erba, dopo tanto tempo, fece perdere l'inibizione un po' a tutti. S'incontrano in un motel fuori regione. Lei finge di non conoscerlo perché, in teoria, il bello del gioco consiste nel non aver mai idea di chi ti scoperà. Luca però lo riconoscerebbe tra miliardi di sagome simili, pure con una stupida maschera sugli occhi per non destare sospetti. Appena entrano nella camera a loro riservata, gliela strappa dal viso e badando a non alzare troppo la voce gli dice: «Brutto figlio di puttana maledetto! Sei scappato di nuovo, mi hai lasciata qui!»

«È bello anche per me rivederti» fa lui con improvvisata *nonchalance*. Le chiede cosa diavolo stia facendo e riceve uno schiaffo straripante di tutta la collera della ragazza.

«Stai zitto, hai capito?» soffia lei iraconda. «Sei sparito per cinque anni, delle volte che sei tornato a Genova mai una che mi sei venuto a trovare. Sei un bastardo, un egoista merdoso. Me l'avevi promesso... Avevi giurato che non te ne saresti più andato e che avresti messo la testa a posto.»

«Sei incazzata, hai ragione» replica lo scrittore, massaggiandosi l'impronta delle cinque dita. «Ce ne sono tante di storie da raccontarti, ma dobbiamo rimandare a un altro momento, ora te ne vieni via con me.»

L'afferra per il braccio, Azzurra si scuote. «Cazzo stai dicendo? Nella camera di là c'è Robi, il mio ragazzo. Non me ne vado da nessuna parte, tanto meno con te.»

«No», dice lui serio, «di là c'è una bestia della tua razza che ti tratta di merda, e tu lo lasci fare perché non vuoi rimanere di nuovo da sola. Perciò ora te ne vieni via con me, andiamo a berci qualcosa e ce ne veniamo fuori da questa situazione del cazzo.»

Azzurra molla un altro schiaffo. Un altro ancora. Il dolore luccica negli occhi mediterranei. «Non mi parlare di cosa voglio o non voglio, stronzo» sussurra. «Sei stato tu il primo a lasciarmi qua, e non c'eri quando avevo bisogno di qualcuno. Non m'interessa cosa sei andato a fare tra le puttane in Russia o dove cazzo eri, sei partito per farti i cazzi tuoi. Mai una telefonata quando tornavi, mai un messaggio per dirmi di vederci. Che amico di merda sei?»

«È vero», sussurra anche Luca, «sono un amico di merda, sono una

persona di merda, ma cosa è stato non si cambia. Sono qui adesso, non
per farmi perdonare. Che cosa stai facendo, Azzurra? Me le hanno
raccontate le cagate che hai fatto in questi anni, ci ho parlato con
Franci. Davvero ti sei abbassata a fare questo? A farti dare di dietro e
davanti per le perversioni di un fottuto gorilla?»
«È il mio ragazzo, *okay*?»
«E allora? Questo gli dà diritto di trattarti come una schiava?»
«Questi non sono cazzi tuoi, smettila!» ruggisce lei, alzando
nuovamente la mano che lo scrittore blocca. Gli occhi bruciano per le
lacrime, la saliva rovente la soffoca.
«Tu sei cazzo mio, Azzurra» dice lui convinto. «Sei cazzo mio dal
giorno in cui ti ho vista fumare al campetto sopra casa mia. Sono un
amico di merda, lo so, ma meglio questo che un perfetto estraneo, come
quelli da cui ti fai scopare per compiacere la belva umana. Non ci sono
stato in questi anni, faccio schifo, sono un egoista e merito tutte le tue
botte. Dammele, le prenderò, ma non qui, non adesso, perché l'amico
di merda non intende abbandonarti a quel coso. Tu non sei questa
ragazza, Azzurra. Non sei cattiva, non sei una drogata, non sei una
troia, non sei il giocattolino di nessuno. Perché scavarti la fossa quando
puoi essere di più?»
La voce della cubista trema. «Che.. che cosa ne vuoi sapere di chi sono
io?» balbetta rabbiosa. «Non lo so io, cosa ne sai te?»
Luca era preparato all'evenienza. Gli è sufficiente toccare lo schermo
del telefono nella tasca della sua giacca per far partire una canzone. La
preferita di Azzurra. Lo stupore la pervade.
Lui lascia andare la mano. «Sei la piccola stella senza cielo, ecco chi
sei. Lo so perché ti ho vista cadere, piangere, nasconderti, accecata da
un odio che da sempre ritieni essere ciò di cui sei fatta, dimenticandoti
del resto. Rigetti la tua vera natura perché poco ci manca che l'unica
cosa che hai provato da che sei nata è la sofferenza, come tutte le
persone sensibili. Ma il male, cazzo, non deve per forza durare in
eterno. Se ci vai contro, se combatti, puoi scrivere la vita di tuo pugno.»
Azzurra sospira, asciugandosi le lacrime che detesta mostrare. «Credi
che non l'abbia fatto? Ci ho provato, ho sempre fallito. Non ho vinto
contro la cocaina, ho perso Francesco…»
«Non hai lottato abbastanza, ti sei arresa prima di vedere dei veri
risultati. So cosa ti porti dentro, ce l'ho anche io. Lo sbaglio che
commettiamo sta nella maniera cui ci rapportiamo con quel vuoto,

Azzurra. Tentiamo con ogni mezzo di colmarlo, anziché accettare che è parte di noi, *se non siamo proprio noi*, perché quel vuoto ci rappresenta, è la nostra storia. Accettare non significa arrendersi, bisogna conviverci e trarne gli aspetti migliori.»

«E cosa dovrebbe esserci di buono in quello che me l'ha provocato?» latra lei, memore delle botte e dei fratelli mai perdonati.

«Il tuo vuoto è la tua famiglia, dalla quale sei scappata e hai fatto bene. Anche se malamente, hai imparato a cavartela con le tue sole forze, non hai avuto bisogno di loro e non ce l'hai tutt'oggi. Leva gli sbagli, ti rimane una persona in grado di farcela. A te la scelta di cosa voler essere. Se ce l'hai fatta quando eri praticamente una bambina con le tette, vuoi forse dirmi che non riesci sul serio ad andare avanti nonostante non ci sarà Francesco?»

«Parli, ma non sai cosa si prova» lei dice la prima frase che infastidisce lo scrittore. «Non ce la faccio, non ho più la forza per lottare. Sono una drogata, mi mantengo facendo cose orribili, non ho quasi amici. Francesco era tutto il mio mondo, la mia vita dipendeva da lui. Ora che non c'è più, non con  me, non riesco a vedere altro che merda, merda e merda. Io… Io non ce la faccio davvero… Ci sono volte in cui vorrei morire…»

E Luca, che non ha mai picchiato una donna, le sferra una sberla che le torce il collo. C'è Camilla nel colpo. Con lei, la rabbia di chi troppo ha perso e non vuole perdere di nuovo.

Azzurra non realizza quanto appena accaduto. Il bruciore le ricorda suo padre, ma non è stato lui a colpirla. Impietrita, spaventata e incredula, osserva il volto funereo del colpevole, qual mormora: «Dillo ancora e ti do un'altra cinquina, razza di stupida. Vuoi morire per cosa? Perché hai avuto un'infanzia del cazzo? Perché hai tradito il tuo amore? Sveglia, sei nello stesso mare di merda dove ci facciamo tutti una nuotata, e se non ti basta, sappi che neppure il tuo aborto si avvicina a cosa ho fatto io, ma non per questo voglio morire. Piuttosto, cerco di fare qualcosa di utile, di essere una persona migliore, di lasciarmi le cose dietro in nome di un bene superiore. Non te l'hanno detto? Camilla è morta.»

«Co… cosa?»

«Già, Camilla è morta. L'ho uccisa io, che non ero presente quando aveva bisogno, proprio come con te. Credimi, voi la fate facile, ma gli anni passati fuori non sono stati una passeggiata per me. Sono finito ad alcolizzarmi, a lasciarmi andare perché pativo la solitudine. Chiediti perché sono tornato a fare questi numeri, inventandomi una scusa per venirti a salvare dalle stronzate che il gorilla adora. Ero innamorato di Camilla e non gliel'ho mai detto, e finché vivrò avrò questo pensiero a intossicarmi, forse impedendomi di essere felice. Ma proprio perché è morta sono costretto a vivere: è un impegno che dobbiamo a quelli che non ci sono più. Nel farlo, scelgo d'impedire quanto più possibile che altri si perdano. Tu non morirai, non te lo permetterò. Ti prenderò a calci in culo da qua fino a Genova, mi metterò contro quella bestia del tuo ragazzo, ma ti garantisco che la smetterai con le cazzate e tornerai a essere te. Stavolta la promessa è più che valida.»

Tra le varie mancanze, Azzurra non possiede il coraggio. Ammirarlo negli altri è sempre causa di commozione, giacché in esso scorge una luce in un mondo altrimenti buio, senza futuro o speranza. Lo schiaffo le ha fatto molto male, la pelle ancora brucia, ma a prevaricare sull'offesa ricevuta è il bisogno di farsi stringere da braccia amiche in cui piangere, ritrovandovi il respiro. Azzurra piange, piange come non ha mai pianto; il trucco pesante si sbava, neri fiumi di rimpianti scorrono sul viso, le gambe scoperte non sopportano più il peso di esistere.

La cubista si accascia sulla moquette, il vestitino aderente si sgualcisce. Luca la segue a terra. C'è, è con lei, e stavolta non se ne va più. Si associa a Luciano e le canta la canzone con cui spera almeno di dare un inizio alla sua rinascita. Tornerà a chiamarla "terrona di merda", "leccese del cazzo", "scimmia del sud"; non stasera, non ora che lei deve vedere la luce nell'oscurità.

È da tanto tempo che non bacia qualcuno che non sia Camilla: crede che sia per questo che quando le labbra di Azzurra si poggiano bisognose alle sue, lui non si ritrae.

Ma, di nuovo, non è così. Stavolta però non gli servono gli occhi dello shinigami per capire che le carezze, il lento spogliarsi, lo stendersi nel letto e calare dolcemente sulla ragazza siano bellezze cui concedersi perché tra i due vi è sempre stato un affetto sincero. Anche con Sara c'era, ed era più grande, ma allora Luca si serviva delle persone per riempire il vuoto. Non lo sta facendo adesso, non pensa a sé stesso mentre Azzurra, commossa, lo accoglie in sé emettendo il primo, delicato gemito: sta concedendosi perché lei ricordi che al mondo esistono anche le cose belle.

Ripensandoci, a sua volta vuole ricordarsene, e le sente a ogni bacio che la vera Azzurra gli dona estinguendo il dolore. Non vi è un solo attimo in cui le bocche non si scambino il sapore del sentimento che da sempre li lega, non un istante in cui le due mani congiunte sciolgano la stretta che li unisce più dei loro sessi.

Regalo, farsi del bene, mostrarsi la bellezza. Poiché non stanno fondendosi per scordarsi del vuoto, quel che fanno è un sentito, lento e armonioso costruire qualcosa che impareranno curare. È fare l'amore.

Ci riescono perché nell'abisso, pur non amandosi come la gente immagina, ci si comprende, si è affini, si vuole essere parte di un'irrazionalità da cui le favole raccontano si sia originato tutto. Alcuni ci sono riusciti nella realtà, allora, forse, potrebbe essere così anche per loro.

A Kevin Luca non dirà questo quando andrà a sfidarlo, perché egli non può vedere colei che lo scrittore riesce a far fiorire dall'aspetto della rozza, sboccata e drogata cubista. Lui, che la vede emergere nella penombra della stanza, decide che ne avrà sempre cura. Benché voglia innanzitutto dare un'occasione a Ginevra, nello sguardo innamorato di Azzurra c'è una tale bellezza che non può più sentire il dolore. Non può più essere arrabbiato.

«Non te ne andrai mai più» ansima lei, con le braccia avvolte attorno al suo collo. «Promettimelo, Lu.»

Non se ne andrà mai più. È la verità che scoprirà nel tempo.

Lui la tiene stretta come Roberto non sa fare. «Non me ne andrò e ti tirerò fuori dallo schifo. Lo prometto, prometto tutto, piccola stella senza cielo.»

Ci vorranno settimane, mesi perché ciò accada. Ma questa, come si suol dire, è un'altra storia.


## Diventare grandi


A mani basse, gli adulti sono peggio dei bambini.

Lucrezia ha un brutto difetto ad accomunarla alla Camilla di una volta: la tendenza a convincersi fermamente che quanto crede sia l'assoluta verità, sottovalutando la complessità dei fenomeni naturali.

Avendo avuto tre misere relazioni in vita, neanche decenti, ha trascorso

quasi dodici anni da single, scopandosi qualcuno di tanto in tanto – sei
o sette personaggi in tutto - perché umana. Dodici anni senza
esperienze pratiche di costruzione dei rapporti, con allontanamenti
preventivi e preconcetti atti a preservare la sacralità della sua
"emancipazione", che facilmente *viene confusa con l'androfobia*
perché il mondo non funziona mai alla perfezione.
Ha sviluppato anche la filofobia, e quando Francesco, in Messico, le ha
detto le due paroline magiche, è stata colta dall'ansia. Tornata a Genova
si è poi barricata in casa, non l'ha più rivisto e, dopo un attacco di
panico sventato da Luca, ha riacquisito la lucidità. Tiene al barista, gli
vuole davvero bene, peccato che non sappia gestire i rapporti e che non
conosca sé stessa fino in fondo.
Seguendo l'esempio di altri protagonisti di questa strana e acerba realtà,
ha dato per scontato che Francesco abbia abbastanza fegato da non
struggersi per un problema risolvibile. Dopo Azzurra, diciamocelo,
anche l'uomo più forte del mondo non avrebbe testa di risolvere certe
bambinate, ma Francesco è un cucciolone, un cuoricino facile da
mandare in crisi.
Alcune sere fa Luc voleva andare a chiedergli scusa; il barista era allo
Scandic, ubriaco perso, e stava limonando con l'altra fenomena della
sua ex, la cubista. Ci è rimasto molto male, povero tonno.
Lucrezia, furente, ha chiuso la relazione all'istante e a Luca è toccato
passare la notte a far lui un bel sermone, mentre della ragazza se n'è
occupata la cugina Ginevra. E ora arriva il bello.
Lo scrittore non ha dormito manco stanotte, è reduce pure da una
giornata di merda. Le cose andrebbero anche bene con Ginevra, ma la
peperita è strana negli ultimi giorni: manda giusto una decina di
messaggi contro i duecento-trecento che scriveva all'inizio, si direbbe
agitata nei vocali, si professa molto stanca per uscire e non pronuncia
nemmeno uno degli "amorino mio" con cui chiama Luca. La cosa lo
insospettisce.
Dapprima pensa che la rossa stia giocando a farsi rincorrere perché i
due devono ancora fare sesso dopo tre settimane dal primo bacio; pensa
poi che la soluzione sia superficiale, non giustifica un cambio di
atteggiamento così drastico - ammesso che Gin non sia del tutto
fulminata in capa, e anche di questo se ne sarebbe reso conto sin dal
primo appuntamento. No, c'è altro che bolle in pentola.
Siccome aveva fatto una promessa, Gin lo raggiunge nella sua vecchia

residenza, Luca è infatti tornato a vivere dalla madre a titolo temporaneo. La donna, notando i giganteschi progressi del figlio, era proprio curiosa di conoscere la sua nuova fiamma, e per l'occasione ha preparato un lauto cenone a cui sono presenti anche il marito e il fratellino di Luca, oggi diciottenne scalmanato che lo scrittore riempie di botte ogni venerdì che lo becca nei vicoli ad ammazzarsi di shottini. Luca ovunque vorrebbe essere meno che con la sua famiglia, è nervoso di suo e Ginevra non aiuta.

Per un po' la ragazza si mostra come è di solito, allegra mitraglietta per le cazzate. Tuttavia non si può mentire agli shinigami, e l'occhio di Luca vede ciascun segnale corporeo ad alimentare i dubbi. Lei non lo guarda, agita con troppa enfasi le mani, sembra quasi che faccia la cretina per celare qualcosa che lui non può sapere. Nel frattempo, Luca soffre il contesto: la madre, che non ha fatto altro che dargli del coglione per anni ma che ora apprezza il suo avere una donna; il marito della madre, col quale non c'è mai stato feeling; suo fratello, a cui capisce di aver dato pessimi esempi e che gli ricorda tremendamente chi è stato.

«Ginny, cos'hai?» chiede all'improvviso, con tono seccato. Gli altri interrompono il cenare per guardarlo confusi. Lei, coscienza sporca, si domanda come abbia fatto ad accorgersene e fa la gnorri, ma lui insiste. Non si può mentire agli shinigami.

Luca le rinfaccia il comportamento anomalo degli ultimi giorni, Ginevra "regge" non potendo però fare molto contro le sue tecniche segrete. L'agitazione cresce, in pochi minuti è alle corde. La crudele serietà con cui Luca le scava sino alla colpevolezza non le lascia scampo.

«Ho fatto sesso con Lucrezia!» esclama pressata, a spalle e occhi chiusi. Le scappa, non voleva veramente rivelarlo, o in parte sente che la sincerità sia la miglior scelta per togliersi il macigno dalla scarpa. Il giorno dopo la rocambolesca rottura tra Luc e Francesco, le due cugine si sono incontrate in un momento di crisi della paranoica. Si sono alzati i toni, Gin l'ha spronata ad andare avanti, hanno ricordato insieme cos'hanno passato per colpa degli uomini – niente rispetto alle amichette slovacche dello scrittore. Va' a capire il meccanismo mentale attraverso cui le due, stufe delle solite dinamiche con gli xy, abbiano compiuto l'estremo atto di fare del patetico sesso saffico, forse per le medesime frustrazioni delle compagne di università di Begbie. Fatto sta

che è vero, sono finite a sforbiciare e a farsi venire il rigurgito
leccandosi. Gin precisa quindi che è stata una stupidaggine, entrambe le
ragazze sono etero e nessuna delle due sa spiegare perché sia successo,
se non per esasperazione.
Nel silenzio della famiglia sgomentata, Luca esplode a ridere
istericamente, addizionando pure un balletto dopo aver scolato alla
goccia tutto il suo bicchiere di Chianti. Il fratellino diviene rosso come
una supernova, sogna tutte le notti di assistere a una scena del genere.
Gin sprofonda invece in un imbarazzo indescrivibile, vorrebbe sparire.
Le risate del tradito, lentamente, scemano. Non c'è assolutamente
niente da ridere, ma deve farlo perché tanto di piangere non ne è più
capace. Non sta tuttavia male e non è arrabbiato, è solo deluso. Ma
*molto* deluso. Non per via del sesso lesbo, quello lo perdonerebbe senza
indugiare, bensì per le ragioni. Quelle non le può perdonare.
Sguardo nero e psicotico rivolto al frigorifero, voce sinistra. Lo
shinigami finisce di ridere. «Prendi le tue cose, ti riporto a casa.»
E non vuole sentire ragioni. Né dalla madre, né da lei.
Per Ginevra si prospetta un lungo viaggio di mutismo verso la sua
dimora, nonostante in macchina ci vogliano poco meno di quindici
minuti, semafori compresi.
Manca un chilometro all'arrivo, le strade sono vuote e il suo quartiere
altolocato sta già mettendosi sotto le coperte. La bocca chiusa di Luca,
ma soprattutto la sua attenzione interamente rivolta alla strada, la
uccide.
«Sei arrabbiato?» chiede ammantando il tono d'innocenza, con le mani
che si nascondono tra i collant. Il romanziere fallito fa un mugugno di
negazione.
«Possiamo parlarne?» ci prova la rossa.
Tutto però è già stato detto, per quanto lo riguardi. «Sei stata esaustiva,
perché parlarne ancora?»
«Lu…», soffre lei, «ho fatto… una colossale cazzata…»
«Chiamala colossale» commenta annoiato lui. «Userei altri aggettivi.
Puerile, ad esempio. Deprimente, ridicola, direi *egoista* se non risultassi
incoerente.»
«Mi dispiace…»
«Già, immagino. Anche a me, vai tranquilla.»
Meno di cinquecento metri alla meta. Le linee della strada non sono
mai scorse così veloce. Gin teme di averlo perso, non può permetterlo.

«Vuoi salire da me? Così... così chiariamo?»

Ancora il mugugno negante. «Non c'è mica un problema che riguarda noi, quello sarebbe un caso in cui chiarire. Qua c'è un problema *tuo*, un danno che hai fatto te. Non occorre ch'io salga, l'esame di coscienza lo puoi fare tranquillamente per i conti tuoi.»

«Lu, io non volevo...»

«Allora perché l'hai fatto?» chiede lui tranquillo, calma che terrorizza la ragazza. «Volere, potere e fare non devono andare per forza a braccetto, ci vuole criterio.»

«Non lo so perché l'ho fatto, l'ho detto prima» cerca di difendersi lei. «È che... cazzo, non lo so. Ho visto Luc che stava male, non ci ho capito più niente. È stato un periodo assurdo da quando è venuto fuori che l'eredità della nonna la vedrà solo quando sarà accasata con figli. È successo l'impensabile, siamo state prese d'assalto dagli uomini come se non ci fossero bastati quelli che c'erano prima.»

«Non trovo il filo logico, però credo che la versione prima dichiarata sia la più sensata» sminuisce pacato lui. «Siete arrivate alla frutta con gli uomini, perciò avete pensato, o *sognato* per meglio dire, che volervi tanto bene fosse l'unico fondamento necessario per provare a vivere senza di loro. Poetico, dà speranza a tutte le donne del mondo, ma andare contro la vostra natura vi ha solamente dimostrato che questa via di fuga non potete imboccarla, quindi, con mio sommo rammarico, ti comunico che sarai sempre attratta dai maschietti.»

«Sei cinico» mormora la rossa, rimpicciolitasi innanzi alla sua freddezza. «È vero che sei arrabbiato.»

Luca oscilla l'indice della mano sul volante. «Affatto, anzi, ne ho sentite e viste di così atroci che una roba del genere mi fa l'effetto di uno spiffero d'aria. Siete state dolcissime, non sto scherzando, e proprio perché io sono io non oso sindacare sul tradimento in sé e per sé, che è perdonato. Sono i motivi per cui è successo, Ginny. Mi capisci?»

Lei non riesce a rispondere. Non si è mai vergognata di nulla, è sempre stata esuberante e ha perso il conto delle esperienze fuori dall'ordinario con cui ha fatto morire Luc dall'imbarazzo. La sensazione provata le è sconosciuta.

«Sì che la capisci», prosegue Luca, «altrimenti non ti sentiresti tanto provata. Vuoi parlare di qualcosa? Spiegami questo: *cosa c'entro io con gli altri uomini che avete conosciuto?*»

Il nocciolo della questione che fa spalancare le ali del dio della morte.
Ginevra ne percepisce l'implicito spoiler del loro finale. Ciononostante:
«No, stai fraintendendo Lu, non è successo perché penso che tu sia
come gli altri…»
«Ma hai agito come se lo fossi», la interrompe, «o mi hai tralasciato in
un momento di debolezza. Ambedue alternative su cui non posso
chiudere un occhio.»
«Non è così, fammi spiegare…»
Luca accosta. «Non servono spiegazioni, Ginny. Sono le sole due
possibilità, tendo a reputarle valide allo stesso modo. Hai passato tre
settimane a chiamarmi "amorino", a dirmi che non vedevi l'ora di farlo
con me, che volevi quello, che sarebbe stato bello fare quell'altro e poi
*boom*, escluso tutto d'un tratto. Inutile che ti arrampichi sugli specchi,
ci sono passato mille volte e per mille volte le ragioni sono sempre state
quelle tre o quattro. Questa però ammetto che mi mancava.»
«Luca, ascoltami» s'impunta la ragazza. «Non si tratta di te, okay?
Sono io, è vero.»
«Classica affermazione dei passivo-aggressivi» cantilena Luca, ma lei
continua.
«Oddio, in quel momento non ho usato la testa, ho solo ripensato a tutte
le cose che mi sono successe. Immedesimati in me, per favore. È da
quando ho iniziato a uscire con i ragazzi che prendo facciate a
ripetizione, un caso umano peggio dell'altro, e quando erano bravi
erano dei cancelli.»
«C'è del kafkiano in questa sciagura. Pensiero profondo…»
«Con te è diverso, tu sei speciale, mille volte meglio di ognuno di
loro.»
«Modestamente.»
«Non ci ho pensato, sono un'idiota. Ho dato la priorità a tutte le
scottature invece che a te.»
«Lu è una panacea contro ogni male.»
«Ero solo confusa, non pensare quindi che io ti abbia reputato come gli
altri… Ho sbagliato, ma non succederà più. Voglio te, Luca.»
"E i diciannove centimetri di antidepressivo naturale che tieni nei
boxer" si risparmia di aggiungere il tradito, affermando però: «Non
m'interessa, cucciola. Parlando ti stai mettendo in una posizione
peggiore. Dici che non hai usato la testa, e io non ho più voglia di
persone che non usano la testa. Nel tempo che siamo usciti insieme,

non mi sembra di averti mai dato un motivo per mandarmi a cagare, figurati per tradirmi. Sbaglio?»

Ginevra, affranta, scuote la testa. Spera ancora nel meglio perché Luca è di una tranquillità disarmante, quando temeva sopra ogni cosa che avrebbe dato di matto. In genere, gli "uomini" sbroccano per molto meno.

«E questo è un altro punto a tuo sfavore, mi spiace. Non ho fatto niente di male, ma pago comunque. Ripeto, non è il tradimento, potevi andare con cento ragazze, o ragazzi. Se dopo tre settimane siamo già qui, cosa dovrei pensare qualora litigassimo tra sei mesi un anno, quando per tutti e due sarebbe più difficile tornare indietro?»

«Non riaccadrà, hai la mia parola!»

«No, Ginny. Continui a non capire che la ragione per cui ciò è accaduto è estremamente avvilente per me» sentenzia inanime Luca.

«M'immedesimo in te, sono un maschietto bianco, etero e pure un po' ariano. So benissimo cosa tante donne passino per causa nostra, ne sono stato un artefice della peggior specie. Ma ti ho raccontato dei miei viaggi, sai di Camilla. Ci sono rari casi ove persino un irrecuperabile come me può rendersi conto di sbagliare. Qua fuori è un brutto mondo, non ne conosci che uno spicchio. La mia vita adesso è quella che hai avuto modo di scoprire in prima persona. Eppure non ha rilevanza essere un pentito, aiutare chi ha bisogno senza chiedere niente in cambio e ascoltare: *io sono un uomo*, sono il male, una massa lercia e inaffidabile facente parte di una massa lercia e inaffidabile ma più grande, nella quale non è possibile distinguersi. Tranne quando sei effettivamente bravo, *ma cancello*, come hai puntualizzato con acume. Non lo accetto, Ginny. Arrivato alla nostra età, non faccio compromessi.»

Ci sarebbe una terza spiegazione, ormonale, per fornire un senso all'episodio che lo shinigami ha inteso pienamente. Esasperazione, nulla più che lasciarsi prendere troppo dalle proprie opinioni per considerare di star commettendo una sciocchezza. Gin ha l'ultima carta da giocare, la quale è però solo l'ultima conferma alla tesi. Si accarezza il grembo. «Luca… per favore, dammi un'altra occasione. Non voglio perderti così.»

Gesto pietoso per il romanziere. Il disgusto si dipinge in faccia sotto la più rispettosa forma del dissenso. «Che sia maschio o che sia femmina, insegnagli quanto hai imparato stasera» sentenzia. «Il sessismo è la

rovina del mondo, lo sono poi le Mary Sue, i Gary Stu e il poco riflettere da cui commettiamo errori imputati ad altri. Meglio che non dica altro, la mia psicologa sostiene che mi basti una parola per fare del male anche quando non è volontario.»
Talvolta neppure occorre pronunciarla, poiché le intenzioni del romanziere sono chiare. Non scriverà la storia del loro "amore".
Per Ginevra è l'ennesima delusione, ma pur essendone la responsabile non vuole assumersi davvero le colpe. Con le lacrime lì lì sul punto di formarsi, accusa lui di essere un insensibile. Se le lacrime di Luca sono invece finite da un pezzo, disdetta, lo sono pure le risate sarcastiche. Non è più tipo da infierire, ma nel difendersi non è tanto bravo a ponderare le risposte. Per giunta, si è fatto shinigami.
«Sei un insensibile e un incoerente!» si arrabbia la sofferente. «Perché se è vero che sei stato un traditore, allora non puoi negarmi l'occasione per rimediare!»
Ha tradito, e tornato da Oslo è andato a scusarsi con le vittime dopo anni che non le vedeva. «*Turna*[24], non è per quello…»
«Cazzo! Perché non sono nata lesbica?!»
"Ho paura che sarebbe cambiato poco." «Potresti non urlare? I timpani mi servono.»
«Urlo invece! Urlo! Aaaaaaah!» si altera Ginevra, strillandogli nell'orecchio. «Lo sapevo che finiva a 'sto modo, *maiunagioia*! Era troppo bello per essere vero, avevo persino creduto che davvero avresti fatto da padre a mio figlio!»
A pensarci bene, potrebbe essere il vero perché dello scrittore a non continuare la loro storia. Ovvio che sia così, è una merda di uomo.
«Ora ho capito! Stai usando la scusa del tradimento perché non te la senti di fare da padre al bambino!»
Luca ne ha guadagnato di coraggio da rivendersi agli spacciatori, ma cosa possiede in maggior misura è la noia che Gin gli sta dando. «No, sarei uscito di scena prima.»
«Non è vero, bugiardo! Sei tu ad arrampicarti sugli specchi, non vuoi dire così perché sennò ne andrebbe della tua reputazione!»
"Ma si può essere tanto infantili a ventinove anni?". «Nah.»
«Dillo che è così, Luca!»
«Parlo coi muri…»
«Vai affanculo! Sei uno stronzo!»

---

24 Ancora, di nuovo.

«*Ero.*»

«Lo sei ancora! Siete tutti degli stronzi!»

«Lascia fuori almeno Neddu, non generalizzare perché non te li sai scegliere…»

Gin gli va a un palmo dalla faccia e gli ringhia: «Vai a fanculo, capito? Vattene a fan-cu-lo.»

Momento di silenzio per il pubblico. «… e perché non te li caghi se son brutti. La testa, il cervello, diamine. Con la testa non si finisce ingraiate[25] dagli spogliarellisti.»

La rossa scende dalla macchina per non mettergli le mani addosso.

Luca deve fare ancora tanta pratica per dare risposte adeguate, non tutti siamo malvagi come i suoi amici. Gli dispiace aver detto quelle parole, solo è più conveniente accendere il motore, fare retromarcia e andare dove Ginevra non lo seguirà, cosicché nel lasso di qualche giorno si sarà scordata di lui senza le speranze date da un messaggio, una telefonata o un incontro di scuse.

Quando si calma dal pianto sul divano, Ginevra inizia a fare i conti con la responsabilità e fa mea culpa per essersi giocata l'uomo migliore che abbia mai conosciuto. Gli scriverebbe, si ripeterebbe a chiedergli un'opportunità. Credendo nelle baggianate del destino, la rossa ritiene che forse, anche stavolta, non era il principe azzurro in cui sperava, oppure era lei a non essere la principessa giusta. Non lo sapremo mai.

Luca raggiunge una bella curva su per le alture, si vede tutto il levante genovese sino al promontorio dove sono sparse le ceneri di Camilla. La luna è alta e bianca, le sirene di una nave in partenza salutano la costa. C'è malinconia nel panorama, perché è lo shinigami a essere malinconico. Non è il potere della conoscenza a condannare all'infelicità, ne è conscio: è diventare grandi la fregatura; diventare grandi quando gli altri non lo diventano. Ginevra è un caso perso, Lucrezia ha fobie cretine, Azzurra continua a pensare a Francesco e non lascia Roberto, Sara rincorre un cazzone che non le dà niente; c'è un elenco di donnette cui potrebbe ricorrere per sbandierare al mondo che la parità dei sessi esiste, e si chiama *stupidità sapiens*.

Vive di precauzioni, infatti nel bagagliaio ha sei birre in lattina da consumare in caso di morte incombente o di delusione. Una può bastare, la stappa in onore della ragazza che gli ha insegnato a perseguire la felicità anche a costo di essere disillusione in forma

---

25 Ingravidate.

umana. Un brindisi rivolto verso Portofino, un mastodontico cinghiale
vicino al guardrail da cui Luca canta il suo lamento.

*Cazzo ho fatto? Mentecatto,*
*mi sbagliai, scemo fui.*
*Quella va, cianze e grìa[26]: «Oh, no. Stron-zo».*
*E il perché, eh, lo so.*
*Sono sfatto, ho lo scazzo.*
*Mai mi son sentito tanto*
*insolitamente stanco.*
*La beltà mi dirà:*
*«Sei so-lo uno mer-da, Luuuuuu».*

Una canzonetta ispirata da uno dei suoi film preferiti. Il cinghiale lo
studia, lo ha già visto. Niente di strano se lo shinigami si sdraia
sull'asfalto con la birra in mano.

«Ma vi assicuro», recita Luca, «che non volevo riaccadesse. *Giuro*! E
non ce n'è mai una che capisce che io ci provo! Che io adesso voglio
dare a tutte un po' di amore! E-tant'è-va-tut-to-in-mer-da-per-Ge-su.»
Triste, frustrato, ma la fine del mondo può aspettare, perché lui è ancora
vivo. Scatta in piedi, il cinghiale balza all'indietro.

*Maaaa, sai che c'è?*
*È ancora il meglio che*
*voi potrete ricevere da me!*
*E se la sorte mia*
*sarà di andare via*
*se non altro avrete*
*da parlarne ben, di me!*

Calatosi nei panni del Jack Skellington de' noantri, effettivamente
bravo a interpretare Renato Zero, Luca esegue scoordinate piroette e si
china verso il cinghiale, che gli si riavvicina sperando almeno in un
sorso di birra. Lui però è nel mood.

*E devo dire che,*

---

26 "Piange e grida".

*non me ne voglia Dio,*
*sento giù nel belino*
*il vecchio io.*
*Son io, Lu!*
*Il Ci-gno ner!*

Inutile fare il bravo ragazzo, se chi aiuta continua a commettere gli stessi errori. «Esatto!»
Tanto vale spassarsela finché la situazione non richiederà le sinapsi. «Io sono il fottuto re delle truffe!» e ride con perfidia.

*E non vedo l'ora di rialzarmi, sì!*
*Perché ho delle voglie*
*da levarmi proprio qui!*
*E farò strillare di goduria tutte, sai?!*

Il piano è guarire i malanimi, a partire dal patema dovuto dalla relazione poc'anzi conclusa. «Ma intanto vorrei», sussurra al cinghiale, «non pensare ai miei guai. Azzurra!»
Monta in macchina. Come prima medicina, si farà una canna con la cubista. Il resto, poi, si vedrà con la botta.

# La morte di Blondie

«Con cinquanta euro vai da una operatrice
sociale del sesso e non hai problemi in seguito.
Coi soldi non paghi la sua prestazione,
ma la tua libertà.»

Assioma di Big G., docente di filosofia misogino

L'ambulanza caricò il corpo esanime di Neddu, gli invitati alla festa di laurea applaudirono. Otto negroni in due ore, uno per ogni anno trascorso all'università. Pagarono le tasche di Blondie, non solo il suo fegato. Al risveglio dal coma etilico, circa un paio d'ore dopo essere

stato trasportato in ospedale, il sardo non aveva sintomi evidenti del
mancato trapasso, si destò come se nulla fosse; ricordò gli eventi
vedendo fuori dalla stanza il suo amico savonese, che sghignazzava.
Allora anche Neddu sghignazzò.
Fu l'ultima volta che s'incontrarono, salvo una sera, mesi più tardi,
perché Luca faceva una delle sue toccate e fuga e voleva stare con gli
amici. Di Blondie si ebbero notizie tramite Whatsapp, ma più che
notizie erano segnali di vita in dati, gif oscene e bestemmie favolose
per certi culi che Bunny inoltrava. A oggi non ci sono stati
cambiamenti, il nasone è una figura mitologica da tanto appare
sporadicamente.
Il sindacalista finge di lavorare e sbircia profili interessanti su
Instagram, il motociclista cerca di non guardare troppo la moglie
dell'ingegnere, il chimico sta andando a periziare una nave, lo scrittore
si riprende dalla sbornia con Azzurra, che non si è ancora alzata dal
letto e lo fa morire dal caldo sotto alle lenzuola.
Il quotidiano viene indelebilmente segnato da un messaggio di Blondie.


## Ragazzi... stappate la bottiglia, Claudia è incinta


Dalle risposte, il futuro padre non immaginerebbe le reazioni degli
amici. Auguri, congratulazioni e quant'altro sono convenzioni sociali,
di rado si esprime cordialità perché la si sente nel cuore. Vale anche per
gli Ignoranti, gli affiatatissimi Ignoranti: Bunny è il più contento, ma
storce il naso; Begbie ha lo stomaco ribaltato; Neddu manda *emoji*
gioiose, però sta patendo l'invidia; Luca ricontrolla che ci sia il
preservativo usato sul comodino - sarebbe infatti un disastro se
Azzurra, l'unica con cui riesce ad avere rapporti, restasse incinta
proprio ora che è tornato il lato duro della Forza.
Il savonese è felice e riceve felicitazioni tiepide, ben mascherate da
cuoricini e faccine festose. Bunny apre immediatamente una chat
parallela da cui Blondie viene tenuto fuori, così che gli altri possano
mettersi d'accordo su regali, roba da riciclare e altre utilità per
l'ignorantello in arrivo. La usano due volte in un mese. Prima stranezza
a verificarsi è la mancata risposta del nasone quando Luca, sul gruppo
Whatsapp ufficiale chiede lui chiarimenti su cosa in effetti gli possa

servire, dacché in cantina la madre ha ancora la roba che usavano per suo fratello. "Ti faccio sapere Lu" e poi basta, giorni d'inattività.

I tre non padri più Begbie confabulano in segreto, qualcosa non va già da parecchio. Meglio lasciar perdere la modernità del telefono e fare come ai vecchi tempi, quando non si progettava niente e si andava ad acchiappare la gente a casa. Blondie ha però cambiato indirizzo, il quartetto finisce a citofonare a una coppia di equadoregni che pensano siano truffatori. Non sarebbe poi sbagliato, ma dove diavolo è Blondie, e perché non si fa sentire?

Rispettosamente non lo perseguitano con le telefonate, dunque è lui un pomeriggio a contattarli. La vita da genitore non gli darà più tempo per le scorribande, perciò desidera che gli amiconi vengano nella sua nuova dimora per una cena di festeggiamento. Servono altre tre settimane prima che tutti trovino un giorno comodo per ognuno, Claudia ha nel frattempo cominciato a gonfiarsi. Non lo vedono da anni, arrivano nella sua bella casetta con giardino ai confini montuosi di Genova e gli sembra un'altra persona: è rasato, non ha più i biondi capelli; la barba è lasciata incolta, l'essersi disintossicato dalla cocaina gli ha raddoppiato il volume corporeo, porta occhiali da vista dalla filiniana montatura. Per un attimo pensano che sia un parente di Claudia, poi riconoscono la voce fortemente marcata dall'accento genovese e subiscono il primo tilt. Si sono presentati con una cassa di birra da ventiquattro e tre bonarde che lui ama, e quello che gli apre la porta sembra la versione camuffata di un Ned Flanders nostrano, senza chioma.

Lo shinigami ha preferito tacere perché odia fare la voce fuori dal coro, ma della banda è stato l'ultimo a formulare pensieri avversi. Si aspettava tuttavia che ci fosse qualcosa di grosso in ballo per giustificare la sua sparizione, e la nuova apparenza del savonese è la conferma di una teoria che riporteremo tra non molto.

Claudia non l'ha mai conosciuta, è un piacere stringerle la mano e vedere quanto, come tutte le donne incinte, sia meravigliosa – perché non ce l'ha messa lui. La ragazza mostra il suo castello alle bestie, si occupa d'imbandire la tavola, stappa le bottiglie. È bello essere partecipi, ai ragazzi non dispiace. Ma, ancora, qualcosa non va con Blondie, che è troppo tranquillo per essere lui.

Oddio, nulla di male ad aver cambiato atteggiamenti, aver smesso di fumare, non aver più toccato droga, andarci piano con le bestemmie e le volgarità…

Già, *il linguaggio*, ecco cosa non torna agli Ignoranti scoprendo che Blondie sia di un equilibrio irreale nel parlare. Forse è perché Claudia è presente, ma ad aggiungersi ci sono i mesi di sua assenza. Lo scrittore ci è già arrivato, stasera bene senza freni perché cosa ha evinto è peggio persino della fine del mondo. Per gli altri si tratta di un passo alla volta, mentre mangiano i deliziosi piattini che Claudia ha preparato con tanta premura.

Salame di cinghiale, formaggio caprino, *raieu de magru, o tuccu zeneize* sulle tagliatelle, un brindisi a chi ha scelto la vita. Blondie non beve che due dita scarse di vino.

Begbie ha una malformazione congenita all'orecchio per la quale non sente dall'orecchio sinistro. Ha imparato il linguaggio dei segni qualora divenisse del tutto sordo, ma è un metodo di comunicazione troppo vistoso per non dare nell'occhio. Telefono sul ginocchio, scrittura a memoria: digita sulla chat parallela "Cosa cazzo gli prende?" e gli altri tre telefoni vibrano in simultanea. Luca ci beve sopra, Bunny approfitta della sua immagine professionale per fingere di rispondere a un pezzo grosso della CGIL.

Bunny; Non sta bevendo
Begbie: Non dice manco una parolaccia
Bunny: Sai se sta prendendo qualcosa? Tipo un farmaco per le dipendenze
Begbie: È pulito da troppo tempo, non ha senso
Neddu: Parliamo dopo, al telefono così è uno smarrone
Begbie: L'avevo detto che è un sosia, quello vero sarà in qualche bodybag in un fosso di campagna
Bunny: Per me sta prendendo qualcosa, è troppo strano
Begbie: Dev'essere per Claudia, ci sta. Manco io quando uscivo con le ragazze facevo il camionista
Neddu: Raga, siamo a cena, facciamo dopo
Bunny: Sì Beg, ma stanno insieme da quanti anni? Lei lo saprà di essersi presa un animale
Begbie: Tutto ciò mi ricorda Giancarlo di Livorno, che coi capi stava serio poi sul tetto della ciminiera diceva "La bella ti fa fare bella figura, la brutta ti fa il fiocco al cazzo e te lo mangia".
Neddu; Mannaggia li santi, finitela

Bunny: XD
Bunny: Ora provo a versargli un altro bicchiere, vediamo cosa fa
Begbie: Niente, questa cosa mi puzza
Bunny: Non ci credo
Luca: Hello darkness, my old friend...


La cena è un condensato di ottimo cibo e di discorsi da far cascare i
coglioni alla banda, specie allo shinigami, o il più "bambino" dei
cinque in quanto è l'elemento che più di tutti ha ancora bisogno di
ridere dopo le sue disgrazie. I dialoghi vertono su che fine hanno fatto
certuni, se altri si sono più fatti vedere o sentire, dove lavorano, con chi
stanno, se sono in forma o meno. Luca è al quinto bicchiere, Begbie è
felice di non dover guidare e lo segue a ruota perché la fine è giunta:
*sono negli enta*, il tema ricorrente delle conversazioni è un miscuglio di
rimembranze, lavoro, vita sentimentale e nient'altro. E poiché il tempo
del cazzeggio è bello che passato, ora si vive pensando alla vita che
hanno sempre rifiutato, non essendo pronti, ancora non volendola, non
sapendo da dove cominciare per costruirla, avendone timore. Davanti a
loro, iniziano a capire, hanno un esempio di cosa succede a scegliere la
vita di cui parlava Camilla, non quella cantata nelle canzoni rock.
Ma, attenzione tutti, c'è un altro tema non indifferente da trattare: i
figli. I figli del cazzo, che stasera sono il motivo del loro raduno a casa
del futuro padre. Quei dannati mocciosetti *cagamerdasciolta* che la vita
la condizionano in ogni suo istante, rubandoti tempo, energie e soldi.
Rubandoti la tua identità, sostengono taluni.
Su questo i ragazzi non sanno come raggiungere un punto d'incontro,
tra chi li vuole e chi muore alla sola idea di ritrovarseli tra i piedi.
Sanno però, o sentono con le loro orecchie, che il bimbo o la bimba non
è ancora al mondo e già esiste. È nella quotidianità del nasone e della
compagna, è nelle visite ginecologiche, è nei giri la domenica per
negozi, è nei messaggi non mandati. È qui, ma non la vedono. La cosa
è agghiacciante.
Lavoro, ricordare i vecchi tempi, parlare di bambini e di gente che li fa.
Il colpo di grazia arriva come un fulmine a ciel sereno appena il clone
di Blondie si alza per tintinnare la forchetta sul bicchiere. Il suono, da
come lo interpreta il quartetto, è lo stesso che avrebbero le trombe dei
cazzo di angeli del giudizio.

«Amici miei, è con immenso mio piacere che vi annuncio che io e Claudia abbiamo deciso di sposarci a Maggio» afferma egli contento, e la ragazza, emozionata, arrossisce.

I quattro si sentono mancare, ma devono comunque fare lo sforzo. Bunny si sacrifica. «Ah, che bello! Direi proprio che ci saremo tutti!» risulta fin credibile, però non pensa bene a cosa chiedere subito dopo. «Dove lo fate? In comune, no?»

«No, *in chiesa*» risponde Blondie, aprendo un buco nero.

Non è possibile. Non è vero. Lui era il nemico giurato del Signore, un pazzo alcolista con la bestemmia gratuita sempre in bocca, un intercalare usato più di "*Belìn*". *Era*, come Luca *era* un pezzo di merda egoista, come Begbie *era* un seduttore, come Neddu *era* fiducioso nelle donne, come Bunny *era* uno scopatore di minorenni. *Era*, adesso non c'è più. Lei l'ha cambiato, o lui è cambiato per lei, o insieme si sono migliorati, o Blondie ha scoperto un lato di sé che nessuno oltre a Claudia ha disseppellito.

Meglio, peggio… La realtà è un leviatano indefinibile per dei semplici umani. Ma se è felice lui, loro dovranno assecondare il suo suicidio o la sua ascensione. E in chiesa sono proprio curiosi di vedercelo.

Il resto della serata è un nascondere le riflessioni fingendo l'interesse verso ciò che l'amico ha da dire. Temi in comune, ormai, ce ne sono pochi. Tra sette mesi non ce ne saranno affatto. Blondie avrà altri giri, cenerà con coppie conosciute tramite la moglie e insieme parleranno di lavoro, di mutuo sul garage, di cambio dell'assicurazione, di ferie in villeggiatura sul Lago di Garda, di giorni di malattia e di asili, mentre i loro bambini si rincoglioniranno al telefono e gli Ignoranti resteranno gli Ignoranti.

Si scambiano una fulgida occhiata tutti e quattro. È il momento di ricorrere alla tecnica segreta definitiva, l'arma finale che solo stando uniti possono sfruttare: *Team working*, con la quale si sono scambiati le ragazze, hanno fregato la polizia, superato l'esame di stato barando e tante altre iniquità. Mai si sarebbero sognati di usarla per scappare da un loro amico.

«Bene ragazzi, si è fatta una certa» insinua Neddu, guardando l'orologio.

«Io devo svegliarmi per andare a Moneglia» mente Begbie.

«Cazzo, domani c'ho un colloquio» improvvisa Luca.

«Dagghe bellezze, vi scarrozzo a casa» completa la tecnica Bunny.

Saluti, ringraziamenti, Blondie che abbraccia per il fianco Claudia sulla porta.

Tacciono tutti fino alla Bunnymobile, il tempo che Luca finisca di fumare e si andrà a dimenticare quanto visto da qualche parte.

«Se posso dire la mia, sono felice per lui» confessa Neddu. «Lo preferisco così Blondie. Almeno è sano, e vivo.»

Gli altri fanno "no" col capo. Lo shinigami alza un sopracciglio per esortare Bunny a dare il vero annuncio della serata. «Blondie è morto, Neddu. E non tornerà più.»

«Sic transit gloria mundi» commenta Begbie, e il sardo sospira.

«Merda, gli abbiamo lasciato la cassa di birra» fa notare Luca. «Dopo quello che ho visto devo sfondarmi.»

«Ho una soluzione migliore» dice Bunny, concludendo che il quintetto da adesso dovrà abituarsi a fare del quattro il numero fortunato. «Tanto che domani nessuno di noi deve veramente svegliarsi, facciamo rifornimento e andiamo a celebrare la morte di Blondie come farebbero gli irlandesi.»

«Dove?» fa Neddu preoccupato, ma certe cose sarebbe peggio non farle.

Il ghigno di Bunny è la cosa più bella della giornata di tutti.

«Ma sì, giusto» conviene il sardo. «Cazzo ce ne frega del dove, se siamo tra di noi?»


## Guardando i cinghiali dagli scogli di Boccadasse


Poche son state le volte in cui le tre ragazze hanno vissuto una notte bianca, innumerevoli quelle che gli Ignoranti hanno inciso nella storia della città che si sta annoiando. Sono assonnate, eppure starebbero altre infinite ore ad ascoltare cosa i quattro hanno da raccontare dopo una notte brava che ha riportato alla memoria tanti ricordi di follia. Sono belle, piccole, così diverse dalle tizie della loro dimensione. Una mora, una rossa e una bionda, coraggiosissime ad affrontare il buio invernale per aspettare l'alba sulla spiaggia del borgo di Boccadasse, con quattro sconosciuti impossibili da paragonare ai loro fiacchi coetanei.

Si fanno idee strane, sedotte, ma il divario anagrafico è eccessivo e neppure Bunny prova qualcosa che non sia tenerezza nei loro confronti. Istinto di protezione, impulso a comportarsi da guide, giocare con le loro menti affinché da domani cercheranno solo elementi raccomandabili.

Stanno sui ciottoli adagiate sulle grosse spalle di Begbie e al fascino del sindacalista pirata. Manca poco al sorgere del sole, a bere non ce la fanno più.

«Scegliete la vita, cuccioline» dice loro Luca, stracotto di Menabrea eppur ancora lucido. «Scegliete un rapporto stabile di dipendenza reciproca e scordatevi degli amici. Scegliete la prima casa lavorando come commesse a trentanove ore. Scegliete il sushi, i cibi esotici e andate a strepitare contro il cambiamento climatico. Scegliete di mollare tutto e di viaggiare coi soldi del papi, poi raccontate a Fanpage di quanto sia cambiato il vostro modo di vedere le cose. Scegliete sempre gli uomini sbagliati e sparate merda su tutti quando non ne potete più. Scegliete di non migliorare mai, scegliete di non prendervi colpe, scegliete di studiare a cazzo di cane, scegliete la politica degli slogan e datevi anche voi all'opinionismo virtuale. Scegliete di fare finta di nulla, scegliete la vita.»

La bionda è innamorata di lui, bello, intelligente e perfido. A Luca ricorda l'est, con le sue iridi verdi e i tratti fini. Forse tra qualche anno, forse. Non oggi, non finché non sarà una donna. «Scegliete di non dire quello che provate alla persona a cui tenete di più. Scegliete di non fare quello che volete. Scegliete il dopo perché adesso non ne avete voglia. Scegliete di mangiarvi le mani quando arrivano le pandemie, i bombardamenti e la morte. Scegliete voi stesse, cuccioline. Scegliete di essere l'ora x.»

La piccolina socchiude gli occhi cullata dalla cinica ninna nanna. Come le altre, è troppo stanca per aspettare la comparsa del sole. Si addormenta sulle gambe di Neddu sognando Luca. Ironico, cliché, e il sardo ne è consapevole. Sorride però per la dolcezza del pensiero che è certo essere la realtà.

Lo shinigami è meno in vena di positività. Le accarezza una ciocca dei capelli dorati ed è tutto quel che mai le darà. «Scegliete di non starci a sentire e di essere una speranza per il mondo, dacché noi, da soli, non possiamo fare niente per salvarlo. Riposati, gioia. Sii tu il sole che non vedrai sorgere, mentre questo vecchio stanco torna nella fogna dalla quale è venuto.»

Luca si alza dai ciottoli, si tiene stretta la birra e percorre l'irregolarità degli scogli per allontanarsi dalle case che gli ostruiscono la visuale sull'alba. Gli amici lo raggiungono dopo essersi assicurati che le tre siano sdraiate comode e che non ci siano pervertiti nei dintorni. Sono a una trentina di metri dalla lingua di rocce ove i quattro aspettano, di tanto in tanto vengono controllate con un'occhiata perché la sicurezza non è mai troppa.

Nel mare stanno sguazzando almeno venti cinghiali, adulti e cuccioli. Una volta c'era da guardarsene bene dall'avvicinarsi, oggi sono più civili delle persone e hanno invaso la città come se fossero cani randagi. Osservarli però fa sempre un effetto "piacevole" ai ragazzi, che nei suini hanno imparato a riconoscersi. Si adattano a tutto, mentre il mondo non cambia mai. Soprattutto, non cambia mai la morale. Progresso tecnologico, giri di boe, svolte epocali, momenti storici, qualsiasi cosa si verifichi non mina minimamente la merda alla quale, non sanno come, riescono sempre a sopravvivere.

Sembra che Luca, scrutando i cinghiali nuotatori, vi stia riflettendo. Sarà difficile riportarlo indietro dall'alcol.

«Questa la terremo per noi, che ne dite?» propone Bunny, mani dietro la schiena e respiro profondo per i primi raggi che splendono dietro le montagne. «Mi riferisco alle ragazze.»

«Sì, come no» Neddu smorza subito i propositi.

«Vabbè, hanno detto di avere ventidue anni, ce ne scambiamo nemmeno dieci» dice Begbie. «Abbiamo fatto di peggio che metterci a chiacchierare con delle tipe che ci hanno chiesto una sigaretta.»

«Sì, ma non abbiamo mai chiacchierato con delle tipe in discoteca che hanno preferito noi ai loro fidanzati, con tanto di colpo del casco tuo per tenerli lontani quando scleravano per la gelosia.»

«Finocchi, tutti» borbotta il motociclista. «Cioè, volete mettere una serata con noi, di quelle vecchio stile? Una spiaggia, trenta birre per sette persone, il mare, le storie…»

«Già» concorda Neddu. «Stavolta non mi vergogno di aver fatto qualcosa con voi, cari i miei scoppiati.»

«Ma te sarà anche un po' l'ora che metti l'uccello al caldo» lo provoca Bunny.

«Ma anche no!»

«Dai, Ned», si riaggiunge Begbie, «lo sappiamo che hai voglia di provare la freschezza giovanile delle nuove leve, sarai anche stufo di scoparti le pecore.»

«Siete degli stronzi» ribatte "amorevolmente" Neddu, che alza la birra. «Cheers, ragazzi.»

Cheers.

Luca non brinda, è smarrito da qualche parte nel mare blu. «Che facciamo adesso?» chiede agli amici a cui dà le spalle. «Abbiamo fatto la serata, purtroppo per loro abbiamo ammaliato tre ragazzine che quando si risveglieranno saranno single, ci siamo scolati ventotto delle trenta birre a disposizione. Che piani abbiamo per domani? E per dopodomani?»

Dal tono della domanda, i tre capiscono che le sue parole non vadano prese alla lettera. Si guardano tra loro. Bunny è sempre il primo a dar via alle danze. «Che dobbiamo fare? Quello che ci viene naturale, perché anche se ce la caviamo in ogni situazione non possiamo essere diversi, nemmeno se ce la mettiamo tutta. Per quanto mi riguarda, al momento sto a posto così. Ho un lavoro che amo, ho preso casa, sono fortunato ad avere tanti amici e in famiglia nessuno sta male. Mi piace fare da "zio" al figlio di mio cugino, ma non so che pensare quando mi chiedono quando ho intenzione di farne di miei. La cameretta in più ce l'ho, vediamo come andrà con la ragazza che sto frequentando.»

«Ah, *zan-zan*» ironizza Neddu. «Ti vedi con una e non ci dici niente?»

«*Sì, ma niente di serio*» Bunny fa citazioni. «Per ora va bene, penso giorno per giorno. Domani si vedrà, ma che ve lo dico a fare? In ufficio mi arrivano tutte le fighe di 'sta città…»

«Normale, sempre il solito.»

«E tu, sardo? Che vuoi fare?»

Neddu non ci pensa troppo su, le risposte le ha messe in pratica. «Io niente, ragazzi. Rimango dell'idea che non bisogna forzare le cose perché va bene quel che va bene e va male quel che non funziona. Sto valutando di spostarmi con mio fratello, vogliamo cercarci un appartamento per starcene per i conti nostri. Col vecchio non ce la facciamo più dopo trent'anni.»

«Oh, figa mai te, eh?» scherza Begbie, che spera fin più degli altri che Neddu trovi una partner sensata.

«Non ho voglia delle rotture di palle, lo sapete. Non forzo niente, non cerco niente. Quando mi capiterà, vedrò. È vero che mi pesa essere arrivato a quest'età e vedere tutti che si sposano e figliano mentre io continuo a girare con voi, ma che altro dovrei fare? Prendermi la prima che capita e trovarmi a sopportare come ho già dovuto? Mi tengo il peso e aspetto.»

Begbie annuisce, a Luca viene in mente Lucrezia e avrebbe parecchio da ridire. Tocca al motociclista. «Io ho la mia piccola attività, una madre da seguire e un po' di idee per sistemare alcune cose rimaste in sospeso. Sono d'accordo con te, però io sto bene da solo, senza altri pensieri. Forse vi ho raccontato che dopo la laurea mi sono preso un paio di mesi per curare le relazioni interpersonali.»

«Tinder» intuisce Bunny ridendo. «Certo, perché altrimenti come la conosci una ragazza in questa cazzo di città?»

«Stasera infatti è stato un caso, quelle tre ragazzine sono socievoli e disperate. Luca mi darà ragione, il resto della piazza è un mortorio deprimente, un calderone di superficialità che non suscita il minimo interesse. Saremmo anche degli scappati di casa, ma guardiamoci in faccia. Siamo uomini, se non sappiamo cosa vogliamo sappiamo almeno cosa non vogliamo, abbiamo tutti un lavoro e cerchiamo di consolidare la nostra indipendenza. La vita è una noia a quest'età, ed è un controsenso, perché sei in teoria maturo abbastanza da capire come gira il mondo e nel frattempo hai energie sufficienti per goderti gli anni migliori che ti restano. E cosa fanno i nostri simili, che ci piantano per le loro priorità? Si chiudono in casa, vivono di solo lavoro e famiglia, non li senti più. È fin un miracolo che siamo riusciti ad arruolare Blondie quella sera che l'abbiamo inciuccato e voleva lanciare le lavatrici dal monumentale. Si finisce a cercarsi le donne sulle app di *dating* perché non basta pagare una escort, si esige giustamente di più e si spera che stavolta vada bene. *Ghosting*, ragazze che sono state mollate con un bambino, quelle che ti cagano solo se hai il *cash*, quelle che partono in quarta parlandoti di matrimonio già al primo appuntamento, quelle che se la fanno sotto se gli chiedi di uscire per parlare a quattrocchi. Mi rendo conto che non è per niente facile, solo che non ne ho più voglia. Mi basta sapere di aver avuto un figlio con una donna sposata e che tra massimo una settimana mi ricapiterà un giocatore del genere.»

Il sole sta sorgendo, i cinghiali approdano sulla lingua di scogli. Passano accanto agli Ignoranti come se non esistessero. I tre rivolgono l'occhiata alle ragazze lasciate a dormire e attendono che anche Luca compaia all'orizzonte. La ventottesima birra finisce, la ventinovesima viene stappata e l'alba accende la Lucky Strike.

«Lo so che vi aspettate, amici miei» mormora Luca. «Voi volete il mio cinismo per trarre uno spunto da cui fare battute. Vorrei darvene, ma ahimè ho finito sia il sarcasmo che l'irriverenza. Siamo partiti da Gran Burrone in terza superiore, abbiamo fatto tanta strada per ritrovarci allo stesso punto di partenza, solo con più ferite e con gli acciacchi dell'età. Bunny è ancora un donnaiolo efferato, Begbie pensa sempre ai soldi e Neddu si sottovaluta. Nei miglioramenti, possiamo concordare di esserci fatti tutti più consapevoli, ma per quanto concerne i difetti siamo feccia. La vera verità è che tante volte abbiamo avuto paura di fare la cosa giusta e oggi ne paghiamo le conseguenze aiutandoci per quanto possiamo. Gli stratagemmi del nostro pirata per non farsi scoprire, che condanno; le paranoie del tecnico, che si rafforzano ogni volta che siamo noialtri a sbagliare; infine il chimico navale, che rappresenta la paura di un'intera generazione. Non siamo chi i nostri genitori avrebbero voluto che diventassimo, raghi. Non siamo patriarchi, non siamo fatti per fare i mariti ideali, non siamo modelli genitoriali educativi, checché si facciano discorsoni filosofici e se ne dica sull'indiscutibile fatto che, nei nostri campi, siamo dei dannati geni. Comunque la vogliamo vedere, qualsiasi cosa faremo, se non rispetteremo quella specifica condotta saremo sempre una delusione. Tinder, eh? Chissà quante donnicciole ho beccato che me l'hanno persino detto, *a trent'anni sei tornato da tua madre quando all'estero si sta meglio*, e non ci sono neanche mai state. Oppure *come mai non ti sei ancora sposato*? Le milf ce lo facevano venire duro, oggi siamo loro coetanei e bracchiamo le *cougar* perché ci ostiniamo a credere che più grande sia per forza meglio. Il cazzo, ci rapportiamo con gente della nostra età che dovrebbe capire che i tempi son cambiati, che il mondo va a rotoli perché non ne siamo all'altezza. Gente spaventata, hanno sofferto per due cazzate in croce e hanno chiuso il loro cuore per sempre. Ci sto in mezzo tutti i giorni, non so quanto mi ci vorrà per diventare come loro. Perché succede, è come un morbo, vieni infettato e cominci a illuderti per stare meglio coi tuoi limiti. *Binge watching* di serie televisive, alle volte alcune non hanno neppure una vita sociale o sono troppo pigre per alzare il culone di cui sono le fautrici. Ma che volete farci? Dobbiamo prenderle così. Prima ne avevamo bisogno per sfogare gli istinti, poi, un giorno, siamo arrivati al bivio: o ne abbiamo paura o ne abbiamo bisogno per raggiungere la nostra forma finale. Tutta questa manfrina per spiegarvi il mio alcolismo e per darvi un

brutto anticipo. Se Bunny non ci farà sorprese con la sua nuova
ragazza, che spero caldamente sia l'ultima e la giusta, io sarò il
prossimo a morire dopo Blondie. Non come lui, ma qualcosa del
genere. Mi capite.»
I ragionamenti del trio non portano a una soluzione confortante. Luca
ha tentato ancora, ma dopo Camilla c'è stata soltanto una persona con
la quale, da che ne sanno, è riuscito a essere completamente sé stesso.
Paradossale che un cervello come il suo, seppur alcolizzato e affetto da
narcisismo patologico, sia tanto in sintonia con una somara drogata
come lei. Evidentemente, ricordano tutti, è vero che gli esseri umani
sono complicati.
Begbie accenna un risolino. «E lei è d'accordo?»
«Non fraintendetemi, non mi riferisco a lei. Parlo in generale.»
Gli credono così come no. Magari il mondo non sta per finire, se
persino ciò che pare essere incompatibile può spiccare il volo. C'è una
sola direzione verso cui stanno andando tutti, meglio quindi andarci di
propria iniziativa.
«Perché sei qui?» ammicca Neddu. «Se è la morte che vuoi, vai a
morire. E divertiti anche da parte nostra.»
«Vi fate i castelli, fumiamo e facciamo sesso, nient'altro.»
«Quanto vorrei avere la voglia per fare altrettanto» opina Begbie. «Fatti
una camminata per smaltire e valla a trovare mentre incarta la
mortadella.»
Luca indica il branco di cinghiali sulla spiaggia, le ragazze si sono
svegliate. Circostanza fortuita, perché per un pelo stava per farsi
scoprire e ancora non gli va di mostrarsi melenso ai boys. «Muoversi,
valorosi *boarslayers*. Le fanciulle hanno bisogno di noi, sconfiggiamo i
cinghiali.»


Due ore più tardi accompagna la biondina verso casa. Le ha offerto la
colazione, le ha raccontato di quanto fossero più difficili gli esami
universitari al suo tempo e si è sentito vecchio, rimpiangendo di non
avere qualche anno di meno. Come se ciò potesse costituire un
deterrente per il Cigno nero.
«Ci vediamo» dice lei sul portone, facendo suonare la frase come una
domanda non posta.
Mani in tasca, sguardo da figo che non deve chiedere mai. «Mi troverai

in qualche bar o  in una discoteca a godermi gli ultimi respiri della mia
vita sgangherata. Fino ad allora, abbi cura di te e non perdere tempo
con i cazzoni.»
Le dà un bacio gentile sulla guancia. Si era promesso di non darle più
della carezza sui capelli, ma quando la ragazzina rivela nelle
verdeggianti iridi che il saluto tranquillo non le basta, Luca si dice che
l'altissimo chiuderà un occhio anche stavolta.
Un bacio vero, solo una volta, solo per sentire cosa sia l'ardore di un
uomo.
Tre ore dopo, Luca marcia verso casa a piedi, con la zip sollevata a
metà e un gonfiore importante nei boxer. Ci ha fatto sesso con Carolina,
di fatti la seconda persona dopo Camilla e la prima dopo aver detto a
Lucrezia di non star scopando più, nonostante Azzurra potrebbe
controbattere a proposito. Vi dico che non l'ha fatto per compiacere sé
stesso, ma per convincere la principessina a ricercare il meglio. Non
che gli dispiaccia rincasare ripensando a ciò che lei gli ha detto mentre
lo facevano, cioè che fosse incredibile, di un altro mondo, migliore di
qualunque maschio l'abbia mai soddisfatta - in parte - o proprio delusa.
Luca però ha l'occhio dello shinigami e sa bene dove stiamo andando
tutti quanti: un mondo senza speranza, dove la comunicazione è stata
distrutta e tutti hanno paura di tutti; un mondo dove saremo sempre più
soli e isolati, asessuati, drogati da algoritmi che ci daranno soltanto quel
che vorremmo svantaggiando l'opinione contraria, e non diciamo altro
per evitare di deprimere chi legge.
Secondo Luca, che fischietta nel cammino, non c'è davvero nulla da
fare. Allora perché ha voluto alimentare le speranze nel futuro della
bionda Carolina, mentre in testa ha Azzurra? Potrebbe dare un milione
di risposte, tutte false.
La verità è che dentro è ancora cattivo, e la gente lo sta tramutando in
Camilla.
Ma questo, ve lo assicuro, cambierà. Lui migliorerà. È l'ultima volta
che fa stronzate come questa, andrà avanti, metterà la testa a posto,
righerà dritto, sceglierà la vita. E pur non avendolo confidato
apertamente ai suoi amici, già adesso non vede l'ora di diventare come
noi, che perseguiamo la felicità in attesa del giorno in cui moriremo.

# Si può sempre sperare



Basta poco per sentirsi meglio. Tra le braccia di Luca, Lucrezia riversa lacrime dal sapore ignoto. Neppure ricorda di aver mai pianto in passato. Se ne vergogna come se vi fosse qualcosa di sbagliato nello sfogo necessario. Le asciuga, domanda scusa per il mancato contegno; l'altro per oggi ha finito, si scola l'ultimo sorso e "la saluta" dandole appuntamento alla settimana prossima, stessa ora, stesso posto, stesso bar. Apatico com'è giunto, lo shinigami s'incammina e svanisce verso nessuno sa dove.

A Lucrezia dispiace, si sente un peso pur essendo lui quello incapace di rapportarsi. Si risiede e lo straniero prova compassione. V'è qualche mistero, un inspiegabile energia ch'egli percepisce quand'ella appare. La stava osservando prima, mentre la sconfortata ragazza raccontava a Luca i propri drammi. Ne è stato geloso, malgrado abbia osservato centinaia, migliaia di episodi più interessanti, che ha pure trascritto in queste pagine.

Fuma, beve un Gin Lemon. Lo straniero, anche oggi, avrà da narrare la tristezza del suo mondo dopo esserne stato spettatore imparziale. Ma adesso, col bicchiere in mano e con gli occhi rivolti alla ragazza, ne assimila lo stato d'animo soffrendo assieme a lei. "C'è soltanto questa vita" pensa; rimembra le storie che riguardano lui, delle quali pochi sono venuti a conoscenza. Poiché stufo di stare in disparte, lo straniero si alza e a piccoli passi procede tra i tavoli giungendole innanzi. «Ciao» mormora inetto, perché non fa mai la prima mossa.

Lucrezia, dopo un iniziale dubbio, lo riconosce. «Ehi, ciao...»

«Aspetti qualcuno o... posso sedermi?»

Lei, altrettanto inesperta e impreparata alla circostanza, rimuove i suoi averi dalla sedia. «No no, prego, fa pure, siediti.»

«Ti ringrazio» si accomoda lo straniero. «Non mi andava di bere da solo.»
Vicendevole è l'imbarazzo scaturito dall'essersi ritrovati. Egli è timido, nonostante le centinaia di migliaia di parole che scrive per hobby. Luc di parlare ne è capace, solo che in questi tempi non spicca per eloquenza. Sono provati da un vissuto recente che a fatica permetterà loro di riavvicinarsi alle persone. Lo sforzo il menestrello l'ha fatto, ora è la principessa a spronarsi. «Ti avevo visto prima, ma non ero certa che fossi tu. Sono passati tanti anni...»
O pochi secondi, a seconda dei punti di vista. Per lo straniero il mondo esterno non è stato facile da esplorare, ma di esso si porta dietro soldi e, soprattutto, lezioni. Di lingue imparate e di vita che, nel bene e nel male, rimarrà nei ricordi per sempre. «Sei, per la precisione. Uno in più del tuo amico Luca sul calendario, cento in più sulla mia schiena.»
«Lo immagino, devono esserne successe tante di cose...» deduce Luc vedendo nel volto dello straniero i segni dell'esperienza, negli zigomi cavi e nelle palpebre stanche. V'è però giusto un pelo bianco sull'accenno di barba, i capelli a spazzola li porta come anni fa e lo stile è sempre lo stesso, quindi: «Eppure... non sembri invecchiato di un giorno».
«Abbiamo un gene in famiglia che ci mantiene giovani nel tempo» si "vanta" lui, solo che alla giovinezza preferisce altro. «Spero di essere presentabile più che giovane.»
Luc nasconde un sorriso, è una dolce speranza da parte sua. Lo straniero però è visibilmente segnato dagli anni via dall'Italia, balza a un occhio attento che i vestiti indossati siano vecchi e forte è l'odore del fumo che li impregna. V'è poi malinconia nello sguardo, indice di storie non raccontate che continuano a ripetersi nella sua mente. Infine è magro, debilitato; quel poco di fossette addominali che gli si vedono quando si toglie la maglia sono l'unico aspetto positivo di un fisico prosciugato, che perde i pantaloni anche con la cintura stretta. D'altra parte, Lucrezia era già troppo magra e nelle ultime settimane è scivolata nella fascia allarmante del sottopeso; le ossa dei polsi iniziano a emergere dalla pelle, le ginocchia valghe non hanno energia, fumacchiare sigarette le ha tolto l'appetito e l'alcol è un nuovo brutto compagno anche per lei. Chi è senza peccato, scagli la prima sentenza. «Beh, anche se non fossi presentabile, conciata come sono, non potrei dirti alcunché.»

«È perché mai? Trovo che tu stia bene. Non è un flirt, eh» pone le mani avanti lui, mal celando che dietro il convenevole vi sia un apprezzamento esagerato, date le condizioni di lei.

«Lo so, ci mancherebbe» non ci casca Lucrezia. «Però ti suggerisco di mettere gli occhiali, li porti ancora?»

«Come sei cattiva con te stessa» sbuffa lo scoperto straniero. «Gli occhiali li porto ancora, solo non mi servono per distinguere il bello dall'impresentabile.»

Parole campate per aria, ma che fanno piacere. Bisogna difendersi.

«Vacci piano, sennò penserò che stai flirtando» dice Luc, prendendosi poi una pausa alla quale segue una riflessione. Osservando i propri polsi, dunque lo sciupato ragazzo, non serve porre paletti. Entrambi hanno una storia. «Me ne sono successe tante anche a me...»

Lui annuisce, afferma: «Ho sentito in giro. Mi dispiace per quello che hai passato» e finisce il drink. Nemmeno più una goccia nel bicchiere comporta una sorta di preoccupazione per la ragazza, la quale, oggi e come lui, non vuole rimanere da sola.

«Te ne va un altro? Non ti vedo da tanto e mi sa che ti userò per parlare un po'.»

«Solo se mi permetti di offrire» fa il galante l'altro.

«Giusto, anche tu sei uno che non lascia pagare le donne.»

«Al tempo era così, ora seguo il principio del "un giro tu e un giro io". L'ultima volta hai pagato te.»

Giacché ne è passata di acqua sotto ai ponti, Luc è sorpresa di apprendere che lo straniero rammenti. «Non avevi i vuoti di memoria?» fa stranita, e lui conferma. «Te lo ricordi perché sei genovese?»

«Quando sono più i momenti negativi che passi rispetto ai positivi, le cose buone non puoi scordartele» replica placido lo straniero, con in voce la medesima nostalgia che ne scolorisce il volto.

Lucrezia s'interroga su cosa gli prenda, favorendo la soluzione più semplice e sbagliata per abitudine. «Già, tu flirti.»

«Ero certo che l'avresti detto o almeno pensato. Abbiamo due modi molto diversi di vedere le cose, tuttavia dello stesso episodio parliamo. Non fu un bel momento per te quella nostra ultima bevuta?»

«Sì, lo fu.»

«Ma se tu lo avessi detto al posto mio, io non avrei pensato che stessi flirtando.»

Un modo di ragionare che le ricorda qualcuno. Quanto si somigliano certi maschi, ma a chi credere, quando fanno le vittime?

«Fai come Luca» lo punzecchia lei. «Non è un'offesa, è implicitamente un complimento.»

Lo straniero incassa. «Ahimè siamo simili, non uguali per fortuna. Ma torniamo a noi, di che volevi parlare?»

«A dire il vero non saprei» afferma dubbiosa Luc, che riprende il discorso non appena il cameriere appunta altri due cocktail per la presunta coppia. «Credo che ora come ora qualsiasi argomento mi vada bene purché mi faccia smettere di pensare ai miei sbagli, ma al contempo so che se non parlo dei miei crucci sarà sempre difficile risolverli.»

«Sto nella stessa condizione ogni giorno» è la rapida, innata risposta. La ragazza non riesce a fare il callo ai dilemmi, perciò domanda: «E come ci convivi?» nella tacita speranza che dal confronto possa ottenere una soluzione.

Lo straniero le mostra il bicchiere vuoto e l'oscilla. Attraverso il vetro Lucrezia è ancor più magra ed emaciata, per di più assottigliata dall'effetto dei lunghi capelli castani e dall'altezza di una top model. Lui sa che è un'illusione, un problema temporaneo; si rasserena, confida in lei. «*Vivendo*, facendo il meglio che posso giorno per giorno. Prima mi hai chiesto come mai mi ricordassi che la bevuta di allora la offristi te. Entrambi, temo, sappiamo cosa voglia dire ritrovarsi veramente da soli, il come ci siamo arrivati non fa testo. Immaginarlo non è come passarci dentro. Quando si sta male, si capisce. Ricordo la bevuta con te e ricordo molte altre cose che ho dato per scontate per tanto, tanto tempo, sottovalutandone l'importanza. Stando solo, nei miei viaggi, ho avuto modo di riflettere e ho rivalutato le ragioni che mi portarono a scappare, le persone, le abitudini, quel che rendeva unica la mia vita. A Luca è successo qualcosa di simile, per questo ora lo vedi tanto diverso rispetto a chi fu. La solitudine ti porta a riconsiderare tutto e ad apprezzare le piccole cose, perché sono innanzitutto le piccole cose a darci pienezza. Impari ad assaporare istanti che sembrano irrilevanti perché hai sentito cosa si prova a morire un pezzo alla volta, con le persone che ami lontane da te...»

Entrambi hanno perso almeno un affetto, che sia stato per sempre o per un periodo che è parso eterno. Ed entrambi hanno mandato via qualcuno, spezzato un cuore, causato lacrime; sono stati i cattivi e hanno pagato. Solo che al costo non si fa fronte, se subentra un pentimento che non si estingue mai. La punizione dura tanto quanto la colpevolezza, e con essa la malinconia.

Lo straniero ha viaggiato in lungo e in largo, Lucrezia non ha vissuto in egual misura; nonostante ciò, un solo giorno nel niente insegna a tutti la stessa lezione. Per la ragazza, allontanatasi dalla famiglia e perso Francesco, la visione dello straniero è condivisa. «E così anche un semplice ricordo diviene un tesoro prezioso...»

Arrivano i cocktail. Di nuovo, è Lucrezia a riprendere per bisogno. «C'è mai stato un momento in cui sei stato pienamente felice? Intendo un momento dove ti sei sentito del tutto pago, in pace, ricco? Per qualsiasi ragione.»

Lui ha poco da dover ricordare. Doveroso accompagnare con una sigaretta. «Due momenti in tutto, entrambi vissuti durante l'ultima vacanza che ho fatto in Italia, quella che mi ha convinto a ritornare: aver abbracciato mia nipote di due mesi e comprendere che la mia strada non fosse lontana da qui. Di questo momento c'è una fotografia di me che, infatti, mia madre ha appeso in casa. Ci sono io che sorrido, ed è una cosa molto rara. La nipotina, rivedere gli amici, aver avuto una relazione con una donna con cui adesso non sto più, ma che quei giorni ha contribuito a darmi qualcosa che non ho avuto per anni: la serenità. È durata poco, ma almeno c'è stata. Lì mi sono sentito pienamente felice come non lo sono mai stato, ma ce n'è parecchio da raccontare sul perché io, che ho sempre voluto andare oltre, abbia sentito una felicità tanto grande con quel che per molti è la norma.»

Lucrezia rimugina. Le storie le ascolterà volentieri, ma non sono necessarie per assumere una verità. «Avete ragione voi, te e Luca. La più grande felicità non è semplicemente uno stato mentale, ma condivisione.»

Ginevra ha ripreso soltanto da poco a parlarle, dopo essere stata trattata alla stregua dei parenti che le hanno incasinato l'esistenza. Francesco, ancora, non è in vena di ricominciare a comportarsi da amico qual era prima che la loro relazione iniziasse. C'è Kevin, c'è Luca, ma poi Lucrezia non ha nessun altro, neanche una delle quattro o cinque amiche che sono finite con lo sposarsi e l'aver figli. Colleghe, sì, ma non è la stessa cosa se manca l'intesa. A trent'anni compiuti, Lucrezia è bella, edotta, indipendente e tristemente sola; qualsiasi sia la sua vita, o la vita di qualcun altro, non c'è contentezza senza altri con cui goderne. Lo straniero l'ha imparato, e, come Luca, vede quando chi ha di fronte

sa. «Tu, Lucrezia? Ti sei mai sentita pienamente felice?»
Preferirebbe non ricordarsene, se non fosse che la nostalgia apporta
pure un beneficio. Rammentare, anche quando non si ha più quel che ci
faceva bene, porta con sé un retrogusto della felicità di allora. Piccolo,
inafferrabile, ma presente. «Una mattina, camminando verso questo bar.
Pochi mesi fa, ma mi sembrano trascorsi secoli. Avevo la mia casa, i
miei animali domestici, i miei amici e lui, che ha preparato questi
cocktail. Lui che mi ha dato quel che non ho mai avuto e che ho
rovinato. Camminavo sul marciapiede e realizzavo di avere tutto quel
conta. Ho detto per anni che stessi bene nella mia indipendenza e in
parte era vero. Niente rispetto a come sono stata quando le mie
disavventure mi hanno portata ad accogliere Francesco nella mia vita. E
mi fa strano perché adesso non riesco più a concepire come un'esistenza
come quella possa essere definita completa, se non perché non si ha
idea di quali siano quelle davvero complete, che variano per ognuno di
noi. Starci ancora male ne è la dimostrazione, perché si capisce il valore
di quel che si ha solo quando lo si è perso. La mia completezza era
qualcosa di più grande di quanto ipotizzassi...»
«Condivisione» concorda lo straniero, bevendo il suo goccio. «Sai...
anche star male per lei, l'ultima mia compagna, mi sta bene, per quanto
sia un controsenso. È dolore che fa sentire vivi, svela cosa vogliamo.
Meglio che il nulla della solitudine. Andremo avanti lo stesso,
Lucrezia.»
«Tu che cosa vorresti?» domanda lei curiosa e "spaventata" per lui.
«Sentimentalmente parlando, dato che siamo finiti su questo discorso?»
«Sì, sentimentalmente.»
«Se ti rispondo sincero come dovrei, qualsiasi cosa che poi dirò dopo
potrebbe essere recepita come un flirt.»
Luc lo sospettava, conoscendolo. «Quindi, nonostante tutti personaggi
che hai incontrato, hai ancora voglia di *quello*?»
Lui smarrisce lo sguardo nel cocktail. «È forse quel che siamo nati per
ricercare. Tu non ne hai?»
Andando contro ogni sua paranoia, dall'imbarazzo dell'incoerenza al
timore di apparire fragile, Lucrezia si fida dello straniero. «Ne ho
tantissima, e sei il primo a cui lo rivelo. Vorrei solo avere meno paura.»
Ed anche lui nutriva un sospetto a riguardo. Per l'esperienza
accumulata, perché si è in molti ad andare nella medesima direzione,
perché è giusto. «Siamo in due, sai? Però, alla fine che può succedere?

Tante ne ho avute di delusioni e tante volte ho deluso. Ci vuole sempre meno tempo a riprendersi.»

«Non è bello scottarsi...»

«Neppure vivere nel limbo, Luc. Se vuoi fare una cosa, falla. Se vuoi rischiare, rischia. Non si tratta di premere il pulsante della bomba atomica, la cosa peggiore che può capitarci capita non rischiando, ed è perdere noi stessi. La paura su questo non è un'alleata, ma una barriera che più viene alimentata e più diventa alta. Con tutto quel che si può dare e ricevere, tirarsi indietro per colpa della paura è il primo passo verso il non vivere.»

Luc ha da riflettere sugli uomini e sulle donne. I primi li ha sempre respinti e lei non è stata diversa da come l'immaginava da ragazzina: cattivi, freddi, che mancavano di rispetto e che se ne infischiavano dei sentimenti. Non sarà stata cinica con Francesco, ma comunque adesso ha un grande rimorso con cui fare i conti. Dinnanzi ha lo straniero, uno che ha una lunga cronologia di fatti e misfatti, di sogni bruciati e di fallimenti. Con tutto quel che gli è accaduto, se lei si è arrogata il diritto di respingere chiunque dopo tre delusioni in contate, lui dovrebbe essere quanto meno un misogino, e invece è ancora qui a scrivere ispirato da muse e a parlare d'amore, mentre non sogna altro che di essere felice un giorno non lontano. Sono state donne come lei a farlo a pezzi, che ambivano alla stessa cosa a cui ambiamo tutti. Nell'uguaglianza del desiderio, Lucrezia assolve quegli errori perdonabili, ma non può che soffrire per tutte le volte che lui ha sofferto più del dovuto. «Ti chiedo scusa. A nome di tutte quelle persone che ti hanno fatto male, ti chiedo scusa.»

«E io chiedo scusa a te a nome di tutte quelle persone che non ti hanno trattata da essere umano.»

Ognuno di noi ha un vuoto personale. Siamo i figli di un'epoca che ci ha insegnato a volere di più e sempre di più di quanto abbiamo, ma che non ci ha insegnato invece a chiederci se quel che abbiamo sia abbastanza, o troppo, o se sia sensato inseguire il di più. Di corsa, senza fermarci, perdiamo di vista il valore delle cose, delle persone. E più vogliamo senza motivo, più il vuoto si estende divorando il meglio di noi, condannati all'insoddisfazione che tentiamo di ovviare coi beni materiali, con le droghe, con l'affetto e il supporto di gente che non conosciamo, talvolta ferendo chi ci è vicino per poi perderlo. Così ci è stato insegnato, così è stato tramandato. C'è da chiedersi se il vuoto, dunque, sia davvero nostro.

«Siamo tanto complicati...» desume Lucrezia.

«Dev'essere per questo che ci si capisce meglio quando si è in due teste» sogna ancora lo straniero. «Ma basta parlare di cuori spezzati e di aspettative tradite. Raccontami cos'altro mi sono perso mentre ero via.»

Un piacere per ambedue i conoscenti dilungarsi fino a sera inoltrata, scambiandosi pareri, risposte e pensieri avallati da un cospicuo, ma comunque tollerabile, consumo di alcolici. Non hanno voglia di ritornare alle rispettive case, dove è la noia ad attenderli sveglia. Piuttosto, l'estate sta finendo e non tornerà per un po', allora è la spiaggia la loro meta per distrarsi, per riapprezzare l'acqua che non hanno più sentito sulla pelle, per ricominciare a discapito di ferite che, da sole, impiegheranno più tempo a guarire.

Una bella luna a far loro luce sul moto quieto delle onde, nessuno a dar fastidio. Lucrezia è stanca di sé stessa e delle proprie lacune. «*Se vuoi fare una cosa, falla*» mormora seduta sul pietrisco ligure, con le gambe raccolte allo sterno.

«Come?» non capisce lo straniero, a cui lei toglie la sigaretta di bocca.

«Ho voglia di ballare, non lo faccio da tanto» si spiega Lucrezia, alzandosi e tendendogli la mano. «Mi faresti l'onore di essere il mio partner?»

«Ma io non sono per niente in grado di ballare...»

«Non importa, segui me.»

Stanco di sé e delle proprie paturnie è pure lo straniero, da anni convivente con un complesso poiché incapace di danzare. Nella mano della ragazza trova l'occasione buona per andare oltre. «Va bene, ma tu canti.»

«Oddio, sono stonata da morire...»

Il ragazzo sogghigna. «*Non importa, segui me.*»

E lei sogghigna di rimando per la sagacia, accettando la proposta d'insegnargli come muoversi sulle note di una canzone vecchia di quasi vent'anni fintanto che lo straniero avrà voce per dedicargliela.

Incertezza, movimenti scoordinati, non ci si può aspettare scioltezza da uno che non ha mai ballato. Eppure, per Luc, che gli ultimi contatti umani li ha avuti abbracciando Luca e facendo del miserevole sesso con Ginevra, va più che bene anche così.

*Mi chiedo ancora che ci faccio qui.*

Inascoltabile da tanto è stonata, viola in faccia per il disagio, ma lo straniero la invita a proseguire esattamente come lui fa di tutto per muoversi in una maniera decente. Spingersi all'evoluzione a vicenda, con l'età giusta per comprendere che a trent'anni non si è arrivati da nessuna parte, a prescindere da quanto si è visto e divulgato: c'è ancora tanto da scoprire, da vivere, prendendo consapevolezza che certi passi non si compiono in momenti predeterminati, correndo il rischio, questo sciocco, di combinare stupidaggini per le quali pentirsi.

Lo straniero e Lucrezia sono la generazione y, passano da un momento storico all'altro e tutto ciò che di sicuro sanno verrà stravolto domani. Nella totale incertezza che ne caratterizza l'esistenza e che ne promulga la paura del futuro, rammentano che, dopotutto, la vita è da sempre contraddistinta da una nebbia che avvolge ogni cosa, specialmente il giorno che ancora non si è verificato. In tale inconsistenza, almeno sanno di essere loro due, sulla spiaggia, a ballare cantando la loro voglia di dance all night e di non fermarsi mai. A volte è tutto ciò che serve, e l'indeterminatezza della vita è solo una ragione in più per godersi l'attimo senza il terrore di sbagliare. In effetti, almeno per loro, meglio se si è in due.

«Allora che cos'è che conta ormai?» intona lo straniero, nelle cui braccia si lascia cadere la ragazza. «Il quieto viver...»

«... oppure come stai?» lo segue Lucrezia, scalza e libera finalmente dai pensieri.

La risposta alla domanda ce l'hanno, ma se la daranno alla fine della danza, dopo aver cancellato temporaneamente il tartasso tornando indietro al tempo di MTV, quando ai sogni non si accostavano i "ma" e le ansie generazionali, l'egocentrismo virtuale e l'essere troppo perfetti.



Ferite lungi dall'essere guarite. Forse se le medicheranno l'un l'altra. La voglia di ricominciare brilla nella luna, si espande nella musica, scalda le loro voci. Come sia andata prima non importa.

*Tha-that's the way, oh oh, oh oh, I like it.*
*Ho voglia di dance all night.*

«Hai da fare qualcosa nei prossimi giorni?» domanda lei quando la canzone è finita, ma la voglia di ballare nel tempo a venire rimane.
Lui è timido, gira attorno all'interrogativo. «Mi sto cercando un impiego. Più che quello, non ho altro da fare...»
Se il mondo sta per finire, come predetto da Luca, la colpa è degli umani. Loro è anche il potere di salvarlo.
«Ci vediamo?» propone Lucrezia, e nello stesso istante lo straniero le chiede: «Ti va di vederci?»
Che cos'è che conta ormai è come stanno. A nome di coloro che li hanno feriti, si assolvono da ogni peccato. Danzeranno ancora.
«Mi piacerebbe molto domani, se puoi» dice lei, vincendo la paura.
«Certo che posso» afferma lui più vivo che mai. «Andiamo ovunque tu desideri.»
Tutto ha avuto inizio da uno scontro di particelle, quindi tutto, nell'universo, comincia da un avvicinamento.
Si può sempre sperare.

*Grazie a Lady Morte, il cui abbraccio mi ha convinto a riprendermi la vita.*

*Grazie a Simone, Saverio, Daniel, Dario e Mattia per avermi regalato momenti irripetibili, per avermi sopportato e per esserci ancora nonostante sia l'amico peggiore che vi possa capitare. Vivere ha un altro sapore sapendo che voi esistete.*

*Dedicato ai cinghiali genovesi e ai miei amici.*